Karolyne Stopper

Die Liebe des Sturmwindes

Impressum

Copyright © Mai 2017
by Karolyne Stopper
karolyne.stopper@gmx.de

Vertreten durch:
Kerstin Gredy-Marek
Tulpenweg 20, 35578 Wetzlar

Illustration: © Thomas Kaldenbach

ISBN-13: 978-1546533313
ISBN-10: 1546533311

All rights reserved. Das Werk, einschließlich seiner Teile, ist urheberrechtlich geschützt. Jede Verwertung ist ohne Zustimmung des Autors oder seines Vertreters unzulässig. Dies gilt insbesondere für die elektronische oder sonstige Vervielfältigung, Übersetzung, Verbreitung und öffentliche Zugänglichmachung. Es handelt sich um eine fiktive Geschichte. Ähnlichkeiten mit lebenden Personen sind zufällig und nicht beabsichtigt.

Inhaltsverzeichnis

1. Kapitel 7

2. Kapitel 18

3. Kapitel 29

4. Kapitel 42

5. Kapitel 59

6. Kapitel 80

7. Kapitel 90

8. Kapitel 103

9. Kapitel 110

10. Kapitel 136

11. Kapitel 145

12. Kapitel 166

13. Kapitel 174

14. Kapitel 205

15. Kapitel 233

16. Kapitel 262

17. Kapitel 267

18. Kapitel 281

19. Kapitel 296

20. Kapitel 305

21. Kapitel 318

22. Kapitel 334

Nachwort 348

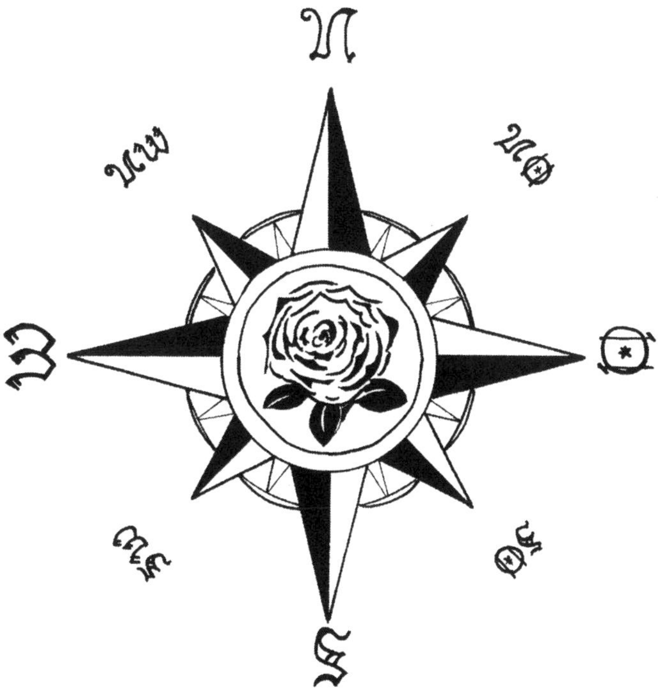

Die Brück` am Tay

„Wann treffen wir drei wieder zusamm?"
„Um die siebente Stund` am Brückendamm."
„Am Mittelpfeiler."
„Ich lösche die Flamm."
„Ich mit."
„Ich komme vom Norden her."
„Und ich vom Süden."
„Und ich vom Meer."
„Hei, das gibt einen Ringelreihn,
Und die Brück muss in den Grund hinein.

„Und der Zug, der in die Brücke tritt
Um die siebente Stund`?"
„Ei, der muss mit."
„Muss mit."

„Tand, Tand
Ist das Gebilde von Menschenhand!"
(…)

Denn wütender wurde der Winde Spiel,
Und jetzt, als ob Feuer vom Himmel fiel`,
Erglüht es in niederschießender Pracht
Überm Wasser unten… Und wieder ist Nacht.
(…)

Theodor Fontane

1. Kapitel

Die Mauern der alten Ruine waren überrankt von Efeu und Moosen. Alix betrachtete die weißen Mauern des ehemaligen Klosters, die wie längst verfallene Zeugen einer vergangenen Zeit wirkten.
Sie stieg über die Reste einer zerstörten Säule und blieb schließlich im Zentrum des eingefallenen Gebäudes stehen. Alix schirmte ihre Augen gegen die Sonne ab und sah hinauf in die zarten weißen Wolken über ihr. Der Ruf eines Raubvogels, der die Stille durchbrach. Die Ruine des ehemaligen Klosters St. Sevartis wurde von den Dorfbewohnern gemieden. Alix liebte die Stille und Einsamkeit hier. Langsam ging sie hinüber zu einer der Außenmauern und strich mit der Hand darüber. Moos breitete sich dort aus. Über zwanzig Jahre war es her, dass dieses Kloster geschliffen worden war und ausbrannte. Einzig die Außenmauern standen noch. Es war ihr kleiner Ausbruch in die Freiheit. Hier sagte ihr keiner, was sie zu tun hatte. Schließlich seufzte sie leise, wandte sich wieder um und ging zurück durch das Gras und Heidekraut, welches den ganzen ehemaligen Innenhof bewuchs. Ein leichter Wind strich ihr durch das Haar. Es war Zeit zurückzureiten. Der Wind wurde stärker. Sie bemerkte es überrascht, während sie zurück zum Eingang schritt. Ihre langen hellen Röcke wurden gegen ihre Beine geweht.
Als sie durch den offenen Torbogen ging, hielt sie kurz inne und drückte sich schnell zurück an die Wand. Reiter. Ein Reiter, der augenscheinlich von drei anderen verfolgt wurde, kam vom Wald aus über die breite

Wiese herangaloppiert. Das gedämpfte Geräusch der Hufe auf dem weichen Boden. Der Wind begann in stürmischen Böen über die kahle Ebene zu streichen. Rasch zog sie sich in das Gebäude zurück. Ihr Herz fing an aufgeregt zu klopfen. Sie hatte ihr eigenes Pferd unterhalb einer kleinen Erhöhung bei den größeren Büschen angebunden. Es war zu spät, dorthin zurückzulaufen. Hastig blickte sie sich um. Wahrscheinlich würden die Reiter die Ruine einfach rechts neben sich liegen lassen. Und Vento stand dort gut versteckt. Die galoppierenden Pferde waren nun zu hören. Sie wartete nicht länger und lief hinüber zu einem steinernen Brunnen, der den höchsten Sichtschutz bieten würde. Schnell machte Alix sich klein und zog ihren hellen Umhang und den weiten Rock mit einer Bewegung enger an sich heran. Eine heftige Windböe zog an ihrer Kleidung und sie hielt den Umhang fest an den Körper gepresst.

Aufgeregt hielt sie die Luft an. Tatsächlich. Die Pferde waren nun sehr gut zu hören. Der wütende Ausruf eines Mannes. Hektisch suchte sie den Boden nach irgendeiner Waffe ab. Nicht weit von ihr lagen ein paar Steine auf dem Boden. Eilig griff sie danach und zog zwei davon zu sich heran.

„Halt an, du Bastard!", eine wütende Stimme in ihrer eigenen Sprache. Das Wiehern eines Pferdes und kurz darauf kam jemand in den Innenhof gerannt. Sie hörte seinen raschen Atem und wagte doch nicht, hinter ihrem Versteck hervorzuschauen. Stattdessen hielt sie beide Steine nun in einer Faust eng an sich gedrückt. Wenn man sie entdeckte, hatte sie eventuell einen kleinen Moment der Überraschung für sich. Sie duckte sich erschrocken noch tiefer, als ein Mann jetzt gehetzt

über eine der niedrigen Säulen links von ihr sprang und sich suchend umschaute. Er entdeckte sie, sah sehr überrascht hinüber und drehte sich dann um, da seine Verfolger nun deutlich hörbar ebenfalls in den verfallenen Innenhof stürmten.
„Mach deine Rechnung mit Gott, Esteron", hörte sie eine bösartige Männerstimme und danach das Geräusch von Schwertern, die aus dem Gurt gezogen wurden. Einen unangenehm schleifenden Laut.
Jetzt hielt sie wirklich geschockt die Luft an. Der Braunhaarige zog eilig ebenfalls sein Schwert und stellte sich kampfbereit auf. Sie sah von hier aus nur ihn, ein dunkelbraunes Obergewand, das mit zwei Lederschnallen an den Schultern verziert war, ein ebenso dunkelbrauner Umhang. Er war noch nicht so alt, das Gesicht etwas ungepflegt mit einem leichten Bartansatz und dunkelbraunem, vollem Haar. Ein Windstoß fuhr ihm durch das Haar und ließ seinen dunklen Umhang um ihn herumwehen. Jetzt streckte er sich und sagte ruhig mit einer vollen, tiefen Stimme: „Ich werde mit euch allen drei allein fertig."
Alix schluckte. Er hatte einen leichten Akzent und kam eindeutig nicht aus ihrem Land.
Ein kaltes Lachen. „Los, erledigen wir ihn." Diese Männer dagegen waren ihre Landsleute. Drei gegen einen. Er hatte keine Chance. Ihr war nun richtig schlecht. Eine heftige Stumböe fegte über den Innenhof. Alix Haare lösten sich etwas aus ihrem geflochtenen Zopf und wehten ihr ins Gesicht.
Die Angreifer fluchten und hielten sich die Arme vor die Augen, da der Wind ihnen eine Ladung Staub ins Gesicht blies. Zwei griffen ihn nun zugleich an. Der junge Braunhaarige war erstaunlich geschickt, er wich

leicht zurück. Dann trafen die Schwerter aufeinander, ein klingendes und schleifendes Geräusch. Der jüngere Mann führte einen schnellen Angriff in Richtung des einen, während er dann blitzschnell auf den anderen wechselte und diesen attackierte. Eine wilde Sturmböe fuhr dazwischen und wirbelte um die Männer herum. Der Dritte stemmte sich gegen den Wind und ging in einem kleinen Abstand zu den Kämpfenden langsam um die Gruppe herum. Er würde den Braunhaarigen von hinten angreifen, erkannte Alix entsetzt. Ein großer, kräftiger Mann mit einem leichten Schutz und einem grauen Umhang. Männer des Herzogs. Ihres Herzogs. Die anderen beiden kämpften verbissen gegen den Braunhaarigen, der sich tapfer verteidigte. Bevor sie wusste, was sie tat, griff Alix die Steine ganz fest, atmete tief ein und sprang auf. Mit aller Kraft schleuderte sie einen der Steine in Richtung des ihr am nächsten stehenden Mannes mit dem grauen Umhang.
„Nimm das, du feiger Hund!", rief sie so laut sie konnte, während der Stein den Mann am Rücken traf. Er wandte sich blitzschnell um, das Schwert erhoben und starrte sie gleichzeitig überrascht an. Bevor er sich ihr weiter nähern konnte, schleuderte sie auch schon den zweiten Stein in seine Richtung. Er versuchte sich rasch wegzuducken, der Stein traf seinen Arm dennoch. Ein kräftiger, bärtiger Mann mit bereits von Grau durchzogenem Haar, einen Kettenschutz über dem Oberkörper. Alix hatte das unangenehme Gefühl, ihn schon einmal gesehen zu haben.
„Was zum Teufel..."
Der Braunhaarige hatte die Zeit genutzt. Einer seiner beiden Angreifer war wohl verletzt worden, er kämpfte nur noch gegen einen Mann. Das Klirren der Schwerter

aufeinander. Sie wartete nicht länger und wich rasch etwas zurück, da der Bärtige sie nun anbrüllte: „Du kleine Schlange, das wirst du mir büßen."
Darauf wandte er sich ab, um in den heftigen Kampf der anderen beiden Männer einzugreifen. Eine erneute Böe schien fast an seinem Umhang zu ziehen.
Er fluchte heftig.
Sie würde sich dies nicht länger ansehen. Ihre Augen suchten den Boden ab und entdeckten ein Stück entfernt einige kleine Bruchsteine. Das musste reichen. Alix lief rasch hinüber, bückte sich und hob einige der schwereren Steine auf. Das Geräusch der Schwerter. Vorsichtig näherte Alix sich den Kämpfenden. Der Braunhaarige, augenscheinlich verletzt, kämpfte wie ein Wilder. Er wirbelte herum, wehrte den Schlag des Kräftigen ab und wich dann schnell zurück, da der andere auf ihn einstach. Zu ihrer Überraschung hielt er in beiden Händen eine Waffe, rechts das Schwert, links ein längeres Messer. Auch der zweite Angreifer schien verletzt zu sein. Einen winzigen Moment zögerte sie noch und spürte kalte Angst in sich aufsteigen. Dann schleuderte sie die Steine auf den, den sie schon vorhin beworfen hatte. „Was?", brüllte dieser wütend wie ein wilder Stier. Sie überlegte, ihn von hinten anzugreifen und zu versuchen, ihn zurückzuhalten, aber in diesem Moment traf ihn der Braunhaarige mit einem schnellen Streich. Mit einem wütenden Schrei ging der Mann zu Boden.
„Lauf weg!" Der Braunhaarige sah sie nicht an, konnte aber nur sie meinen. Er hatte zur Zeit nur noch einen Angreifer, und sie entschied sich zu verschwinden. Es lag jetzt an ihm, sich zu verteidigen. Sollte er verlieren, würden die Männer des Herzogs sie sicherlich bestrafen.

Alix machte einen Umweg um den Brunnen herum und beeilte sich dann, über die Rasenfläche in Richtung Eingangsportal zu gelangen. Der Wind drückte sie mit aller Macht in Richtung des offenen Tores.
Völlig atemlos kam sie dort an. Vier Pferde, eines von ihnen gehörte wohl ihm. In ihrem Kopf wirbelte alles durcheinander. Eines für ihn. Eines für sie. Die anderen zwei mussten weg. Rasch lief sie hinüber, griff die Zügel eines großen, schweren Hengstes mit der blauen Satteldecke, zwang ihn zu wenden und gab ihm dann einen festen Klaps in die Seite. „Lauf!" Er machte ein paar erschreckte Sätze und sie lief zu dem zweiten Pferd, zog es am Zügel und gab ihm ebenfalls einen Klaps. Etwas unentschlossen trabte es davon. Der total verschwitzte Graue musste ihm gehören, denn der Rappe trug das Zeichen des Herzogs auf seiner Satteldecke. Als sie seine Zügel griff, kam der braunhaarige Mann angelaufen. Ohne es zu wollen, atmete sie erleichtert, wenn auch etwas nervös, aus. Jetzt kam er zu ihr hinüber.
„Danke." Seine braunen Augen musterten sie sehr eingehend. Das Gesicht unter dem leichten Bart wirkte etwas ungepflegt, war aber dennoch anziehend. Tatsächlich war er noch recht jung. Er zeigte ein leichtes Lächeln.
„Du bist sehr mutig. Das hätten nicht viele gewagt." Erneut betrachtete er sie aufmerksam. Dann meinte er: „Wir müssen hier weg. Schnell."Er verschränkte die Hände ineinander, um ihrem Fuß eine Art Trittstufe mit den Händen zu formen. Rasch ließ sie sich von ihm auf den Rappen hinaufhelfen. Ihre langen, weiten Röcke rutschten ein Stück hinauf.

Er lief hinüber zu dem Grauen und schwang sich in einer schnellen Bewegung in den Sattel, spornte ihn sogleich an. Alix gab dem Rappen einen leichten Schenkeldruck und lenkte ihn hinter dem Braunhaarigen und seinem Pferd her den Hang hinunter. Sie war völlig durcheinander. Der Wind fegte um sie herum und schien sie fast anzutreiben. Erst, als sie ein Stückweit von der Ruine entfernt waren, legte sich der wilde Sturm so plötzlich, wie er gekommen war. Von einem Moment auf den anderen war es vollkommen windstill.

Kurz darauf ritt der Braunhaarige neben ihr und sie fragte ihn nicht, was aus den Männern des Herzogs geworden war. Erst jetzt sah sie, dass er wohl am linken Arm verletzt war.

Da er ihr einen fragenden Blick zuwarf, meinte sie leise: „Ist die Verletzung schlimm?" Alix vermied eine Anrede, eine höfliche schien ihr falsch zu sein. Vielleicht war er ein Söldner?

Ein rascher Blick von ihm auf seinen Arm. „Halb so wild. Woher kommst du?"

„Aus Thurensburg. Mein Pferd steht dort hinten", sie wies mit der Hand in Richtung des kleinen Wäldchens rechts von ihnen.

„Dann lass es uns holen!", er lächelte und sie lächelte automatisch zurück. Da er sein Pferd zügelte, lenkte sie den kräftigen Rappen vor sein Pferd in Richtung des Waldes. Kurz darauf erreichten sie die Stelle, wo ihr fuchsbrauner Hengst Vento an einem der Büsche angebunden stand. Er erkannte sie sofort, schnaubte ungeduldig und scharrte mit einem Huf auf dem braunen Waldboden. Alix zügelte das schwere Pferd, auf dem sie ritt, und glitt rasch zu Boden. Sie lief hinüber zu den Büschen, streichelte Vento über den Hals und löste seine Zügel.

„Komm, mein Guter."

Ihr Begleiter war auf seinem Pferd sitzen geblieben. Sie lächelte ihn unsicher an, da er eine undurchdringliche Miene aufgesetzt hatte.

„Dann trennen sich hier unsere Wege wohl. Oder kann ich noch irgendwie helfen?"

Er sprang vom Pferd. „Ja, das kannst du", der Braunhaarige wandte sich dem Sattel zu und löste mit einer schnellen Bewegung den Gurt. Dann kam er mit dem Sattel zu ihr hinüber.

„Ich nehme dein Pferd. Meins braucht eine Pause."

Er warf ihr einen Blick zu, legte den Sattel auf den Waldboden und begann in aller Ruhe den Gurt ihres Damensattels zu lösen. Alix brauchte einen Moment, dann kam sie wieder zu sich. Was um Himmels Willen tat dieser Mensch dort?

Mit einem Ruck zog er den Sattel in dem rötlichen Leder hinunter.

„Du kriegst mein Pferd nicht!", fauchte sie bösartig.

Er hielt kurz inne und sah sie erneut an. Seine Augen wirkten unglaublich wach und aufmerksam. Er hatte sehr schöne Augen. Aber das war momentan nebensächlich.

„Ich bringe es dir zurück", meinte er, bückte sich erneut und hob den Sattel auf Ventos Rücken. Im nächsten Moment befestigte er den Gurt. Alix war wie vor den Kopf geschlagen. Sie konnte es nicht fassen. Sie HALF ihm und er nahm dafür ihr Pferd?

„Das wirst du nicht tun!" Wütend stemmte sie die Hände in die Hüften und hätte ihn am liebsten weggeschoben, traute sich aber nicht, ihn anzufassen.

Er war nicht nur größer als sie, sondern auch um einiges kräftiger.
Er lächelte, trat einen Schritt heran und betrachtete sie aufmerksam. Alix wurde unruhig. Es fühlte sich an, als würde eine milde Brise über ihr Gesicht streifen. Oder ein leichter Frühlingswind.
„Du bekommst es wieder, ich verspreche es dir, kleine Kämpferin."
Sie spürte ein aufgeregtes Kribbeln im Bauch, als er ihr tief in die Augen sah, ihr Herz begann schneller zu klopfen. Auch, als er sich wieder abwandte, zu Vento ging und sich in den Sattel schwang. Er lächelte nochmals, hob grüßend die Hand und ritt davon. Erst jetzt kam Alix wieder richtig zu sich.
„Du mieser Kerl! Komm sofort zurück! Gib mir mein Pferd wieder!", rief sie ihm ärgerlich hinterher.
Er ritt ungerührt weiter. Sie war so wütend, dass sie für einen Moment überlegte, ihm nachzulaufen. Stattdessen ging sie schnellen Schrittes zurück zu den anderen beiden Pferden. Sein Grauer war ein edles Tier, geschwitzt und wahrscheinlich ermüdet. Aber vielleicht reichte es noch, um ihn einzuholen. Rasch griff sie die Zügel, führte den Grauen hinüber zu einem Stein und stieg von dort aus auf seinen Rücken hinauf. Es war ungewohnt, ohne Sattel zu reiten, wiederum rutschten ihre hellen Röcke etwas hinauf und entblößten ihre Beine. Im nächsten Moment gab sie ihm bereits Druck mit den Schenkeln und lenkte ihn in Richtung des Weges, auf dem der Braunhaarige eben verschwunden war. Kurz darauf trieb sie das Pferd schneller an und galoppierte eilig hinterher.
Sie sah den Reiter auf einer der weiten Wiesen, als sie den Wald auf dem schmalen Weg verließ. Er war schon

ein Stück entfernt, aber das würde sie schon wieder aufholen. Alix löste eine Hand von den Zügeln, steckte zwei Finger in den Mund und pfiff. Vento reagierte sofort und verlangsamte seinen Schritt. „Los, Pferdchen, lauf", spornte sie den Grauen an, der schneller ausgriff. Das halbhohe Gras der grünen Wiese streifte seine Beine. Der Braunhaarige schaute jetzt zurück. Schließlich zügelte er Vento und hielt an. Er wartete, bis sie ihn kurz darauf erreichte. Sein Blick war durchaus wohlwollend, wenn nicht sogar amüsiert.
„Möchtest du mitkommen?"
„Nein. Aber ich möchte mein Pferd zurück. Du verstehst?"
Augenblicklich wurde sein Blick ernst. „Mädchen. Ich brauche dein Pferd. Meines ist schnell, aber von dem langen schnellen Ritt erschöpft. Ich lasse ihn dir. Versorge Schattennebel gut. Du bekommst deines zurück, ich gebe dir mein Wort!"
Da er sie nun fest ansah, schwankte sie für einen Moment. Eigentlich wollte sie protestieren.
„Versprichst du es?", fragte sie stattdessen leise.
„Ja." Wieder lächelte er leicht. Sein Gesicht wirkte müde, er hatte dunkle Schatten unter den Augen.
Fast hätte sie ihm vorgeschlagen, eine Rast in der kleinen Burg ihres Vaters einzulegen. Aber nur fast. Sicher wäre man dort nicht erfreut über diesen Gast.
„Du bekommst dafür von mir einen Pfand." Der Braunhaarige griff mit beiden Händen in seinen Nacken und löste dort etwas. Kurz darauf hielt er ihr eine silberne Kette mit einem Medaillon hin.
„Nimm das! Ich werde es mir wieder bei dir abholen, wenn ich dein Pferd zurückbringe." Er streckte ihr das Medaillon hin. Unsicher griff sie danach.

„Ich muss los. Bis bald."
Sie blickten sich beide einen kurzen Moment an, dann wendete er Vento und spornte den Fuchs erneut an.
Es war nicht schön, dass er ihr Pferd einfach mitnahm. Sie betrachtete mit gerunzelter Stirn das Medaillon in ihren Händen. Auf der einen Seite war es mit seltsamen Schriftzeichen verziert. Auf der anderen Seite war eine gedrehte Spirale in das Silber graviert, die sich von unten nach oben verbreiterte. Alix starrte überrascht darauf. Es sah aus wie ein heftiger Windwirbel. Ein seltsames Medaillon. Ein ebenso seltsamer Mann. Und ihre eigenen Leute lagen dort tot oder schwer verletzt in der alten Ruine! Mit zitternden Fingern ließ sie das Medaillon mit der groben Kette in ihren Umhang wandern. Es fühlte sich kühl auf ihrer Haut an. Sie dachte einen Moment nach und ritt dann zurück. Es war nicht richtig, was sie getan hatte.
Kurz darauf erreichte sie den Ort, an dem Vento gestanden hatte. Alix sprang hinab, holte ihren eigenen Sattel und befestigte ihn auf dem Rücken des Pferdes. Danach fing sie den Rappen wieder ein, der ein Stück zurückgetrabt war und ruhig graste. Mit einem entsetzlich schlechten Gewissen und aufsteigender Angst führte sie ihn am Zügel neben dem Grauen her, auf welchem sie saß. Als sie den Wald endlich verließ und das ehemalige Kloster in ihrer Sichtweite auftauchte, war sie noch unentschlossen. Ihr graute davor, drei Tote in der Ruine zu entdecken. Aber sie musste zumindest nachschauen, ob nicht doch noch einer von ihnen lebte. War ihr Vater heute nur noch ein unbedeutender Ritter des Herzogs, so hatte er seine Töchter doch die alten Werte gelehrt: Ehre, Tapferkeit, Aufrichtigkeit und vor allem Mitleid mit denen, denen

es schlechter ging als ihnen selbst. Sie waren in Ungnade beim Herzog gefallen, aber Alix entstammte einer stolzen Familie und bemühte sich, dies auch zu leben. Ihre Familie besaß sonst nicht mehr viel, auf das sie hätte stolz sein können.

„Da! Das Mädchen!" Entsetzt schaute sie auf.

Auf der Wiese standen alle drei Soldaten, der eine humpelte stark, was ihn aber nicht daran hinderte, mit seinen beiden Begleitern nun laut loszubrüllen:

„He, du kleine Schlampe! Bring uns sofort unsere Pferde zurück!"

Einer von ihnen lief los in ihre Richtung.

Gut! Es war Zeit, von hier zu verschwinden. Sie ließ die Zügel des Rappen los, wendete ihr Pferd und trieb es dann rasch an. „Weg hier, lauf mein Guter!"

Lautes Schimpfen hinter ihr.

Kurz darauf tauchte sie erneut in den Wald ein.

2. Kapitel

Die Thurensburg erschien, sobald man aus dem Auenwald herausritt. Wenn man aus dem blauen Schatten des Waldes kam, wirkte die kleine Burg wie aus Gold im leichten Sonnenschein, der vom Himmel fiel. Ein fast quadratisches Haupthaus mit einem Turm darauf, der hohe, schmale Hauptturm in der Mitte und die vier niedrigen Wachttürme an den Ecken der Burgbefestigung. Davor: ein paar einfache Bauernhäuser, eine Schmiede, ein leerstehendes, bereits etwas heruntergekommenes Gebäude, dessen Bewohner gestorben waren. Wer konnte, verließ diesen Ort, der in einer völligen Ödnis mitten auf einer breiten

Lichtung im Wald lag. Wilde Rosen, die sich bis zu den Türmen hinaufrankten und ihnen ein zauberhaftes Aussehen gaben. Die Burg war aus gelblichem Stein gebaut, der im Sonnenschein fast golden zu glitzern schien. Das war aber auch das Einzige, was hier noch golden glitzerte. Nachdenklich ritt Alix nun aus dem Wald hinaus. Der Ritter Kyrin, ihr direkter Nachbar nach Norden, war nicht nur dafür verantwortlich, dass ihr Vater in Ungnade gefallen war, indem er ihm etwas in die Schuhe geschoben hatte, was nicht stimmte. Nein, er sorgte auch für ständigen Ärger an der Grenze. Vor einer Weile hatte er sein Gebiet einfach ausgedehnt und auf das ihre erweitert. Gutes Ackerland, das sie damit verloren hatten. Alix hasste ihre eigene Hilflosigkeit. Ihr Vater war selbst zum Herzog geritten, um Klage gegen Kyrin einzureichen. Aber der Herzog empfing ihn nicht einmal. Stattdessen hatten ihn nach den Worten des alten Sven zwei Ritter, ehemalige Kameraden von ihm, dort angerempelt. Und der eine sagte zu dem anderen:
„Mich dünkte, ich stieß gegen etwas. Aber ich sehe lediglich ein NICHTS, daher war es wohl ein Irrtum."
Lachend gingen sie weiter. Ihr Vater sprach nicht darüber. Ohne etwas erreichen zu können, kam der Ritter von Thurensburg und dem Auenwald zurückgeritten. Seitdem war er noch schweigsamer geworden. Konnte er doch nicht verstehen, dass seine Worte gar nicht gehört wurden. Immer noch glaubte er an Gerechtigkeit und dass zuletzt das Gute siegen würde. Alix wusste instinktiv, dass ihre Lage stattdessen wahrscheinlich noch schlechter werden würde. Sie befanden sich in einer Abwärtsspirale. Der Ritter von Kyrin verhielt sich immer frecher ihnen

gegenüber, weil er wusste, dass sie kaum etwas gegen ihn machen konnten. Er bemächtigte sich ihrer Dinge und sie konnten letztlich nur zuschauen. Es war nur eine Frage der Zeit, bis er Anspruch auf ihre Burg und den angrenzenden Wald erheben würde.

Früher waren oft Besucher zur Thurensburg gekommen. Andere Ritter, teilweise mit ihren Familien. Fahrende Händler und Sänger. Heute mied man sie wie Kranke. Jeder gab sich gern mit den Erfolgreichen ab. Und das war im Moment Kyrin und andere. Keiner wollte auf der Seite der Verlierer stehen. Und momentan steckten sie in dieser unglücklichen Rolle.

Alix war wütend. Es gab so wenig Menschen mit Mut und Rückgrat!

Außer dem alten Ritter von Sommerau, der ab und zu vorbeikam, um ihrem Vater über das schlechte Gedeihen des Kornes, einen Schädling auf seinen Weinpflanzen oder etwas vom Hof zu erzählen, kam eigentlich keiner mehr. Ihr war das egal. Einzig, dass ihr Vater darunter litt, vom Herzog zu Unrecht bestraft zu werden, machte die hilflose Wut darüber noch größer. Wäre sie ein Junge, hätte sie den bösartigen Ritter Kyrin gefordert. Sie hätte ihn mit einer Lanze bei einem Turnier aus dem Sattel gehoben und in den Matsch verfrachtet, wo er eigentlich hingehörte. Aber leider war sie dazu nicht stark genug. Und sie war eine Frau. Also musste eine andere Lösung her.

„Das Fräulein Alix ist zurück", rief eine der Wachen im Turm, wahrscheinlich froh darüber, dass sich überhaupt einmal etwas tat. Es gab nicht viele Wachen. Den alten Sven dort oben, der auf dem höchsten Turm Ausschau hielt nach Besuchern, zwei Knechte, die sich um die Pferde kümmerten und etwa neun Männer unter

Waffen. Ein Armutszeugnis für einen Ritter. Aber auch diese mussten schließlich entlohnt und ernährt werden mit ihren Familien.

Eigentlich hätten sie sich auch die Wachen sparen können. Hierhin kam keiner mehr.

Risvert lief herbei, einer der Knechte, und schaute überrascht auf den Grauen.

„Fütter ihn und reib ihn gut ab! Er bleibt nicht lange bei uns!"

Der Pferdeknecht nickte verwirrt, nahm aber dennoch die Zügel, und führte das schöne Pferd hinüber zum Stall.

Alix bemühte sich, den Weg über die schmale Eingangspforte der Küche zu nehmen. Es musste sie nicht gleich jeder in ihrer Reitkleidung sehen.

„Fräulein Alix", die Köchin knickste und die beiden Mägde hielten bei der Arbeit inne, als sie die Burgküche durchquerte. Das war jetzt irgendwie schiefgegangen. Es konnte nur besser werden. Eine Wache kam ihr im engen Gang entgegen und verbeugte sich knapp. Alix setzte ein freundliches Lächeln auf und erreichte endlich die schmale, gewundene Haupttreppe hinauf in das erste Stockwerk der Burg. Vielleicht würde Sommerau sich in den nächsten Tagen wieder blicken lassen. Sowohl sie wie auch ihre ältere Schwester Isabella setzten sich dann gerne hinzu und lauschten ihm, besonders, wenn er auf das Neueste am Hof des Herzogs zu sprechen kam. Ein Fest, welches der Herzog gegeben hatte mit hunderten von Kerzen, die den Park in ein wunderschönes Licht getaucht hatten. Oder von den Schandtaten des Herzogsohnes Henry, der zusammen mit seinen Freunden irgendeine Bosheit ausgeheckt hatte und das Bauernhaus eines der

Leibeigenen anzündete, weil ihm einfach langweilig war. Der verkleidet mit seinen berüchtigten Freunden durch die Hauptstadt ihres Landes zog und Mädchen belästigte oder in einem der dort überall entstehenden Gasthäuser eine Schlägerei anzettelte. Oder von Christina, der bildschönen Tochter des Herzogs, die für ihre Extravaganzen berühmt war. Sie ritt einen feurigen, weißen Hengst, den ihr angeblich ein Bewunderer ihrer Schönheit geschenkt hatte. Und die dunklen, geheimnisvollen Reiter im Land. Sie selbst hatte diese Reiter schon einmal gesehen, als sie mit Vento ausgeritten war. Der alte Sven, der sie an diesem Tag begleitete, hatte rasch die Zügel ihres Pferdes ergriffen und sie tiefer in den Wald hinein gezogen. Trotzdem sah sie die wilden Reiter, die am helllichten Tag kurz darauf in Richtung der Hauptstadt galoppierten. Seitdem mied sie diese Strecke und hielt sich lieber auf der westlichen Seite auf, wo auch die alte Klosterruine vergessen auf einer niedrigen Anhöhe stand.

Seit heute war ihr klar, dass es auch dort nicht sicher war. Woher der Braunhaarige wohl kam? Handelte es sich bei ihm um einen Boten des verfeindeten Herzogs? Vielleicht jemanden, der eine geheime Botschaft überbracht oder empfangen hatte? Ihr Herz klopfte auf einmal schneller. Hatte er seine Liebste besucht? Irgendwie hoffte sie das nicht. Alix drehte den runden Griff der Tür und sah ihre ältere Schwester Isabella, mit welcher sie sich das Gemach teilte. Isabella hielt ein in Leder gebundenes Buch in der Hand und blickte verträumt aus dem Fenster, auf dessen breiter Vorbank sie saß. Bei ihrem Eintreten schaute sie zu ihr hinüber. Das blonde, gewellte Haar im Nacken locker

festgesteckt, die ernsten blassblauen Augen unter ihren blonden Augenbrauen, die längere Nase ihres Vaters – Isabella hatte mehr das Aussehen ihres Vaters geerbt. Alix kam eher nach ihrer Mutter.
„Du bist schon zurück?"
„Bella, ich war den ganzen Nachmittag über unterwegs. Was liest du da?"
Sie ging zu ihr hinüber und warf einen Blick auf den Ledereinband. Eines der kleinen, braungebundenen Bücher, die ein Minnedichter mit Eifer geschrieben hatte. Isabella hatte ein Herz für solche Dinge. Und die Bücher stammten noch aus einer Zeit, wo die Bildung der insgesamt drei Töchter von Bedeutung war. Als ihre Eltern noch daran glaubten, alle drei Mädchen gut verheiraten zu können. Schon bei Jeanne, der ältesten, war dies gescheitert. Vaters Stellung war damals schon am Bröckeln. Er fand noch einen Junker in bereits fortgeschrittenerem Alter, der Jeanne für eine Mitgift von nur fünfzig Goldtalern zu seiner Frau nahm. Danach war zum Glück erst mal kein geeigneter Heiratskandidat für die beiden jüngeren in Frage gekommen. Ohne Mitgift hielt sich das Interesse sowieso in Grenzen. Und so waren sowohl Alix wie auch ihre nur ein Jahr ältere, achtzehnjährige Schwester noch unverheiratet. Aber ihre Eltern hatten in diesem Punkt noch nicht ganz aufgegeben. Allerdings wollten sie Isabella zuerst verheiraten. Und so lange Isabella ungebunden war, hatte Alix ihre Ruhe.
Ihre Schwester klappte das kleine Buch zu und legte es auf eine im Stein eingelassene Ablage am Fenster. Sie seufzte und stand auf.
„Du musst dein Haar neu flechten. Es ist besser, wenn du einen leichten Schleier beim Ausreiten darüber

trägst. Ich mag es nicht, dass du alleine ausreitest. Was da alles passieren kann!"
Alix schwieg.
Sie gingen beide hinüber zu einem kleinen Frisiertisch und Alix nahm auf dem gepolsterten Stuhl Platz. Ihre Familie war nicht reich, aber ihre Mutter bemühte sich, alles sauber und ordentlich zu halten. Isabella öffnete ihr das lange, gewellte, goldblonde Haar, dem ihren so ähnlich. Nur waren die Augen ihrer jüngeren Schwester graublau, ihre Brauen dunkler und sanft geschwungen. Alix Gesicht hatte eine gesunde Farbe, nicht so bleich wie die helle Haut ihrer Schwester. Die Wangen gerötet vom Ritt, die Lippen rot und voll. Ein paar winzige Sommersprossen zierten ihre Nase und ihre Wangen. Isabella wirkte neben ihr wie ihr bleiches Abbild.
„Ein Stoffhändler hat sein Eintreffen angekündigt."
Alix sah überrascht hoch. „Was will er hier bei uns?"
„Wahrscheinlich die Stoffe aufschwätzen, die am Hof keiner mehr trägt, weil die Herzogtochter eine neue Mode vorgibt, was sonst, Dummchen!" Isabella lächelte sanft.
Dann ging sie hinüber zur großen Truhe vor dem breiten Bett und holte ein sorgfältig gefaltetes helles Kleid heraus. Nur ganz zart an den Ärmeln und am Ausschnitt von ihrer Mutter oder deren Magd bestickt. Hauptsächlich mit Spitze, Gold-, Silberfäden und Perlen waren ihnen zu kostspielig. Alix sah noch einen kurzen Augenblick in den Spiegel. Sie hoffte, dass der Braunhaarige Wort hielt und ihr Pferd zurückbrachte. Rasch flocht sie ihr Haar zu einem langen Zopf und nahm in einem unbeobachteten Augenblick das Medaillon aus der Tasche ihre Umhanges. Es gab keinen Platz, wo sie es verstecken konnte. In der Kleidertruhe

würden es Isabella oder die Magd finden. Daher hängte sie es sich um den Hals. Kurz darauf gingen die beiden Schwestern hinunter in den kleinen Saal der Burg.

„Schau doch mal, Alessandra", ihre Mutter strich ehrfürchtig über einen gerollten silberdurchwirkten Stoff. Alix hasste es, wenn ihre Mutter diesen Namen benutzte. Es war der Name ihrer Großmutter. Und Alessandra von Thurensburg war ein wahrer Hausdrache gewesen. Ein Bildnis dieser Großmutter hing als eines der wenigen Bilder oben in dem kleinen Arbeitszimmer ihres Vaters.
Sie betrachtete jetzt selbst den prachtvollen Stoff.
„Die Herzogtochter hat sich aus diesem Stoff ein Kleid und ein Band schneidern lassen und wochenlang war er am Hof begehrt wie kein anderer." Der schmächtige dunkelhaarige Mann mit dem verschlagenen Gesichtsausdruck schien ein sehr guter Verkäufer zu sein. „Wann genau war das?", fragte Alix und die Frau des Händlers mischte sich schnell ein. Anders als ihr Mann hielt sie ein ständiges Lächeln in ihrem Gesicht. „Es ist noch gar nicht so lange her. Vielleicht im letzten Jahre oder auch im vorletzten. Aber jeder hat die Herzogtochter um dieses schöne Kleid beneidet."
Isabella warf ihr einen unauffälligen Blick zu und senkte rasch den Blick.
Die Händlerin winkte einen dünnen, blassen jungen Mann heran, der ihr eine weitere Stoffrolle aus dem klapprigen Gefährt dort draußen auf dem Hof geholt hatte. Er sah auffällig oft Alix an und stolperte leicht über ein Stück überhängenden Stoff, so dass ihm die Rolle mit dem hellen blauen Stoff zu Boden fiel. Das Gesicht der Händlersfrau veränderte sich von einem

Moment auf den anderen. „Pass doch auf, du Trampel", fuhr sie ihn bösartig an und gab ihm einen leichten Schlag auf den Rücken, während er sich rasch bückte, um den Stoff wieder aufzurollen. Alix Vater, der Ritter von Thurenburg, stand mit gerunzelter Stirn derweil hinter ihnen.
„Wie teuer sollen eure Stoffe sein, sagt, Weib", fragte er die Händlerin. Seine eigene Frau sah ihn bittend an. Die plötzlich nicht mehr ganz so freundliche und verkaufstüchtige Händlersfrau war nun voll in ihrem Element.
Alix zog sich etwas an die Seite zurück, während der junge Mann sie derweil fasziniert ansah. Sie lächelte freundlich, da er ihr leid tat. Dies schien ihm Mut zu machen.
Er trat einen Schritt näher und meinte leise: „Schönes Fräulein, ich bitte Euch, dass ich ein Bild von Euch malen darf?"
Alix war für einen Moment regelrecht überrascht.
„Du kannst malen?"
Er sah jetzt richtig glücklich aus. „Ja, Madam!"
„Ich weiß allerdings nicht, ob meine Eltern oder deine Herrschaften das erlauben werden?"
„Bitte, Madam! Es ist mein größter Wunsch. Ihr seid wunderschön!"
Alix bekam leicht rote Wangen und traf eine Entscheidung, die sie noch lange bedauern sollte. Geschmeichelt durch seine Worte und offensichtliche Begeisterung stimmte sie zu.
„Gut. Wenn eine Magd anwesend ist, kannst du mich malen. Soweit es dir möglich ist, Zeit dafür zu finden."
Er kam schon am nächsten Tag wieder. Alix saß ihm im Schatten des kleinen verwunschenen Gartens an der

Rückseite der Burg Modell, eine junge Küchenmagd dabei, welche für ein paar Silbertaler bereit war, ihren Mund zu halten. Und so kam der junge Händlergehilfe jeden Tag wieder, um an dem kleinen Bildnis zu arbeiten.

Er malte auf ein feines Pergament, welches er über Holz gespannt hatte, und erklärte sogar die Herkunft der Farben auf ihre neugierige Nachfrage.

„Eine Mischung aus farbigen Erden, Kreide und Mineralien, Fräulein Alix. Das Ganze wird zu Pigmentpulver fein vermalen. Ich habe hier noch Löschkalk verwendet", er wies auf den fleckigen verschlossenen Tiegel. „Die Feder habe ich mir selbst zurechtgeschnitten – sie ist anders als eine reine Schreibfeder unten breiter gearbeitet, das hier ist aus Rosshaar", er deutete auf eines seiner anderen Malwerkzeuge.

„Und woher hast du das alles? Ist es nicht teuer und anstrengend, diese ganzen Materialien zu finden und zu mischen?"

Er wurde etwas rot, schüttelte aber den Kopf.

„Ich habe einen reichen Gö...", er hustete und wirkte ärgerlich, ergänzte dann aber: „Einen reichen Kopf mit Ideen. Wenn das Fräulein sich derweil dorthin setzen könnte?"

Sie folgte seiner Anweisung, gespannt darauf, ob seine Zeichnung Ähnlichkeit mit ihr haben würde.

Der junge Mann arbeitete angestrengt und konzentriert. Als er endlich fertig war und ihr das kleine Porträt in die Hand gab, war Alix überrascht über seine Fähigkeiten. Eine hübsche Frau, im Profil dargestellt. Das Haar geflochten, geschlungen und gesteckt. Sie selbst – Alix war begeistert.

„Ich gebe dir dafür fünf Silbertaler, du hast deine Arbeit sehr gut gemacht! Mein Vater wird begeistert sein, wenn ich es ihm schenke!"
Rasch nahm es ihr der blasse junge Mann aus der Hand. „Es muss noch trocknen und ich werde es mit einem Firnis überziehen lassen. Danach bekommt ihr es selbstverständlich. Mir reichen auch vier Silbertaler. Es war mir eine Freude!"
„Bringst du es morgen vorbei?", Alix strahlte ihn an. „Ich möchte gern meine Eltern damit überraschen!"
Er schaute sie unsicher an und wurde noch eine Spur bleicher. „Wie ihr wünscht, Fräulein vom Auenwald." Dann sah er zu Boden.
„Du bist unheimlich gut im Malen!", sagte sie immer noch begeistert. „Unglaublich! Du solltest dich bei dem Herzog vorstellen und ihn oder seine Familie malen! Er würde es dir sicher mehr entlohnen als diese unfreundliche Frau, für die du arbeitest!"
Er atmete tief ein und sah auf den Boden.
„Hier, nimm das schon mal!" Alix reichte ihm zwei Silbertaler. „Als Anzahlung."
Er sah auf die Silberstücke in ihrer Hand, griff die Münzen und ließ sie in der Tasche seines zerlumpten Gewandes verschwinden. Seine dunklen Augen sahen sie nun sehr vorsichtig an.
„Manchmal ist etwas nicht das, was es zu sein scheint", sagte er langsam, schien selbst fast über seine Worte zu erschrecken, verbeugte sich hastig und begann danach, die Reste seiner Malsachen im Gras einzusammeln und in einen abgewetzten Lederbeutel zu verstauen.
„Wann kommst du morgen?", fragte Alix ihn aufgeregt.
„Sobald ich kann", meinte er, warf ihr noch einen bedauernden Blick zu und folgte dann der Küchenmagd,

die ihn möglichst unauffällig aus der Burg bringen würde.

Alix blieb zurück und sah hinauf in den leicht bewölkten Frühlingshimmel. Sie freute sich darauf, ihren Eltern das kleine Bildnis schenken zu können. Es war wirklich schön geworden. Vielleicht würde es ihrem Vater statt der Sorgenfalten ein Lächeln in das Gesicht zaubern? Ob er Isabella wohl auch malen könnte? Alix ärgerte sich darüber, ihn nicht gleich danach gefragt zu haben. Aber sie würde es gleich am nächsten Tag nachholen, das nahm sie sich fest vor. Glücklich hob sie ihren langen hellen Rock etwas hinauf und lief in Richtung Burg.

3. Kapitel

„Ich komme vom Norden her."
„Und ich vom Süden."
„Und ich vom Meer."
(Theodor Fontane)

Mit dem Pferd hatte es Ärger gegeben. Dass Vento nicht mehr da war, beunruhigte ihren Vater sehr. Dass stattdessen nun allerdings ein vollblütiger edler Grauer in ihrem Stall stand, beunruhigte ihn noch mehr. Alix hielt sich mit dem Erzählen zurück. Ein Bote hätte es mit ihr getauscht. Mehr erzählte sie auch auf mehrfaches Nachfragen nicht. Ihre Mutter hatte daraufhin angeordnet, dass Alix die nächsten Tage nicht ausreiten solle. Erst jetzt schien ihr aufzugehen, dass

ihre Tochter trotz der Abgeschiedenheit, in der sie lebten, doch anderen Menschen begegnete.
Am nächsten Morgen, Isabella schlief noch, saß Alix bereits nachdenklich auf dem Bettrand des breiten Himmelbettes mit dem rotem Baldachin und den hellen Vorhängen. Sie hielt das Medaillon in der Hand und strich mit den Fingern über das Relief des gedrehten Wirbels. Ob er sein Wort halten würde? War er wohl vom Herzog des Nachbarlandes geschickt worden? Er hatte ihr gefallen. Und brutal war er auch nicht zu ihr gewesen. Sicher, das mit dem Pferd war nicht nett. Andererseits besaß sie dafür seines. Die Schriftzeichen waren seltsam. Eines von ihnen schien etwas erhöht zu sein. Langsam strichen ihre Finger darüber. Das Medaillon schnappte auf.
Alix starrte erschrocken darauf. Vorsichtig öffnete sie es richtig. Im Inneren lag eine Locke dunkelbraunen Haares. Sein Haar? Sie atmete tief ein und spürte die Aufregung, die sie nun überkam. Fasziniert nahm sie es heraus. Es fühlte sich weich an. Er hatte ihr eine Haarlocke von sich geschenkt? Das war ja fast ein Liebesbeweis! Da sie leise Schritte im Gang hörte, legte sie das kleine Haarstück zurück in das Medaillon, schloss es schnell und hängte sich die Kette wieder um. Als es klopfte und die junge Küchenmagd eintrat, hatte sie es längst unter ihr Nachtgewand gleiten lassen.
Der Maler kam an diesem Tag nicht. Und auch am nächsten wartete Alix umsonst ungeduldig auf ihn an einem Fenster des Haupthauses, von dem aus man den Wald sehen konnte.
Als er am nächsten Tag auch nicht kam, spürte Alix die Enttäuschung darüber deutlich. Er hatte es ihr gesagt. Genau wie der Braunhaarige, der sich auch nicht blicken

ließ. Bei Letzterem hoffte sie allerdings, dass es ihm gut ging und ihm nichts passiert war auf seinem Weg – zurück in eines der Nachbarländer.
Ihre Mutter ließ ihre beiden Töchter zu sich in ihr Gemach kommen. Sie sprach mit ihnen heute in einer der Sprachen der Nachbarländer, und Alix war dabei völlig abgelenkt und desinteressiert. Was sollte sie mit der Sprache, die in einem anderen Land gesprochen wurde? Sie würden Morelanien höchstwahrscheinlich kaum verlassen. Sie verließen ja nicht einmal ihre eigenen bescheidenen Besitztümer.
„Reiter. Reiter kommen vom Wald.", hörte man vom geöffneten Fenster den Ruf des alten Sven aus dem hohen Turm.
Die Freifrau von Thurensburg trat mit gerunzelter Stirn zum Fenster hinüber und Alix nutzte die Chance, schnell aufzustehen.
„Wer ist es, Mutter? Sommerau?"
„Das sind Reiter des Herzogs", rief der alte Sven derweil laut draußen hinunter auf den Hof und beantwortete damit ihre Frage. „Und die Leute von Kyrin. Sein Sohn. Hervard, verständige den Herrn!"
Alix strich sich unruhig über ihren Rock. Ihr war etwas aufgefallen. Es wäre nicht gut, wenn man den schönen Grauen in den Ställen fand. Vielleicht kamen die Reiter wegen ihr und dem Erlebnis an der alten Klosterruine? Da ihre Mutter den Raum eilig verließ, um hinunterzugehen, murmelte auch sie eine Entschuldigung und ließ Isabella dort allein zurück. Alix nahm sich nicht einmal die Zeit, ihren Umhang zu holen. Da die Reiter noch nicht im Innenhof angekommen waren, beeilte sie sich, hinüber zu den Ställen zu gelangen. Als sie die Lattentür hinter sich

schloss, wurde bereits das Tor für die Reiter geöffnet. Ein Stallknecht kam aus dem hinteren Teil des niedrigen Gebäudes zu ihr.
„Sattel den schönen Grauen, mit dem ich hergekommen bin, Risvert. Sie dürfen ihn hier nicht finden."
Er nickte, auch wenn er den Grund dafür wohl nicht verstand. Alix wandte sich wieder der etwas schief gezimmerten Lattentür zu. Sie drückte ihr Gesicht vorsichtig gegen das raue Holz, um mit einem Auge hinausschauen zu können. Die Reiter ritten nun auf den mit Erde festgestampften Innenhof ein. Große, schwere Pferde des Herzogs. Erschrocken fuhr sie etwas zurück, als sie den kräftigen älteren Ritter erkannte, den sie mit Steinen beworfen hatte. Er trug einen seiner Arme in einer Art Schlinge und blickte sich aufmerksam im Hof um. Weitere Reiter folgten, sie zählte zwölf insgesamt. Einer von ihnen war ebenfalls einer der Soldaten aus der Klosterruine. Und dieser hochgewachsene Blonde dort war wohl der Sohn Kyrins.
Seine Kleidung war in den Farben dunkelblau gehalten. Auf dem Umhang das Wappen mit dem Stier. Vorsichtig wich Alix ein Stück zurück. Es wäre auch nicht gut, wenn man SIE hier finden würde. Sie wandte sich rasch ab. Der Stallknecht führte derweil den gesattelten Grauen aus dem einfach getrennten Verschlag heraus in Richtung der hintersten Box, in der das Heu lagerte. Er schob es zur Seite und legte ein schmales Portal aus Eisen frei. Risvert löste den Schlüssel aus einem Bund an seinem Gürtel und schloss das Tor auf. Er schob zwei schwere Eisenriegel zurück und öffnete es dann richtig. Es ließ sich schwer bewegen und quietschte etwas. Alix biss sich leicht auf die Unterlippe. Hoffentlich hörte man es draußen nicht. Dieses Tor war gleichzeitig

größter Schwachpunkt und Fluchtmöglichkeit aus der Burg. Sie nahm die weichen Lederzügel des Pferdes und führte ihn rasch aus dem Stall heraus.
„Risvert: Mein Vater soll kein Wort wegen des Pferdes sagen, hörst du?"
Wieder nickte er mit großen Augen.
Alix hielt sich nicht weiter auf, sondern stieg in den Steigbügel und zog sich aufs Pferd.
„Ihr habt Euren Umhang nicht, Fräulein Alix", meinte Risvert. „Wartet, ich hole Euch einen." Er verschwand im Stall. Ungeduldig zügelte sie derweil das Pferd. Nach einem kleinen Moment kam der Stallknecht zurück mit einem abgetragenen, grauen, weiten Männerumhang.
„Nehmt diesen, sonst gibt es Ärger mit Eurer Mutter!"
„Danke, Risvert!" Sie unterdrückte ein Lächeln und warf sich den groben, nach Heu und Pferden riechenden Umhang über. Wie gut, dass ihre Mutter nicht wusste, was sie jetzt vorhatte! Alix zog die Kapuze des dunkelgrauen Umhangs über den Kopf.
Sie gab dem schönen Hengst Druck mit ihren Schenkeln und ließ ihm die Zügel frei. Augenblicklich trabte er los, beschleunigte dann und streckte sich richtig. Er wollte laufen, und sie wollte momentan weg von hier. Die Wache oben im Turm würde sie sehen, aber kaum melden. Auf ihre Leute war Verlass.
Schnell wie der Wind galoppierte der Graue über die Wiese und sie ließ ihn laufen.

Alix hatte den schnellen Ritt genossen. Die Luft war angenehm kühl und ihr Pferd wild darauf, richtig galoppieren zu können. Sie war eine gute Reiterin, saß sie doch seit ihrer Kindheit im Sattel. Eine ganze Weile hatte sie den schönen Grauen galoppieren lassen, einen breiteren Waldweg in Richtung des Herzogpalastes eingeschlagen und ihn dort richtig laufen lassen. Nachdem sie einige Meilen weit galoppiert waren, zügelte sie das Pferd schließlich. Es war auf einmal unruhig. Alix straffte die Zügel noch mehr, allerdings kämpfte er dagegen an und schnaubte ärgerlich. Da der Graue nervös zu tänzeln begann, ließ sie ihm die Zügel schließlich wieder gehen. Pferde waren oft schlauer als Menschen. Vielleicht hatte er ein wildes Tier im Wald gehört. Auf alle Fälle drängte er nun voran und sie ließ ihn laufen. Er schnaubte, trabte los und beschleunigte dann richtig. Sie warf einen unruhigen Blick auf den dichten Laubwald, der sie umgab. Dichte grüne Blätter, dunkelbrauner Waldboden, Gebüsch. Irgendwo schlug ein Eichelhäher an, ansonsten höchstens ein leichter Wind, der ab und zu durch die Blätter fuhr. Alix überlegte schon, ihr Pferd wieder zu zügeln und gewaltsam zurückzutreiben, als es von allein verlangsamte. Der Hengst hielt nun an. Alix versuchte, ihn zu wenden, aber er stemmte sich mit aller Macht dagegen. Schließlich gab sie es auf, stieg ab und nahm seine Zügel.

„Wir müssen zurück", sagte sie leise und strich ihm beruhigend über die Stirn. Das Pferd setzte keinen Huf voran. „Bist du eine sture Ziege", schimpfte sie mit ihm, als sie selbst etwas hörte. Es klang wie das Lachen einer Frau. Einen Moment zögerte Alix unentschlossen, dann führte sie das schöne Pferd zu einem der schmalen Bäume. Diesmal folgte er brav und ließ sich dort in aller Ruhe festbinden. Erneut ein Lachen, irgendwo nicht weit entfernt im Wald. Es hörte sich nicht bedrohlich an. Sie ging nun leise in die Richtung, aus der das Lachen gekommen war. Der Wind strich sanft durch die

Blätter des Waldes und sie versuchte angestrengt, auf weitere Geräusche zu achten. Die kratzige Stimme eines Mannes, nicht weit von hier. Atemlos ging Alix weiter. Sie entdeckte die schemenhaften Gestalten eines Mannes und einer Frau hinter einem der dichten Gebüsche einer Waldlichtung. Die Frau war zierlich mit langem, offenem, braunen Haar. Der Mann ihr gegenüber großgewachsen und blau gekleidet. Er trug eine Kapuze über dem Kopf. Sie schienen jetzt zu streiten, die Stimme der Frau war hoch und vor allem zornig. Er lachte spöttisch.

„...weißt, was du da von mir verlangst? Ich KANN dies nicht tun!"

Er antwortete etwas, das Alix nicht verstand.

Die Frau war nun richtig zornig. „Und ich soll einfach ZUSCHAUEN? Du glaubst nicht, dass ich das wirklich tue, oder?"

Wieder etwas Unverständliches. Die Stimme des Mannes bekam einen schmeichelnden Tonfall. So wie es aussah, hielt er die Frau am Arm fest, zog sie schließlich an sich und küsste sie. Es schien nicht gegen ihren Willen zu sein, Alix entschloss sich, dieses Pärchen sich selbst zu überlassen und zu verschwinden. Leise wich sie zurück, stieß gegen etwas und drehte sich um. Sie sah in ein paar dunkle Augen. Ein komplett schwarz gekleideter Mann, mit einem schwarzen Tuch sogar vor dem unteren Teil seines Gesichtes. Vor Schreck schrie sie laut auf.

„Wer ist da? Norwin, tu etwas!", hörte Alix den Schrei einer Frau hinter sich. Sie hatte auch das Pärchen - so wie es aussah - auf sich aufmerksam gemacht.

Der Schwarzgekleidete gab ihr einen Stoß und sie taumelte zurück, bevor sie von hinten gepackt wurde und ihr jemand die Arme gewaltsam auf den Rücken riss.

„Sieh an, wir haben Zuschauer!" Die spöttische, leicht kratzige Stimme des Mannes von eben. Und danach erstaunlich kalt: „A bheil thu a chadal, Oswin?"

Augenblicklich stieg Angst in ihr auf. Die Stimme des Mannes war nicht kratzig. Er sprach eine seltsame fremde Sprache, die ihr völlig unvertraut war. Der Dunkelgekleidete vor ihr packte sie nun und riss sie brutal herum. Sie starrte in das Gesicht eines hochgewachsenen, sehr gut aussehenden Mannes. Er hatte tiefblaue Augen, ein edles Gesicht und blondes Haar, einen muskulösen, durchtrainierten Oberkörper. Längeres, blondes Haar, am Hinterkopf zusammengebunden. Die Schnürung seines Obergewandes war vorne leicht geöffnet. Er trug eine silberne Kette mit Anhänger. Langsam stieg eine Erkenntnis in ihr auf. Dies war ein Ort, den sie lieber hätte meiden sollen. Man riss ihr auf ein Zeichen des Mannes grob die Kapuze hinunter.

„Wer ist das schöne Kind? Ich dachte, ein einfaches Bauernmädchen. Leider darfst du mich nicht sehen. Das tust du aber gerade. Was bedeutet, dass wir dich nicht zurückreiten lassen dürfen. Die Frage ist: Was machen wir jetzt mit dir?"

Seine blauen Augen funkelten. Die Gestalt der Frau war nun unter einem langen blauen Umhang verborgen, Alix konnte ihr Gesicht nicht sehen, als sie neben den Mann trat.

„Sie wird alles vergessen, Norwin, lass sie. Ich bitte dich. Das ist ein junges Mädchen." Und dann wandte sie sich an Alix, wobei sie die Kapuze unter dem Kinn enger hielt:

„Du versprichst, keinem zu erzählen, was du gesehen hast?"
Alix nickte hastig und fügte betont mutig hinzu:
„Ich habe gar nichts gesehen. Verzeiht, aber ich glaube, Ihr nehmt Euch selbst zu wichtig, Herr. Ich sehe viele Leute – ich wüsste nicht, was an Euch jetzt so besonders sein sollte, dass es jemanden interessieren könnte!"
Die Augen des Mannes waren während ihrer kurzen Rede immer größer geworden. Er stützte die Hände nun in die Seite und begann laut zu lachen.
„Oswin, komm her und schau dir dieses Mädchen an – so ich ihr schon uninteressant bin, kann sie auch dich sehen!"
Hinter einer der Wachen trat ein weiterer Mann in einem langen, grünen Umhang zu ihnen hinüber. Er war ebenfalls groß und seine Schritte deuteten auf seine Beweglichkeit hin. Sie waren federnd und doch fest.
Vor Alix nahm er die weite Kapuze seines Umhanges zurück und blickte sie an.
Alessandra konnte ihn einfach nur ansehen. Er hatte grüne Augen und hellbraunes, glattes Haar. Sie hatte noch nie einen so gut aussehenden Mann gesehen. Anscheinend fand hier gerade das Treffen der bestaussehendsten Männer statt. Sie wirkten schon fast etwas – überirdisch.
„Soll ich sie erledigen?", sagte der Grünäugige mit einer Stimme so weich wie Samt.
Alix starrte ihn entsetzt an.
Die bestaussehendsten und scheinbar – unsympathischsten Männer, ergänzte sie im Stillen und dachte an den alten Sven, der beileibe nicht schön, aber mit einem guten Herzen gesegnet war.
Ihr fiel jetzt etwas bei dem Grünäugigen auf.

Er war sehr schön – aber irgendwie kalt, wenn sie es so nennen konnte.
„Könnten wir darüber verhandeln?", fragte sie schnell, da der Blonde sie nachdenklich betrachtete.
Alix entdeckte etwas anderes an ihm. Er trug – ein silbernes Medaillon am Hals. Es war ihr gleich so vertraut vorgekommen.
„Das ist Esterons Medaillon, das Ihr tragt", keuchte sie und der Blonde war nun überrascht.
„Esteron?", sowohl der Blonde wie der Grünäugige sahen sie an. „Was weißt du von Esteron?"
Da ihre Arme von hinten noch fester gedrückt wurden, beeilte sie sich zu sagen:
„Er gab mir sein Medaillon."
Der Grünäugige sah auf ihren hohen Ausschnitt und bemerkte wohl das silberne Band um ihren Hals. Seelenruhig trat er direkt zu ihr und zog es unter dem Kleid hervor, um es in seiner behandschuhten Hand zu halten. Da er so dicht bei ihr stand, fiel ihr auf, wie frisch er roch. Nach Wiesen, Moos und Tannen, so wie ein frischer, klarer Waldwind. Sie atmete tief ein und schloss die Augen. Endlose Wälder und Wiesen schienen vor ihr aufzutauchen und einen Augenblick hatte sie das Gefühl, darüber zu fliegen und alles von oben zu sehen. Entsetzt öffnete Alix die Augen. Das war erschreckend realistisch gewesen.
Die schönen grünen Augen musterten sie aufmerksam. Er hielt Esterons Medaillon in der Hand, murmelte ein paar fremde Worte und strich dann darüber. Es öffnete sich und er hielt es so, dass die braune Haarlocke nicht hinausfallen konnte. Erneut ein Blick tief in ihre Augen. Sie dachte an weite Tannenwälder und schüttelte den Kopf, um das Bild zu verdrängen. Es ging nicht. Sobald

sie ihn wieder ansah, sah sie die weiten Tannenwälder. Alix schloss die Augen und öffnete sie wieder.

„Was siehst du?", fragte er interessiert.

„Nichts als Wald – und Wiesen und Natur", flüsterte sie ehrlich.

Er schien jetzt wirklich überrascht zu sein.

„Was hast du mit Esteron? Hm? Sag es mir, Mädchen! Warum gab er dir das Medaillon?"

„Wir – sind verlobt", brachte Alix mühevoll hinaus. Es konnte nichts schaden, sich bedeutender erscheinen zu lassen. Dieser Esteron würde die Sache schon klären.

Der mit den grünen Augen ließ das Medaillon einfach los. Es fiel gegen ihren Hals zurück.

„VERLOBT? Mit Esteron?" Sein Gesichtsausdruck schwankte zwischen amüsiert und überrascht.

Der Blondhaarige schob ihn herrisch zur Seite.

„Wo ist Esteron?", fragte er und sah Alix fest an.

Sie war jetzt völlig verwirrt. Seine Augen waren tiefblau, wie der Ozean. Aber als er sie anschaute, sah sie dort noch etwas anderes. Das Meer, unendlich weit, Wellen und Schaumkronen, die darauf tanzten. Sturmumtoste Steilküsten und wildes, raues Land, es war, als würde ein kalter Wind sie streifen. Hohe, raue Berge, mit Schnee bedeckt. Sie sah alles wie ein Vogel, der darüberflog. Alix keuchte und schaute rasch zu Boden, weil der Anblick verbunden mit dem leicht salzigen Geruch des Meeres sie zu überwältigen drohte.

„Was siehst du?", fragte auch er wiederum und runzelte die Stirn, während er wieder versuchte, ihren Blick einzufangen.

„Nichts, absolut nichts!", antwortete sie völlig durcheinander.

„Und jetzt?", fragte er und sie sah ihn erneut an.

„Ich sehe das Meer. Aber ruhig nun. Wenn ich Euch ansehe, so habe ich das Gefühl, das Meer zu sehen und – grünes Land. Ein kleines, graues Dorf und eine mächtige Burg - ich weiß es nicht, bitte hört auf damit, ich weiß nicht, was Ihr da macht, aber es macht mir Angst!"
„Was mache ich denn? Ich sehe dich an. Außerdem sagtest du mir doch, dass du ständig solchen Leuten begegnest, oder?" Er lächelte und trat einen Schritt zurück.
Alix atmete auf.
„Wo ist Esteron?", wiederholte er nun seine Frage und sie vermied es, ihn direkt anzusehen.
„Ich dachte, er wäre vielleicht hier?", antwortete Alix vorsichtig.
„Du weißt nicht, wo er ist?"
Leichtes Misstrauen zeichnete sich jetzt in seinem Gesicht ab.
„Er hat mir versprochen zu kommen", sie sah ihn fest an.
Sein Blick machte ihr Angst. Er war klar und scharf und alles durchdringend. Die Landschaften und das Meer waren weg. Anders als der mit den grünen Augen strahlte der Mann so etwas wie frische Kälte aus. Das hatte sie noch nie bei jemandem erlebt.
Alix erschrak furchtbar, als er nun nach ihrer Hand griff, diese nach oben zog und sie auf die Handinnenfläche küsste. Es war, als hätte eine kalte Brise ihre Hand gestreift.
„Sollen wir dich mitnehmen?"
Alix schüttelte schnell den Kopf.
„ER kommt zu mir!"
Zum ersten Mal zeigte sich Erstaunen in den Augen des Blonden.

„Dann gehe los und reite zurück. Hier ist kein guter Platz für dich!"
Die dunkel gekleideten Kerle starrten Alix alle an. Es waren noch zwei weitere, die zwischen den Bäumen standen. Es erschien ihr sinnvoll, vor dem Blauäugigen tief zu knicksen. Ein nicht zu lesender Blick aus seinen schönen Augen. Alix wandte sich um und ging ganz langsam zurück durch den Wald. Sie spürte ihre Blicke beinahe in ihrem Rücken, zwang sich dennoch instinktiv zu völliger Ruhe. Ein inneres Gefühl sagte ihr, dass sie verloren hätte, sobald sie loslaufen würde.
Ein kalter Wind streifte sie von hinten und wirbelte in ihren Umhang herein. Etwas hielt sie fest. Überrascht sah Alix sich um. Da war niemand. Sie sah zurück zu dem Blondhaarigen. Er nahm zwei seiner Finger und deutete auf seine Augen damit. Dann wies er auf sie.
Alix schluckte schockiert und nickte, stolperte fast über eine Wurzel, da sie nur rasch hier weg wollte.
Die Strecke zu ihrem Pferd war vorhin irgendwie kürzer gewesen. Als Alix endlich bei dem schönen Grauen anlangte, lösten ihre Finger hastig die Zügel von dem Baum. Mit zitternden Beinen führte sie ihn zurück zu dem breiteren Weg, stieg mit einem Fuß in den Steigbügel und zog sich mit Schwung hinauf. Eine unbestimmte Angst war in ihrem Inneren.
„Weg hier, mein Guter", flüsterte sie. Das schöne Pferd trabte los, fiel danach in einen leichten Galopp. Alix gab ihm die Zügel frei. Nur WEG hier. Der Graue streckte sich nun und jagte dahin. Sie schaute nicht zurück und lenkte das Pferd kurz darauf über eine Wiese. Als nach längerem Ritt endlich wieder die Burg mit den fünf Türmen vor ihr auftauchte, atmete die junge Frau erleichtert auf. Während sie zurückblickte, schien ein

kühler Wind sanft über sie zu streifen. Alix fröstelte augenblicklich und wandte sich rasch wieder um. Da sie nicht wusste, ob die Männer des Herzogs immer noch da waren, winkte sie hinauf zum Turm.
„Sven, ist die Luft rein?"
„Rein wie der junge Morgen, Fräulein Alix. Unsere Gäste sind in den Orkus verschwunden", rief er zurück.
Sie lächelte und spornte den Hengst an. Als sich kurz darauf das große Tor hinter ihnen schloss, war Alix erleichtert.

4. Kapitel

Die nächsten Tage entschied sie sich freiwillig, in der Burg zu bleiben. Nicht nur, weil es mit ihrem Vater Ärger gegeben hatte. Man suchte nach einem Mädchen, welches die Wachen des Herzogs angegriffen hatte. Einer von Kyrins Männern war von einem bösartigen, frechen, blondhaarigen Wesen angegriffen und verletzt worden. Alix senkte schuldbewusst den Blick, aber ihr Vater lachte schließlich und schlug ihr anerkennend auf die Schultern.
„Gut gemacht! Du wirst nur nicht mehr allein ausreiten, hörst du?"
Überrascht nickte sie und entschloss sich, in der nächsten Zeit folgsam zu sein.
Ihre Mutter war regelrecht erstaunt, als Alix sich mit Stoff, Nadel und Garn hinsetzte und an dem neuen Kleid mitzuarbeiten begann. Ihre Stiche waren nicht ganz so fein wie die ihrer Mutter oder Schwester. Dennoch arbeitete Alix unermüdlich.

„Wir haben im Turm noch eine alte Spindel stehen", meinte die alte Anna amüsiert. „Vielleicht wollt Ihr auch noch etwas Garn spinnen?"
Alix schüttelte lächelnd den Kopf.
„Wenn sich Alessandra daran sticht, dann bricht für ein paar Tage hier alles zusammen", sagte Isabella belustigt. „Mit einer Verletzung kann sie sicher nicht mehr ausreiten und ihre schlechte Laune möchte ich dann nicht erleben."
Alix warf ihr eine Grimasse zu. Gemeinsam begannen die Geschwister danach, gutgelaunt ihr eigenes Gemach in Ordnung zu bringen. Isabella faltete die Kleider neu und legte sie sorgfältig in die Truhe. Alix hing ihre Betten über das Fenster und klopfte und schüttelte diese schließlich aus. Isabella verließ kurz das Zimmer, um frisches Wasser und ein Tuch zum Reinigen zu besorgen.
Derweil klopfte Alix Isabellas Kissen gründlich. Isabella mochte keine Federklumpen darin. Ein kalter, frischer Windstoß fegte heran und schien fast an dem Kissen zu ziehen. Alix hielt es überrascht fest. Zu spät merkte sie, dass es zu schneien angefangen hatte.
Entsetzt sah Alix hinunter in den Hof unter sich, wohin die Federn aus Isabellas Kissen jetzt sanft hinunterschwebten. Der alte Sven stand mit offenem Mund ungläubig schauend auf dem Turm. Rasch zog Alix das Kissen zurück. Von dem Inhalt fehlte der größte Teil. Unentschlossen stand sie einen Moment da. Sie würde es nähen müssen. Vorsichtig schlug sie den Stoff unten um und trug das Kissen zurück zum Bett. Isabella ging sanfter mit den Dingen um. Vielleicht fiel es ihr ja gar nicht auf. Dass eine Windböe daran gezogen hatte,

würde ihre Schwester ihr wohl kaum glauben. Sie platzierte es sorgfältig auf dem Bett.
Ihre Schwester kam erneut herein, ein paar gefaltete alte Leinentücher in der Hand.
„Ich wünschte, wir könnten auch bei so einem Fest sein, Alix", sagte sie leise und reichte ihr eines der Tücher.
„Was meinst du, Isabella?"
„So ein Fest wie in der Burg des Herzogs. Ich sehe hunderte von Kerzen beinahe vor mir! Wir wohnen hier fernab von allem. Es macht mich manchmal richtig traurig."
Alix legte ihr nun tröstend die Hand auf die Schulter.
„Gräm dich nicht. Vielleicht kommen auch für uns noch einmal bessere Zeiten! Und so schlecht geht es uns auch nicht."
„Kyrin droht damit, auch die breiten Felder vor der Grenze zu seinem Gebiet hinzuzunehmen. Sein Sohn stolziert durch unsere Burg, als würde sie fast schon ihnen gehören. Es bleibt uns dann nur noch der Auenwald – und irgendwann nimmt uns Kyrin sogar unsere Burg noch weg!"
„Aber das lässt der Herzog doch bestimmt nicht zu, oder?"
Isabella meinte bitter:
„Was interessieren wir den Herzog noch? Seine Leute haben ihre Nase in wirklich alles hineingesteckt, als sie hier waren. Danach fehlten in der Speisekammer zwei Speckseiten, das teure Salz und auch einige von den getrockneten Gewürzen, als diese Leute endlich wieder verschwanden. Die Köchin hat fürchterlich geschimpft! Sie klauen wie die Raben und keiner bestraft diese Bösewichte! Warum können wir unser Recht nicht durchsetzen?"

„Irgendwann, Bella, bekommen sie es zurück. Ich bin mir ganz sicher!" Alix dachte an das Medaillon unter ihrem Kleid.

Nach fünf Tagen in der Burg und der einzigen Möglichkeit, sich in dem kleinen verwunschenen Garten zu bewegen, hielt es Alix nicht mehr aus. Esterons Pferd musste bewegt werden. Sie hatte sich bemüht, vorsichtig nachzufragen. Einen Esteron kannten weder ihr Vater noch ihre Mutter. Nicht einmal der alten Anna war ein solcher bekannt.

„Wie kommst du auf den Namen?", hatte ihre Mutter streng nachgefragt.

„Aus Isabellas Büchern", erwiderte Alix hastig und ihre Mutter nahm es fraglos hin.

Vielleicht sollte der Braunhaarige doch lieber wegbleiben? Alix war unentschlossen.

Am nächsten regenfreien Tag ritt sie in Begleitung einer Wache aus. Zunächst hatte sie an einen Ausritt in Richtung von Sommeraus Ländereien gedacht, verwarf den Gedanken jedoch schnell. Dafür musste man ein ganzes Stück an Kyrins Ländereien vorbeireiten. Das war momentan nicht sehr ratsam. Sie sprang nochmals vom Pferd und lief ins Innere der Burg zurück, hinauf in ihr Gemach.

„Isabella? Leihst du mir deinen roten Umhang?"

Diese sah verwundert von ihrem Buch hoch.

„Wenn du gut darauf aufpasst Alix – er liegt in der Truhe."

Rasch nahm sie ihn nun heraus und tauschte ihren eigenen hellen Umhang gegen den roten ihrer Schwester aus. Er war in einem schönen Rostrot. Sie band ihn sich vorne zu und ordnete die lange Kapuze auf dem Rücken.

„Möchtest du nicht mitkommen, Bella?"
Isabella schüttelte nur den Kopf, wandte sich wieder ihrem Buch zu und sagte leise: „Mach keine Dummheiten, Alix!"
Ihre jüngere Schwester verließ sie recht nachdenklich. Isabella flüchtete sich regelrecht in ihre Bücher. Vielleicht würde sie ihr etwas mitbringen können, um sie auf andere Gedanken zu bringen.
Der Traum von einer standesgemäßen Zukunft war ausgeträumt. Auch wenn Isabella sich scheinbar vollkommen darin verloren hatte.
Der mittelgroße Hervard ritt heute mit ihr aus dem Hof hinaus. Ihr Vater hatte darauf bestanden, dass sie nur noch in Begleitung ausritt und auch ihr war das nun lieber.
Die Pferde trabten aus dem breiten Tor hinaus, dumpf tönten die Hufe auf dem festgestampften Boden. Der Hengst Esterons war schwer zu zügeln. Er wollte laufen. Alix trug ein helles, langes, weitgeschnittenes Kleid und den roten Umhang ihrer Schwester darüber. Falls man noch nach einem Mädchen in heller Kleidung suchte, so konnte dieser vielleicht täuschen.
Im Schatten des Auenwaldes ließen die beiden Reiter ihre Pferde laufen. Ein milder Wind strich Alix sanft durchs Gesicht und ließ ihren Umhang hinter ihr herwehen. Es war wunderschön. Ihr Begleiter hielt sich nah bei ihr. Als die beiden Reiter den Wald verließen, zügelte Alix Schattennebel kurz.
„Wir reiten in Richtung der Klosterruine", sagte sie zu Hervard.
„Wie Ihr möchtet, Fräulein Alix. Aber nicht näher als bis zu dem breiten Grenzweg. Das müsst Ihr mir versprechen!"

„Gut", sie lächelte. „Wer schneller dort ist, Hervard. Los."
Sie spornte den Hengst an und die Wache ihres Vaters folgte rasch.
Die Sonne schien und eine warme Brise streichelte sie fast. Alix genoss den Ritt. Für die nächsten Tage würde ihre Mutter wahrscheinlich anordnen, dass alles in der Burg gereinigt und hergerichtet wurde. Der Frühling war nun nicht mehr zu verdrängen.
Ihr Herz klopfte aufgeregt, obwohl dazu kein Grund bestand.
Sie ritten diesmal den Hang hinauf und Hervard schaute sich prüfend um.
„Was wollt Ihr in der alten Ruine, Fräulein Alix?", fragte er.
„Ich liebe die Stille dort, Hervard. Da keiner dorthin reitet, habe ich beschlossen, das alte Kloster als meinen Herrschaftsbereich anzusehen!"
Sie sah ihn bedeutend an und er lachte.
„Man erzählt sich, dass dort böse Geister umgehen!"
„Dann soll man es sich weiter erzählen! Es erspart mir unliebsame Begegnungen!"
Alix dachte an den Braunhaarigen. Warum hatte er sich sein Pferd noch nicht geholt? War ihm etwas passiert?
Als die beiden von den Pferden stiegen und die ältere Wache ihr freundlich anbot: „Ich bleibe bei den Pferden, wenn es Euch recht ist!", nickte sie sofort.
Sie hoffte, dass eine Nachricht von ihm hier sein würde. Leichtfüßig lief sie zu dem offenen Portal hinüber. Stille umfing sie und sie hob ihren langen, hellen Rock und ging vorsichtig durch den Torbogen ins Innere.
Hier innerhalb der Mauern schien es noch wärmer als draußen zu sein. Ein paar Mücken tanzten über dem Heidekraut, das allmählich zu blühen begann.

Alix lief über den steinernen, überwucherten Boden hinüber zu einem der ehemaligen Bogengänge. Ihre Hand strich über die hellen Mauern.

„Irgendwann", sagte sie leise, „wird man dieses Kloster wieder aufbauen. Und es wird noch viel prachtvoller sein, als die Kirche vorher schon war! Ich verspreche das!"

„Versprich nichts, was du nicht halten kannst!"

Erschrocken fuhr sie herum.

An dem Rand des Brunnens lehnte ein dunkelhaariger Mann mit einem zart gebräunten Gesicht und dunklen Augen. Er trug einen weiten, edlen, roten Umhang und dunkle Kleidung darunter. Schwarze, sehr gepflegte hohe Stiefel und ein umgegürtetes Schwert. Einen Moment überlegte sie wegzulaufen.

Er lächelte sie an. Ein äußerst charmantes Lächeln.

„Ich wollte dich sehen!"

„Das ist schön für Euch. Ich Euch aber nicht. Entschuldigt!" Rasch drehte sie sich um und ging zurück. Wenn sie laut schrie, würde Hervard sofort kommen. Der Dunkelhaarige war groß und breitschultrig, die Wache ihres Vaters aber sehr gut ausgebildet.

„Bitte bleib, Alessandra", hörte sie seine Stimme und hielt überrascht an. Sie drehte sich zu ihm um. Immer noch stand er an dem Brunnen und sah sie bittend an.

„Esteron schickt mich", sagte er und weckte damit ihre Neugier. Langsam ging sie zu ihm zurück.

„Ich beiße nicht", bemerkte der Mann und wies zu einer umgestürzten weißen Säule.

„Setzen wir uns?"

Sie schüttelte den Kopf. „Besser nicht. Ich kenne Euch nicht!"

„Zeit, sich kennenzulernen." Er ließ sich auf der Säule nieder und sah sie erwartungsvoll an.
„Der Stein ist noch zu kalt", meinte sie.
„Ist er nicht. Probier es aus!" Er lächelte.
Höflich fasste sie den Stein an. Die Sonne wärmte wohl doch schon genug. Er war angenehm warm. Vorsichtig setzte sie sich in einer Armlänge Abstand von dem fremden Mann auf die alte Säule.
„Mein Name ist Sothus", sagte der Dunkelhaarige und lächelte freundlich.
Er war wohl in den mittleren Zwanzigern. Irgendetwas an ihm kam ihr bekannt vor, deshalb musterte sie ihn aufmerksam. Als er ihr das Gesicht völlig zuwandte, wusste sie, was es war. Der Mann erinnerte sie an den Sommer. Er war leicht gebräunt und strömte den Geruch von warmer Erde, Sonnenschein und grünem Gras aus. Alix schaute in seine Augen und glaubte grüne, weite Wiesen zu sehen. Grüne Bäume und hellen Sonnenschein. Dann veränderten sich die Eindrücke. Sand, viel Sand und tiefblaues Meer, dickpflanzige Gewächse und Inseln im Meer tauchten vor ihren Augen auf. Rasch wandte sie sich ab.
„Also siehst du es", meinte er und blickte auf den überwucherten Innenhof. Er wechselte das Thema.
„Ich denke nicht, dass jemand das Kloster wiederaufbauen wird. Es steht an einer ungünstigen Stelle. Sobald es zu Streitigkeiten mit dem Herzog von Pontemere kommt, wird es erneut dem Erdboden gleichgemacht. Es gibt andere Orte auf dieser Welt, die viel schöner sind als das hier. Hast du keine Lust, sie zu sehen?"
Alix vermied es, ihn anzuschauen.
„Nicht unbedingt."

„Wenn du möchtest, kann ich dich mitnehmen. Dorthin, wo die Sonne scheint und der Wein an den Reben wächst. Richtiger Wein, nicht eure billigen Sorten hier. Du kennst keine Palmen, keinen Strand, nicht die Wüste und den Hartlaubwald, die hohen Berge und das Meer."
Ein heftiger Windstoß streifte sie jetzt und wirbelte durch den Innenhof.
Der dunkelhaarige Mann lächelte und schüttelte den Kopf.
„Schon gut, Oswin, ich tue ihr nichts!", bemerkte er amüsiert und wuschelte sich durch das Haar. Erneut ein heftiger Windstoß, der sie voll traf. Alix sah sich überrascht um. Es war eben noch völlig windstill gewesen. Das war eigentümlich.
„Ach ja. Esteron. Wegen ihm bin ich eigentlich hier. Ich soll dir etwas von ihm geben." Er reichte ihr eine kleine Ledertasche. „Und ich soll dir sagen: Wenn du seinen Namen in den Wind rufst, so wird er kommen." Der Dunkelhaarige stand auf und wies in Richtung des Ausgangs. „Und jetzt geh. Ein Unwetter zieht auf von Norden. Schattennebel wird dich sicher nach Hause bringen. Auf Wiedersehen, Alessandra!"
Sie erhob sich unsicher und murmelte ein leises: „Danke", dann drehte sie sich um und lief in Richtung des Ausganges. Als sie sich an dem offenen Portal nochmals umwandte, konnte sie den Dunkelhaarigen nirgendwo mehr sehen. Sie sah sich erstaunt um. Wäre nicht die Tasche in ihrer Hand, hätte sie es für ein Trugbild gehalten. Die Wärme im Hof schien irgendwie zu verschwinden. Eine kühle, frische Luft machte sich stattdessen breit. Nachdenklich verließ Alix das

ehemalige Kloster und ging hinüber zu Hervard, der in einiger Entfernung bei den Pferden auf sie wartete.
Der Graue war unruhig und drängte auf dem Heimritt immer wieder voran. Schließlich ließ Alix ihn laufen und Hervard schloss sich mit seinem Pferd dem schnellen Ritt an. Als sie die Thurensburg erreichten, schoben sich dichte, dunkle Wolken heran und man hörte ein entferntes Grollen. Sie war erleichtert, dass sie die Burg rechtzeitig erreicht hatten. Kurze Zeit später brach ein richtiges Unwetter los. Es hagelte, stürmte und gewitterte. Ihr Vater fluchte wegen der zarten Pflanzen auf den Feldern und auch deshalb, weil die Obstbäume bereits blühten. Der Hagel würde einiges von den Blüten herunterschlagen.
Alix lief mit der ledernen Tasche in ein kleines Zimmer im oberen Stockwerk. Ein altes Spinnrad stand hier, das nicht mehr genutzt wurde. Sie setzte sich auf den Holzboden und legte die Tasche vor sich, während draußen Regen fiel. Der Boden war staubig, aber sie achtete nicht darauf. Hastig öffneten ihre Hände die Lederbänder der Tasche.
Ein brauner Ledergürtel mit einer schönen, von Blumenranken überzogenen Schnalle. Auf dem Gürtel waren Dutzende von eingestanzten Blumen und gewundenen Ranken und sie strich leicht darüber. Das andere war ein schmutziges Stück Stoff, das um etwas gewickelt war. Vorsichtig wickelte sie den Stoff hinunter. Zum Vorschein kam ein zierlicher ovaler, edel gefasster Spiegel. Sie nahm den goldenen Griff und sah hinein. Der Spiegel schien fast zu leuchten, so hell und klar war er. Sie betrachtete ihr eigenen Gesicht nachdenklich. Es sah aus, als würde die Sonne hinter ihr scheinen. Alix lächelte und ihr Herz begann zu klopfen.

Sie wischte mit ihrem Ärmel über die Spiegelfläche und sagte leise: „Danke, Esteron!"
„Bitte, gern geschehen!", antwortete der Spiegel fröhlich und sie ließ ihn vor Schreck fallen.
„Aua. Pass doch auf. Ich bin sehr zart!"
Alix starrte auf den Spiegel.
„Was?"
„Ich bin aus Spiegelglas. Wenn du mich so fallen lässt, gehe ich kaputt. Ist doch eigentlich logisch. So geht man nicht mit Geschenken um!"
„Ich werde mich jetzt nicht mit einem Spiegel unterhalten. Wirklich nicht."
„Schade."
Sie sah ungläubig zu dem golden gefassten Spiegel auf dem staubigen Boden.
„Das ist nicht wahr, oder?"
„Keine Ahnung. Frag mich etwas Besseres."
Vorsichtig hob sie den Spiegel hoch.
„Was soll ich denn bitte sonst fragen?", ihre Stimme drohte umzukippen. Das war unglaublich!
„Du könntest mich zum Beispiel mit: „Spieglein, Spieglein anreden. Und dann frag was! Zum Beispiel, wer die Schönste im Land ist oder so etwas."
„Und was habe ich davon? Zählst du mir dann irgendwelche Namen auf oder was?"
„Es war nur ein Vorschlag. Du kannst mich auch etwas anderes fragen!"
„Warum sprichst du?"
„Die gleiche Frage kann ich dir auch stellen. Frag was Anderes, das ist dämlich!"
„Wie heiße ich?"
„Bitte mit der höflichen Anrede. `Spieglein, Spieglein´, bevorzuge ich!"

Sie seufzte genervt.

„Spieglein, Spieglein, wie heiße ich?"

„Na, wenn du das nicht weißt, kann ich dir auch nicht helfen!"

„Du! Ich kann dich auch zum Fenster hinauswerfen!"

„Alessandra. Aber du nennst dich Alix. Noch was?"

„Spieglein, Spieglein – geht es nicht auch kürzer? Bis ich das raus habe, weiß ich gar nicht mehr, was ich eigentlich fragen wollte!"

„Du kannst auch `Spiegelchen, Spiegelchen´ zu mir sagen. Gefällt mir auch!"

„Wo ist Esteron?"

„Ich dachte schon, du fragst gar nicht mehr. Soll ich es dir zeigen?"

„Kannst du das?", fragte Alix aufgeregt.

„Wenn du mich höflicher fragst: Ja!"

„Spieglein, Spieglein, wo ist Esteron?"

Das klare Bild des Spiegels begann zu verschwimmen. Wie Wellen floss es nun über das Spiegelglas. Dann klärte sich das Bild wieder. Sie sah einen großen Raum mit edlen Stühlen darin. Ihr Herz begann zu klopfen, als sie den braunhaarigen Mann mit dem leicht gelockten Haar sah, der dort stand und mit einem anderen sprach. Der andere saß hinter einem breiten Tisch und war niemand anderes als der Blondhaarige, den sie vor kurzem im Wald getroffen hatte. Ein dunkel gekleideter trat nun ebenfalls hinzu. Er zog ein langes, glänzendes Messer aus der Messerscheide.

„Esteron!", schrie Alix entsetzt und der Braunhaarige sah sich überrascht um.

„Alix", hörte sie seine Stimme, dann verschwamm das Bild wieder. Kurz darauf zeigte der Spiegel nur noch ihr eigenes entsetztes Gesicht.

„He", sie rüttelte daran. „Zeig mir Esteron, hörst du?"
Der Spiegel schwieg.
„Du blöder Spiegel!", rief sie ärgerlich, während sich die einfache Holztür knarrend öffnete.
„Alix, ist alles in Ordnung?", fragte Isabella und sah zu ihr hinein. „Ich habe dich schon überall gesucht!"
Alix stöhnte ärgerlich und wickelte den Spiegel rasch wieder in das schmutzige Tuch.
„Was ist das?", Isabella kam neugierig zu ihr hinüber.
„Ein Spiegel. Aber er geht nicht! Ich habe ihn geschenkt bekommen!"
Sie wickelte ihn wieder aus und zeigte ihn Isabella.
„Er ist sehr schön. Verrätst du mir, von wem du ihn hast?"
„Das darf ich nicht, Isabella."
„Kunigunde hat das Essen schon aufgetragen. Wir warten nur auf dich. Kommst du hinunter, Alix?"
„Ja. Ich komme gleich. Geh schon voraus! Ich will noch schnell – meine Röcke ausstauben!"
Sobald ihre Schwester den Raum verlassen hatte, ging Alix rasch hinüber zu einem dunklen Korb mit Flachs, der neben dem Spinnrad stand. Sie schob den ledernen Beutel unter die oberste Lage des Flaches und nahm nur den eingewickelten Spiegel mit. Er würde auf dem Frisiertisch am wenigsten auffallen.
Dann beeilte sie sich, hinunterzugehen.

Als sie später im Bett lagen, konnte Alix eine ganze Zeit nicht einschlafen. Der Regen draußen prasselte gegen das Fenster. Sie dachte an Esteron und hoffte, dass es ihm gut ging. Nochmals hatte sie hektisch den Spiegel herausgezogen, als Isabella auf dem Abtritt am Ende ihres Ganges verschwunden war. Er schwieg, so höflich

sie auch mit ihm sprach. Ärgerlich wickelte sie ihn wieder ein.
Isabella hatte die hellen Vorhänge rund um das Bett noch zugezogen, bevor sie sich auf ihr Kissen kuschelte. Irgendwann fielen Alessandra die Augen zu.

Sie wurde davon geweckt, dass jemand ihren Namen sagte:
„Alix?"
Eine schöne tiefe Stimme. Eilig richtete sie sich auf. Ein helles Strahlen hinter dem Vorhang neben ihr. Rasch schob sie ihn zurück. Der Lichtschein kam von dem Frisiertisch her. Der Spiegel. Augenblicklich war Alix hellwach. Sie schlug hektisch die Decke zur Seite und stolperte aus dem Bett heraus. Mit zwei Schritten war sie bei dem Frisiertisch und wickelte mit zitternden Fingern den kleinen Spiegel aus. Er strahlte hell wie Sonnenschein. Sanft wischte sie darüber. Das Bild verschwamm. Dann wurde der Spiegel klarer und zeigte ein dunkles Gesicht. Ihr Herz klopfte heftig. „Esteron?"
„Alix!"
„Wo bist du? Geht es dir gut?"
Isabella drehte sich mit einem leichten Stöhnen im Bett um.
Alix biss sich auf die Lippen. Aber ihre Schwester schlief weiter.
„Ich bin hier vor deinem Fenster. Es wäre nett, wenn du mir aufmachst!", sagte die dunkle Gestalt im Spiegel.
Geschockt sah Alix hinüber zum Fenster. Dort saß jemand auf der Fensterbrüstung draußen. Erneut starrte sie zum Spiegel. Das Bild darin verschwamm. Der Spiegel wurde dunkel. Mit zitternden Fingern legte sie ihn vorsichtig zurück auf den Frisiertisch.

Dann lief sie hinüber zum Fenster. Der steinerne Boden unter ihren Füßen war kalt, aber sie achtete nicht darauf. Vorsichtig öffnete sie den einfachen Fensterriegel. Die beiden Fensterhälften schwangen leise auf. Der Schatten sprang gewandt in den Raum herein und richtete sich dann zu voller Größe auf.
„Alix!", eine schöne tiefe Stimme.
„Esteron!", meinte sie leise und war entsetzlich aufgeregt. Was machte er hier?
„Ist alles in Ordnung bei dir?", fragte er besorgt.
„Ja", lächelte sie in die Dunkelheit. Es war seltsam, dass er hier war. Ihr Herz klopfte heftig.
„Du hast mich gerufen?"
„Ich – habe deinen Namen gerufen! Aber ich wusste nicht, dass du mich hörst!"
`Und dass du gleich kommst!´ schob sie in Gedanken hinterher.
„Nun bin ich hier", er kam vorsichtig einen Schritt näher. „Es wäre wohl gleich eine gute Idee, Schattennebel wieder mitzunehmen. Und mein Medaillon!"
Sie atmete tief aus.
„Möchtest du etwas essen? Wollen wir hinuntergehen in die Burgküche?", fragte sie leise.
„Ich bin nicht gekommen, um etwas zu essen, Alessandra. Ich bin gekommen, weil ich dachte, dass du mich brauchst!"
„Esteron?"
„Ja?", flüsterte er.
„Ich freue mich, dass du da bist!"
„Ich mich auch", er kam den letzten Schritt zu ihr hinüber und legte seine Hände auf ihre Oberarme. „Alix!"

Er war ihr so nah, dass sie kaum atmen konnte. Esteron roch nach Erde, nach frischer Luft und Natur. Vorsichtig sah sie zu ihm hoch und konnte seine Augen in der Dunkelheit nur erahnen. Er zögerte einen winzigen Moment. Dann beugte er sich zu ihr hinunter und küsste sie zart auf den Mund. Es war ein unglaubliches Gefühl. Als würde sie ein sanfter, frischer Wind streifen. Sie lehnte sich leicht an ihn und legte ihre Hände sanft auf seine Schultern. Er küsste sie darauf erneut und zog sie enger an sich heran. Alix genoss seinen Kuss und wünschte, er würde niemals enden. Es war wie ein Sturm, der heraufzog. Die beiden standen dort in der Dunkelheit und küssten sich leidenschaftlich. Vom offenen Fenster her wirbelte der Wind nun hinein und fuhr Alix ins offenen Haar, ließ ihr zartes Nachtgewand fliegen. Esteron hielt sie eng umschlungen und küsste sie genauso wild wie sie ihn. Der Wind stürmte um sie herum, aber Esteron hielt sie fest. Sie spürte Freude und Glück wie ein perlendes Gefühl in ihrem Körper, das sich wie ein sanftes Prickeln überall dort ausbreitete. Er hob sie im nächsten Moment hoch und wirbelte sie herum.
„Komm mit, Alix. Komm mit mir weg von hier!", sagte er leise, ließ sie wieder hinunter und küsste sie erneut.
„Mhm", machte sie nur und schloss die Augen.
„WAH!", rief Isabella entsetzt und fuhr hoch. „Alix! Wer ist da?"
Der Sturm ebbte ab. Alix stand in Esterons Armen vor dem Bett und wusste nicht, was sie tun sollte. Vorsichtig schob sie ihn von sich weg.
„Alles ist gut, Bella", sagte sie und zwang ihre Stimme, fest zu klingen. Sie fühlte sich, als hätte sie zu viel getrunken.

Ihr Kopf war etwas schwindelig und sie spürte gleichzeitig eine unglaubliche Leichtigkeit.
Esteron zog sie wieder zu sich heran.
„Komm mit mir", flüsterte er fast lautlos in ihr Ohr und sie atmete tief ein. Es war so wunderbar frisch, warm und gleichzeitig kühl in seinem Arm. Sie würde es nicht ertragen, wenn er sie nun losließ.
„Alix? Was machst du da draußen? Ist da noch wer?"
„Geh!", Alix hatte sich auf die Zehenspitzen gestellt und flüsterte es sanft neben seinem Gesicht. Sie hauchte einen ungeschickten Kuss darauf. „Geh, Esteron!"
„Alessandra! Wer ist da? Ich mache jetzt eine Kerze an!", Isabellas Stimme hörte sich vor allem ängstlich an. Alix befreite sich aus Esterons Umarmung und kam rasch hinüber zum Bett. Sie meinte beruhigend: Das Fenster muss aufgegangen sein, von dem Sturm, Bella. Ich wollte es gerade schließen!"
In diesem Moment fegte eine heftige Windböe in den Raum, wirbelte herum und ließ die Bettvorhänge fliegen. Isabella stieß einen erschreckten Schrei aus. „Alix?"
Das Fenster klapperte im Wind. Dann ebbte der heftige Wind wieder ab.
Isabella stieg aus dem Bett und lief eilig aus dem Zimmer hinaus. Es dauerte eine Weile, dann kam sie mit einer brennenden Kerze zurück. Der Raum wurde von dem flackernden Licht erhellt. Alix sah sich überrascht um. Er war nicht hier! Aufgeregt lief sie hinüber und sah aus dem Fenster hinaus. Nichts. Sie sah hinunter. Keine Leiter. Wie war er in ihr Zimmer gekommen? Nachdenklich schloss Alix den kleinen Umschlagriegel wieder vor dem Fenster. Isabella suchte derweil mit dem schwachen Licht der Kerze den ganzen Raum ab.

Alix trat vom Fenster weg und drehte sich einmal um sich selbst. Sie fühlte sich unglaublich leicht und beschwingt.

„Wer war hier?", fragte Isabella nochmals irritiert.

„Der Wind, Bella, es war nur der Wind", meinte Alix leise und fasste den Arm ihrer Schwester. „Lass uns schlafen gehen! Der Sturm hat die Fenster aufgerissen und es ist mitten in der Nacht. Es ist keiner hier!"

Als sie endlich wieder im Bett lagen, schloss Alix die Augen und lächelte glücklich. Er war zurückgekommen. Und er würde wiederkommen. Sie war sich dessen ganz sicher.

5. Kapitel

In den nächsten Tagen wurde von allen in der Burg mit angepackt. Die Wachen waren damit beschäftigt, das dichte Gestrüpp in dem kleinen, verwunschenen Garten zu lichten. Alix Mutter selbst rupfte Unkraut gemeinsam mit Isabella und ihr. Die Ställe wurden gekalkt und gereinigt, Möbelstücke repariert und der Boden ordentlich geschrubbt.

Alix nutzte einen günstigen Moment, um in den Stall zu entkommen. Risvert sattelte ihr das Pferd und sie ritt durch das völlig unbeobachtete offene Tor hinaus. Lediglich der alte Sven dort oben im Turm sah sie wohl davonreiten.

Obwohl sie etwas Herzklopfen dabei hatte, ritt Alix zu der verfallenen Klosterruine. Unwahrscheinlich, dass er gerade heute hier sein sollte. Sie hätte Esterons Anwesenheit in ihrem Zimmer für einen Traum gehalten. Das Medaillon besaß sie immer noch. Und der schöne Graue stand in seinem Verschlag. Aber ihre Wangen waren am nächsten Tag gerötet und ihr Haar durcheinander, als hätte sie im Wind gestanden. Und Alix spürte eine nie gekannte Leichtigkeit. Ihre Füße schienen fast in der Luft zu schweben. Der Spiegel schwieg, trotz aller Versuche, ihn zum Sprechen zu bringen oder zu reiben. Sie hatte ärgerlich geflucht. Die Arbeit lenkte sie etwas ab von den Gedanken an Esteron, und dennoch war sein Bild da, wenn sie die Augen schloss. Unbedingt wollte sie ihn wiedersehen. Trotzdem hatte sie ein wenig Angst, als sie jetzt die Zügel an einen der schmaleren Bäume band. Hier unterhalb der Ruine war es sehr still. Sie fasste sich ein Herz, zog Isabellas roten Umhang enger um sich und die Kapuze über den Kopf. Zögernd verließ sie den Wald und stieg langsam die Wiese hinauf in Richtung des Klosters. Der Himmel war bedeckt und kündigte wahrscheinlich wieder Regen an. Die Wolken hingen tief und streiften fast die Spitzen der Klosterruine. Als sie losgeritten war, hatte noch die Sonne geschienen. Sie würde hier nicht lange bleiben. Alix sah sich nochmals aufmerksam um, bevor sie durch das offene Tor der Ruine schritt.

Langsam ging sie über die alten, hellen Steinplatten des mit Unkraut überwucherten Innenhofes. Etwas enttäuscht stellte sie fest, dass niemand da war. Sie sah sich nochmals aufmerksam um, aber da war niemand. Sie war vollkommen allein.

Dieses Gebäude musste einmal sehr schön gewesen sein. Mit Bogengängen an beiden Seiten, einem Brunnen im Innenhof und der großen Kirche. Ihre eigene Burg hatte eine winzige Kapelle im Hof stehen. Das Wasser ihres Burgbrunnens war vor einiger Zeit verunreinigt gewesen. Die Arbeit daran, den Brunnen zu reinigen, war sehr mühsam. Dieser hier stand nicht allzu weit von einem breiteren Fluss und dem Wald entfernt. In Richtung des großen Flusses gab es viele kleine Wasserläufe und Quellen. Wahrscheinlich war das Kloster auch deshalb hier gebaut worden. Aber auch wenn die Wasserversorgung besser war, so hatte eben diese grenznahe Lage dazu geführt, dass das Kloster vom Herzog des Nachbarlandes dem Erdboden gleichgemacht worden war. Die kleine Ortschaft Leimenau, in südlicher Richtung gelegen, war heute gleichzeitig Unterbringungsort für zahlreiche Wachen ihres Herzogs. Aber jeder von ihnen scheute diese Örtlichkeit, als würde es Unglück bringen, sie zu betreten.

Alix blieb bei den Säulenresten stehen. Sie hoffte von ganzem Herzen, dass so ein Schicksal ihrer eigenen Burg niemals widerfahren würde. Obwohl ihre Eltern wenig Geld besaßen und die Thurensburg dadurch irgendwann vermutlich in sich selbst zusammenfallen würde.

Wenn sie doch bloß ein Junge wäre, damit sie in den Dienst des Herzogs treten könnte, um den Ruf ihrer Familie wiederherzustellen und ein großer Ritter zu werden! Es war zu ungerecht!

Sie stieg auf die abgebrochene Säule hinauf, balancierte etwas, um das Gleichgewicht zu halten und richtete sich auf. Isabella hatte Recht! Auch sie wollte eigentlich nur laut schreien über all diese Ungerechtigkeit. Und da Alix hier ganz allein war, tat sie es schließlich auch: „Ich hasse es, was du meinem Vater angetan hast, Kyrin!", rief sie lautstark in die tiefhängenden Wolken, die sie fast zu streifen schienen. Es tat gut, die ganze Wut aus

sich herauszuschreien. Daher holte sie tief Luft und rief dann lautstark: „Wir werden NICHT untergehen. Ihr werdet alle dafür bezahlen, das schwöre ich euch! Ich bin die Tochter eines Ritters – und ich werde jeden einzelnen von euch fordern, bei meinem Leben!"
Um sie herum war es weiter still, einige tiefhängende Wolken hüllten die Ruine in eine Art Nebel. Die feuchte Luft ließ ihre Kleidung klamm werden. Wassertropfen blieben wie kleine Perlen in ihrem geflochtenen Haar hängen. Alix atmete tief aus.
„Feiglinge!", brüllte sie nochmals ganz laut. „Ihr werdet mich noch kennenlernen!" Diesmal schallten ihre Worte wie ein dunkles Versprechen von den Außenmauern zurück. Danach sprang sie von der Säule herunter. Sie zog den Umhang fester um sich herum und stapfte unglücklich in Richtung Tor zurück. Schreien half nur begrenzt gegen die Feinde ihres Vaters. Vielleicht sogar gar nicht.
Wie leichte Nebelschwaden zogen die Wolken nun vorbei. Es war schon etwas unheimlich, weil es die Landschaft rundherum verschwinden ließ. Sehr weit sehen konnte man nicht mehr. Sie folgte dem schmalen, ausgetrampelten Weg über die Wiese. Die Reiter bemerkte sie viel zu spät. Für einen kleinen Moment schien sich der Wolkennebel zu lichten. Und ein paar Meter entfernt näherten sich vier dunkel verhüllte Reiter auf ebenso dunklen Pferden. Ihr Herz drohte ihr für einen Moment fast auszusetzen. Dann fasste sie sich augenblicklich wieder. Alix zog den Umhang enger um sich und die Kapuze noch etwas weiter in ihr Gesicht. Es würde nichts nützen, vor den vier dunklen Reitern davonzulaufen. Im nächsten Moment waren diese schon neben ihr. Ängstlich sah sie hinauf zu einem

großgewachsenen Mann, der sein Pferd direkt vor sie gelenkt hatte. Sein kräftiger dunkler Hengst schnaubte, die anderen beiden hielten ihre Pferde neben ihr an.
„Ein etwas seltsamer Ort für eine junge Frau, um Ausflüge zu machen", seine Stimme war fest und bestimmend. Obwohl auch er den Umhang bis tief ins Gesicht gezogen hatte, glaubte Alix, ein paar blaue Augen erkennen zu können, eine gerade Nase, ein ansehnliches Gesicht.
„Du bist die Tochter des Ritters vom Auenwald?"
Sie nickte unbestimmt.
„Kyrin hat sich über dich beschwert. Du sollst einige meiner Leute angegriffen haben?"
Sie sah unsicher zu ihm hoch.
„Sehe ich so aus? Wer seid Ihr überhaupt?"
Der Mann schlug die dunkle Kapuze seines Umhanges zurück. Er hatte braunes Haar und war noch recht jung, höchstens Anfang zwanzig.
„Mein Name ist Henry. Henry von Bellevallescue."
Sie knickste brav und ihr Herz begann zu klopfen. Der Sohn des Herzogs.
Er lächelte jetzt.
„Ich war schon einmal hierher geritten. Heute haben wir mehr Erfolg. Glaube nicht, dass ich mir die Mühe immer mache. Aber so wie es aussieht, ist es der Umstand wert. Schau einmal!"
Er zog etwas unter seinem Umhang hervor und hielt es ihr hin. Es war das kleine Bildnis von ihr selbst.
„Wenn jeder Übeltäter sich so brav von meinem Maler zeichnen ließe, würde es meinen Leuten viel einfacher fallen, ihn zu finden. Bei dir – war es fast schon zu leicht. Alessandra, so heißt du wohl: Im Namen des Herzogs verhaften wir dich. Steig auf, ich nehme dich mit!"

Sie zögerte unbestimmt. Obwohl dies der Herzogsohn war, wollte sie auf keinen Fall von ihnen mitgenommen werden.

„Ich habe nichts Schlimmes getan. Warum solltet ihr mich verhaften?", fragte sie unruhig und ging vorsichtig einen Schritt zurück.

„Widerstand gegen den Herzog. Verletzung der Staatsgewalt. Gutes Aussehen. Du kannst mir glauben, dass ich besonders gerne hübsche Gesetzesbrecherinnen mitnehme. Du fällst in diese Kategorie. Steig auf!"

Es klang befehlend.

Da der eine jetzt Anstalten machte, abzusteigen, drehte sie sich rasch um und lief davon. Zurück in Richtung der Ruine, hinein in den Nebel.

„Doch interessanter als ich dachte. Fangt sie!" Auf den scharfen Befehl folgte das Geräusch von angaloppierenden Pferden.

Ihr Herz klopfte heftig. Sie lief in die falsche Richtung! Der Graue stand unten bei den Büschen!

Ein Pferd kam vor ihr aus dem Nebel getrabt. Sie erkannte Esterons Grauen. Er schnaubte. Alix dachte nicht weiter darüber nach, wie er sich hatte losreißen können. Sie stieg rasch in die Steigbügel und zog sich aufs Pferd.

„Da ist sie!" Reiter näherten sich in den tiefhängenden Wolken.

„Lauf!" Der Graue tat dies augenblicklich. Er begann, immer weiter auszugreifen und loszugaloppieren. Mitten in den dichten Nebel um sie hinein.

Alix duckte sich im Sattel und ließ ihn einfach laufen. Er war erstaunlich sicher, sie selbst konnte nicht weit sehen. Nach einer Weile hatte sie völlig die Orientierung

verloren, wohin sie ritten. Das Geräusch der Pferde hinter ihnen verschwand alsbald. Der Graue galoppierte zielstrebig weiter.
Ihr blieb momentan nichts übrig, als auf seinen Instinkt zu vertrauen.
Im Wald begann sich der Nebel etwas zu lichten. Dennoch wirkten die Bäume und die Stille hier unheimlich. Einzig der schnelle Atem des Hengstes und das gedämpfte Trampeln seiner Hufe auf dem Waldboden waren zu hören.
Er verlangsamte irgendwann, der Nebel begann, sich zurückzuziehen. Ein leichter Wind jagte die Wolken auseinander.
Der Graue wechselte auf eine Wiese nach dem Wald und überquerte sie in schnellem Schritt. Alix ließ ihn einfach laufen. Sie würde sehen müssen, wie sie zurückkamen. Momentan zählte nur, dem Herzogsohn und seinen Leuten entkommen zu sein.
Das schöne Pferd steuerte erneut den Wald an, wurde jetzt aber immer langsamer und hielt schließlich an. An der Seite eines schmalen Weges stand ein fuchsbraunes Pferd und ein großgewachsener Mann mit leicht gewelltem, dunkelbraunem Haar. Esteron. Sie sah es schon von weitem. Der Graue trabte wieder los und steuerte ihn zielsicher an. Alix spürte die Aufregung in sich aufsteigen. Ihr Pferd lief wie ein treuer Hund hinüber zu seinem Herrn und hielt vor ihm an. Der junge Mann griff seine Zügel und klopfte ihm den Hals.
„Da bist du ja endlich!"
Er trat an seine Seite und half ihr, vom Sattel zu steigen. Plötzlich war Alix sehr verlegen. Esteron ließ sie nicht los, sondern sah sie einfach nur an. Die Ruine tauchte vor ihrem inneren Auge auf, sie hatte das Gefühl, weit

über ihr zu kreisen, über den Wolken, und hinunterzusehen. Es machte sie regelrecht schwindelig und Alix schloss die Augen. Esteron zog sie in seine Arme und küsste sie liebevoll auf die Stirn.
„Entschuldige. Ich hätte dich auch gerne dort getroffen. Aber sie suchen nach mir. Hier erschien mir ein Treffen sicherer."
„Was tust du, Esteron? Und was hat es mit den Männern im Wald auf sich?"
Er schob sie ein Stück von sich weg und sagte ernst:
„Vertrau mir einfach und stell keine Fragen. Sie werden sich zur richtigen Zeit lösen. Jetzt ist es noch zu früh. Egal, was du tust: Du musst mir vertrauen, hörst du?"
Alix sah ihn mit großen Augen an und bemerkte:
„Du erwartest sehr viel von mir. Ein Spiegel mit einem Eigenleben. Seltsame Männer, die mir begegnen. Darf ich dich wenigstens fragen, ob du sie kennst?"
Er schüttelte den Kopf.
„Das darfst du nicht. Und tief in dir weißt du die Antwort bereits. Denke einfach selbst darüber nach. Komm, wir gehen ein Stück!"
Er ließ den Grauen stehen, wo er war und griff ihre Hand, um sie Richtung Wald zu ziehen. Alix verzichtete darauf, Vento zu begrüßen. Der Braunhaarige an ihrer Seite war alles, worauf sie sich momentan konzentrieren konnte.
Langsam gingen sie nebeneinander den schmalen Waldweg entlang, ein zarter Wind strich in die Bäume und ließ die hellen Blüten eines Baumes auf sie herabregnen. Alix sah fasziniert hinauf. „Es schneit – Blüten", sagte sie begeistert.
„Es schneit die Blüten für dich, Alessandra", meinte er leise und lächelte ihr zu. Seine schönen braunen Augen

blickten sie forschend an. Beide blieben stehen. Einige der rosa und weißen Blüten flogen in einem Wirbel um sie herum. Alix schlug begeistert die Hände zusammen.
„Ist das schön!"
In die Baumkronen schien nun Leben zu kommen. Ein sanftes Rauschen füllte sie und ließ weitere Blüten und zarte grüne Blätter auf sie hinabregnen.
„Es reicht!", meinte Esteron streng und das Hinabregnen von Blättern und Blüten wurde weniger.
Esteron hatte die Stirn ärgerlich gerunzelt, bevor er sie wieder ansah und liebevoll lächelte.
„Alix!"
„Esteron!"
Sein Gesicht näherte sich dem ihren und sie schloss die Augen und erwartete mit klopfendem Herzen, dass er sie küsste. Ein lautes Brausen und ein eiskalter Wind wirbelte ihnen etwas Kaltes ins Gesicht. Alix schlug erschrocken die Augen wieder auf. Es schneite. Schneeflocken wirbelten ihr ins Gesicht. Esteron war Wut anzusehen.
„Das hört jetzt sofort auf!", befahl er streng, aber der Schnee fiel dichter, das Brausen des kalten Windes in den Bäumen wurde noch stärker. Alix fror auf einmal in ihrem Kleid. Sie rieb sich die Arme.
„Bruder, hör auf!", brüllte Esteron wütend. Im nächsten Moment änderte sich etwas. Das Brausen ließ nach, der Schneefall wurde leichter und hörte schließlich ganz auf. Noch einmal fuhr ein kalter Wind über Alix Kleid und ließ sie frösteln. Dann wurde es von einem Moment auf den anderen plötzlich sehr warm. Eine laue Luft war zu spüren. Zarter, warmer Wind strich heran und sie glaubte, Landschaften zu sehen. Alix streckte sich und atmete tief ein. Türkisblaues Wasser und heller Strand.

Sie flog über eine kleine Insel im Meer und breitete die Arme aus, um das Gleichgewicht besser halten zu können. Die Landschaften veränderten sich. Wald. Grüner, dichter, endloser Wald, Wiesen und kleine Dörfer. Eine schöne helle Burg, die unter ihnen lag. Danach wurde der Anblick rauer. Wildes, aufgewühltes Wasser. Sturmgepeitschte hohe Wellen und weiße Gischt, die gegen hohe Felsen schlug. Eine graue Burg, in einem mit blühender Heide übersäten Land. Hohe, tiefverschneite Berge. Schließlich weite Wiesen und frisch umgegrabene Felder. Seen, Berge und grüne Täler. Kleine Städte, die weit unter ihr lagen. Irritiert schaute sie auf und sah Esteron schockiert an.
„Wo sind die anderen?"
„Wen meinst du?", fragte er langsam, aber er wusste wohl ganz genau, wen sie meinte.
Alix drehte sich suchend im Wald um und rief laut:
„Kommt heraus, ich weiß, dass ihr hier seid!"
Einen kurzen Augenblick passierte nichts. Dann trat hinter einem der Bäume ein großgewachsener Blonder hervor in blauer Kleidung. Sein blaues Obergewand war in der Hüfte mit einem breiten Ledergürtel befestigt. Seine hellen Stiefel waren aus sehr feinem Leder gearbeitet, der blau – weiß changierende Umhang glitzerte beinahe silbern. Das lange Haar hatte er wiederum im Nacken gebunden. Er trug einen leichten Bartansatz und erinnerte Alix an einen rauen Krieger aus dem Norden. Langsamen Schrittes kam er auf sie zu und blieb dann stehen. Unter einem der tiefhängenden Äste einer Tanne trat ein Mann mit hellbraunem Haar, einem grünen Obergewand und einem braunen Ledergürtel mit goldener Schnalle hervor. Sein Haar war kürzer und glänzte in dem Sonnenschein, der durch die

Wolken brach. Ein langer grüner Umhang umwehte ihn. Seine Stiefel waren hoch und braun.

Esteron schüttelte den Kopf, als ein dunkelhaariger Mann hinter ihnen den Weg entlang kam. Er trug schwarze Stiefel, dunkle Beinkleider, ein rotes Obergewand sowie einen ebenso roten Umhang. Dies war der Mann aus der Klosterruine, er kam sofort zu ihnen und verneigte sich spöttisch. Sein zart gebräuntes Gesicht war glattrasiert mit dunklen, geschwungen Brauen und einem markanten Ausdruck.

„Ich bin beeindruckt. Du siehst mehr als andere, Mädchen."

Auch die anderen beiden kamen jetzt hinzu.

Eine wahre Flut von Eindrücken stürzte auf sie ein und einen Moment glaubte Alix, ihr würde schwindelig werden, so überwältigend war das Ganze.

Der salzige Geruch des Meeres, frische Eisluft strömte mit dem Blonden heran. Ein Duft von Tannennadeln, Moos und Wäldern schwappte von dem Grünäugigen zu ihr. Felder, Wiesen und Blumen. Klare Bergluft. Esteron lächelte ihr zu. Sie drehte sich in Richtung des Dunkelhaarigen und atmete tief ein. Sonne, Sommer und eine milde, warme Luft brachte er mit.

„Bitte hört auf damit!", meinte Alix beklommen.

„Hm?" Der Grünäugige warf ihr einen belustigten Blick zu. Da er sie direkt ansah, drängten wieder die weiten Tannenwälder in den Vordergrund. Er betrachtete sie spöttisch und Alix versuchte, seinen Blick fest zu erwidern. Überrascht hob er die Augenbrauen.

„Schluss jetzt, es reicht!", befahl Esteron.

Der Anblick der Tannen verschwand. Sie sah nur noch vier Männer in sehr edler Kleidung vor und neben sich stehen.

„Christina sieht ab und zu auch etwas. Aber nur in ganz bestimmten Momenten. Es ist bei ihr wirklich sehr ausgeprägt. Wie hast du sie gefunden, Esteron?", fragte der Blondhaarige den braunhaarigen Jüngeren an ihrer Seite interessiert.
Dieser zuckte die Schultern. Sein schönes, braunes Obergewand war mit Lederschnallen und Verstärkungen verziert. Der braune Umhang aus feinem Stoff, anders als das grobe Leinen der Bauern.
„Sie hat mich gefunden!"
Da er wohl über sie sprach, meinte sie ärgerlich:
„Ich war zuerst in dem alten Kloster. Es ist mein geheimer Ort.
Und ich hätte auch gehen können, wenn ich gestört hätte!"
„Nein. Du hast alles richtig gemacht, Alix", sagte Esteron ernst und blickte sie an, dass sie rot wurde.
„Oswin?", fragte der Blonde streng und der mit den grünen Augen zuckte die Schultern.
„Sie war plötzlich da. Ich habe ihr beim Zielen geholfen und den Steinen ordentlich Schwung gegeben. Hinter der Hochfläche war ich raus. Ich dachte, Esteron wird mit einem Mädchen allein fertig. Ich konnte nicht ahnen, dass da gleich etwas Ernstes draus wird!"
Alix wurde jetzt richtig rot.
„Na, so weit sind wir noch nicht", meinte Esteron und lächelte sie an.
„Ich dachte, ihr wärt verlobt?", fragte der Blonde drohend und sah Alix streng an.
„Leider muss ich zurückreiten, meine Eltern machen sich sicher schon Sorgen, wo ich bleibe! Es war schön, Euch zu treffen. Danke für mein Pferd, Esteron!"
Alix wollte sich schnell abwenden und zurückgehen.

Der Dunkelhaarige mit dem roten Umhang trat ihr in den Weg.
Als sie sich ärgerlich wieder umwandte, sah sie, dass der Blonde ihm wohl ein Zeichen gegeben hatte.
„Du hast mich angelogen?", fragte er freundlich, aber sie hörte den kalten Unterton in seiner Stimme. „Ich werde nicht gern angelogen! Hast du gelogen, Alessandra?"
Es hörte sich fast so an wie ihre Mutter, als sie noch klein gewesen war und in der Küche etwas von dem süßen Teig gestohlen hatte. Damals tat ihr der Bauch danach so weh, dass es Strafe genug gewesen war. Dennoch hatte sie eine feste Ohrfeige für ihre Lüge bekommen, nichts von dem Teig genommen zu haben. Aber der Blonde war nicht ihre Mutter. Sie stützte die Hände in die Taille und streckte sich, dass sie größer wirkte.
„So! Vielleicht sollten wir erst einmal Folgendes klären: Ich habe ihm da geholfen!", sie wies auf Esteron. „Es ist mir völlig unklar, wie Sie alle zusammenhängen – oder inwiefern Sie das alles angeht! Und jetzt reite ich nach Hause!"
Der Dunkelhaarige sah nicht so aus, als würde er sie durchlassen. Dennoch machte sie einen Schritt auf ihn zu. Er blieb einfach dort stehen und hob fragend die Augenbrauen. Alix sah in seine dunklen Augen. Sofort glaubte sie, türkisfarbenes Meer tief unter sich zu sehen und er lächelte zufrieden.
Sie drehte sich wieder um. Allmählich machte sich ein ungutes Gefühl in ihr breit.
Irgendwie waren sie in der Überzahl. Hilfesuchend sah sie Esteron an, er lächelte.
„Da war sie wohl schon einen Schritt weiter als ich, Norwin. Aber vielleicht wird wirklich etwas daraus. Ich

nehme an, du warst recht unfreundlich zu ihr? Das solltest du lassen – sonst bekommst du es mit mir zu tun!"

Alix wurde von einem eiskalten Hauch erfasst, der sie fast erstarren ließ. Der Blonde trat direkt vor sie und fixierte ihr Gesicht. Eine eisige Kälte durchfuhr sie und raubte ihr fast den Atem. Es war entsetzlich unangenehm. Alles in ihr schien zu erstarren und einzufrieren.

„Hör auf, Norwin", sagte Esteron ärgerlich.

Dieser lächelte und trat wieder einen Schritt zurück.

„Wir nehmen sie mit!"

„Ich habe es ihr gestern Abend schon angeboten. Sie will nicht. Noch nicht."

Esteron sah den Blonden herausfordernd an.

„Entscheide ich das oder sie?", fragte der Blonde leise.

Alix war unheimlich zumute. Der Blonde schien der Anführer dieser Männer zu sein.

„Nehmen wir mal an, dass Sie das entscheiden - ich bitte Sie darum, dass ich jetzt trotzdem zurückreiten kann. Meine Familie macht sich sonst Sorgen, wo ich geblieben bin. Falls es falsch war, was ich sagte oder tat, so tut es mir leid. Und ich habe keinen gesehen, wenn das hilft!" Vorsichtig löste sie das Medaillon von ihrem Hals und streckte es Esteron hin. „Bitte!"

„Sie gefällt mir", sagte der mit den grünen Augen knapp.

„Schön für dich", meinte Esteron kühl. Dann lächelte er Alix freundlich an und schloss ihre Finger über dem silbernen Anhänger.

„Behalte es und trage es, Alix. Sie reitet jetzt zurück, Norwin", er blickte den Blondhaarigen streng an.

„Wenn du es möchtest, Brüderchen, so beuge ich mich deinem Wunsch."

„Er ist dein Bruder?" Alix wies überrascht auf den Blonden. Dieser lächelte, trat erneut vor und griff ihre freie Hand. Wiederum hob er ihre Hand leicht an und küsste sie auf die Innenseite. Es prickelte wie ein paar kalte Schneekristalle dort.

Er trat wieder einen Schritt zurück. Ein Windstoß erfasste Alix von der Seite und riss förmlich an ihrer Hand. Esterons Medaillon fiel zu Boden. Bevor Alix sich danach bücken konnte, hob der Grünäugige es auf.

„Gut aufbewahren, es ist wertvoll!", er streckte es ihr lächelnd wieder hin.

„Esteron, wir sollten ihr den Weg zurück frei machen. Was hältst du davon?", fragte der Blonde und der Angesprochene nickte.

„Du hast Recht! Habt Ihr Eure Pferde in der Nähe?"

„Aber selbstverständlich", der Blonde schnippte mit den Fingern und ein Schimmel kam aus dem Wald getrabt. Er schnaubte und aus seinen Nüstern schien Rauch zu kommen. Alix riss überrascht die Augen auf und befestigte Esterons Medaillon schnell wieder um ihrem Hals, bevor es ihr vor Schreck nochmals hinunterfiel.

Der grünäugige Oswin lächelte sie zufrieden an.

„Selbstverständlich sind unsere Pferde hier", er pfiff leise und ein rotbrauner feuriger Hengst kam über die Wiese auf sie zugaloppiert. Seine Hufe schienen kaum den Boden zu berühren.

Von dem breiten Weg hinter ihnen ertönten die stampfenden Hufe eines anderen Pferdes. Alix wandte sich um und sah den edlen Rappen, der auf sie zutänzelte.

„Dann sind wir vollständig. Komm, Alix, wir bringen dich persönlich zurück! Das ist eine Ehre, denn wir treffen nicht oft zusammen!"

„Letzte Woche hatten wir beide ein Treffen, Esteron", sagte der Blonde. „Vergiss das nicht. Es hat mir Spaß gemacht, Sothus zurückzudrängen. Aber langsam wird es wohl Zeit, dass er übernimmt." Der Blonde zuckte mit den Schultern und wendete sein Pferd. Esteron half Alix beim Aufsteigen auf Vento, um dann selbst rasch hinüber zu Schattennebel zu gehen.

Es war seltsam, mit den vier fremden Reitern zu reiten. Die Wolken am Himmel wurden von einem Wind weggeblasen, so dass sie den ganzen Weg in der Sonne ritten. Der Graue hatte sie weit fortgetragen von der Thurensburg. Zu ihrer Überraschung näherten sie sich nun einer kleinen Burg, die beinahe am Verfallen war. Alix zügelte Vento augenblicklich.
„Wir können hier nicht weiterreiten. Sonst geht es über das Gebiet von Kyrin. Irgendwie müssen wir den Wald dort umrunden, dann kommen wir auf einen anderen Weg."
Der Blonde folgte ihrer Handbewegung und schüttelte den Kopf.
„Glaubst du wirklich, dass uns Kyrin interessiert? Wenn ich hier reiten möchte, nehme ich den Weg. Was hast du gegen ihn?"
„Er hat uns gerade ein Stück von unserem Ackerland weggenommen", sagte sie böse. „Und wahrscheinlich steht er irgendwann vor den Toren unserer Burg, um sie in Besitz zu nehmen!"
„Er soll es nur wagen!", erwiderte Esteron genauso böse. „Vielleicht sollten wir ihm einen Besuch abstatten, Norwin?"
„Unter Umständen würde mir das gefallen."

„Nein, macht das lieber nicht! Kyrin hat mindestens zwanzig Ritter in seinen Diensten. Und sein Sohn ist bösartig."

„Das macht mir wirklich KEINE Angst", meinte Norwin kühl. „Er hat auch noch eine Tochter?"

„Ja!" Alix sah ihn erstaunt an. „Sigurnis. Sie ist am Hof des Herzogs, im Dienst von der Herzogtochter. Sigurnis ist noch nicht verheiratet." Es war ihr unklar, warum ihr das herausgerutscht war. Irgendwie erschien es Alix wichtig zu sein.

„So wie sie aussieht, wird das wohl auch nichts", kommentierte der dunkelhaarige Sothus amüsiert.

Alix überging dies. „Lasst uns besser einen Umweg nehmen!"

„Alix, du reitest mit uns!", meinte Esteron fröhlich. „Vertraust du mir? Dann komm mit mir!"

Er gab Schattennebel Druck mit den Schenkeln.

Norwin trieb seinen kräftigen Schimmel mit einem Zungenschnalzen an.

„Wer mit dem Wind reitet, braucht den Sturm nicht zu fürchten!", bemerkte er kühl.

Alix folgte ihnen zögernd. Die anderen beiden schlossen sich nun an.

Sie trabten durch den Wald.

„Es nähern sich Reiter", sagte Oswin hinter ihnen. „Lasst uns das Tempo steigern!"

Alix überkam leichte Furcht. Kurz darauf tauchte eine Gruppe von Kyrins Wachen auf.

Alix nahm an, die beiden Reiter vor ihr würden anhalten, aber das Gegenteil war der Fall.

Sie spürte zunächst einen zarten Wind von hinten, der innerhalb von kurzer Zeit immer mehr zunahm. Überrascht hielt sie sich an Ventos Zügeln fest.

Rund um sie herum fing der Wald nun an zu brausen wie bei einem heftigen Sturm. Die Bäume begannen sich zu beugen, ihre Äste knarrten und ächzten.
Alles war total unwirklich. Die entgegenkommenden Reiter hielten sich ihre Arme vor das Gesicht, da sie der Sturm voll traf. Eines der Pferde scheute und brach bockend in den Wald aus.
Die anderen wurden förmlich zur Seite geblasen. Esteron und Norwin galoppierten in aller Ruhe an ihnen vorbei, während die Wachen Kyrins am Wegrand gegen den Sturm kämpften.
„Versager!", hörte sie Oswin abwertend sagen, als er nach ihr an den Männern vorbeiritt. Hinter ihnen stürzte ein Baum knarrend um und krachte zu Boden. Vento legte die Ohren an und scheute leicht.
„Oswin", tadelte Sothus warme Stimme.
„Tut mir leid. Mir war danach."
Sie verließen den Wald und ritten hinaus in den Sonnenschein. Der Wind verschwand.
Alix war völlig irritiert.
„Nebel?", schlug Esteron vor und sein Bruder bestätigte: „Gern." Tiefhängende Wolken näherten sich ihnen in großer Geschwindigkeit, wie von einem Sturm angetrieben und umhüllten sie kurz darauf. Es war ein feuchter, kalter Nebel, der sie umschloss.
Die Reiter verringerten ihr Tempo und schlugen einen schnellen Trab ein.
„Möchtest du, dass wir dem Ritter einen Besuch abstatten?", fragte der Blonde und war im nächsten Moment neben ihr. Sie sah ihn irritiert an. „Kyrins Burg hat hohe Mauern und zwei breite Wachtürme – da kommt keiner rein! Und ich möchte nicht, dass ihr euch in Gefahr begebt. Vielen Dank, aber!"

„Sollen wir oder nicht?"
Er war gut aussehend auf seine Art. Auch wenn er sie etwas einschüchterte, konnte sie sich gut vorstellen, dass er bei Frauen ankam.
Aber nur, wenn niemandem etwas passiert", schränkte Alix ein und Oswin knurrte:
„Dann macht es wenig Spaß. Was ist so ein Besuch ohne Zerstörung."
Alix drehte sich im Sattel zu ihm um und sah ihn überrascht an. Er lächelte.
„Das meint Ihr jetzt nicht ernst, oder?"
Er zuckte mit den Schultern.
„Die Menschen überschätzen sich manchmal. Und ihre Gebilde sind oft eitel Tand. Ohne, dass man ihnen das ab und zu vorführt, werden sie zu übermütig. Da braucht es einen Ausgleich!"
Alix fröstelte bei seinen Worten und wandte sich rasch wieder nach vorn. Wenn die anderen Männer schon seltsam waren, so war es Oswin scheinbar ganz besonders. Keine Ahnung, für wen er sich hielt. Mit einem Stirnrunzeln überlegte Alix, ob er vielleicht sonst in einer andere Sprache redete und sie ihn nur falsch verstand.
„Der Nebel kann weg", entschied Sothus, als ob er das Ganze steuern könnte.
„Dieser Weg ist außerhalb des Gebietes von dem unfreundlichen Ritter. Etwas Sonne kann nicht schaden!"
Eine warme Brise erhob sich und fegte den Nebel wieder weg.
Alix sah sich überrascht um.
„Wie macht ihr das? Ich habe so etwas noch nie gesehen. Kann ich das auch lernen? Es ist lustig!"

Esteron lachte. „Denk darüber nach, mit mir zu kommen und ich kann es dir ein wenig beibringen." Er ritt jetzt neben ihr, während der Blondhaarige wieder die Führung übernahm.

„Da vorne fängt Euer Wald wieder an. Alix!" er warf ihr einen Blick aus seinen schönen braunen Augen zu. „Du weißt, wie du mich erreichen kannst!"

Sie nickte und fragte leise: „Verrätst du mir nicht doch, was es mit dem Gürtel auf sich hat, Esteron?"

Er schüttelte den Kopf. „Das musst du schon selbst herausfinden. Zieh ihn einfach an, wenn du besonders gut aussehen willst. Er hilft dir dabei – auch wenn du eigentlich keine Hilfe dazu brauchst!" Sein Blick war tief und eindringlich und ihre Wangen färbten sich leicht rot. Aber etwas fehlte plötzlich. Sie konnte es sich nicht erklären und stellte erschrocken fest, dass es sie nicht mehr so berührte und in Aufregung versetzte, wenn er sie anschaute. Alix runzelte die Stirn und sah ihn erneut an. Sie sah auch bei ihm etwas in seinen Augen, wenn sie ihn ansah. Landschaften und unendliche Weiten. Aber ihr Herz klopfte nicht mehr schneller, wenn er sie anlächelte wie jetzt.

„Darf ich dir noch einen Kuss geben, bevor du weiterreitest?", fragte er leise und sie meinte verlegen: „Doch nicht vor allen anderen, Esteron."

„Möchtest du lieber, dass ich dich wieder besuche?", schlug er vor und sie schüttelte den Kopf. „Wir kennen uns kaum, Esteron."

„Du rufst mich, wenn du mich brauchst?", erkundigte er sich aufmerksam und sie nickte rasch. „Ja, ich danke dir!"

„Auf Wiedersehen dann erst einmal, schöne blonde Waldelfe!"

„Auf Wiedersehen, Esteron", sie lächelte höflich und ließ Vento langsam weitergehen, um ihn neben dem Blondhaarigen zu zügeln.
„Mach es gut, Mädchen. Und pass auf eure Kissen auf." Er grinste amüsiert.
„Bis bald", der Dunkelhaarige nickte ihr zu, nur der Grünäugige sagte gar nichts. Er sah auf, als sie ihn grüßen wollte und lächelte zufrieden.
Alix schluckte. Ihr Herz klopfte aufgeregt und sie stellte fest, dass er sie völlig durcheinander brachte. Rasch wandte sie den Blick ab.
„Ganz herzlichen Dank für alles!", nickte sie noch dem Blonden zu, trieb Vento dann an und galoppierte los. In ihrem Kopf ging alles vollkommen durcheinander.
Sie dachte nur noch an die schönen grünen Augen des Braunhaarigen, die sie so seltsam berührt hatten.
In der Burg zurück gab es großen Ärger mit ihrer Mutter, die sie heftig ausschimpfte, dass sie einfach davongeritten war.
Sie trug ihr zur Strafe auf, am nächsten Tag allein das Unkraut in dem kleinen verwunschen Garten rupfen zu müssen und die nächsten Tage nicht ausreiten zu dürfen. Auch ihr Vater war diesmal zornig. Dass Vento wieder da war, machte ihn sehr nachdenklich. Er bat sie um ein ernstes Gespräch unter vier Augen. Nach einer einstündigen Moralpredigt musste sie in ihr Gemach hinaufgehen und das Essen oben allein einnehmen.
Alix tat das nicht leid. Sie war müde und erschöpft von dem Ausflug und legte sich lächelnd auf das breite Bett. Sie dachte an Oswin, sein ausdrucksvolles Gesicht und seine hochgewachsene, bewegliche Gestalt. Er war wirklich gut aussehend. Mit einem glücklichen Lächeln schlief sie in ihrer Kleidung auf dem Bett ein.

6. Kapitel

Alix kniete in dem kleinen, verwinkelten Garten der Burg und rupfte schlechtgelaunt an den Unkräutern, welche sich im ganzen Beet breitgemacht hatten. Sie trug heute ein schlichtes Kleid und hatte das Haar mit einem geschlungenen Band zurückgebunden.
In der Nacht war es wohl wieder sehr stürmisch gewesen, sie hatte davon nichts mitbekommen. Heute schien die Sonne und es war angenehm warm. Sie strich sich eine widerspenstige Strähne aus dem Gesicht zurück und seufzte. Wenn er bloß hier wäre. Oswin. Alix überlegte ärgerlich. Nein, Esteron natürlich. Trotzdem drängte sich ihr wieder das Bild des Grünäugigen auf. Ob er auch so gut küsste wie Esteron?
Alix schalt sich selbst. Was hatte sie da plötzlich für dumme Gedanken im Kopf?
Wütend wandte sie sich den kleinen, grünen Pflänzchen zu und rupfte ärgerlich daran. Er hatte einen schönen, geschwungenen Mund. Alix brach ihre Arbeit genervt ab. „Was soll das, Oswin?", schimpfte sie.
Der Anblick von endlosen, grünen Wäldern stieg in ihr auf. Sie schloss die Augen und atmete tief ein. Moos, Wald und Tannennadeln. Die frische, klare Luft – es drohte sie beinahe zu überwältigen und Alix fragte leise: „Oswin?"
Sie sah sich in dem verwunschenen Garten um, konnte aber niemanden entdecken. Ein sanfter Wind fuhr über ihr Gesicht und in ihr Haar. Wütend strich sie eine goldblonde Strähne nach hinten. Darauf traf sie eine kleine Windböe und wirbelte Kleid und Umhang zurück.

„Das ist NICHT lustig!", schimpfte Alix und hielt das Kleid fest. „Hör auf damit!"
„Womit Alix, führst du Selbstgespräche?" Isabella kam zu ihr hinüber, den rostroten Umhang über ihrem gleichfarbigen Kleid.
„Es ist – nichts!", fauchte Alix und sah sich nochmals wütend um. Sie stemmte die Hände in die Hüften.
„Was machst du, Alix?", fragte ihre Schwester überrascht und wies auf die wuchernden grünen Pflänzchen. „Soll ich dir mit dem Unkraut helfen? Vater ist wütend auf dich, weil du gestern so spät nach Hause gekommen bist. Und wo kam Vento so plötzlich wieder her?"
„Wenn du mit mir ausreiten würdest, wüsstest du das! Aber du ziehst es ja vor, in deinen Büchern zu verschwinden." Alix beugte sich hinunter und begann erneut, das dichte Unkraut auszureißen.
„Wenn es sich lohnen würde, würde ich mitkommen. Ach, Alix. Warum wohnen wir hier so abgeschieden von der Welt?" Sie beugte sich hinunter und half ihrer Schwester beim Unkrautjäten.
„Wäre es dir lieber, mit der Tochter von Kyrin zusammen am Hof zu sein? Mir nicht!"
Isabella begann leise zu lachen und Alix sah sie überrascht an. „Was ist?"
„Du weißt es noch gar nicht. In der letzten Nacht hat es Sturmschäden drüben an Kyrins Burg gegeben. Ihm selbst ist wohl ein kleiner Ast mitten auf den Kopf geknallt. Unser Schmied hat es im Dorf erzählt. Er war heute morgen dort zur Arbeit. Sein Schwager ist einer von Kyrins Männern."
Alix sah überrascht auf. „Was?" Von einem Dorf zu sprechen bei den wenigen Häusern außerhalb der Burg

war lächerlich, aber es ging auch mehr um den Rest.
„Was für – Sturmschäden?"
„Nichts Schlimmes, ein paar Häuser abgedeckt, aber hauptsächlich an und in der Burg. Ein heftiger Hagelschauer dazu. Der Schmied sagt, es flog heute morgen noch alles durcheinander. Und Kyrin hat angeblich gestern Abend nur zur Burgtür herausgeschaut. Das reichte schon. In dem Moment bekam er einen fliegenden Stock an den Kopf. Er hat heute noch eine Riesenbeule und rennt wütend hin und her!"
„Haben wir auch – Sturmschäden?", fragte Alix langsam.
„Soviel ich weiß, nicht. Manchmal meint es die Natur doch gut mit den Anständigen, oder?"
Isabella richtete sich auf und wischte sich die Hände ab. „Ich gehe wieder rein, Mutter hat noch die Vorhänge, die wir für die Wäsche vorbereiten wollen!"
Ihre Schwester wandte sich rasch ab und ging los, blieb nach ein paar Metern aber zögernd stehen.
„Alix. Mein Kissen ist unten zerrissen und es fehlen Federn daraus. Weißt du etwas davon?"
Alix schüttelte langsam den Kopf. „Vielleicht Kyrins Leute? Die klauen doch sonst alles? Es war ohnehin zu dick, Bella!", versuchte sie es vorsichtig.
„Ich nähe es zusammen. Wir können ja tauschen!" Isabella lächelte und lief dann zum Eingangsportal.
Alix sah ihr noch einen Moment nach und wandte sich danach wieder dem Garten zu. „Dankeschön!", meinte sie leise. Ein sanfter Wind schien ihr über den Arm zu streichen, dann wurde es wieder völlig windstill.
Alix beeilte sich, mit der Arbeit schneller voranzukommen.

In dem kleinen Raum mit dem Spinnrad begann es bereits zu dämmern, als Alix sich auf den Holzboden setzte. Sie wickelte den Spiegel aufgeregt aus dem leicht beschmutzen Tuch. Isabella konnte mit ihm nicht viel anfangen. Hoffentlich war er jetzt gesprächsbereiter.
„Spieglein!", meinte Alix und wischte über die Spiegelfläche. Sie sah nur sich selbst.
Enttäuscht versuchte sie es erneut: „Spieglein, Spieglein!"
Sie wartete eine Weile. Nichts geschah.
Alix schüttelte ihn ärgerlich. „Du dummer Spiegel, was soll das!"
„Hör sofort auf damit, mir wird ganz schwummerig zumute", kam es von dem kleinen Spiegel.
„Ach", machte sie erleichtert. „Ich dachte schon, ich hätte mir alles nur eingebildet!
Zeig mir: Oswin. Ach was, ich meine natürlich: Esteron!"
„Du musst dich schon entscheiden. Alles geht nicht!", wisperte der Spiegel in ihrer Hand.
Alix war unentschlossen. Seltsamerweise dachte sie nur an den Grünäugigen aus dem Wald. Etwas war falsch.
„Zeig mir ... Oswin!"
Sie schluckte. Eigentlich hatte sie den anderen Namen sagen wollen. Er kam ihr nicht über die Lippen. Die Oberfläche des Spiegels begann für einen Augenblick zu verschwimmen. Dann wurde sie wieder klar.
Ein Wald in der Dämmerung. Erstaunt sah sie die vielen dichten Tannen. Ein Eichhörnchen huschte über den Waldboden und verschwand in einem der Bäume. Ein kleiner, plätschernder Fluss.
„Oswin?", fragte sie vorsichtig und ihr Herz begann schneller zu klopfen, warum auch immer.

„Alessandra?"
Der Wald verschwand, dafür zeigte der Spiegel jetzt das Wasser des kleinen Baches. Darin schien sich ein Gesicht zu spiegeln. Grüne Augen sahen sie an.
„Was verschafft mir die Ehre deines Besuchs?"
„Ich weiß es nicht", antwortete sie ehrlich, besann sich dann und ergänzte:
„Dankeschön!"
„Wofür?"
„Für den Ast?"
Ein Lächeln zeichnete sich auf seinem schönen Gesicht ab.
„Du bist nicht dumm. Außer in einem Punkt."
„In welchem?", fragte sie und versuchte, sich auf das verschwimmende Bild zu konzentrieren. Es wurde wieder etwas klarer.
„Lass Esteron. Er ist nicht der Richtige für dich!"
„Ach ja? Und warum nicht?"
„Esteron ist der jüngste von uns. Er denkt nicht immer nach, was er tut. Wir beide passen besser zusammen. Du gefällst mir, Alessandra!"
Sie atmete überrascht aus und wurde rot.
„Du gefällst mir auch, Oswin, keine Frage. Aber nicht alles, was mir gefällt, muss ich auch haben. Du verstehst?" Da er nur dort im Spiegel war, fielen ihr die Worte leicht.
Das Bild wurde deutlicher. Er sah wirklich überrascht aus.
„Du gibst mir einen Korb?"
„Wenn du es so willst – ja!" Sie schüttelte den Kopf.
Der Spiegel zeigte sein Gesicht nun, als würde er vor ihr stehen. Seine schönen grünen Augen begannen zu glänzen und er lächelte wieder. Aber kalt.

Sie schauderte leicht.

„Es wird dir nichts nützen, Alessandra! Wenn ich nicht möchte, dass du dem Westwind gefällst, dann wirst du es auch nicht! Weißt du eigentlich, wie klein und unwichtig die Menschen sind? Du willst den Wind in seine Schranken weisen? Schönheit allein ist dafür eine zu stumpfe Waffe. Ich könnte dich zerstören, wenn ich dies wollte. Aber ich kann auch helfen – es liegt an dir – du bist ein Sandkorn in meiner Hand!"

Sie hatte fast Angst vor ihm. Daher fragte sie vorsichtig: „Warum sehe ich dich und nicht Esteron?"

„Darüber solltest du ernsthaft nachdenken!" Sein Lächeln wurde freundlicher und – beinahe charmant.

„Es könnte daran liegen, dass ich einen bleibenden Eindruck bei dir hinterlassen habe", fügte er noch mit einem tiefen Blick hinzu. Ein leichtes Schließen und Öffnen seiner Augen, Alix spürte ihre eigene Aufregung. Ihr Herz pochte heftig und sie hielt für einen Moment fast die Luft an.

„Denk darüber nach!" Sein Finger strich über die Spiegelfläche. „Ich habe noch etwas zu tun. Bis bald!" Sein Bild verschwand, der Spiegel verwandelte sich wieder in einen ganz normalen Spiegel. Sie sah ihr eigenes, erschrockenes Gesicht und senkte ihn langsam ab.

WARUM ging ihr dieser rätselhafte Mann auf einmal so nahe?

Alix griff Esterons silbernen Anhänger und rieb sanft darüber. Sie legte den Spiegel auf den leicht staubigen Boden und nahm das Medaillon ab. Aufmerksam sah sie es an. Die Zeichen darauf – Alix stutzte und runzelte die Stirn. Hatten sie nicht anders ausgesehen? Oder lag es an der Dunkelheit in diesem Raum? Sie stand auf und

ging hinüber zu dem kleinen Fenster. Verwirrt schüttelte sie den Kopf und strich schließlich über das Schriftzeichen, welches erhöht wirkte. Das Medaillon schnappte auf.
Hellbraunes Haar lag dort drinnen. Sie wusste instinktiv, dass es nicht Esterons Haar war. Einen Moment war Alix völlig geschockt. Er hatte das Medaillon ausgetauscht. Wann war das geschehen? Sie erinnerte sich, wie Oswin ihr lächelnd das Medaillon gab, das am Boden lag.
Langsam klappte sie den kleinen Silberanhänger wieder zu und schloss die Faust darum. „Na warte", sagte sie leise und wütend. „Du willst mich ärgern? Warte es nur ab, du arroganter Kerl!" Einen Moment dachte sie noch nach, dann hatte sie eine Idee. Sie lief zurück zu dem Spiegel und wickelte ihn rasch wieder ein. Alix holte auch den Blumengürtel unter dem Flachs hervor und beeilte sich, hinunterzugehen.

„Alix, es ist nicht zum Aushalten mit dir!", schimpfte Isabella ihre jüngere Schwester, die in dem Raum auf und ab ging.
„Ich kann mich gar nicht auf mein Buch konzentrieren!" Vorwurfsvoll legte sie es zur Seite. „Was ist los mit dir?"
„Ich vermisse – jemanden", sagte Alix traurig.
„Ist es der, mit dem du das Pferd getauscht hattest?", fragte Isabella vorsichtig.
„Ja, vielleicht", meinte Alix unentschlossen. „Ich weiß es selbst nicht genau."
„Wer ist es, den du getroffen hast, Alessandra? Erzählst du es mir?" Isabella schien ihr Buch vergessen zu haben.
„Ich habe einige getroffen, Bella. Und du würdest das auch, wenn du diese Burg verlassen würdest. Ich weiß

wirklich nicht, worauf du wartest. Glaubst du, dass IRGENDJEMAND zu uns geritten kommt? Oder sich für uns interessiert? Niemand weiß überhaupt, dass es uns gibt. Oder wartest du darauf, dass Kyrin und sein derber Sohn hier nochmal auftauchen?"
„Ach was." Isabella sah auf einmal traurig aus.
„Ich werde bald neunzehn, Alix!"
„Und?"
„Danach werde ich zwanzig und dann einundzwanzig. So wird es immer weiter gehen. Ich werde im Winter die Socken stopfen oder warme Umhänge nähen, im Sommer mit Mutter sehen, was in der Burg zu tun ist. Nichts anderes wird passieren!"
„Meinst du nicht, dass das auch ein klein wenig an dir selbst liegt? Es ist dein Leben, Bella. Überleg dir doch einfach, was du möchtest – und tu das dann auch!" Alix warf ärgerlich das Haar zurück. „Du kannst nicht erwarten, dass deine Träume zu dir kommen! Ein bisschen musst du auch dazu tun! Was möchtest du denn gerne erreichen?"
„Ich möchte heiraten. Was sonst?" Isabella seufzte tief.
Alix sah sie überrascht an. „Nicht noch irgendetwas anderes? Nur heiraten?"
„Ist es nicht das, was jedes Mädchen sich wünscht?"
„Nun – eigentlich nicht, wenn ich ganz ehrlich bin. Ich möchte noch ganz andere Dinge! Ich will, dass Vater wieder stolz sein kann, dass unsere Burg instand gehalten wird und ich ausreiten kann, wohin ich will. Ich möchte, dass Kyrin in den Dreck fliegt, wo er hingehört und der Herzog uns wieder unsere Ehre zurückgibt. Ich möchte nachts auf der Mauer tanzen, die Sterne ansehen und am Tag dafür sorgen, dass es weniger Unrecht im Land gibt. Ich möchte mich beim

Herzog als Ritter verdingen und die anderen alle aus dem Sattel heben. Ich möchte für unser Land und unsere Ehre kämpfen!"
„Das meinst du nicht im Ernst, oder?" Isabella sah sie fragend an.
„Nicht ganz. Aber doch ernsthaft genug."
Es klopfte an der Tür, die Zofe Anna trat ein.
„Ein Bote ist unten in der Halle gewesen, bei Ihrem Vater. Er wünscht Sie beide zu sprechen!"
Die beiden Geschwister sahen sich an.
„Ein Bote? Hier?"
Etwas unentschlossen strich sich Isabella ihren Rock glatt, und die beiden folgten Anna hinunter in den kleinen Saal ihrer Burg.

„Ist das nicht unglaublich?" Die Freifrau von Thurensburg schlug die Hände zusammen und strahlte über beide Backen. „Er will DICH am Hof haben, Alix. Unser Herzog. Als Hofdame für seine Tochter Christina. Ich bin so glücklich, Kind! Endlich erinnert er sich wieder an uns! So eine Ehre! Wir werden dir ein neues Kleid nähen müssen und alles für die Reise vorbereiten!"
Ihr Vater stand nur stumm dabei und sah sie abwartend an. Alix war nicht wohl bei der Sache. Sie schluckte und dachte an die Begegnung mit dem Herzogsohn bei der Ruine.
„Und was ist mit Bella?"
Diese stand neben ihr und hatte die Augen niedergeschlagen.
„Ach, Bella", ihre Mutter rümpfte die Nase. „Sie hat genug zu tun. Ich brauche Isabella bei dem, was hier in der Burg anfällt. Die Herzogtochter hat DICH bestellt, Alessandra, nicht Isabella."

„Aber warum mich? Isabella ist viel geschickter und geistvoller als ich!"

„Und wir sollten auch Isabella schicken, Louise", mischte sich ihr Vater jetzt ein. „Alix ist zu wild für eine Hofdame. Ich denke, dass Isabella diese Aufgabe besser erfüllt. Und sie ist auch die, die ich zuerst verheiraten möchte. Ich werde an den Herzog schreiben und ihn bitten, dass wir Isabella senden können!"

„Aber das kannst du doch nicht machen", widersprach ihre Mutter sofort. „Sollten wir nicht Isabella anstatt Alix schicken? Niemand kennt sie, es wird gar nicht auffallen!"

„Ähm", räusperte sich Alix und dachte an das kleine Bild.

„Und wenn wir alle beide gehen?", fragte Isabella schüchtern. „Alix könnte meine Dienerin sein. Wen willst du denn sonst mitgeben, Mutter? Das Küchenmädchen?"

„Ich? Deine Dienerin? Vergiss es einfach, Bella. Du bist viel demütiger als ich! Das passt viel besser zu dir!"

„Und du schaffst es in zwei Sätzen, dass die Herzogtochter dich für ein wildes Kind hält! Wer von uns beiden ist gebildeter? Wessen Stimme ist schöner? Und wer spricht besser die Sprachen der Nachbarländer?"

„Wer ist eingebildeter, musst du wohl eher fragen, und ob die Sprachen von Bedeutung sind, sei dahingestellt."
Ihre Mutter seufzte. „Was sollen wir tun, Egmunt?"
Der Ritter von Thurensburg sah seine Töchter nachdenklich an. Dann sagte er leise: „Wir schicken alle beide. Ich werde darüber nachdenken, wie wir es am besten anstellen. Es wäre nicht recht, nur einer die Chance zu geben, etwas am Hof zu erreichen."

Isabella versuchte, das Strahlen ihres Gesichtes zu verbergen.
Als die beiden Geschwister hinauf zu ihrem Gemach gingen, meinte Alix leise:
„Vielleicht reite ich als dein Ritter mit, Bella? Ich könnte eine glänzende Rüstung tragen und dich verteidigen!"
„Danke Alix", lachte diese und schüttelte den Kopf.
„Wenn du irgendwo in dieser Burg eine glänzende Rüstung findest, kannst du das tun. Ansonsten scheitert es schon daran. Außerdem ist eine Rüstung sehr schwer. Und du bist nur ein Mädchen!"
Ärgerlich biss Alix sich etwas auf die Unterlippe.
Isabella hatte – wie so oft – leider recht.

7. Kapitel

Eine plötzliche Aufregung hatte Alessandra erfasst. Nachdem sie nochmals im Stall gewesen war, um Vento zu sehen, ging sie eilig über den Hof zurück. Der alte Sven kam ihr entgegen, der auf dem Weg zu seinem Aussichtsplatz in den höchsten Turm der Burg war.
„Fräulein Alix. Mir zwickt der Rücken, der Wind hat gedreht. Schluss mit der warmen Luft, wir bekommen Ostwind!"
Bei seinen Worten lief ein leichter Schauder über Alix Rücken.
„Schlafen Sie gut, Fräulein Alix!"
Sie murmelte rasch ein paar Worte und lief wieder hinein. Einen kurzen Augenblick blieb Alix hinter der Tür stehen. Ein untrügliches Gefühl sagte ihr, dass Ärger bevorstand. Geschwind lief sie hinauf zu ihrem Gemach. Isabella war noch nicht da. Wahrscheinlich saß

sie noch drüben bei ihrer Mutter. Alix ging hinüber zu der großen Eichentruhe und klappte sie auf. Sie beugte sich hinunter und suchte nach dem Gürtel, den sie ganz weit unten versteckt hatte. Er konnte dort nicht bleiben. Ihre Mutter oder Anna würden ihn finden. Vorsichtig nahm sie ihn heraus. Ein schlichter Ledergürtel, wären diese Blumen darauf nicht. Aus einer Laune heraus legte sie ihn um ihre Taille und zog ihn zu. Aufgeregt wartete sie ab. Nichts passierte. Alix ging hinüber zum Spiegel. War der Gürtel auch eine Verbindung zu Esteron? Sie war sich plötzlich sehr unsicher mit ihm. Hatte es an seinem Medaillon gelegen, dass er ihr so viel bedeutete? Sie sah sich im Spiegel an, ihr einfaches, helles Kleid und dachte nach. Sicher würde sie am Hof des Herzogs auffallen. Als die am schlichtesten gekleidete Frau. Alix schaute an sich hinunter. Sie strich über den Gürtel. Etwas Seltsames geschah. Von dem Gürtel ausgehend sah es so aus, als würden zarte grüne Fäden über das Kleid fließen. Sie starrte noch einen Moment hinunter und dann in den großen Spiegel. Das – war unmöglich. Wie von Geisterhand schienen sich filigrane Figuren in Grün auf ihrem Kleid abzuzeichnen. Zart gestickte Rosenknospen und geschwungene Muster. Der Rocksaum färbte sich rot, der Stoff ihres Kleides schien weicher und feiner zu werden. Alix sah mit großen Augen zu, wie ihr Kleid sich vor ihren Augen verwandelte. Die Muster begannen, sich auf ihren Ärmeln entlangzuwinden. Alix atmete tief ein. Gleich würde Isabella kommen und sie sehen – wie um Himmels Willen sollte sie ihr wunderschönes Kleid wieder zurückverwandeln in das einfache Stück Stoff, das sie vorher getragen hatte? Die Ärmel waren wie aus weichster Seide gesponnen. Sie entschloss sich zu etwas

anderem. Alix griff ihren Umhang, warf ihn sich um und hielt ihn vorne gut zu. Sie zog die Kapuze über das Haar und verließ rasch das Zimmer. Im steinernen Flur beeilte sie sich hinunterzulaufen. Solange es noch hell war, könnte sie ihn vielleicht treffen. Falls er überhaupt nochmals hierher kommen würde.
Alix schlüpfte hinaus in den kleinen, verwunschenen Garten.
Die Dämmerung war bereits angebrochen. Isabella würde sie sehr bald vermissen. Und reichte es, den Gürtel einfach wieder abzulegen und das Kleid wäre wie vorher? Rasch schob sie ihre Gedanken zur Seite und ging durch den zauberhaften Garten. Die Rosen waren nicht zurückgeschnitten worden, sie wuchsen wild und schön im ganzen Garten, überrankten die Mauern bis zu den Türmen und dem Hauptgebäude der Burg. Der Boden war feucht, und sie spürte, wie ihre Füße nass wurden.
„Esteron?", fragte Alix leise. Von irgendwelchem Wind war kaum etwas zu spüren. Allenfalls eine ganz zarte, warme Brise. Woher wusste der alte Sven, dass der Wind umschlug? Sie merkte noch nichts davon. Er hatte ihr gesagt, sie solle seinen Namen in den Wind rufen. Er hatte nicht gesagt, was bei Windstille zu tun sein. Und ob dies überhaupt ein Grund war, ihn zu rufen?
Alix entschied sich für ein `Ja´.
„Esteron", rief sie leise. Da nichts passierte, kam sie sich nach einem Moment reichlich dumm vor. Vielleicht wäre es besser gewesen, den Spiegel nochmals zu benutzen? Unentschlossen sah sie zurück.
Ein zarter Wind strich über ihren Umhang und sie versuchte es nochmals und rief in einer gedämpften Lautstärke: „Esteron!"

Alix schaute sich zur Burg um. Wenn sie noch lauter schrie, würde ihre Wache es wohl melden.

„Esteron?", versuchte sie es nochmals und gab es dann auf. Hinter einem der Büsche trat ein hochgewachsener Mann hervor. Alix erschrak furchtbar.

„Guten Abend, Alessandra!", Sothus lächelte und kam zu ihr hinüber. „Kann ich etwas für dich tun?"

„Wie kommt Ihr – in unseren Garten?", fragte sie überrascht und sah hinüber zu der hohen Mauer, die sie umgab.

„Vielleicht auf den Rosenranken hinübergeklettert?", schlug er lächelnd vor, griff ihre Hand und küsste sie darauf. Es war warm und angenehm. Er strahlte heute eine völlige Ruhe aus. Seltsamerweise sah sie nur ihn und sonst nichts in seinen dunklen Augen.

„Wo ist Esteron?"

Er warf ihr einen fragenden Blick zu. „Ich dachte, du wüsstest es selbst?"

„Ich – weiß es nicht. Deshalb!" Sie zog etwas aus einer Innentasche ihres Kleides heraus und streckte ihm Oswins Medaillon vorwurfsvoll hin.

„DAS ist nicht von Esteron!"

Er blickte darauf.

„Du hast Recht." Ein leises Lachen. „Oswin, er meint es gut!"

„Mit sich oder mit mir?", fragte sie ärgerlich.

Er betrachtete sie sehr aufmerksam. „Wahrscheinlich mit beiden. Du bist sehr hübsch, Alix. Und Oswin möchte nicht, dass Esteron sich an ein Mädchen bindet. Es macht ihn – handlungsärmer, wenn ich es so nennen kann!"

„Es ist mir ziemlich egal, was Oswin findet oder möchte. Ich will das Medaillon zurück, das Esteron mir gab!"

„Da wirst du wohl mit ihm verhandeln müssen. Nicht lange, dann ist er hier. Ich habe heute noch eine weite Reise vor mir. Die nächsten Tage soll das Wetter wild und stürmisch werden. Aber danach wird der Sommer sich allmählich durchsetzen!"

„Ah – ja. Das ist alles – erfreulich. Gut, dass Sie sich in diesen Dingen auskennen. Aber was ist nun mit Esteron?"

Er sah sie schlau an.

„Vielleicht kommt er bald von Norden her mit einem eisigen Wind zusammen. Erst einmal ist jemand anderes dran. Weißt du, Mädchen, es ist ein ständiges Ringen unter uns Brüdern. Ein Spiel, ein Kampf, ein Zeitvertreib. Und wenn es uns langweilig ist, so ersinnen wir Größeres. Soll ich ihm etwas von dir ausrichten lassen?"

Sie seufzte. Er hatte sie wahrscheinlich schon vergessen.

„Wenn es geht, so richtet ihm aus, dass wir bald an den Hof des Herzogs fahren werden. Sobald das Wetter beständiger ist, in ungefähr zwei Wochen. Und richtet ihm aus – dass es mir sehr leid tut mit dem Medaillon."

„Mehr nicht?"

Sie schüttelte den Kopf und wies auf die Rosenranken.

„Zeigt Ihr mir, wie Ihr dort rübersteigt?"

Sein Lächeln rutschte ab.

„Nun ja ---. Gut. Wenn es dir etwas bedeutet!"

Er ging hinüber zu den dicken, verholzten Ranken und begann vorsichtig, daran hinaufzusteigen. Alix sah ihm aufmerksam zu.

„Au. Jetzt habe ich mich gestochen. Verdammt noch mal!", fluchte er leise, sah dann zurück zu ihr und lächelte wieder. „Es geht ganz leicht. Aber vielleicht könntest du dich doch umdrehen, Alessandra, ja?

Au, verflixt und zugenäht aber auch!"
Es sah nicht mehr besonders elegant aus. Sie wandte sich von ihm ab und drehte sich in Richtung der kräftigen Mauern des Gebäudes.
Sie sollte ihm seine Würde lassen. „Kann ich mich wieder umdrehen", fragte sie nach einer kurzen Weile, da es merklich kühler und noch dunkler wurde.
Da er nicht antwortete, sah sie sich um. Er war wie vom Erdboden verschluckt. Sie war überrascht. Unglaublich, dass es ihm gelungen war, dort hinaufzuklettern!
Alix lief hinüber zu dem kräftigen Rosenbusch, der bald blühen würde. Ein paar der Blüten waren abgeknickt. Sie würde diese morgen unauffällig abschneiden. Und dort ein Stück höher hing - ein kleines Stück roten Stoffes. Alix lächelte, streckte sich etwas länger und griff den Stoff. Er wirkte fast wie aus Leder gemacht. Sie ließ ihn in ihre Tasche gleiten. Esteron war nicht gekommen. Alix öffnete den Gürtel unter ihrem Umhang und zog ihn ab. Nach einem kleinen Moment begannen die Formen und Linien, sich zurückzuziehen wie lebendige Blumenranken. Der Stoff wurde wieder gröber, dann stand sie in ihrem Kleid dort. Da es allmählich richtig dunkel und auch windiger wurde, ging Alix rasch zurück in das Gebäude.

Isabella war bereits in ihr Nachtgewand gehüllt und neugierig, wo sie gewesen sei. Alix zog sich rasch um, spülte sich das Gesicht an der Wasserschüssel in ihrem Gemach und reinigte ihre Zähne mit einem fingerdicken, an den Enden ausgefransten Zahnhölzchen aus weichem Wurzelholz. Sie träufelte dafür etwas von der geheimen Mixtur Annas aus einem irdenen Tiegel darauf. Mit einem Stück Leinenlappen

rieb sie sich den Mund ab. Der frische Geschmack nach Minze und anderen Kräutern war angenehm. Danach schlüpfte sie in ihr bodenlanges, helles Nachtgewand. Da Isabella ihr abwartend zusah, um die Kerze zu löschen, nahm Alix den Gürtel mit ins Bett. Sie würde warten, bis Bella schlief und ihn dann verstecken. Der Wind hatte zugenommen und strich um die Burg, rüttelte an den Fenstern, dass sie leise klapperten. Isabella pustete die Kerze aus und zog den hellen Vorhang an ihrer Seite vor das Bett.
„Schlaf wohl, Alix!"
„Du auch, Bella!" Alix lag horchend da und wartete, dass ihre Schwester einschlief.
„Bella?", fragte sie nach einer Weile leise.
„Hm?"
„Schläfst du schon?"
„Nein. Ich denke gerade an unsere Reise zur Burg des Herzogs. Ich bin schon schrecklich aufgeregt, Alix. Du auch?"
„Ja, ja."
Sie entschloss sich, den Gürtel umzubinden. Ihr Nachthemd lief keine Gefahr, sich in ein wunderschönes Kleid zu verwandeln. Und wenn – würde sie ihrer Schwester einfach erzählen, sie hätte es bestickt. Notfalls nachts, da sie nicht schlafen konnte. Leise befestigte sie ihn um die Taille herum und bemühte sich, ihn nicht anzufassen. Irgendwann schlief Bella neben ihr wohl ein. Alix fühlte sich selbst so müde, dass sie einfach liegenblieb und die Augen schloss.

Sie wurde davon geweckt, dass der Sturm das Fenster aufriss. Alix fuhr in dem Bett förmlich hoch und stützte sich rasch auf. Die Bettvorhänge bewegten sich im

Wind, aber das Fenster schlug nicht gegen die Seiten wie sonst, wenn der Sturm zu heftig war und den Klappriegel einfach hochdrückte.

Bella drehte sich auf die andere Seite, die Vorhänge fielen wieder ruhig.

Auf Alix Rücken bildete sich eine Gänsehaut. Sie hörte den Sturm – draußen. Das Fenster schloss sich normalerweise nicht von allein.

Sie schob leise die Decke und danach die Vorhänge an ihrer Seite zurück. Möglichst geräuschlos stieg sie auf den kalten Steinboden. Draußen heulte der Sturm. In ihr kroch eine plötzliche Angst hoch. Es war ziemlich dunkel, da der Mond gerade wieder hinter einer der Wolken verschwand. Jemand war in diesem Zimmer. Sie spürte es instinktiv und ihre Angst verwandelte sich ins Bodenlose. Alix schluckte leise.

Warum hatte sie das Medaillon bloß abgenommen? Möglicherweise wäre es jetzt eine Hilfe. Als der Mond kurz herauskam, sah sie, dass dort jemand stand und aufmerksam zu lauschen schien. Er war groß und hochgewachsen, trug einen weiten Umhang.

Es war nur ein Versuch. Falls sie falsch lag, würde diese Schattengestalt sie vielleicht töten. Esteron war es nicht. Alix hätte es beschwören können.

„Oswin?", flüsterte sie und hoffte inständig, dass er es auch sei.

„Alessandra?"

Vor Erleichterung atmete sie tief auf.

„Oswin!", seufzte Alix und war noch nie so erleichtert wie in diesem Moment. Er kam langsam zu ihr hinüber.

„Was machst du hier?"

„Ich wollte mit dir – sprechen", seine Stimme war leise und nicht zu deuten.

„Es ist Nacht. Wir sind hier in unserem Gemach. Meine Schwester schläft. Wir können hier nicht sprechen!"
„Wo dann?"
„Am besten im Garten", begann sie verwirrt. „Aber es ist Nacht und der Sturm ist zu stark. Ich hoffe, die Leiter kippt nicht um. Sothus ist vorhin über die Rosenranken zurückgestiegen. Vielleicht solltest du das auch machen?"
Er lachte leise. „Ich bin nicht Sothus, dass ich mich zum Deppen mache. Komm, wir gehen trotzdem hinaus. Nimm einen Umhang, es ist kühl!" Er ging hinüber zu dem Stuhl und brachte ihr einen Umhang. Alix achtete nicht darauf, ob es der von ihrer Schwester oder ihr eigener war. Sie zog ihre leichten Schuhe an und reichte ihm die Hand, um ihn mit sich zu ziehen. Seine Hand war kühl und sie erschrak darüber. Rasch ließ sie wieder los.
„Du solltest nicht hier sein!", murmelte sie.
„Alix?", fragte Isabella und diese sagte beruhigend: „Ich muss mal. Schlaf weiter, Bella!"
Sie schlüpfte in den kalten Flur hinaus und wartete, bis er neben ihr stand. Ein großer, beweglicher Schatten in der Dunkelheit. Alix zog den Umhang enger. Vielleicht sollte sie ihn überreden, schneller zu gehen?
„Oswin, du darfst hier nachts nicht hereinkommen", meinte sie leise wie zu einem kleinen Kind.
Er antwortete nicht und folgte ihr nur. Alix war es sehr unwohl zumute. Der Gang war dunkel, die Fackeln alle gelöscht. Gleich würden sie bei der Treppe anlangen. Sollte sie ihn in der Dunkelheit führen?
„Vorsicht, die Tre...", begann Alix, trat auf ihren Umhang und stolperte. Jemand hielt sie fest um die Taille herum.

„Ebenfalls Vorsicht", hauchte er sanft in ihr Ohr. Ihr Herz klopfte nun wie verrückt.
Oswin hielt sie einen Augenblick länger als nötig und sie lehnte sich einen Moment an ihn. Dann besann sie sich. Dies war ein Fremder. Esterons Bruder zwar – aber sie kannte sowohl den einen wie auch den anderen zu schlecht, um mit ihm hier in der Finsternis zu stehen. Oder hinauszugehen.
„Oswin, du musst gehen!", flüsterte sie.
„Das tue ich gerade. Bring mich hinaus, Alix!" Er ließ sie wieder los. Langsam stiegen sie die Treppe hinab und gingen hinüber zu der hölzernen, verriegelten Tür in den Garten.
„Wo sind eure Wachen?", fragte er. Es hörte sich überheblich an.
„Hier und dort", meinte Alix vage und schob dann hinterher: „Lass uns morgen sprechen, Oswin. Bei der Ruine, ich kann dort hinkommen. Ich gehe nicht nach draußen!"
Er zog sie mit sich hinaus, als sie ihm die Tür aufhielt und schloss die Tür hinter ihnen. Alix hatte das Gefühl, einen Fehler begangen zu haben.
Der Sturm fuhr ihr sofort in das offenen Haar, wirbelte ihren Umhang zurück und zog an ihrem Kleid. Für einen Moment raubte er ihr förmlich die Luft.
Dann wurde es plötzlich völlig windstill. Aber nur an der Stelle, wo sie standen. Alix sah sich überrascht um, denn um sie herum tobte und pfiff der Sturm.
„Das Auge des Sturms. Kennst du das nicht?", fragte er und sie hörte an seiner Stimme, dass er wohl lächelte.
Alix zog ihren Umhang wieder etwas enger. Es war trotzdem Zeit, dass er ging. Sie wusste, dass sie nicht mit ihm hier stehen sollte. Rasch tastete sie nach dem

Medaillon in der Innentasche und stellte erleichtert fest, dass es ihr eigener Umhang war, den sie trug.

„Oswin. Ich habe eine große Bitte an dich!", sie suchte seine Hand in der schwachen Beleuchtung, die eine Wolkenlücke ab und zu brachte.

„Gib das Medaillon an *Esteron* zurück. Ich glaube, du hattest Recht. Es wäre falsch, wenn ich es trage!"

Er schwieg und sie fürchtete, dass er sie durchschauen würde.

„Warum, Alessandra?"

Da seine Stimme misstrauisch klang, antwortete Alix schnell:

„Du hast es selbst gesagt. Wir sind nicht füreinander geschaffen. Ich sehe das nun ein! Nimm das Medaillon und gib es ihm zurück!"

Oswin nahm es zögernd aus ihrer Hand und steckte es ein. Der Mond kam schwach hervor und sie schauderte leicht. Sein Blick war kalt und irgendwie – nicht menschlich. Er sah aus wie eine weiße Statue, die im Garten stand.

„Hast du es dir überlegt, Alessandra?", sagte er und sie hielt fast die Luft an.

Er lachte leise.

„Diese Nacht ist – so wild und schön, ich liebe es, wenn der Wind bestimmt, was das Schicksal für einen Menschen bereithält. Eure Burg ist nicht sehr stabil, ihr müsst Euch davor hüten, dass sie angegriffen wird. Von Feinden – oder vom Sturm!"

Sie zitterte leicht, was an der frischen Kühle lag, aber auch an seinen Worten.

„Und du – bist wunderschön in deinem Blumenkleid. Du erinnerst mich an eine der Elfen, die auf der Lichtung tanzen. Sie haben so zarte Flügel, dass sie aufpassen

müssen, nicht hinweggetragen zu werden. Möchtest du mit mir kommen, Alix?", fragte er leise.
Sie stand wie betäubt da.
Oswin streckte seine Hand aus. „Komm, Mädchen. Es ist eine so wunderschöne Nacht. Komm mit mir!" Seine Stimme klang lockend und süß.
Ein eisiger Hauch fuhr zwischen sie.
„Och nein", meinte Oswin ärgerlich. „Was soll das, Bruder?" Er sah sich um und runzelte seine schönen dunklen Augenbrauen. Der Mond war nun frei und der Garten in ein kühles, mattes Bild getaucht. Ein kalter Wind traf auch sie und fegte ihr Umhang, Kleid und Haar zurück. Etwas hielt ihren Umhang und zog sie von Oswin weg.
Dessen Gesicht war nun richtig wütend.
„Ich tue es für Esteron. Das weißt du auch!"
Es fing an, leicht zu hageln, der Wind begann zu drehen und eisige Luft strömte in den Garten.
„Spielverderber", knurrte Oswin und sah sich wütend um. „Noch ist das letzte Wort nicht gesprochen. Auf Wiedersehen, Alessandra!"
Oswin warf ihr einen festen Blick zu und schlug die Kapuze seines Umhanges hoch.
Dichte Wolken drängten sich vor den Mond und der Sturm wirbelte Alix ihr Haar ins Gesicht, so dass sie für einen Moment gar nichts sah. Dann ebbte der Wind ab.
Alix Augen wurden groß. Sie war allein in dem kleinen Garten.
„Oswin?", murmelte Alix überrascht und sah sich um. Der Hagel hörte auf. Eine heftige Windböe erfasste sie und wirbelte sie herum, so dass sie ins feuchte Gras fiel. Der Mond kam heraus und für einen winzigen Moment schien ein Mondstrahl direkt in das Gras vor ihr zu

fallen auf das kleine silberne Medaillon, welches dort lag.
Schwer atmend griff Alix danach. Dies war nicht Oswins Medaillon. Sie war sich ganz sicher. Dies war das Medaillon Esterons.
Schwerfällig erhob sie sich, ihr Herz klopfte heftig.
Alix sah sich vorsichtig um. Der Wind wirbelte um sie herum, ließ ihren Umhang fliegen und drückte ihr zartes Nachtgewand an ihren Körper.
„Danke", murmelte Alix verwirrt und presste den silbernen Anhänger an sich. Die Kälte zog sich völlig aus dem Garten zurück. Stattdessen schien der Wind sanft über ihren Arm und ihr Gesicht zu streichen. Etwas streifte ihre Lippen und sie schloss ungläubig die Augen. Das Brausen des Sturms verschwand, der Wind legte sich.
Als sie wieder die Augen öffnete, lag der verwunschene Garten still im Mondlicht vor ihr.
Alix drehte sich rasch um und lief zurück in das Gebäude. Als sie das Tor verriegelte, spürte sie sowohl eine leise Furcht wie auch das heftige Klopfen ihres Herzens.
Sie schalt sich, klarer zu denken, als sie den dunklen Gang zurück in Richtung ihres Schlafgemaches lief.
Und dennoch wusste sie, dass etwas Ungeheuerliches passiert war.
Sie hatte den Wind geküsst.
Alix kroch in ihr Bett und zog sich die Decke bis weit hinauf. Eigentlich dachte sie, nicht mehr einschlafen zu können. Nach einer ganzen Weile fielen ihr aber endlich die Augen zu. Alix schlief einen tiefen, traumlosen Schlaf.

8. Kapitel

Der nächste Morgen begann viel zu früh, da Isabella überrascht aufschrie.
Schlaftrunken rappelte Alix sich hoch.
„Was ist?", murmelte sie und war mit einem Schlag hellwach. Isabella stand neben dem Bett und sah mit großen Augen darauf. Auch Alix starrte nun dorthin. Das ganze Bett, die Bezüge und Vorhänge schienen wie von zarten, grün rankenden Rosen bestickt zu sein. Sogar an den Trägern aus Holz für den Betthimmel sah es so aus, als würden zarte Rosen daran hinaufranken. Es sah zauberhaft aus. Für einen Moment dachte Alix an den verwunschenen Garten draußen. Auch diese rosafarbenen und roten Rosen waren nicht aufgeblüht. Grüne, geschlungene Ranken mit geschlossenen Blüten daran. Sie sah hinauf zu dem roten Betthimmel, der ebenfalls so verziert war. Es sah aus wie ein wunderschön gezeichnetes Bild.
Unauffällig schob Alix die Decke zurück und senkte sie rasch wieder. Isabella durfte ihr Kleid nicht sehen.
„Ich – gehe Mutter holen. Bleib hier und pass auf", keuchte Isabella, zog sich rasch ihren Umhang über, wickelte ihr Haar darunter und lief dann hastig los.
Als die dunkle Tür sich hinter ihr schloss, sprang Alix blitzschnell aus dem Bett. Es war – unglaublich. Noch einmal warf sie einen Blick auf die feinen, filigran gezeichneten Ranken auf den Decken und Vorhängen. Mit einem tiefen Luftholen trat sie vor den Spiegel.
Von ihrem langen, schlichten Nachtgewand war wenig übrig geblieben. Sie trug ein hauchzartes, seidig schimmerndes helles Kleid, über und über bestickt mit

kleinen roten Rosen und grünen Ranken darauf, die fast wie Ornamente wirkten. Ungläubig wandte sie sich zur Seite. Ungefähr so stellte sie sich die Elfen vor, von denen man sagte, sie würden bei Dunkelheit auf den Waldlichtungen tanzen.
Alix drehte sich einmal um sich selbst und der zarte Stoff wirbelte um sie herum wie ein sanfter Lufthauch. Ihre Augen funkelten, ihr ganzes Gesicht schien fast zu strahlen. Sie strich sich über ihre Lippen. Etwas war mit ihr passiert. Ungläubig schüttelte sie den Kopf und besann sich dann. Ihre Mutter sollte das alles nicht bemerken. Alix löste mit einem raschen Griff ihren Gürtel, rollte ihn zusammen und legte ihn in ein Holzkästchen, das auf dem Frisiertisch stand. Ihr Herz klopfte heftig, während sie zusah, wie die Blumen und Ranken sich zurückzuziehen begannen. Bedauernd sah sie auf die Rosen, die von ihrem Kleid wieder verschwanden. Ein paar von ihnen hatten so ausgesehen, als ob sie kurz vor dem Aufblühen gewesen seien. Die Ranken zogen sich an den Holzleisten des Bettes zurück und sie spürte ein tiefes Bedauern. Das Bild war so wunderschön gewesen. Schon eine ganze Weile, bevor ihre Mutter und ihre Schwester in das Gemach zurückkamen, war das Ganze verschwunden. Alix saß in ihrem schlichten, hellen Nachtgewand vor dem Spiegel und kämmte ihr Haar, das völlig durcheinander geraten war. Isabella sah sich fassungslos in dem Raum um, während ihre Mutter nur mit einem Blick hinüber zu ihrem Kissen ging und es wortlos anhob. Federn fielen daraus hervor.
„Das bringst du in Ordnung, Isabella!", tadelte sie. „Noch bevor wir uns daran machen, eure Kleider noch einmal nachzubessern und eventuell noch etwas zu besticken.

Eilt euch, Mädchen. Der Tag bricht an und wir haben noch so viel zu tun!"

Wortlos machten die Schwestern sich fertig, wobei Isabella immer wieder versteckte Blicke auf ihre Schwester warf. Als sie ihr schließlich das Haar flocht, wand und am Hinterkopf locker feststeckte, fragte sie unsicher: „Was war das, Alix, das ich sah? Ich habe es mir nicht eingebildet. Du sahst es doch auch!"
„Es war nur der Wind", erwiderte Alix leise und spürte das kühle Medaillon, welches sie am Hals trug.
„Wir haben Ostwind, Bella!", Alix stand auf und versuchte ein Lächeln. „Vergiss es einfach. Manchmal gibt es Dinge, die man nicht erklären kann."
Isabella wirkte vollkommen verwirrt.

Der Sturm wütete die nächsten Tage heftig. Zuerst heulte und pfiff der Wind um die Mauern ihrer Burg, so dass Alix lange im Bett wach lag und nachdachte. Sie hatte nicht gewagt, nochmals in den Spiegel zu sehen. Das Ganze war ihr inzwischen wirklich unheimlich. Isabella störte sich nicht daran. Sie stickte und nähte mit Eifer, da der Termin ihrer Abreise aus der Thurensburg immer näher rückte. Alix bemerkte das Lächeln und die zart geröteten Wangen, die ihre Schwester neuerdings besaß. Sie selbst war darüber unentschlossen. Vielleicht würde es ihnen gelingen, am Hof den Ruf ihres Vaters wieder reinzuwaschen. Ihre Mutter erhoffte sich dabei noch, dass ihre Töchter einen passenden Ehemann finden würden. Sie lief ähnlich aufgeregt wie Isabella durch die Burg und war beschäftigt mit hektischen Vorbereitungen.
Weiter brauste der Sturm um die steinernen Mauern.

Da Alix nicht schlafen konnte, zog sie sich am nächsten Abend ihren Umhang über das helle Nachtgewand und verließ das Gemach, als Isabella schon schlief. Sie ging über den unbeleuchteten Hof hinüber zu dem höchsten Turm und stieg hinauf. Der Wind wirbelte ihr wütend durch das Haar und man hörte bis hier das wilde Rauschen des Waldes. Es war kalt und finster, als Alix sich die dunkle Treppe hinauf in den Turm tastete. Das Hinuntersteigen würde das viel größere Problem werden.

„Fräulein Alix, Ihr?" Der alte Sven ließ vor Schreck fast die Fackel fallen, die er an einer windgeschützteren Stelle im Inneren des Turmes versuchte am Brennen zu halten. „Ist etwas vorgefallen? Ihr solltet nicht hier sein!"

Eine heftige Böe fuhr um die Ecke und löschte die Fackel aus.

„Ja. Nun", meinte der alte Sven irritiert. Einen Moment schwieg er nachdenklich.

„Wartet. Ich hole uns Licht", sagte er dann. „Rührt Euch nicht von der Stelle, es ist dunkel und Ihr könntet ausrutschen!"

Sie schlang Ihren hellen Umhang enger um sich, als Sven vorsichtig in die Düsternis des Turmes hinabstieg. Der Wind brauste laut um das Gebäude herum.

„Oswin?", versuchte sie es vorsichtig. Da nichts passierte, wiederholte sie etwas lauter: „OSWIN?"

Der Wind erfasste sie im Eingang des Turmes, von der Plattform draußen kehrte allerdings plötzlich Ruhe ein. Alix schloss die Augen, da es ihr so vorkam, als würde der Geruch von Moos und Wald in ihre Nase strömen. Sie glaubte, gewaltige Nadelwälder unter sich zu sehen und öffnete erschrocken wieder die Augen.

„Oswin?", fragte sie zum dritten Mal. Diesmal kam eine Antwort.

„Alessandra?"

Unentschlossen sah sie um die Ecke herum. Dort stand eine hochgewachsene dunkle Gestalt in der Nacht.

„Was möchtest du?", fragte er leise.

„Könntest du uns bitte in Ruhe lassen?"

Er lachte still. „Was tue ich, das dich stört, Rosenmädchen?"

Sie fasste sich ein Herz und ging zu ihm hinaus auf die steinerne Plattform des runden Turmes.

Der Mond kam ein wenig hervor und sie glaubte, seine Augen unter der Kapuze erkennen zu können.

„Oswin", begann sie erneut und streckte ihm ihre Hand hin. Er starrte überrascht darauf, griff ihre Hand schließlich und hielt sie fest.

„Hast du keine Angst, dass der Sturm dich über die Zinnen zieht?", fragte er kaum hörbar und eine Gänsehaut kroch über Alix Rücken.

„Das wird er nicht!", entgegnete sie fest.

Ein Lächeln zeichnete sich auf seinem Gesicht ab.

„Wenn er es täte, dann würde sich das Problem mit Esteron lösen. Der Junge ist nicht mehr er selbst. Statt durch die Höhen und Täler zu brausen und zu wüten und die Menschen Furcht und Schrecken zu lehren, streicht er sanft durch das frische grüne Gras der Berge oder säuselt mild über die Hütten. Ich erkenne ihn kaum wieder. Mein Bruder ist ein Gefangener – eines einfachen Mädchens. Es gefällt mir nicht!"

Da sein Ton boshaft war, versuchte Alix, ihre Hand wieder aus seinem kühlen, festen Griff zu befreien. Es ging nicht. Oswin griff ihre zweite Hand, rückte etwas

näher und sah ihr tief in die Augen. Schöne, moosgrüne Augen, nun dunkler in der Nacht.
„Komm mit mir, Alix. Ich nehme dich mit weit weg von hier. Ist nicht alles bei euch nur langweilig und unbedeutend? Lass dich einfach nur fallen. Ein Schritt von dir – und ich fange dich auf!" Seine Stimme war leise und lockend. Er zog sie etwas dichter an den Rand des Turmes, wo eine niedrige Mauer und die Zinnen standen.
Sie atmete nervös tief ein und aus.
„Ich ... traue dir nicht. Du möchtest mich loswerden, oder?"
„Wenn du so fragst: Eigentlich ja. Aber da ist etwas, was mich an dir nicht loslässt. Ich habe es versucht – aber dein Bild geht mir nicht mehr aus dem Kopf. Es ist immerdar. Sicherlich könnte ich dich den Turm hinunterfegen und zerschmettern. Aber ich kann es nicht. Darum komm mit mir – es ist nur ein ganz kleiner Schritt!" Wieder bekam seine schöne, tiefe Stimme einen lockenden Ton. Oswin ließ ihre Hand los und griff sie stattdessen um die Taille herum, um sie direkt bis an die Zinnen zu ziehen.
Alix stemmte sich nun fest dagegen. Er lachte leise.
„Du versuchst, gegen den Ostwind zu bestehen? Mädchen, du hast keine Chance!"
Im nächsten Moment war der Wind wieder da. Er erfasste sie, so dass sie sich mit einem kleinen Schrei versuchte, an Oswin festzuhalten. Entsetzt sah sie in seine Augen, die in der Dunkelheit kalt und gefühllos wirkten. Eine wilde, brausende Böe fegte sie beide von der Plattform. Alix spürte nur noch kalte Angst, als sie fiel. Allerdings war es kein eigentliches Fallen. Es war mehr ein Schweben. Ein sanftes, langsames Schweben

hinunter, während Oswin sie festhielt. Sie riss erschrocken die Augen auf, als ihre Füße zart auf dem Boden zu stehen kamen. Der großgewachsene Mann ließ sie los und trat ein winziges Stück zurück. Immer noch völlig durcheinander sah sie sich um.
„Ich kann es nicht", sagte er grimmig und trat noch einen Schritt zurück.
„Ich wünschte, ich könnte es, aber ich kann es nicht. Lebe wohl, Blumenmädchen!"
Oswin sah sie fest an und zog seinen Umhang richtig zu. Alix Haar und eigener Umhang wirbelten wild um sie herum und vor ihr Gesicht. Für einen Moment sah sie nichts. Dann ebbte der Wind allmählich ab, wehte ihr das Haar zurück und strich sanft über ihren Mund.
Oswin war weg. Der Sturm schien sich mit lautem Brausen aus der ganzen Burg zurückzuziehen. Alix Beine knickten einfach ein und sie sank zu Boden. Ihr Herz klopfte heftig. Das hier – war nicht von dieser Welt. Sie holte tief Luft.
Ein aufgeregte Sven kam mit einer Fackel zu ihr.
„HIER seid Ihr, Fräulein Alix! Ich bin schon auf den Turm heraufgestiegen, aber Ihr wart nicht dort!" Er zog sie auf die Füße zurück.
„Seid Ihr verletzt? Einen Moment dachte ich, der Sturm hätte Euch über die Zinnen geblasen. Ich habe Euch gar nicht mir entgegenkommen sehen. Wie seid Ihr die Stufen hinabgekommen?"
Obwohl er sie im Fackelschein fragend ansah, konnte sie nur stumm ihren Kopf schütteln. Immer noch war Alix völlig durcheinander. Sie sah hinauf zu der Spitze des Turmes, die weit über ihr in die Dunkelheit ragte.
Es war unmöglich! Und doch…

Als sie später mit immer noch zitternden Beinen endlich in ihr Bett stieg und die warme Decke über sich zog, war sie immer noch tief erschüttert.
Oswin war mit ihr den Turm hinuntergestürzt. Eigentlich. Und doch war etwas vollkommen anderes passiert. Sie war ... geschwebt. Alix schloss die Augen. Sie war völlig durchgefroren und erst nach einer Weile spürte sie die Wärme, die langsam wieder durch ihren Körper strömte. Der Wind vor dem Fenster hörte abrupt auf.
Alix versuchte, die Gedanken an das Geschehene zu vertreiben. Irgendwann schlief sie endlich ein.

9. *Kapitel*

„Vergesst nicht, Mädchen, vor dem Herzog und seiner Frau tief zu knicksen. Und Euch, Freifrau, meinen besten Dank für Eure Hilfe!" Ihre Mutter lächelte die grauhaarige Frau des Ritters von Sommerau strahlend an und diese nickte ihr freundlich zu.
„Es ist selbstverständlich, dass Isabella und Alessandra bei mir mitfahren, Werteste! Lasst in aller Ruhe das zerbrochene Rad und die Achse an Eurem eigenen Gefährt reparieren. Mein Vater, der mir einen Besuch abgestattet hatte, begleitet uns zum Herzog. Und meine eigene Magd Ronina wird auf Eure Töchter während der Fahrt achten. Sorgt Euch nicht! Wir werden Rast bei einem einfachen Wirtshaus machen. Ich kenne die Leute dort, sie sind sauber und sehr aufmerksam." Sie drückte freundlich die Hand der blonden Herrin der Thurensburg.

Derweil wurde eine mittelgroße, grüne Truhe ebenfalls noch auf der Rückseite der Kutsche direkt über den Rädern befestigt. Isabella sah aufgeregt zu.
„Mama!", sagte sie schließlich und reichte ihrer Mutter die Hand. „Wir werden das Beste versuchen! Sorgt Euch nicht!"
„Kann Hervard mein Pferd wirklich die ganze Strecke über mitführen? Wäre es nicht besser, ich würde reiten?", versuchte Alix es zum letzten Mal verzweifelt. Sie verspürte keine Lust, sich mit den anderen vier in das Innere der schwankenden Kutsche zu quetschen.
„Alessandra!", sagte ihre Mutter streng und warf ihr einen strafenden Blick zu. Diese atmete tief aus. „Vater", meinte sie schließlich und umarmte ihn kurz. „Wir werden Euch stolz machen!"
Der Ritter von Thurensburg drückte seine Tochter eng an sich.
„Ich weiß, Alix. Ich weiß. Sei einfach du selbst. Du wirst die Damen und Herren verzaubern, dessen bin ich mir sicher!"
„Ich hoffe es, Vater!", erwiderte Alix leise.
Sie verabschiedete sich knapp von ihrer Mutter und versicherte sich nochmals kurz ihrer Schätze, die sie unter ihrem Umhang in ein Tuch eingewickelt bei sich trug. Ein kleiner Spiegel, ein schöner, mit Blüten verzierter Ledergürtel - und ein Tiegel mit hellbraunem Haar darin. Oswins Haar. Ihr Herz klopfte heftig, als sie daran dachte. Esterons Medaillon trug sie wieder unter dem hochgeschlossenen Kleid verborgen. Still und kühl lag es auf ihrer Haut. Als sie die Trittstufe in die Kutsche hinaufstieg und sich auf die rechte Seite setzte, dachte sie mit einem Herzklopfen wieder daran, dass ein anderer ihre eigene Haarlocke in seinem Medaillon trug.

Vielleicht war das der Grund gewesen, dass sie den Boden heil unter ihren Füßen gespürt hatte. Wahrscheinlich wusste Oswin noch nicht, dass er eine Locke ihres eigenen Haares in seinem Medaillon trug.

Isabella drängte sich an sie, da die Zofe links noch Platz nahm, die Rittersfrau von Sommerau setzte sich ihnen gegenüber in Fahrtrichtung. Ihr ebenfalls etwas korpulenter Vater rückte direkt daneben. Dann wurde der Verschlag geschlossen und die Kutsche holperte los. Ihre kleine Begleittruppe draußen trabte an.

Alix riss sich aus ihren Gedanken und hoffte, dass ihr von dem ständigen Geruckel und Geschwanke auf den unbefestigten Wegen nicht allzu schlecht werden würde. Da die Freifrau von Sommerau ihnen einen Moment der Ruhe gönnte, sah Alix aus dem Fenster und versank nachdenklich in dem Anblick der vorbeiziehenden Landschaft. Schon bald wechselte die Kutsche auf einen etwas breiteren Weg durch den dichten Laubwald, dessen Vogelgezwitscher und das sanfte Knacken und Wispern im Unterholz sie völlig ablenkte.

Es galt auch noch, sich auf etwas anderes vorzubereiten – das Wiedersehen mit dem Herzogsohn – wahrscheinlich bestand dort Klärungsbedarf.

Alix versuchte, an Esteron zu denken. Seine schönen braunen Augen, sein freches Lächeln. Aber immer wieder – vielleicht lag es an dem Grün des frischen Laubwaldes – dachte sie an ein Paar moosgrüne Augen. Ein leichter Schauder fuhr über ihren Rücken.

Als die Gruppe nach mehren Stunden eine kurze Rast machte und Alix zu einer gefassten Quelle am Wegesrand trat, fuhr ein Windstoß in ihre Röcke und wirbelte sie durcheinander.

„Oswin!", tadelte Alix nervös. Erneut streifte sie der Wind. Alix erschrak fürchterlich, als Esteron plötzlich lächelnd neben ihr stand und seinen braunen Umhang zurückwarf.

„Ich bin es. Geh hinüber in den Wald dort, Alix. Hier sehen sie uns!"

„Ich – ich muss ihnen wenigstens Bescheid sagen!"

Sie war vollkommen überrascht, dass er so plötzlich neben ihr aufgetaucht war.

„Dann tu das!", sagte er, zog sie rasch an sich und hauchte einen Kuss auf ihre Lippen. „Beeil dich!"

Sie nickte und ging zurück zur Kutsche, an deren anderer Seite die Freifrau von Sommerau gerade ein ernstes Wort mit ihren Begleitern sprach. Isabella, die an ihrer Seite gestanden hatte, lächelte ihrer jüngeren Schwester zu.

„Sie möchte, dass wir das Tempo etwas steigern. Der alte Ritter von Sommerau hat es im Rücken und das Gasthaus soll vor Anbruch der Dunkelheit erreicht werden.", meinte Isabella fast tonlos.

„Du, Bella, ich muss mal!", druckste Alix herum und diese bat sie: „Dann eile dich, Schwester!"

Alix wandte sich rasch um und lief mit klopfendem Herzen in Richtung des Waldes. Als sie durch die dicht stehenden Bäume ging, sah sie sich nochmals um. Niemand würde sie sehen können. Ihr Herz klopfte wild.

„Esteron?", fragte Alix leise und sah sich um. Sie konnte ihn nirgendwo entdecken.

„Hier bin ich", hörte sie seine Stimme hinter einem der Bäume, während er nun hervortrat und sie sogleich in die Arme nahm und an sich zog.

„Alix! Ich habe dich so vermisst, jeden Tag, jede Stunde und jeden kleinen Augenblick." Seine warmen Lippen küssten sie sanft auf den Mund.
„Esteron!", meinte Alix glücklich und erwiderte seinen Kuss. Er zog sie dicht an sich und küsste sie nun richtig. Beide standen zwischen den Bäumen, ein sanfter Wind in den Zweigen, und vergaßen alles um sich herum. Es war wunderschön und Alix glaubte für einen Moment in Esterons braunen Augen Blumenwiesen, den blauen Himmel und ein Dorf zu sehen, in dem augenscheinlich eine Hochzeit gefeiert wurde. Bunte Bänder und lachende Kinder, die damit über eine sonnige Wiese liefen. Ein strahlendes Brautpaar, viele fröhliche Gäste.
Sie spürte Esterons Hände auf ihrem Rücken, die sanft darüberstrichen und den Wunsch, er möge seinen Kuss niemals beenden. Es war, als würde sie in einen wilden, schönen Strudel gerissen werden.
„Alix!" Die Stimme ihrer Schwester. „Alix, komm endlich!"
Schwer atmend ließen Esteron und Alix einander los.
Er sah sie eindringlich an und ihr Blut jagte ihr förmlich durch die Adern. Sie lächelten sich beide an.
„So musst du weiterreisen, meine schöne blonde Elfe!", Esteron strich ihr sanft über die Wange.
„Esteron!", sagte Alix unglücklich.
Wieder zog er sie an sich und küsste sie. Augenblicklich vergaß Alix ihre Schwester. Er ließ sie wieder los, legte seine Hand unter ihr Kinn und sah ihr tief in die Augen.
„Möchtest du mit mir kommen? Weg von ihnen? Nimm meine Hand und folge mir, ich bringe dich von hier fort, wenn du möchtest!"
„Esteron. Das geht nicht!"

„Alles geht, wenn du nur möchtest. Du musst nur bereit sein, es zuzulassen.
Möchtest du, Alix?"
Sie versank förmlich in seinen samtbraunen Augen und nickte schließlich.
„Ja, Esteron. Ich möchte!"
„Dann komm!" Er reichte ihr seine Hand und zog sie sanft mit sich tiefer in den Wald hinein.
„Alix!", hörte man ihre Schwester aufgeregt rufen.
Sie bremste ab.
Esteron sah sie fragend an.
„Ich möchte, Esteron. Aber es geht jetzt nicht. Bitte versteh das!", sagte Alix leise.
Er war nun ärgerlich. „Nein, das verstehe ich nicht. Was willst du bei diesen einfachen Leuten, Alix? Was willst du in dem jämmerlichen Schloss des Herzogs? Es ist nichts gegen ein Schloss in den Wolken oder an einem funkelnden Bergsee. Vertraust du mir?"
„ALIX! Wo bist du?" Isabellas Stimme klang wie aus weiter Ferne. Ein Wind schien deren Klang davonzutragen.
Alix riss sich nun fest von ihm los.
„Sie sind nicht einfach. Sie bedeuten mir etwas. Wenn du das nicht verstehen kannst, dann ist es falsch, dir zu folgen!"
„Du machst es mir schwer. Pass auf: Ich werde noch eine Weile warten, dass du einen Entschluss fasst. Aber wenn es mir zu lange dauert, werde ich dich einfach holen!" Sein Ausdruck hatte jetzt viel von dem seines älteren Bruders.
„Was ist mit Oswin?", fragte Alix daher, bevor sie sich selbst auf die Zunge beißen konnte. Es war ihr einfach so herausgerutscht.

„Oswin?", er runzelte die Brauen. „Ich weiß nicht. Er hat sich weit zurückgezogen. Keine Ahnung, vielleicht zerstört er gerade ein Dorf oder legt ein paar Bäume um. Ich hatte den Eindruck, er wäre sehr ärgerlich. Das ist immer unschön, wenn er wütend ist. Man sollte ihn nicht provozieren!"

„Esteron", fragte Alix schnell. „Was wäre, wenn ich in dein Medaillon eine Locke von mir legen würde und du es trügest?"

Sein Ausdruck war belustigt.

„Tu das besser nicht. Du würdest mich so eng an dich binden, dass ich keine andere Wahl hätte, als dir auf ewiglich zu folgen. Es gibt Dinge, mit denen spielt man nicht." Er küsste sie sanft auf die Wange und meinte dann verschmitzt: „Aber ich würde ein Medaillon mit deinem Haar nicht tragen. Es würde – den Lauf der Dinge stören, wenn der Wind sich nach einem Mädchen richtet. Tu so etwas nicht, Alix!"

Er küsste sie flüchtig auf den Mund.

„Und nun lauf zurück. Ich werde da sein, wenn du mich brauchst!"

Sie konnte nur nicken und wandte sich irritiert von ihm ab. Ein sanfter Wind strich durch ihr Haar und ihre Röcke, während Alix blicklos durch den Wald ging. Ob er es wohl trug? Alix war sich sicher, etwas völlig falsch gemacht zu haben. Als sie endlich den Rand des Waldes erreichte und ihre aufgeregte Schwester ihr entgegenlief, wusste sie, was sie auf alle Fälle tun musste.

Oswin nochmals treffen – und das Haar in seinem Medaillon austauschen. Egal wie.

Der Gasthof im Wald, den sie am späten Nachmittag

erreichten, wirkte unheimlich mitten in dem dichten Mischwald. Während die Rittersfrau und ihr Vater bereits in Richtung des dunklen Einganges wankten, sah Alix sich beim Aussteigen verwundert um.
„Hier wollen sie rasten, Isabella? Ist es nicht gefährlich, hier völlig verloren im Wald zu nächtigen? Straßenräuber haben ein leichtes Spiel – keiner weiß es, wenn sie einen mitten in der Nacht erdolchen!"
„Sei nicht so negativ!", lachte ihre Schwester. Ihre gute Laune war zurückgekehrt, mit jedem Stück Weg, dem sie sich der Burg des Herzogs näherten. „Ich werde gut schlafen können, auch wenn das Dach über mir wegfliegt. Morgen schon sind wir in Bellevallescue. Ich möchte dort erholt und frisch ankommen. Der erste Eindruck ist meist das Wichtigste!"
„Meinst du, irgendjemand wird unsere Ankunft überhaupt bemerken?", fragte Alix nachdenklich. „Vater haben sie jedenfalls nicht bemerkt."
„Dann müssen wir sie eben mit allen Mitteln auf uns aufmerksam machen", meinte Isabella entschlossen, hob ihre langen hellroten Röcke und ging durch das Gras hinüber zu dem einfachen einstöckigen Holzhaus. Alix beeilte sich zu folgen.
Der Wirt war ein buckliger Mann mit grauem Resthaar, der sich fleißig vor den Gästen verbeugte. Alix fragte sich wirklich, wie er hier inmitten des Waldes überleben konnte. Seine Frau trat hinzu, das genaue Gegenteil ihres Mannes. Kräftig gebaut, mit dicken, roten Wangen und kräftigen Armen. Beide grüßten freundlich. Die Frau zeigte Alix und ihrer Schwester kurz darauf einen kleinen Raum im Obergeschoss, den sie sich teilen sollten. Das Bett war nicht allzu breit, aber es würde reichen. Erstaunt bemerkte Alix, dass es eine

richtige Matratze besaß und nicht nur das sonst übliche Stroh. Später bekamen sie unten in dem düsteren, rußgeschwärzten Raum mit groben, dunklen Holztischen ein schmackhaftes Mahl aufgetischt. Müde und zufrieden verabschiedeten sich die beiden Schwestern von ihren Reisebegleitern und stiegen hintereinander die schmale, knarrende Holzstiege hinauf. Alix half ihrer Schwester beim Umkleiden und nahm deren ausgebessertes Nachtgewand aus der grünen Truhe, die Hervard ihnen in das Zimmer hinaufgetragen hatte. Danach zog sie sich selber um und kämmte ihr langes Haar aus. Kurz war sie versucht, noch den geheimnisvollen Spiegel zu benutzen, entschied sich aber dagegen. Mit Isabella ging das schlecht. Alix entschloss sich zu warten, bis ihre Schwester eingeschlafen war. Isabella richtete sich im Bett wieder auf.

„Ich habe leider vergessen, mit Hervard zu sprechen. Ach. Dann muss ich nochmal aufstehen. Hilfst du mir, das Kleid wieder anzuziehen?"

Alix ging zu ihr hinüber und half ihr erneut in ihr hellrotes Kleid. Am Rücken musste es gebunden werden. Sorgfältig schloss sie die Bänder und half ihrer Schwester dann nochmals, das Haar zu flechten. Isabellas Haar war feiner als das ihre. Feiner und etwas heller.

„Soll ich wieder mit hinuntergehen?", schlug Alix lustlos vor.

„Nein, lass ruhig. Ich beeile mich", Isabella verließ den Raum. Einen Moment zögerte Alix noch. Dann lief sie hinüber zu dem kleinen Bündel, holte den Spiegel aus seiner Umhüllung und setzte sich auf einen der schlichten Hocker.

Hastig rieb sie über die kühle Spiegelfläche.
„Spieglein, Spieglein – zeig mir... Oswin!"
Die Spiegelfläche begann zu verschwimmen, dann änderte sich das Bild. Alix starrte darauf. Oswin würde sie dort wohl nicht finden. Eine große Halle mit einem langen, dunklen Tisch darin. Zwei Kerzenleuchter erhellten das Ganze. Am Tisch saßen einige reich gekleidete Menschen. Eine sehr hübsche Frau mit langen braunen Zöpfen und einem Kopfschmuck. Ein ihr sehr ähnlich gekleideter junger Edelmann daneben. Es herrschte eine fröhliche Stimmung am Tisch. Hier hatte sie der Spiegel eindeutig in die Irre geführt.
„Oswin?", flüsterte Alix leise und war erstaunt, plötzlich sein Gesicht zu sehen. Es sah so aus, als würde es sich auf einem glänzenden Becher spiegeln.
„Alessandra?" Und gleich darauf: „Warte einen Moment!" Er schien mit dem Finger über den Becher zu wischen und das Bild verschwamm. Alix sah sich kurz darauf nur noch selbst darin. Langsam senkte sie den Spiegel ab.
Einen Augenblick später begann die Spiegelfläche zart zu leuchten. Alix hob ihn rasch wieder an, während das Bild verschwamm. Als es sich wieder klärte, blickte sie direkt in Oswins Gesicht. Es war klar und scharf, als würde er direkt hinter dem Spiegel stehen. Vorsichtig sah Alix dahinter. Er lachte leise.
„Alessandra. Für dich verlasse ich selbst die königlichste Tafel. Was gibt es, mein Augensternchen?"
Sie wurde augenblicklich rot.
„Könntest du mich vielleicht Alix nennen?", fragte sie ärgerlich.
„Meldest du dich extra bei mir, um mir das zu sagen?", forschte er nach.

„Nein. Es geht um etwas anderes!"
„Das ist gut. Ich glaube auch nicht, dass du mich sonst stören würdest, kleiner Windfang!"
„Könntest du damit aufhören?"
„Menschen haben viele Namen, Alix. Auch ich habe mehrere."
„Soll ich dir einen anderen geben?", fragte sie genervt, da er sie vom Thema abbrachte.
„Wenn du möchtest. Du kannst mich auch Eswad nennen."
„Was ist denn das für ein Name? Er klingt seltsam!"
„Die Menschen haben verschiedene Namen für uns. Je nachdem, in welchem Land sie uns treffen!"
„Willst du damit sagen, dass du kein Mensch bist?", fragte sie leise und spürte ein leichtes Frösteln auf der Haut.
„Habe ich das je behauptet?", erwiderte er und lächelte dann erneut. „Sag mir, was ich für dich tun kann, und ich werde es tun!"
Alix dachte mit Herzklopfen an das Medaillon und überlegte, ob er ihr dies deshalb anbot.
„Oswin – wir müssen uns treffen!", sagte sie hektisch, denn Isabella war nun wirklich schon eine ganze Weile fort. Jederzeit könnte sie den Raum wieder betreten.
Sie griff den Spiegel mit beiden Händen und versuchte, ihn fest anzusehen.
„Bitte, es ist dringend!", fügte sie eindringlich hinzu.
Er war völlig überrascht, man sah es für einen Moment in seinem Gesicht.
„Jetzt? Auf der Stelle?"
„Na ja, jetzt geht es nicht. Meine Schwester kommt gleich wieder. Aber so schnell wie möglich. Wir fahren

zum Schloss des Herzogs – ich weiß nicht, wann und wo wir uns treffen wollen!"

„Ist es so dringend?", forschte er nach und sie nickte schnell. „Bitte Oswin. Sonst wird es nachher noch richtig schlimm."

„Wo bist du?", wollte er wissen und sie sah, dass er versuchte, etwas von der Umgebung zu erkennen.

„In einem kleinen Gasthaus mitten im Wald. Das ist unser Zimmer", sie hielt den Spiegel so, dass der schmale Raum darin auftauchte. „Ich glaube nicht, dass du hierher kommen kannst. Aber vielleicht irgendwo bei der Burg des Herzogs? Ich kenne mich da nicht so gut aus!"

„Christina kann dir dort helfen", meinte er kühl und sie überlegte, von wem er sprach. Sie kannte nur die Herzogtochter mit diesem Namen und war einen Moment irritiert. Alix hörte knarrende Schritte auf der Treppe und flüsterte erschrocken:

„Meine Schwester kommt. Vielleicht kannst du mir eine Nachricht senden?"

„Um Mitternacht werde ich bei euch sein", entschied er und wischte dann über den Spiegel. „Bis dann, Alix!" Das Bild verschwamm. Als Isabella das Zimmer wieder betrat, wickelte Alix den Spiegel schnell wieder in das Tuch ein. Ihr Herz klopfte und sie hoffte, dass man ihr nichts von ihrer Aufregung ansah. Was das betraf, bestand keine Gefahr. Isabella war gefangen in ihren eigenen Gedanken.

„Morgen am späten Nachmittag sind wir da, wenn alles gut geht. Sommeraus Schwiegervater will die Pferde einmal wechseln lassen in einem kleinen Dorf auf der Strecke, damit wir das Tempo halten können. Ansonsten kommen wir wohl erst übermorgen an. Leg dich hin und schlaf, Schwester, anstatt dein Gesicht im Spiegel zu betrachten. Du hast ein schönes Gesicht und das weißt du auch! Träum schön!" Sie rollte sich auf die andere Seite und zog sich die Decke bis hinauf zum Kinn.

Alix sah hinüber zu dem kleinen Beutel und nahm rasch den Gürtel heraus. Sie legte ihn hastig um und stieg dann ebenfalls ins Bett. Es war gut, Oswin mit seinen eigenen Waffen zu begegnen. Seine waren nicht von dieser Welt. Der Gürtel ebenfalls nicht. Sie hatte wach bleiben wollen, aber offenbar fielen ihre Augen von selbst zu.

Sie wurde geweckt von dem Brausen des Sturms, der um das Holzhaus strich und zu dem offenen Fenster hineinstreifte.

„Oswin?" Alix stützte sich rasch auf. Sie wusste nicht, wie spät es war, aber der Sturm war da. Und dieser kam allzu oft mit Oswin. Alix stieg auf den Holzboden und warf rasch einen Blick in den Spiegel. Überrascht riss sie die Augen auf. Ihre Kleidung hatte eine völlige Verwandlung durchgemacht. Das helle Nachtgewand hatte eine zarte Farbe und eine seidige Form angenommen. Am auffälligsten waren aber die vielen kleinen Rosen und geschwungenen, grünen Ranken darauf. Rote und weiße Rosen, die dabei waren, ihre Blüten zu öffnen. Ihr Haar war durchflochten wie von filigranen Ranken. Sie trat etwas näher an den Spiegel und drehte sich, dass der lange Rock wie ein zarter Lufthauch oder die weichen Blütenblätter einer Blume um sie herumwirbelte.

„Zauberhaft."

Entsetzt sah sie hinüber zum Fenster, in dem ein dunkler Schatten saß.

„Oswin?"

„Alix?"

Sie lief rasch zu ihm hinüber, während er elegant in den Raum sprang. Er tat dies völlig lautlos. Alix fuhr ein Schauer über den Rücken, auch wenn sie es unterdrücken wollte.

„Wo wollen wir – sprechen. Hier?" Seine Stimme war dunkel und angenehm.

Sie bemühte sich, selbstsicher zu klingen. „Draußen?"

„Wie du wünschst." Er stieg in den Rahmen des Fensters und streckte den Arm aus.

„Kommst du mit mir?"

Ohne zu zögern ging sie zu ihm hinüber und ließ sich von ihm helfen, sich in das offene Fenster zu setzen. Kommentarlos zog er sie etwas an sich heran und legte seinen Umhang um sie herum. Alix hatte das Gefühl, dass frische Luft und der Geruch von Tannennadeln sie umfing. Sie schloss die Augen, als er sie mit sich zog.

Es war wie ein kurzes Schweben, viel zu schnell berührten ihre Füße wieder den weichen Boden. Oswin nahm den Umhang vor ihrem Gesicht weg und sie standen am Rande des Waldes, das Gebäude des dunklen Gasthauses direkt ihnen gegenüber. Ihre Arme prickelten plötzlich.

„Das ist schön!", meinte sie atemlos. „Ich weiß nicht, wie du es machst, aber es macht Spaß!"

Er stemmte die Hände in die Hüften.

„Du willst mir nicht sagen, dass ich den weiten Weg auf mich genommen habe, damit du *Spaß* hast, Alix, oder? Wir haben momentan Westwind. Es war recht schwierig, meinen wilden kleinen Bruder zurückzudrängen. Also: Was hast du Wichtiges, dass du MICH rufst?"

„Ich will mich bei dir entschuldigen. Und ich möchte dich fragen, ob du – dein Medaillon trägst?"
Er griff an seinen Hals und zog das Medaillon hervor. Fragend sah er sie an.
„Darf ich...?"
„Nein", bemerkte er amüsiert, als sie danach greifen wollte und zog es rasch weg.
„Nebenbei: Weißt du eigentlich, wie man es öffnet?" Seine Augen schienen im Mondlicht zu glitzern und er sah eindeutig belustigt aus. „Weißt du es?", wiederholte er erneut.
„Ich – nun ja – weißt du - Ja!", bekannte sie schließlich ehrlich.
„Hm.", machte er und verschränkte die Arme vor dem Körper. „Was willst du mit meinem Medaillon, Alix, ich denke, du trägst das von Esteron. Oder sammelst du noch?"
„Nein. Aber ich habe etwas falsch gemacht, was mir sehr leid tut. Ich – ich habe dich verzaubert, Oswin! Es tut mir leid!"
Er begann, richtig laut zu lachen.
„Was hast du?"
„Ich habe eine Locke von meinem Haar in dein Medaillon getan. Es war nicht böse gemeint – aber du hast mich geärgert. Ganz ehrlich: Ich wollte es dir zurückgeben. Aber ich wusste nicht, welche Folgen das hat! Ich wollte dich nicht verzaubern. Bitte verzeih mir!"
Er verstummte und sah sie einen Moment still an. Dann schüttelte er den Kopf.
„Doch, das wolltest du. Du weißt es nur selbst noch gar nicht", sagte er leise und hielt ihr sein Medaillon hin.
Alix nahm es in die Hand und hielt es leicht schräg

Sie strich über die Schriftzeichen und besonders über das erhöhte.

Das Medaillon schnappte auf. Hellbraunes Haar lag darin, ihre blonde Locke war verschwunden. Überrascht sah sie ihn an. Er lächelte und schloss das Medaillon wieder mit einem Griff.

„Denkst du wirklich, ich lasse mich von einem kleinen Mädchen an der Nase herumführen?" Seine Stimme war sanft und leise. „Was hast du mit MEINEM Haar gemacht? Verbrannt? Weggeworfen?"

„Ich habe es in einem Gefäß bei mir", bekannte sie schuldbewusst. „Möchtest du es zurückhaben?"

„Nein, danke, ich habe noch genug davon. Hebe es auf! Du brauchst das Medaillon eigentlich nicht. Aber wenn du möchtest, kannst du es gerne bei dir tragen."

Zum Glück war es dunkel, sonst hätte er gesehen, dass sich ihre Wangen leicht rot färbten.

„Dann habe ich dich doch völlig umsonst gerufen. Es tut mir leid, wenn ich dir den Abend verdorben habe, Oswin!"

„Das hast du nicht. Sieh mich an, Alix!"

Schüchtern tat sie das nun. Er hatte ein gut aussehendes Gesicht. Es erinnerte sie an einen Waldelfen oder hübschen Troll.

Trotzdem erschrak sie, als er sie anschaute und ein sanfter Windhauch sie streifte. Alix hielt fast die Luft an.

„Alix!..."

Er verstummte plötzlich und blickte sich aufmerksam um.

Ihr Herz klopfte noch schneller, als es das ohnehin schon tat. „Oswin? Was ist?"

„Pst, leise!", sagte er und zog sie im nächsten Moment eng an sich, um sie mit in seinen grünen Umhang zu hüllen. Alix hielt sich einfach an ihm fest und war überrascht, das Stampfen von Pferdehufen zu hören.
Oswin öffnete vorsichtig wieder den Umhang und sie war entsetzt, sich mitten auf einem breiten Ast einer großen Buche wiederzufinden. Rasch hielt sie sich an ihm fest, da es ihr unter den Füßen sehr wackelig vorkam.
Oswin schien in die Nacht zu sehen. Alix folgte seinem Blick und erkannte die schemenhafte Gestalt von ungefähr acht Reitern, die nun langsamer und leise in Richtung des kleinen Gasthofes ritten. Sie waren dunkel gekleidet und ihre Gesichter nicht zu erkennen.
„Wer ist das? Räuber?", flüsterte sie neben seinem Ohr und er erwiderte emotionslos: „Für Reisende ist die Stunde zu spät und die Kleidung zu dunkel. So wie es aussieht, hat es sich doch gelohnt, dass du mich gerufen hast, kleine Waldfee. Das sieht nach richtigem Spaß aus!"
„Oswin. Wir müssen Hilfe holen!"
Seine Augen wandten sich ihr zu. Sie schienen fast zu leuchten.
„Glaubst du wirklich, ich brauche für so ein paar armselige Gestalten Hilfe?"
„Nein, nicht wirklich. Aber vielleicht wäre es doch gut, wenn ich Esteron rufe?", versuchte sie es vorsichtig.
„Das wäre dumm. Dann nimmst du mir viel von meiner Macht. Setzt dich und schau zu. Ich zeige dir etwas!"
Er half ihr mit einem Arm, sich auf dem breiten Ast hinzusetzen. Alix stützte sich an den Stamm neben ihr. Die Reiter hielten nun in einem geringen Abstand von dem Gasthof an. Sie sprangen von ihren Pferden lautlos

in das Gras hinunter. Zwei von ihnen blieben bei den Tieren. Bei den anderen sah es von hier so aus, als würden sie sich Zeichen geben. Sie sah ein Messer im Mondlicht aufblitzen und hielt entsetzt die Luft an.
„Oswin", flüsterte sie und wandte sich an die Seite, wo er eben noch gestanden hatte. Alix hielt sich etwas fester am Baum , da Oswin nicht mehr da war.
Kalte Angst überkam sie. Was, wenn er einfach verschwunden war? Etwas in ihrem Inneren sagte ihr, dass er dies nicht tun würde und sie entspannte sich ein wenig. Was sollte er gegen diese finsteren Gestalten tun, die sich jetzt zum Teil gebückt um das Gebäude herum bewegten? Unter einem Fenster stieg einer von ihnen auf die Schultern eines anderen. Weitere von diesen dunklen Schatten liefen gebückt zur Tür.
Alix hielt entsetzt die Luft an.
Das Rauschen und Brausen des Windes erhob sich ganz plötzlich wie von Geisterhand. Vor Schreck klammerte sie sich noch fester an den Baumstamm neben ihr. Es war mehr als Wind, ein richtiger, wilder Sturm, der aus dem Nichts nun über die freie Fläche fegte und in Richtung des Gebäudes wirbelte. Die dunkelgekleideten Männer waren wohl genauso überrascht wie sie selbst. Der Sturm ließ ihnen keine Zeit zu überlegen. Er fuhr mitten in sie hinein und wirbelte den Mann, der auf den Schultern eines anderen stand, förmlich in die Luft. Gleichzeitig blies er so heftig, dass die in der Nähe des Eingangs nur ihre Kapuzen und Tücher vor dem Gesicht festhalten konnten. Einer nach dem anderen wurde nun allmählich von dem Gebäude weggeblasen. Den, der auf den Schultern des anderen gestanden hatte, warf der Sturm auf das Dach des Gasthauses. Er schien sich dort festzuklammern.

Alix konnte nicht anders. Sie musste lachen. Es war so befreiend und schön, wie die Dunkelgekleideten fluchend gegen den Sturm kämpften. Völlig sinnlos, wie es erschien. Eine Böe erfasste den auf dem Dach, wirbelte ihn kurz hoch und schleuderte ihn dann erneut gegen das Dach. Es brach an dieser Stelle ein, wahrscheinlich war es nur aus Stroh. Alix hörte einen lauten, wütenden Schrei durch die Nacht gellen.
„Du Lump, dir werde ich helfen", schimpfte die Wirtin und es schallte bis hierher. Gefolgt von lauten Schmerzenslauten.
Die dunklen Pferde scheuten im wilden Wind und rissen sich los, obwohl die beiden Männer dort sie halten wollten. Es war ein komplettes Durcheinander. Weggaloppierende Pferde und dunkle Gestalten, die versuchten, sie zu halten. Dazu die leisen Stimmen: „Hier ist etwas verhext. Rasch, lasst uns fliehen!"
Alix hielt sich eine Hand vor den Mund, um ihr Lachen zu dämpfen. Vorneweg stürmten die Pferde, gefolgt von ein paar dunklen Gestalten, die ihnen hastig folgten. Kleine Stöcke und Gehölz wirbelte ihnen hinterher und trafen ab und zu einen von ihnen. Die Tür ging auf und ein Dunkelgekleideter, der sich den Kopf hielt, beeilte sich, seinen Kameraden zu folgen.
„Dir werde ich helfen!", wütete die Wirtin hinter ihm her und wedelte wild mit einem Besen herum. Im nächsten Moment schien er ihren Händen zu entgleiten und vom Sturm gepackt zu werden. Der Besen sauste dem fliehenden Mann hinterher und traf ihn fest am Rücken, um kurz darauf förmlich auf ihn einzudreschen.
„Aua. Hilfe. Hexen!", brüllte der Mann und rannte noch schneller.

Alix biss sich sanft in die Hand, um nicht auch zu brüllen – vor Lachen.
Der Besen wirbelte herum, wurde von einer Windböe erfasst und blieb dann in der Nähe des Wirtshauses liegen. Die Wirtin hastete rasch dorthin.
„Windig, heute", murmelte sie und bemühte sich eilig, zurück zum Eingang zu gelangen. Der Wind schob sie förmlich vor sich her, so rasch verschwand sie wieder darin.
Dann wurde es für einen Moment still. Bis sie wieder die Stimme der Wirtin hörte. Ein Lichtschein oben im Dache. Wahrscheinlich sahen sie und ihr Mann sich den Schaden an.
„Oswin?", murmelte Alix leise. Der Sturm ebbte ab.
„Alix." Er stand am Fuße ihres Baumes und nahm jetzt die Kapuze seines Umhanges zurück. Sein Gesicht schien zu leuchten vor Belustigung. Er hielt ihr seine Arme entgegen und sie sprang, ohne nachzudenken. Es war recht hoch, aber ihr Fall verlangsamte sich sofort. Fast, als würde ein Wind sie tragen. Sanft landete sie mitten in seinen Armen.
„Das war einzigartig gut!", lächelte sie ihn glücklich an. Sein Ausdruck veränderte sich plötzlich. „Alix", meinte er, legte seine Arme fester um sie herum und zog sie dichter an sich heran. „Alix", wiederholte er heftig und diese schloss die Augen und wartete, dass er sie küsste. Oswin atmete tief ein. „Esteron kommt. Nicht allein. Er bringt Norwin mit!" Im nächsten Moment war sie frei. Überrascht schlug sie die Augen auf. Der Mann mit den schönen grünen Augen war weg. „Oswin?" flüsterte sie erstaunt und sah sich dann um. „Dankeschön!"
Etwas berührte ihre Lippen und Alix schloss die Augen. Es war wie ein sanfter Wind, der sie dort streifte. Der

frische Geruch von Tannennadeln und Wald, dann zog sich dieser zurück. Sie stand allein in der Dunkelheit.
Aber nur für eine Weile. Dann begannen sich die Bäume von einem Moment auf den anderen im Wind zu neigen und zu ächzen ob der Gewalt des Sturmes. Er war kalt und wild, wirbelte in ihre Röcke. Alix drückte sich näher an den Baum, auf welchem sie gesessen hatte. Eine wilde Böe erfasste sie und schleuderte sie weg von dem Baum. Sie wurde regelrecht in das Gras geworfen, so heftig war die Wucht des Windes. Ein lautes Knacken und ein Baum stürzte krachend zu Boden. Alix stützte sich entsetzt auf. Der Baum, unter dem sie eben noch gestanden hatte. Eine hohe, breite Buche. Umgeknickt wie ein dürres, trockenes Holz.
Sie duckte sich, da der kalte Sturm erneut über sie hinwegwirbelte. Dann schien er in eine andere Richtung weiterzublasen. Alix hielt die Luft an. Sie wettete, dass er nach Osten wehte.
„Alix?"
Eine braungekleidete, kräftige, hochgewachsene Gestalt warf ärgerlich die Kapuze ihres Umhanges zurück.
„Esteron!", murmelte Alix erschrocken und bemühte sich, wieder auf die Beine zu kommen. Er sah ihr nur zu und half ihr nicht. Sein Gesicht war erschreckend kühl und abweisend, wenn man das bei der schwachen Beleuchtung so sagen konnte.
„Du triffst dich mit Oswin. Sieh an."
Es war eine kühle Feststellung, keine Frage.
Langsam kam er auf sie zu. Alix wich erschrocken einen Schritt zurück, da er seltsam fremd aussah.
„Ich musste etwas wiedergutmachen. Es ist so, dass ich Oswin übel mitgespielt habe", begann sie langsam, brach dann aber ab. Sie würde damit auch sein

Vertauschen der Anhänger erwähnen müssen. Das wollte sie auf keinen Fall. Alix biss sich auf die Unterlippe. „Traust du mir, Esteron?", fragte sie stattdessen und sah ihn fest an.

Esteron hielt dicht vor ihr.

„Ich bin mir – unsicher", erwiderte er kühl.

Passend dazu wurde es hinter Alix mit einem Mal erschreckend kalt. Sie brauchte sich nicht umzudrehen, da sie wusste, wer hinter ihr stand. Der Eindruck von Schnee, Eis und rauen Küsten war geradezu überwältigend. Sie glaubte förmlich, die salzige Gischt des Meeres riechen zu können und die kühle, klare Luft. Ihr Kleid wirbelte kurz in der Luft.

„Wenn ihr einen Augenblick früher gekommen wärt, hättet ihr die Räuberbande vertreiben können!", meinte sie betont fest und fürchtete sich doch. Alix wusste nicht genau, ob sie sich selbst noch traute. Mit Oswin zusammen war etwas mit ihr passiert. Sie hatte gewollt, dass er sie küsste. Dabei – küsste sie schon seinen Bruder. Es war einfach schlecht und falsch, das spürte sie sehr wohl. Von daher hatte sie durchaus ein sehr schlechtes Gewissen.

„Die Königin der Rosen zu Gast in einem Gasthof im dichten Wald", hörte man die kalte Stimme Norwins hinter ihr. Alix drehte sich langsam zu ihm um.

„Warum kommt ihr zusammen?", fragte sie vorsichtig.

Der Blonde stapfte nun zu ihr hinüber.

„Vielleicht, weil mir das allmählich nach einer seltsamen *Ménage à trois* erscheint?", schlug er vor und baute sich direkt vor ihr auf.

Alix schluckte und sah hinauf in seine blauen Augen, die in der Dunkelheit fest und wütend auf sie gerichtet waren.

„Verlobt? Ich glaube, du weißt gar nicht, was das bedeutet, Mädchen!", fuhr er sie ärgerlich an. „Ich werde dir beibringen, was es bedeutet, ein flatterhaftes Geschöpf zu sein. Normalerweise übernimmt Oswin die Elfen. Wahrscheinlich hält er dich für eine. Die Ähnlichkeit ist heute Abend tatsächlich umwerfend. Ich muss ehrlich gestehn, dass du selbst mich damit beeindruckst. Nicht aber mit deiner Art, Mädchen!"
Sie wollte zurückweichen, da er nach ihr griff. Der große kräftige Blonde war schneller. Er hielt sie unsanft am Arm. Ein unfreundliches Lächeln umspielte seine Lippen, als er ihr Handgelenk drückte. Alix sog heftig die Luft ein. Es war kalt wie ein heftiger Frost, der sie dort berührte.
„Ich kann dich in eine wunderschöne, eisgekühlte Statue verwandeln", sagte er leise und Alix versuchte, sich von seinem festen Griff zu befreien.
„Soll ich?"
Seine andere Hand näherte sich ihrem Gesicht.
Ein heftiger Wind fuhr dazwischen und drückte seine Hand von ihr weg. Für einen Moment rechnete Alix mit Esteron, aber Norwin sah an ihr vorbei.
„Ich wusste, dass du noch hier bist. Du bist uns eine Erklärung schuldig, Bruder. Wem gehört dieses Mädchen?"
„Dir schon mal nicht, Norwin", meinte Oswin fest. „Soviel ist sicher. Bleiben nur noch drei. Na, Sothus, zeig dich!"
Norwin lachte leise.
„Schieb es nicht auf ihn. DU warst hier. Esteron hat mich benachrichtigt, dass du nun gegen ihn Krieg führst. Mal ehrlich – ist sie das wert? Sagt mir: Wem von euch gehört sie?"

„Ganz ehrlich: Gar keinem. Und wenn Sie nicht sofort Ihre Finger von meinem Arm lassen, dann haue ich!"
Norwin starrte entsetzt auf Alix, die ihn zornig ansah.
„Wenn ich ein Mann wäre, würde ich Sie fordern! Und vielleicht werde ich das auch tun, wenn Sie nicht augenblicklich alle drei verschwinden. Es ist mitten in der Nacht. Ich habe ihn gerufen, weil ich etwas klären wollte. Er hatte kein Interesse zu kommen. Morgen reisen wir weiter zum Herzog. Es reicht für heute. Gute Nacht!"
Alix wollte sich an dem Blonden vorbeischieben und sah Esterons überraschtes Gesicht, der nun ebenfalls neben seinen Bruder trat und ihr den Weg damit verbaute.
„Du willst IHN fordern? Ernsthaft? Hast du darüber nachgedacht, was du da sagst oder redest du nur irgendetwas daher, Alix?"
Der Blonde lächelte.
„Süß. Du willst mich fordern. Wirklich süß. Vielleicht übernehme ich dich, du bist so erfrischend – anders. Ich könnte dich in einen Eispalast sperren, damit du ein wenig über deine Worte nachdenkst. Es würde mir, glaube ich, viel Spaß machen, ich denke darüber nach!"
„Hör auf, Norwin. Du hast Christina. Sie würde es dir übelnehmen, wenn du so etwas tust!", meinte Oswin kühl. „Außerdem ist es meine Schuld. Ich habe die Medaillons vertauscht. Damals am Waldrand. Ich gab ihr meines – sie ist mir wohl auf die Schliche gekommen und wollte mich bestrafen. Als sie mir das Medaillon wiedergab, fand ich ihre Locke darin. Scheinbar bereute sie es nun. Alessandra wollte mit aller Macht ihre Locke zurückhaben. Daher rief sie mich. Und es hat mir viel Freude bereitet, hatte sie doch noch eine kleine Räubertruppe im Angebot. Einer von ihnen ging durch

das Dach. Sie werden sich eine Geschichte erzählen von einem Gasthaus und einem Stock, der auf den Rücken eines der Räuber trommelte. Vielleicht erfinden sie noch etwas dazu, die Menschen sind kreativ, was fantastische Geschichten angeht. Nur die Wahrheit, die wollen sie nicht gerne sehen. Also, Bruder, lass es an mir aus und nicht an ihr!"

Esteron funkelte ihn bösartig an.

„DAS hast du getan? Warum, ich verlange eine Erklärung!"

„Weil ich nicht wollte, dass du an einem Weiberrock hängst. Du bist oft unvernünftig, Esteron. Aber sie ist wirklich das Unvernünftigste, was du dir jemals vorgenommen hast."

„DAS entscheide immer noch ich!", fuhr ihn sein jüngerer Bruder wütend an. „Du brauchst dich nicht einzumischen, ich habe alles unter Kontrolle."

„Darf ich wieder reingehen? Es ist so kalt und diese Blumen stören mich doch ein bisschen. Wie lange wandern sie eigentlich noch über das Kleid?", fragte Alix Esteron, um das Thema zu wechseln. Die Aggression zwischen den Männern gefiel ihr nicht.

Alle drei sahen sie nun an.

„Ich weiß nicht, warum es ausgerechnet Rosen sind, Alix", begann Esteron nachdenklich und rieb sich über seinen leichten Bartansatz am Kinn. „Bei Annabelle waren es ..." Er brach hastig ab, aber sie hatte ihn schon verstanden.

„Du leihst jeder deiner Freundinnen diesen Gürtel? Willst du mir ehrlich sagen, dass EINE ANDERE ihn vor kurzem noch trug?"

Esteron schwieg und sah hinunter auf seine hohen Stiefel.

„Er kommt bei Mädchen gut an", versuchte Norwin die Situation zu retten. „Frauen brauchen etwas Magisches, das ihnen das Gefühl gibt, sie wären etwas Besonderes. Ich habe Christina..."
Alix hielt sich die Ohren zu. Da Norwin abbrach und sie erstaunt ansah, fauchte sie:
„Verschwindet. Alle drei. Ich bin Alix von Thurensburg und dem Auenwald. Mein Vater ist ein Ritter. Und so ihr die Begriffe Ehre, Wahrheit und Mut nicht begreift, solltet ihr so etwas in der Art auch niemals verwenden. Ich pfeife auf ... den Wind, hört ihr! Ich will jetzt durch!"
Norwin und Esteron machten ihr gleichzeitig Platz.
„Sie kann ja richtig giftig werden", hörte sie Esterons leise Stimme und die belustigte Oswins: „Ihre Großmutter war bekannt als der Drache von der Thurensburg. Wer konnte, mied sie. Bei den Menschen ist manches erbbar. Erwähnte ich den Namen des Drachens? Sie hieß Alessandra. Da hat man unsere schöne Blumenranke wohl nach ihr getauft!"
Alix fuhr ärgerlich herum und rief wütend: „Eigentlich müsste ich mich bedanken wegen der Strauchdiebe. Aber selbst wenn meine Großmutter ein Drache war: Dich verspeise ich zum Frühstück, Oswin!"
„Ich bin gespannt darauf, Rosanna!"
„Ich heiße: ALIX. Vier Buchstaben. Das ist zu schaffen, wirklich!" Wütend drehte sie sich um und ging zügig zurück zum Gasthaus.
Unter ihrem Fenster blieb sie stehen und sah ärgerlich hinauf. WIE sollte sie wieder in ihr Zimmer kommen. Von der Ferne her fielen die ersten Strahlen des neuen Tages in den dunklen Himmel. Alix sah überrascht hinauf. Sie hatte die GANZE NACHT hier draußen verbracht?

Nochmals sah sie sich um. Sie war völlig allein. Alle drei Männer waren fort.

„Nein!", fauchte Alix wütend und stampfte mit dem Fuß. „Wie soll ich denn wieder in unser Zimmer kommen?" Ein leichter Wind streifte sie und schien sie fast in Richtung des Einganges zu schieben.

Alix stemmte sich fest dagegen.

„Oh nein. Ich will da oben wieder rein! Vergesst es!"

Dennoch erschrak sie furchtbar, als ein heftiger Wind in die Wipfel der Bäume fuhr und ein lautes Rauschen ertönte.

„Nein", schrie sie erschrocken, als ein wahrer Windwirbel sie erfasste und hochriss. Ein Gemisch aus kaltem, wildem und sanftem Wind. Entsetzt dachte sie an den Mann, der auf das Strohdach geknallt war. Aber die wilde Kraft des Windes beruhigte sich mit einem Mal. Sanft wie ein Schmetterling landete Alix auf der Fensterbrüstung ihres Zimmers. Und ebenso sanft wurde sie förmlich in das Zimmer geschoben. Sie schüttelte nur den Kopf. DAS war alles sonderbar. Alix nahm den Gürtel ab, rollte ihn zusammen und schob ihn in ihr Bündel. Dann glitt sie rasch unter die Decke und schlief augenblicklich ein.

10. Kapitel

„Schau einmal, Alix, dort hinten liegt das Schloss!" Isabella beugte sich aus dem Fenster heraus und ihre jüngere Schwester, die seit der Mittagszeit in der Mitte der gepolsterten Sitzbank saß, versuchte nun doch, einen Blick darauf zu erhaschen. Die Reise war anstrengend und lang gewesen, auch wenn die Freifrau von Sommerau einige Geschichten vom Hof erzählte. Das Rumpeln der schnell fahrenden Kutsche auf den Waldwegen, die allerdings immer besser wurden, je näher man der Hauptstadt des Landes und dem Schloss des Herzogs kam.

Alix sah aus dem Kutschfenster, während der Kutscher erneut die Peitsche knallen ließ. Im Sonnenschein erhob sich auf einem Hügel eine gewaltige Burganlage. Die Stadt drumherum, deren Häuser sich an dem ganzen Hang hinaufzogen, und oben eine prächtige, schneeweiße Burg, alles mit roten Dächern. Die blau-weißen Fahnen weithin sichtbar, die sich im sanften Wind bewegten. Das Schloss hatte vier weiße Türme an den Ecken. Der gewaltige Hauptturm stand neben dem langen Haupthaus.

„Die weiße Stadt", murmelte Alix leise und setzte sich wieder in ihrem Polster zurück.

Als sie endlich das Stadttor erreichten, an dem zahlreiche Händler, Wagen, Karren und Menschen sich drängten, war Alix doch sehr aufgeregt. Die Kutsche ruckte wieder an und die vier Pferde zogen sie nun durch das breite, gut befestigte Tor in die Gassen der Stadt. Das Klappern ihrer Hufe auf dem hellen Pflaster, der Weg stieg leicht an. Alix drückte sich eng an Isabella, um hinausschauen zu können. Die Stadt war nicht nur weiß. Die meisten Häuser waren Fachwerkbauten, direkt an der Stadtmauer gab es auch ein paar einfache Häuser aus Holz. Ein großer Marktplatz auf halber Höhe, umrundet von den prachtvollen Bauten der Stadtoberen. Diese hellen Fachwerkhäuser übertrafen sich in ihrer Pracht. In das Holz waren größtenteils die Namen oder Zünfte ihrer Besitzer geritzt. Zahlreiche Brunnen, die mit einer

Kurbel zu bedienen waren, um die Eimer in die Tiefe hinunterzulassen.
Die spitzen roten Dächer von zwei halbhohen Kirchen – weitere prachtvolle Häuser und Gassen. Die verschiedenen Zünfte der Stadt jeweils in einer der Gassen untergebracht, wie man an den ausgehängten Schildern sah. So wie es aussah, ruckelte ihre Kutsche gerade an der Schneidergasse vorbei. Die niederen Zünfte wie Gerber oder Färber befanden sich im unteren Teil der Stadt. Hier oben waren die höheren Zünfte ansässig. Alix waren aber auch die zahlreichen Häuser aufgefallen, die meist eine Weinrebe und einen irdenen Krug auf ihren Schildern hatten. Dazu die Namen darüber: `Zum goldenen Schlüssel´ oder `Kronenschenke´.
„Alix, wir müssen unbedingt einmal in aller Ruhe durch die Stadt gehen", meinte Isabella aufgeregt.
„Hütet euch vor Beutelschneidern und Diebesgesindel", warf der Vater der Rittersfrau jetzt ein. „Glanz und Reichtum ziehen auch immer solche an. Es gibt eigens einen Richtplatz in der Stadt. Wenn ihr möchtet, könnt ihr dort den einen oder anderen verurteilten Gefangenen mit Kohl oder Eiern bewerfen. Die Gassenjungen machen sich einen Spaß daraus, beides dort preiswert anzubieten."
Es gab ein knirschendes Geräusch, gefolgt von einem lauten Knacken. Die Kutsche neigte sich leicht und hielt augenblicklich an.
Alix wurde von der auf sie rutschenden Isabella auf die Zofe der Rittersfrau gedrückt und versuchte sich abzustützen. Der Vater von Sommeraus Gattin fluchte.
„So wie es aussieht, haben wir auf den letzten Metern noch einen Achsbruch. Aussteigen, sofort!"

Die Freifrau von Sommerau jammerte laut, während der Kutschverschlag auch schon geöffnet wurde und Sommeraus Leute, aber auch ein aufgeregter Hervard ihnen half auszusteigen. Alix ließ sich von Hervard heraushelfen und trat dann zur Seite. Das große, hohe Holzrad war gebrochen, die Hinterachse wahrscheinlich gleich mit. Schon wieder. Sie zog ihren hellen Umhang enger um sich herum und sah sich um. Die Stadtbewohner, die hier in der Hauptstraße unterwegs waren, blieben teilweise stehen und tuschelten. Sommeraus Schwiegervater schimpfte lautstark mit dem Kutscher. Alix warf einen Blick hinauf zur Burg. Es hätte nicht viel gefehlt und sie hätten das breite Tor erreicht. So wie es aussah, durften sie nun zu Fuß weitergehen. Nicht gerade ein würdevoller Beginn ihrer Ankunft.
Eine Reitergruppe auf kräftigen, schnellen Pferden kam nun hinter ihnen zum Stehen.
„Guter Mann", meinte einer von ihnen in Richtung von Sommeraus Schwiegervater.
„Ihr haltet dort sehr ungünstig. Genaugenommen blockiert ihr unsere Hauptstraße beinahe komplett. Schiebt euer Gefährt an den Rand und lasst es rasch ausbessern. Wir müssen in das Schloss!"
Er zügelte sein Pferd, da dieses wütend gegen die Zügel ankämpfte.
Isabella, der wohl auch klar geworden war, dass ihre Kutsche nicht mal mehr schiebend das Eingangstor erreichen würde, fasste sich sofort ein Herz.
„Edler Ritter. Wir sind ebenfalls auf dem Weg zum Herzog. Ich bitte Euch, meine Schwester, mich und die Freifrau von Sommerau in das Schloss mitzunehmen." Sie klimperte kokett mit den Augenlidern und Alix

verschluckte sich fast. Es war ihr unklar, ob Isabella dies in einem ihrer Bücher gelesen hatte. Sie selbst hätte es nicht gekonnt.
Der Mann sah hinüber zu ihr und hielt überrascht inne.
„Euch mitnehmen?", er schlug die Kapuze seines weiten Umhanges zurück und Alix erkannte erschrocken das braune Haar und die blauen Augen des Herzogsohnes Henry. „Aber gern doch. Gawain, nimm sie mit", er wies auf Isabella und lächelte selbst Alix zu. „Auch mein Pferd kann noch eine der Damen mitnehmen. Wie wäre es?"
Da sein Lächeln sehr von sich selbst überzeugt und überheblich wirkte, entschloss sich Alix augenblicklich zu etwas anderem.
„Ihr seid ein wahrer Edelmann", hauchte sie, ergriff rasch den Arm der korpulenten Rittersfrau und zog diese hinüber zu dem großen schwarzen Pferd des Herzogsohnes.
„Ich danke Euch von Herzen und bin Euch sehr verbunden!
Steigt auf, Gevatterin!"
Sie verschränkte ihre Hände ineinander, damit die Freifrau von Sommerau hochsteigen konnte.
„Vielen Dank", strahlte diese und der überraschte Henry, dessen Gesicht offenes Entsetzten zeigte, hatte kurz darauf Sommeraus Gattin vor sich auf dem Pferd thronen. Einen Moment wusste er wohl nicht, wie er reagieren sollte, gerade, da zwei seiner Begleiter versuchten, ihr Lachen zu unterdrücken.
Dann fasste er sich wieder.
„Euch", er warf Alix einen strengen Blick zu, „werde ich mir merken. Lasst mich Euch das sagen!"

Er gab seinem Pferd die Zügel frei und der große Schwarze trabte los. Alix wandte sich eilig an Hervard: „Gib mir Vento, rasch!"
Er führte den Fuchs gleich darauf an ihre Seite und half ihr beim Aufsitzen. Die Begleittruppe des Herzogs ritt langsam an ihnen vorbei. Da alle sie sehr eindringlich musterten, entschied sie sich für ein freundliches Lächeln und fädelte sich frech in die Gruppe mit ihrem Pferd ein.
Das Tor der gewaltigen Maueranlage um die Burg herum öffnete sich knarrend und ihre Reitertruppe ritt schleunigst hindurch. Alix sah die vielen blau-grau gekleideten Wachen auf den Wehrgängen und die stolzen Fahnen und Wimpel, die sanft im Wind wehten. Sie erreichten einen breiten Vorplatz mit einem weißen Sprudelbrunnen. Ihr Eintreffen wurde von einigen Schlossbewohnern, die sich dort oder im Eingangsbereich befanden, aufmerksam wahrgenommen.
Mit knallrotem Gesicht half der Herzogsohn der zutiefst dankbaren Rittersfrau vor ihm, vom Pferd zu steigen. Sein erster Begleiter stützte Isabella kommentarlos beim Absteigen, die ihn anstrahlte wie der Sonnenschein selbst. Er registrierte es mit einem charmanten Augenzwinkern. Einer von den zahlreichen Pagen und Pferdeknechten, die plötzlich überall um sie herumstanden, half Alix beim Absteigen. Der Herzogsohn verbeugte sich knapp vor Sommeraus Frau, warf einen bösartigen Blick in Richtung Alix und lief dann eilig die prächtigen, weißen Eingangsstufen in das Schloss hinauf. Dabei zog er sich erkennbar wütend die dunklen Lederhandschuhe von den Händen. Seine sieben Begleiter folgten ihm auf dem Fuß.

Alix ging hinüber zu Isabella und der glücklichen Frau von Sommerau.

„Das habt Ihr so zauberhaft gelöst, meine Liebe!", sagte die Rittersfrau freudig zu Isabella und drückte deren Hand. „So ein Auftritt! Von Henry und den ersten Rittern persönlich in die Burg eskortiert! Hach! Man wird noch lange darüber sprechen! Kunigunde!"

Alix wandte sich überrascht in Richtung einer hochgewachsenen, fein gekleideten älteren Frau, deren braunes Haar komplett von einem Haarnetz überdeckt war.

„Hast du das gesehen? Henry persönlich hat mich auf seinem Pferd hierhergebracht! Stell dir vor...." und Sommeraus Frau begann mit der Hochgewachsenen ein Gespräch über die Vorkommnisse der Reise. Alix schob sich dichter an Isabella, die betont freundlich lächelnd neben den beiden älteren Frauen stehen geblieben war. Die Pferde wurden derweil vom Hof geführt. Der neugierige Blick des einen oder anderen Pagen auf sie oder ihre Schwester. Sie sollten hier nicht wie angewachsen herumstehen.

Aus dem breiten Portal kam eine wunderschöne, edel gekleidete braunhaarige Frau heraus, in ein Gespräch vertieft mit zwei ebenso edel gekleideten Damen in Reitkleidung. Die Braunhaarige zog sich zarte hellbraune Handschuhe über ihre schlanken Finger, bemerkte die kleine Frauengruppe auf dem Hof und hielt überrascht auf der Treppe inne.

„Wen bringt Ihr uns dort?", wandte sie sich an Sommeraus Frau, die sofort tief knickste und ihr Gespräch unterbrach.

„Lady Christina. Das sind die Töchter des Ritters von Thurensburg. Sie haben mich in der Kutsche hierher begleitet, um Euch zu dienen. Kommt herüber, Mädchen!"

Isabella und Alix taten dies eilig und knicksten tief vor der hübschen jungen Frau.

„Isabella und dies ist Alix", stellte Sommeraus Gattin die beiden vor.

Christinas Blick blieb an Alix hängen und sie lächelte freundlich.

„Ich freue mich, dass Ihr beide hier seid. Und ich denke, dass uns bald mehr verbinden wird, als man denkt. Geht hinein und lasst Euch Eure Zimmer zuweisen. Ich rechnete nur mit einer Tochter des Ritters vom Auenwald!"

Alix hatte das seltsame Gefühl, dass ihr diese zierliche braunhaarige Frau schon einmal begegnet war. Sie konnte sich nicht erinnern, ihre schönen blauen Augen schon einmal gesehen zu haben. Aber die Stimme…

Die Herzogtochter ließ ihr keine Zeit für weitere Überlegungen.

„Luca!", beorderte sie einen der Knappen an ihre Seite. „Bring die beiden in das Schloss und führe sie zu ihrem Gemach. Wo ist euer Gepäck?" Christina runzelte ihre schönen, geraden Augenbrauen.

„Euer Bruder brachte uns in die Burg. Unsere Kutsche hatte einen Achsbruch, kurz vor dem Tor, Ehrwürdige", hauchte Sommeraus Frau.

„Dann lasst euch dabei helfen. Henry hat euch hierhergebracht? Ich bin überrascht! So viel Edelmut hätte ich ihm gar nicht zugetraut! Wir sehen uns später!", sie lächelte freundlich und sowohl Alix wie auch ihre Schwester knicksten nochmals.

Eine der beiden Begleiterinnen Christinas warf ihnen einen bitterbösen Blick zu, als sie an ihnen vorbeiging.

Sie war blond, mittelgroß und sehr schlank, mit einer knabenhaften Figur und besaß eine auffällig lange, leicht gebogene Nase. Eine gewisse Ähnlichkeit mit einem Habicht ließ sich nicht leugnen.
„Das war Sigurnis von Kyrin", raunte Sommeraus Frau leise, als die drei jüngeren Frauen sich ein Stück von ihnen entfernt hatten.
„Na dann", meinte Alix und überlegte im Stillen, dass sie sicherlich noch aneinandergeraten würden. Der freundliche junge Page, er mochte nicht älter sein als dreizehn oder vierzehn, führte sie die restlichen Stufen hinauf in das prächtige Schloss.

Als Alix sich eine Weile später auf das breite steinerne Fensterbrett ihres schönen Zimmers stützte und tief die frische, leicht warme Luft in sich einsog, war sie etwas aufgeregt.
„Esteron", flüsterte sie und ein zarter Wind streifte sie und schien über ihr Gesicht zu streicheln. Alix lächelte, wandte sich vom Fenster ab und schloss es bedächtig. Ihre Schwester und sie begannen, ihre inzwischen in der Burg angekommenen Kleidungsstücke aus der Truhe zu holen und zu glätten. So wie es aussah, war selbst die Reitkleidung der Herzogtochter und ihrer Begleiterinnen edler als ihre besten Kleider. Und so wie es aussah, würden sie in ihrer Kleidung sehr wohl auffallen. Als besonders altmodisch. Isabella, die wohl die gleichen Gedanken wie sie auch hatte, sagte bedrückt: „Schau, Alix, Mutter hat uns ein wenig Geld mitgegeben. Vielleicht sollten wir baldmöglichst den Tuchhändler oder einen Schneider aufsuchen? Ich fürchte, sonst wird uns die Herzogtocher sehr bald aus ihrem Hofstaat wieder verbannen!"

„Armut ist keine Schande", meinte Alix kühl. „Lass uns die Haare besonders schön frisieren, dann achtet niemand so auf die Kleider!"
Sie ahnte allerdings selbst, dass sie sich etwas vormachte.
Einen kleinen Moment dachte Alix über den Gürtel von Esteron nach. Dann schüttelte sie den Kopf. Er war für Größeres gedacht. Auch, wenn der erste Eindruck wichtig war.
Mit klopfenden Herzen begannen die beiden Töchter des Ritters von Thurensburg, sich gegenseitig die Haare zu kämmen, zu flechten und zu winden, mit Bändern zu befestigen und einen breiteren Zopf am Hinterkopf zurückzubinden.
Danach schlüpften sie in ihre besten Kleider und strichen sich diese vor dem Spiegel zurecht.
Alix warf Isabella einen Blick zu.
„Gut, Bella, wir versuchen etwas anderes. Ich weiß aber nicht, ob es klappt. Komm mal hier herüber."

11. Kapitel

„Freifrau von Sommerau, Isabella von Thurensburg, Alessandra von Thurensburg", der Hofmarschall klopfte mit dem Zepter auf den Boden und Alix folgte rasch neben ihrer Schwester. Die beiden hielten sich an der Hand. Ein leises Raunen und Tuscheln der vielen Hofgäste, die rings um sie herumstanden. Sommeraus Frau steuerte selbstsicher durch den breiten Gang auf den Thronsitz des Herzogs und seiner Frau zu.
„Schau dir bloß diese Kleider an – wo haben sie die wohl besticken lassen?", wisperte eine schlanke junge Frau

mit schmalen Lippen und Alix bemühte sich, ihre Worte zu ignorieren. Sie wusste, dass sowohl auf ihrem hellen Kleid wie auch auf dem roten Kleid ihrer Schwester überall Rosen rankten. Rosa und rote auf dem ihren, weiße auf dem ihrer Schwester. Dazu überall die grünen, geschwungenen Ranken der Stiele. Ein leises Tuscheln bei den Umstehenden.
Die Freifrau von Sommerau versank kurz vor dem etwas erhöhten Thronsitz in einem tiefen Knicks. Alix registrierte Henry, der sich lässig gegen einen der edlen dunklen Thronsessel stützte. Christina hatte einen Stuhl an die Seite ihre Mutter gestellt bekommen. Ihre Hofdamen umringten sie und bemühten sich alle, einen Blick auf die beiden Schwestern vor ihnen zu werfen. Alix ließ ihre Schwester los, als beide in ihrem Knicks versanken, versuchte aber, dass ihre weiten, langen Röcke sich weiter berührten. Ansonsten würde der Zauber sicherlich bald von Isabellas Kleid weichen. Als sie wieder hochkam, sah sie einen wissenden, aufmerksamen Blick, den die Herzogtochter auf ihren edel von Ranken verschlungenen Gürtel warf.
Es durchfuhr Alix in einer plötzlichen Erkenntnis, wo sie die Herzogtochter schon einmal getroffen hatte. Damals unter einem langen Umhang verborgen an der Seite von – Norwin. Ihr Herz begann augenblicklich aufgeregt zu klopfen und sie nahm gar nicht wahr, dass der Herzog sie ansprach.
Isabella stieß ihr zart den Ellenbogen in die Seite.
„Wie meinen?", fragte sie rasch nach. Der Herzog wiederholte:
„Ich sagte, dass ich erfreut bin, eine weiße und eine rote Rose an meinem Hof willkommen zu heißen. Meine Tochter Christina ist glücklich, zwei weitere Damen in

ihren Hofstaat aufnehmen zu können. Seid willkommen in Bellevallescue!"
Isabella und Alix knicksten zeitgleich. Die Frau Sommeraus gab ihnen ein Zeichen mit dem Kopf und Alix beeilte sich, ihr mit Isabella zu folgen. Sie hatte es sich leichter vorgestellt, mit ihrer Schwester in Kontakt zu bleiben. Die Menge am Rand des Saales machte ihnen Platz, aber es war ein ziemliches Gedränge.
Der ganze Abend erwies sich als anstrengend. Der Herzog hatte angeordnet, dass Alix und Isabella sich zu den jungen Edeldamen Christinas und einigen Rittern setzten. So wie es aussah – getrennt. Isabella sah sie bittend an, da man ihr einen Platz an der Seite desjenigen Ritters zugewiesen hatte, auf dessen Pferd sie vorhin in die Burg gekommen war. Alix schüttelte bedauernd den Kopf und meinte leise:
„Wenn du dich von mir wegsetzt, wird dein rotes Kleid ganz schnell die Rosen verlieren. Bleib an meiner Seite!"
Christina erschien vor ihnen, winkte einen Knappen heran und nahm einen Becher Rotwein von seinem Tablett.
„Hoppsa", sie stolperte und der rote Wein landete auf Isabellas Kleid.
Kyrins blonde Tochter und eine etwas kräftigere mit dunkelroten Locken kicherten gehässig.
Isabella sah geschockt an sich herunter.
„Oh. Das tut mir leid", Christina winkte eine von den vielen Dienerinnen zu sich heran. „Ninette, bring Isabella hinüber in mein Gemach. Such ihr eines von meinen Kleidern heraus, es ist nur fair!"
Ihre Hofdamen brachen in ein aufgeregtes Getuschel aus. Alix unterdrückte ein Grinsen und lächelte Christina dankbar an.

Diese zwinkerte ihr zu und ging dann rasch hinüber zu der langen Tafel, an welcher der Herzog mit seiner Frau und seinen engsten Beratern saß.

Alix fiel ein Stein vom Herzen. Sie ließ sich von einem mittelgroßen, blonden Ritter den Stuhl heranrücken und lächelte ihm freundlich zu. Nach einer Weile kam eine strahlende Isabella in einem blassblauen Kleid zurück an ihren Platz und setzte sich neben den gut aussehenden Gawain. Das Essen wurde aufgetragen, große Platten mit Wild und Braten, Fisch, exotischen Früchten und Gebäck, vielen, Alix völlig unbekannten Speisen und edlem Eiswein. Sie sah die Freifrau von Sommerau weiter unten an der Tafel neben der hochgewachsenen Schlanken von ihrer Ankunft aufgeregt plaudern und lächelte.

Der Blonde neben ihr räusperte sich und stellte sich als: „Rudolf von Fleckenstein" vor. Da er sehr nett und etwas schüchtern war, bemühte sich Alix, zu ihm einfach nur freundlich zu sein. Sie trank einen Schluck des ihr unbekannten Weines und stellte fest, dass diese Sorte sehr viel süßer und gehaltvoller war als der saure Wein, den man in der Burg ihres Vaters trank. Ihr Blick wanderte über die vielen gutgekleideten Männer und Frauen an den Tischen und blieb dann erschrocken an dem Tisch des Herzogs hängen. Henry sah aufmerksam zu ihr hinüber und sein Blick war alles andere als freundlich. Alix versuchte es mit einem entschuldigenden Lächeln, aber er wandte sich kühl ab und beachtete sie nicht weiter. Alix zuckte mit den Schultern.

Ihr linker Sitzpartner war ihrem Blick gefolgt und erzählte – leicht stotternd, wie sie erst jetzt bemerkte – etwas von den Reit- und Jagdkünsten Henrys.

Alix hörte es sich höflich, aber desinteressiert an.
Auf ihrer anderen Seite saß ein hochgewachsener Dunkelhaariger, wahrscheinlich schon in den späten Zwanzigern. Eine von Christinas Hofdamen plauderte angeregt mit ihm. Da ein Page ihr nun etwas auf den Teller legte, wandte sich Alix dem Essen zu. Eindeutig besser als in ihrer kleinen Burg. Es war richtig lecker. Ein paar Tage hier und sie würde sich wahrscheinlich figurmäßig verdoppeln.
Alix schob gerade genüsslich eine undefinierbare Kräuterpastete in den Mund, als noch ein paar weitere Gäste in den Großen Saal eintraten. Als sie Norwin erkannte und in dessen Begleitung zwei weitere seiner Brüder, verschluckte sie sich sofort an dem Bissen.
„Graf von Eisendfels", begrüßte der Herzog die Eingetroffenen lautstark. „Es ist mir eine Ehre! Kommt, nehmt Platz bei uns!" Ein paar Diener trugen hastig Stühle herein.
Durch ihr ersticktes Husten konnte Alix sich nicht genug darauf konzentrieren, wie Norwin stolz wie der König persönlich hinter den Bänken, auf denen auch sie saß, entlangschlenderte. Sothus und Oswin konnten wirklich elegant aussehen, wenn sie es nur wollten. Eine kurze Böe schien sie zu streifen und ihr einen festen Schlag auf den Rücken zu geben. Ihr Husten hörte auf. Oswin ging lächelnd weiter, ohne auch nur einen Blick zu ihr zu werfen. Alix schüttelte ungläubig den Kopf und verfolgte entsetzt die drei Männer, die an der Tafel des Herzogs Platz nahmen und ihm auch noch lässig die Hand drückten. Sothus war am Oberkörper komplett in feinstes weinrotes Tuch gekleidet, sein dunkles, kurzes Haar perfekt arrangiert. Seine Beinkleider waren heute in einem sandfarbenen Beige.

Ein eleganter, schwarzer Gürtel und schwarze, glänzende Stiefel mit goldenen Schnallen, wie sie bei seinem Vorübergehen bemerkt hatte. Niemand würde ihm abnehmen, auf einem Pferd gekommen zu sein. Wohnten sie hier im Schloss? Alix dachte über das Bild im Spiegel nach, welches sie in dem Gasthaus von Oswin gesehen hatte. Aber die schöne Braunhaarige und der Edelmann neben ihr fehlten. Ihr war plötzlich ganz elend zumute. Sie wusste wirklich gar nichts über die vier. Außer, dass sie den Wind zu beherrschen schienen. Oswin sah gut aus. Sein hellbraunes Haar fiel leicht gewellt um sein markantes Gesicht herum. Am eindrucksvollsten waren allerdings seine schönen grünen Augen. Ein passendes grünes Gewand, mit einem braunen Ledergürtel zusammengehalten. Eine goldene Schnalle am Gürtel. Er trug braune Stiefel, die fast genauso sauber waren wie die von Sothus. Seine braune Hose aus teurem Stoff – die Hofdamen Christinas übertrafen sich nun in Kichern und auf sich Aufmerksammachen.
Norwins blauer Umhang war mit grau-silbernen Ornamenten an der Seite gesäumt. Ein blaues Obergewand, hellgraue Hosen dazu, ein paar dunkelblaue Stiefel. Der Schuhmacher, der das Leder in diese Farbe gebracht hatte, musste ein echter Meister seiner Zunft sein.
Der Herzogsohn sah als einziger für einen Moment nicht sehr erfreut aus. Dann änderte sich sein Gesichtsausdruck allerdings und er begrüßte die drei Männer freundlich.
Alix versuchte, sie nicht zu beachten, konnte sich aber dennoch nicht verkneifen, den stillen Blondhaarigen neben sich zu fragen: „Wer sind diese Leute?"

Sie bemühte sich, es desinteressiert klingen zu lassen.
„Ein ferner Graf mit seinen Rittern, Fräulein Alessandra. Man sagt, sein Land gehe sehr weit und er sei immens reich. Zuerst waren es drei Ritter, die ihn begleiteten. Aber einer von ihnen hat sich – schlecht benommen. Daher hat der Graf ihn verbannt, so erzählt man sich."
„Er hat ihn – verbannt? Was hat sich der Ritter zu Schulden kommen lassen, dass der Graf ihn `verbannt´?"
Der Blondhaarige druckste herum, färbte sich schließlich etwas rot und sagte mit einem leichten Stottern: „D-das ist n-nichts für die Ohren einer E-Edelfrau!"
Da er wahrscheinlich von Esteron sprach, sah sie das völlig anders.
„Ich bitte Euch", schmeichelte Alix freundlich und versuchte, Isabellas Augenzwinkern von vorhin zu imitieren. Scheinbar misslang es, denn der arme Mann war nun vollkommen durcheinander.
„K-kostet von dem Ge-be-bäck, es ist vor- vorzüglich!"
Alix gab es auf und belästigte ihn nicht weiter damit. Der Blonde flüchtete sich in einen großen Schluck Wein.
„Es hatte etwas mit der jungen Gattin von Ritter Luthon zu tun", fiel eine Stimme von rechts ein und Alix wandte überrascht ihr Gesicht. Sowohl der dunkelhaarige Mann wie auch die rothaarige Hofdame Christinas schienen zugehört zu haben.
„Man sagt, die beiden seien sich sehr – zugetan gewesen", meinte der Dunkelhaarige neben ihr und die Rothaarige unterdrückte ein verlegenes Kichern.
„Wenn es Euch interessiert, so werden Euch die Damen sicher noch einiges darüber erzählen können!" Der Dunkelhaarige nahm ebenfalls einen Schluck Wein.

Alix bemerkte erst jetzt richtig, wie abgestanden die Luft hier im Saal war. Die Kerzen, die vielen Menschen, wobei viele der Frauen starke Duftwasser verwendeten. Auch die Rothaarige, sie roch nach einem ganzen Strauß voll Blumen. Alix vermied es, mit der Hand vor ihrem Gesicht herumzuwedeln. Ein Schwall kühle, frische Luft erreichte sie, verbunden mit dem Duft von Tannenwäldern. Für einen Moment schloss sie die Augen und unterdrückte ein Lächeln. Grüne, weite Natur und der Duft der Bäume, des Grases und von Moos. Vorsichtig sah sie zu Oswin hinüber. Er lächelte, sah sie aber nicht an. Stattdessen schien er auf das Geplapper einer aufgetakelten Cousine Christinas zu lauschen.

Etwas beleidigt war Alix schon. Wenigstens bemerken konnte man sie! Alle drei taten so, als sei sie Luft.

Sie rieb sich an ihrem Ärmel und stellte fest, dass die schönen Ranken auf ihrem zarten Kleid wie daraufgestickt wirkten. Die Rosen begannen, sich zu öffnen. Kleine rote und rosane Blüten waren zu sehen.

Erschrocken hielt Alix inne mit dem Essen. Sicherlich würde es auffallen, wenn sich ihr Kleid in ein Blütenmeer verwandelte. Der Appetit war ihr nun völlig vergangen. Sie murmelte eine Entschuldigung und stand auf. Da Isabella ins Gespräch mit dem Mann neben ihr vertieft war, drehte sie sich rasch um und verließ den großen Saal. In der Vorhalle stellte sie fest, dass die Blüten tatsächlich aufzugehen begannen. Es sah aus wie viele kleine rote und rosa Punkte, die langsam immer größer wurden. Die Entscheidung war wohl, auf ein schönes Kleid zu verzichten oder anständig zu essen. Alix biss sich ärgerlich auf die Lippen und durchquerte rasch die Halle.

Etwas hielt sie zurück. Es war wie ein Windsog, der sie sanft festhielt. Erstaunt wandte sie sich um. Oswin kam aus dem großen Saal heraus. Ruhig schlenderte er zu ihr und bemerkte neben ihr still: „Komm mit hinaus."
Alix sah sich entschuldigend um, da allerdings keiner auf sie zu achten schien, beeilte sie sich, ihm durch eine große Tür hinaus in einen wunderschönen Park zu folgen. Selbst jetzt in der Dunkelheit sah sie die zauberhaft angelegten Wege und geschnittenen Heckenfiguren. Ein Brunnen stand mittig und sprudelte sanft.
Oswin schritt die Treppen hinab und Alix folgte ihm.
Sie war immer noch böse.
„Einen schönen Tag auch, Oswin!", meinte sie kühl.
„Ebenfalls, Alessandra. Und, wie war eure Reise? Noch ein paar Wegelagerer getroffen? Der eine hat ein ganz übles blaues Auge. War wahrscheinlich die Wirtin. Henry hat ihn für heute freigestellt – muss ja nicht jeder gleich sehen, dass sich einer seiner Leute geschlagen hat. Er trägt ein dunkles Tuch vor dem Gesicht, dass es nicht so auffällt."
„Wie meinst du das, Oswin?", fragte Alix überrascht.
„Dein Diebesgesindel war niemand anderes als der Herzogsohn und seine Leute. Das war dir aber selbstverständlich klar, oder?"
Sie schüttelte nur entsetzt den Kopf.
„Und ich dachte, du hättest deshalb den Saal verlassen, Abendstern."
„Alix. Vier Buchstaben, Oswin!"
„Warum bist du gegangen?", forschte er nach.
„Weil die Blumen dabei sind, aufzugehen. Das fällt irgendwann dem betrunkensten Laffen auf. Entweder ein schlichtes weißes Kleid ohne Blumen – oder das

Kleid mit einem Eigenleben. Dazwischen gibt es anscheinend nichts."

„Ich glaube, dass ein Kleid nicht das Entscheidende ist, Alix", sagte er leise.

„Vielleicht", lächelte sie. „Aber den Leuten ist es wichtig, wie man angezogen ist. Und ich möchte, dass mein Vater sich nicht schämen muss! Weißt du, das sah alles so lecker aus – aber wegen dem Kleid und den Rosen bin ich lieber gegangen."

Er schien einen Augenblick nachzudenken, dann schlug er vor:

„Wenn du willst, kann ich dich an einen anderen Ort bringen. Möchtest du das?"

Alix überlegte: „Wenn es nur fürs Essen ist, gerne! Ansonsten bleibe ich lieber hier!"

„Gut. Dann komm!" Oswin hob leicht seinen Umhang und Alix trat näher an ihn heran. Oswin zog sie eng an sich und schwang seinen grünen, weiten Umhang um sie beide herum.

Es war ein Gefühl zu fliegen wie ein Vogel. Alix hielt sich an ihm fest und genoss das federleichte Gefühl. Irgendwann berührten ihre Füße wieder den Boden. Leises Lachen und sanfte Musik von irgendwoher. Oswin nahm den Umhang hinunter. Überrascht sah Alix sich um. Grüner, dichter Wald, der warme Duft von Tannennadeln und Moos. Das Plätschern einer Quelle. Und gedämpfte Stimmen, ein sanftes Leuchten von irgendwoher. Ein kleines Licht flog an ihnen vorbei und Alix starrte ihm entgeistert hinterher.

„Ein Irrlicht", sagte Oswin ruhig und reichte ihr seine Hand. Diesmal war sie warm und angenehm. Zielsicher führte Oswin sie durch den dichten grünen Wald, schob ab und zu ein paar Blätter oder Äste zur Seite, die ihnen

im Weg standen. Ihre Füße streiften durch hohes Farnkraut und federndes Moos. Das Zwitschern eines Vogels, der schöne Gesang einer anderen Stimme. Sie traten hinaus auf eine Lichtung, auf der anscheinend gerade ein Fest gefeiert wurde.
Alix riss überrascht die Augen auf. Diese zarten, fast durchscheinenden Gestalten dort an der langen, weißen Tafel wirkten beinahe übermenschlich.
Schöne Frauen, mit mandelförmigen Augen, geschwungenen Augenbrauen und außergewöhnlich duftigen Kleidern. Die Männer genauso hübsch, meist schlank und in Farben des Waldes oder der Natur gewandet.
Die Schnitte der Kleider und Gewänder fast etwas gezackt unten. Helle Stimmen, die wie Samt durch den lauen Abend perlten.
Oswin grüßte einen hochgewachsenen Mann mit seltsam spitzen Ohren und nickte dem einen oder anderen zu. Dabei zog er Alix einfach auf einen der Hocker aus Baumstämmen hinunter. Ein Mädchen mit hellem, blondem Haar und veilchenblauen Augen sowie einem ebensolchen Kleid, welches Alix an eine Blüte erinnerte, brachte ihnen zwei blaue Blütenkelche und stellte sie vor ihnen ab.
Alix starrte irritiert darauf.
Oswin reichte ihr einen davon und nahm den zweiten in die Hand.
„Blütennektar. Gewöhnungsbedürftig, aber gut!"
Der Becher war weich wie eine Blüte, nur viel größer. Alix schnupperte an dem Inhalt. Es roch – gut. Oswin stieß ganz zart gegen ihren seltsamen Becher.
„Trink, Alix!"
Vorsichtig kostete sie von dem Inhalt.

Der Becher gab an der Stelle, wo sie ihn berührte, etwas nach. Es schmeckte – eigentümlich, ein wenig süß und gleichzeitig kräftig – Alix nahm nochmals einen Schluck und stellte fest, dass das Getränk ihr gefiel. Ein schlankes Mädchen mit funkelnden Augen und einem rosa Kleid, das in mehren Lagen nach unten fiel, trat neben sie. Ihre Füße waren allerdings zu sehen und völlig nackt. Alix starrte entsetzt darauf und entschloss sich dann, nicht weiter nachzudenken. Dies war nicht der Park bei dem Schloss des Herzogs. Und die kleine Festgesellschaft von fröhlichen jungen Leuten war anders als sie es sonst kannte.

Das Mädchen stellte irgendetwas Undefinierbares vor Alix und sie starrte darauf. Kürbisröllchen - umwickelt mit – roten Rosenblättern?

„Schmeckt!", kommentierte Oswin ihren Blick und biss herzhaft in das völlig fremde Essen. Da es nicht giftig zu sein schien, nahm sie ebenfalls einen Bissen davon. Ganz zart süß, es duftete wundervoll und zerging förmlich auf der Zunge.

Ein paar dieser seltsamen, schlanken Leute begannen, auf einer silbernen Flöte, einer Art kleinen Harfe und noch anderen ihr vollkommen unbekannten Instrumenten zu spielen. Die Musik war genauso süß und wunderschön wie das Essen und Trinken. Ein junger Mann, mit einer Stimme wie Samt, sang dazu. Alix hatte noch nie so etwas Schönes gehört. Ein Mädchen und ein Mann begannen zu tanzen. Tanzen konnte man es nicht richtig nennen, es war eher ein Schweben. Alix leerte rasch ihren Blütenbecher und sah sich unruhig um. Das besonders geschmückte Paar in den bunten Farben von blühenden Pflanzen trank aus Kristallkelchen. Die beiden lächelten sich glücklich an

und der hübsche junge Mann reichte seiner Begleiterin die Hand. Die beiden erhoben sich nun auch und begannen auf der Wiese zu tanzen. Es sah so leicht aus, als würden ihre Füße den Boden kaum berühren.
„Kann ich noch etwas trinken?", fragte Alix völlig durcheinander, und eines von den hübschen zarten Mädchen reichte ihr lächelnd einen roten Kelch, der sie stark an eine zu große Tulpenblüte erinnerte.
Es schmeckte anders als das vorige Getränk und bewirkte eine wunderbare Leichtigkeit. Alix atmete tief ein und hatte das Gefühl, Teil dieser Feier zu sein.
„Wo sind wir hier?", hauchte sie Oswin zu, der dem Ganzen eher amüsiert folgte.
„Auf einer Hochzeit. Ich dachte, du wolltest vielleicht einmal etwas anderes erleben? Willst du tanzen, Alix?"
Er reichte ihr die Hand, und sie ließ sich von ihm hinüber zu der grünen, blühenden Wiese führen.
Oswin legte seinen Arm um ihre Taille und griff ihre rechte Hand. Der Tanz war vollkommen anders als alle ihr bekannten Tänze. Alix kannte die wilden und derben Tänze der Bauern auf einer Hochzeit, aber auch feinere Tänze, wie sie am Hof üblich waren. Sie ließ sich von Oswin führen, ihre Füße berührten kaum den weichen Boden und wenn er sie sanft drehte, schwebte sie über der Wiese. Die Musik verzauberte sie förmlich, Alix sah nur Oswins schönes Gesicht, sein Lächeln und spürte eine unbekannte Leichtigkeit. Sie lachte, tanzte und schwebte wie in einem sanften Wind. Um sie wirbelten Paare herum, die so wunderschön tanzten, wie sie es noch nie gesehen hatte. Kleine, leuchtende Lichter umkreisten sie. Alles schien kurz darauf immer weiter in den Hintergrund zu treten, vielleicht lag es an dem seltsamen Getränk eben. Oswin wirbelte sie sanft über

die Wiese, ihr weiter Rock schwang um sie, von dem einfachen Stoff war nichts mehr übrig. Es fühlte sich so weich an wie die Rosenblätter. Irgendwann hielt Oswin sie an und Alix spürte, dass ihre Beine ganz weich unter ihr wurden. Er strich ihr zart über die Wange und dann spürte Alix seine Lippen auf den ihren. Es war wunderschön und Alix versank förmlich in seinem Kuss. Sie schloss die Augen, da diese moosgrünen Augen sie völlig durcheinander brachten. Die Musik, die sanften Stimmen überall, das leise Lachen und der Zauber dieses Abends. Alles schien um sie herumzuwirbeln. Oswin hielt sie fest und küsste sie. Fester, eindringlicher. Der Geruch von Moos und Tannennadeln überwältigte sie förmlich. Er legte seinen Umhang um sie herum, nicht ohne sie weiter zu küssen. Wild und fordernd wie ein heftiger Sturmwind. Alix hielt sich an ihm fest, um nicht umzufallen. Der Boden schien zu schwanken und danach zu verschwinden.

„Alix?" Oswin schob sie leicht von sich fort und sie sah sich wie betäubt um. Dunkelheit um sie herum, sie standen im Schatten eines großen, innen beleuchteten Bauwerkes. „Alix?", wiederholte Oswin ärgerlich und hielt sie nur noch mit einer Hand fest, da er sich sein Haar mit der anderen zurückstrich.

Alix sah sich nach den anderen um. Dann wurde ihr langsam klar, was das für ein Gebäude war. Das Schloss des Herzogs. Ihr war noch immer etwas schwindelig. Ob von dem seltsamen Getränk oder Oswins Kuss – sie hätte es nicht sagen können.

„Es tut mir leid", sagte er leise. Alix kam nun wieder richtig zu sich.

„Was tut dir leid?"

„Ich hätte das niemals tun dürfen. Esteron verlässt sich auf mich. Ich weiß nicht, was mit mir durchgegangen ist."

„Moment", unterbrach ihn Alix, „was war das für ein Getränk, Oswin?"

„Blütennektar", murmelte er undeutlich.

„Hat er – irgendwelche Nebenwirkungen?"

„Wenn du zu viel davon trinkst, fällst du in einen tiefen, langen Schlaf", erwiderte er tonlos.

„Ich sterbe daran?"

„Nein, du wirst dann nur schlafen. So tief, dass niemand dich aufwecken kann.

Alix: Hör mir zu: Das ist alles nicht passiert, hörst du?"

„Was meinst du? Dass du mich geküsst hast? Nein, das ist wirklich nicht passiert, Oswin. Oder besser: Es ist dabei gar nichts passiert, in Ordnung? Es war so, als wenn ich einen Hund küssen würde. Oder einen Frosch!"

Jetzt sah er sie schockiert an: „Wie?"

„Was willst du mir sagen, Oswin? Sei doch bitte ehrlich, ich habe sonst Probleme, dich zu verstehen. Nicht nur weil ich zu viel BLÜTENNEKTAR aus Riesenblüten geschlürft habe. Also: Was meinst du genau?"

„Alix. Hör mir ruhig zu. Ich habe mit Norwin und Esteron gesprochen. Und ich möchte nicht das gute Verhältnis zu meinem Bruder zerstören, nur weil ich irgendein dahergelaufenes Mädchen küsse. Vergiss es einfach, ja?" Er lächelte sie an, während die ganze Leichtigkeit, die sie eben noch gespürt hatte, von ihr abfiel.

„Ich soll es – vergessen? Einfach so?"

„Ja, exakt. Ich wusste, dass du es verstehst. Komm, ich bringe dich wieder rein!"

„Oswin?"
„Ja?"
Alix holte feste aus und boxte ihm mitten ins Gesicht. Oswin taumelte ein kleines Stück zurück und fluchte laut.
„Schönen Abend noch! Vergiss es einfach!", meinte sie kühl und drehte sich rasch um. Alix hob ihren langen Rock etwas an und ging eilig zurück in Richtung Schloss.
Sie war unglaublich wütend und noch etwas anderes: Enttäuscht. Es tat richtig weh.
„Alix?"
Zügig ging sie weiter.
„DAS vergesse ich nie. Garantiert!" Er begann zu lachen. Sie hörte seine Schritte auf dem steinigen Boden und ging noch schneller. „Au, Mann, du bist echt gut!"
Er überholte sie und öffnete ihr sogar die Tür. Dabei hielt er sich leicht seine Wange.
„Weißt du, dass mich mindestens eine Woche kein Mädchen auch nur anschauen wird?"
Nochmals hielt sie kurz an und atmete tief ein.
„Welch ein Verlust für dich, Oswin. Ach ja: Schöne Grüße an deinen jüngeren Bruder. Er kann seinen Blumengürtel und sein Medaillon zurückhaben. Sonst erkennt es nachher noch der Ritter, mit dessen Frau er etwas hatte!" Wütend ging sie an ihm vorbei in das Schloss zurück.
„Woher weißt du das schon wieder, mein kleiner Springteufel?", neckte er sie, aber Alix ging nicht mehr darauf ein. „Alix. Jetzt sei nicht so!"
Ohne ihn weiter zu beachten, beeilte sich Alix, in Richtung des Treppenaufganges zu verschwinden. Am liebsten hätte sie geheult wie damals als Neunjährige,

als sie vom Pferd gefallen war. Es war irgendwie ganz ähnlich. Seltsamerweise war der äußere Schmerz sogar besser zu verkraften gewesen. Das hier tat richtig weh. Warum auch immer.

Der nächste Morgen machte es nicht besser. Im Gegenteil, Isabella erzählte die ganze Zeit auch noch von dem zauberhaften Abend und dem charmanten Ritter Gawain, neben dem sie gesessen hatte. Alix hatte den Gürtel von Esteron ganz tief unten in der grünen Kiste vor dem Bett verschwinden lassen. Sie war kurz davor gewesen, ihn aus dem Fenster zu werfen. Esterons Medaillon nahm sie ab und verstaute es in der Tasche ihres Umhanges. Kurz war sie versucht, auch bei ihm seine Haarlocke gegen eine von ihren Haaren auszutauschen, fand dann aber eine bessere Idee. Sie würde einfach etwas Rosshaar hineintun. Es konnte nichts schaden, wenn Esteron sich unsterblich in ein Pferd verliebte. Glücklich über ihre Idee entschloss sie sich, noch hinunter zu den Ställen zu gehen, bevor sie bei der Herzogtochter empfangen wurden. Alix hatte keine genaue Vorstellung, was Christina von ihr erwarten würde. Vielleicht ihr das Garn halten, wenn sie am Spinnrad saß? Sie frisieren oder ihre Unterhalterin spielen? Auf alle Fälle wäre Isabella wahrscheinlich wirklich besser dazu geeignet als sie.
Isabella strich seufzend das schöne Kleid glatt, welches die Herzogtochter ihr gestern geliehen hatte.
Alix war es nun völlig egal. Sie wollte niemanden beeindrucken.
Sie flocht sich einen einfachen Zopf und warf sich dann ihren hellen Umhang über.
„Bella, ich gehe runter in den Stall. Warte auf mich, ja?"

Ihre Schwester schaute irritiert auf.
„Alix, wir müssen gleich zur Herzogtochter! Du kannst nicht schon wieder verschwinden! Gestern warst du einfach gegangen, als ich mit dir gemeinsam zurückgehen wollte!"
„Warum hast du dich nicht von `Gawain´ bringen lassen", knurrte Alix ärgerlich, besann sich dann aber. Isabella konnte nichts dafür, was Oswin oder Esteron getan hatten.
„Ich komme gleich wieder!", versprach sie daher.
Sie beeilte sich, hinaus auf den Hof zu gelangen. Das langgestreckte Gebäude gegenüber war wohl das richtige. Eilig überquerte sie den Hof, da auch schon jetzt am Morgen einige Menschen hier unterwegs waren. Und anders als der alte Sven würde man ihr auffälliges Verhalten ganz bestimmt melden.
Sie erreichte den Stall, aus dem ihr gerade zwei junge Pagen entgegenkamen. Überrascht hielt ihr einer von den beiden sogar das breite Portal auf der einen Seite auf. „Bitteschön, hübsches Mädchen."
Alix lief dunkelrot an. Er hielt sie wohl für eine der Dienstmägde aus dem Schloss. Sie ignorierte ihn völlig, worauf er ein: „arrogante Gans" von sich gab.
Alix sah sich in dem breiten Stallgebäude um. Die Pferde hatten hier richtig große Verschläge. Sie ging von Box zu Box und suchte Vento.
Aus einer der Boxen kam ein großgewachsener Mann, der ziemlich mürrisch wirkte. Henry sah zu ihr und sein Blick änderte sich. Alix biss sich auf die Lippen. Der fehlte ihr gerade noch! Sie knickste artig und wollte einfach an ihm vorbeigehen.
„Wo willst du hin?", fragte er überrascht.

„Ich suche mein Pferd", sagte sie kühl und schob dann noch ein: „Hochwohlgeboren" hinterher.
„Moment mal", er stellte sich ihr in den Weg.
„Wir haben noch eine Rechnung miteinander offen. Oder besser zwei. Du erinnerst dich? Das verfallene Kloster?"
„Oder das Gasthaus?", fragte sie und sah ihn fest an. Er öffnete erstaunt die Augen. „Woher weißt du davon?"
„Ganz ehrlich? Ihr seid der Sohn des Herzogs und irgendwann der erste Mann in diesem Land. Kommt Ihr Euch nicht ein wenig albern vor, mit einer Bande von Räubern um die Ecken zu ziehen?"
Henry stieß die Luft hörbar aus.
„Meine Ritter sind keine Räuber. Ein kleiner Scherz wird doch noch drin sein, oder? Wollt Ihr mir das verbieten?"
„Nein", Alix zwang ihre Mundwinkel unten zu bleiben. Es war wirklich witzig gewesen. „Entschuldigt mich, ich muss dringend zu meinem Pferd."
„Wir könnten einmal zusammen ausreiten, wenn Ihr möchtet", schlug er vor. Seine blauen Augen sahen sie zögernd an.
Sie war ernsthaft überrascht.
„Die Gegend hier ist sehr schön. Sagt mir Bescheid, wenn Ihr mich begleiten wollt, Alessandra", er deutete eine Verbeugung an und ließ sie dann einfach stehen.
Alix sah ihm erstaunt hinterher.
Das war ein richtig nettes Angebot von ihm. Vielleicht sollte sie es annehmen. Alles in ihr sehnte sich danach, es sowohl Oswin wie auch Esteron heimzuzahlen.
Alix begab sich wieder auf die Suche nach Vento. Irgendwo musste er doch sein.
„Tut das nicht, Alix", meinte Sothus, der elegant auf einem Haufen Heu in einer leeren Box saß.

Er sprang geschickt von dort hinunter und kam zu ihr auf den Gang hinaus.

„Was genau meint Ihr, Sothus?" Alix überlegte, ob er ihre Gedanken lesen konnte. Bei den vier Männern war scheinbar alles möglich.

„Henry ist kein unbeschriebenes Blatt. Das könnt Ihr mir glauben!"

„Sicher. Wie Eure Brüder auch, oder?"

„Was wollt Ihr so früh im Stall, Alix?"

„Die gleiche Frage könnte ich Euch auch stellen."

„Ich mache die Pferde fertig. Wir reiten gleich los."

„Ihr reitet wieder weg?" Alix bemühte sich, ihr Gesicht unter Kontrolle zu halten. Sicherlich, sie war wütend. Aber ohne diese Männer würde es wahrscheinlich langweilig werden. Sie hatte wirklich keine Lust, ihre Zeit nur mit der Kyrin - Tochter zu verbringen.

„Schade", rutschte ihr heraus.

Sothus legte leicht seine Hand auf ihren Oberarm und sah sie an.

„Reitet nicht mit Henry allein aus. Hütet Euch vor den Bosheiten am Hof. Und ärgert Oswin nicht. Er ist eigentlich ein ganz netter Kerl."

Alix überlegte, ob das der Mann, der durch das Dach geknallt war, auch so sah. Wahrscheinlich nicht. Und auch sie war überzeugt, dass Oswin im Gegenteil sehr viel gemeiner sein konnte, als er ihr schon gezeigt hatte.

„Warum ist Esteron nicht hier?", fragte sie ihn nun direkt.

„Er – hat zu tun", wand sich Sothus unter ihrem Blick.

„Das ist gut. Ich dachte schon, es läge an der Frau dieses Ritters, die sich gestern Abend bei mir über ihn beschwert hat!"

„Hat sie das?", fragte er überrascht. „Was genau – hat sie denn gesagt?"
Alix entschloss sich, blind ins Blaue zu schießen. „Dass ihr Mann ihm das nächste Mal das Fell über die Ohren zieht, wenn er sie nochmal dabei erwischt, dass die beiden sich küssen."
„Da war er wohl wirklich sehr ärgerlich", meinte Sothus entschuldigend und fügte noch mit einem Seitenblick hinzu: „Esteron ist noch jung. Er dachte, er wäre in sie verliebt."
„Und dann ist ihm aufgegangen, dass er das nicht ist?"
„Nein, dann hat er dich wohl getroffen. Und sich entschlossen, dass ihm die Rittersfrau doch nicht so wichtig ist!"
„Lieb von ihm. Wen hat er denn noch inzwischen alles getroffen? Warte, Sothus, du kannst ihm sein Medaillon wieder mitnehmen. Und seinen Gürtel, den lege ich ans Fenster, dann kann er ihn sich selbst holen. Ich muss nur schnell zu Vento!"
Sothus runzelte die Stirn.
„Was hast du vor, Alessandra?", fragte er nachdenklich.
„Ich werde etwas Rosshaar in sein Medaillon legen. Vielleicht verliebt er sich dann bald in ein Pferd?"
Sothus streckte fordernd die Hand aus.
„Gib es mir", und, da sie das Medaillon augenblicklich abnahm und in seine Hand legte, leise: „Das wird dir noch leid tun. Esteron mag dich wirklich, Alix. Er dachte, du wärst etwas Besonderes. Aber scheinbar hat er sich getäuscht."
Sothus wandte sich ohne einen weiteren Gruß von ihr ab und ging davon. Alix warf den Kopf zurück und atmete tief ein. Sie verdarb es sich momentan mit allen. Aus völlig verschiedenen Gründen.

12. Kapitel

„...wäre doch wahrscheinlich ein Fest das Richtige! Stellt Euch vor, Christina, eine Art Aufführung! Mit Euch als strahlende Hauptfigur. Als Göttin der Morgenröte oder Sonnenkönigin!"
Sigurnis kicherte über die Vorschläge der schönen dunkelhaarigen Charis, eine der engsten Begleiterinnen Christinas. Sigurnis beste Freundin, die feiste Friedelinde, schüttelte ihr dunkelrotes, gelocktes Haar. Alix versuchte sie nicht weiter anzusehen. Friedelinde war rundlich, aber das war es nicht, was ihr missfiel. Auch die schöne rothaarige Diane, die jeden Abend fast neben ihr saß, war eher füllig geraten. Friedelindes Hals wirkte zu kurz, mit ihrem Doppelkinn darüber sah es nicht schön aus. Im Gegensatz zu ihrer gertenschlanken Freundin besaß sie ein üppiges Dekolleté und zeigte mit dem extrem tiefen Ausschnitt ihres Kleides fast alles davon. Aber auch das hätte Alix nicht geschreckt. Es war vielmehr Friedelindes Art und Charakter, abgesehen von dem unglücklichen Umstand, dass sie im wahrsten Sinne des Wortes das Gegenstück zu Kyrins Tochter war. Sigurnis selbst war kalt, berechnend und überheblich, Friedelinde dafür verschlagen, hinterlistig und gemein. Die Nadel, auf die Isabella sich gestern gesetzt hatte, und die ihr ins Bein stach, war die von Friedelinde gewesen.
„Das tut mir aber leid", hatte sie gesagt und dabei mit ihrer Freundin triumphierende Blicke getauscht. Nur ihre Habgier schienen die zwei Frauen gemein zu haben. Als eine von den kleinen Perlen Christinas sich von ihrem Kleid löste und zu Boden fiel, hatte der Blick der

beiden sich verwandelt wie der eines hungrigen Wolfes, der plötzlich Beute entdeckt. Fast gleichzeitig fuhren sie hinunter auf den Boden, nur um mit den Köpfen heftig aneinanderzustoßen. „Au", murmelte Friedelinde leise und hielt sich den Kopf, während die siegreiche Sigurnis zufrieden den Mund verzog, als sie sich wieder aufrichtete. Sigurnis gewann eigentlich immer und gab auch eindeutig den Ton an. War Friedelinde bei ihr oft unterwürfig, so ließ sie ihre Macht und Bösartigkeit gerne an anderen aus.

Wenn die Herzogtochter dabei war hielten sich Sigurnis und Friedelinde zurück, verließ sie den Raum, begannen sie zu lästern und zu stichen. Über die Pracht ihrer eigenen Burgen und dass das Gebiet von Sigurnis Vater an das völlig heruntergekommene eines ehemaligen Ritters angrenzte. Sie zeigten den anderen schönen Schmuck oder ihre feinen Stickereien und erzählten immer wieder Bosheiten über die beiden Töchter des Ritters von Thurensburg.

Alix versuchte, sie wenn möglich zu ignorieren. Leider hatten sie einen Teil der Hofdamen hinter sich stehen, da Kyrin in der Gunst des Herzogs weit oben stand. Und jede von den jungen Frauen sonnte sich gern im Lichte der Erfolgreichen. Momentan gehörte Sigurnis und ihre beste Freundin dazu. Sie hatten beide ihre Anhängerinnen, die sie sowohl frisuren - wie auch kleidungsmäßig imitierten. Was Sigurnis als Trend erklärte, war für die nächste Zeit auch einer. Isabella ertrug ihre Bosheiten mit Stolz, Alix dagegen war noch unentschlossen, wem der beiden unerträglichen Frauen sie zuerst eine feste Backpfeife geben sollte. Isabella, die sie sehr gut kannte, hielt sie mit einem warnenden Blick immer wieder zurück.

Christina besaß tatsächlich ein Spinnrad und eine der Damen durfte ihr ab und zu den Flachs halten, wenn sie daran saß. Ebenfalls liebte Christina ihre Harfe und hatte eine sehr schöne Stimme. Alix hielt das Herumsitzen in dem kleinen Frauengemach mit den elf anderen Frauen dagegen kaum aus. Ihr Hauptzweck war, die Herzogtochter zu unterhalten. Die Frauen verbrachten ihre Zeit mit Sticken, Spinnen (im doppelten Sinne des Wortes, wie Alix fand), gelegentlichen Ausritten (viel zu selten) und den Planungen von irgendwelchen Feiern.

Von daher lauschte sie Charis Vorschlägen wie von weit her und träumte davon, mit Vento in die Wälder des Herzogs ausreiten zu können.

„Es soll schon nach etwas aussehen", widersprach Sigurnis nun. „Ich könnte mir vorstellen, dass ich auf einem weißen Pferd auf den Platz einreite. Vielleicht eine Weinrebe im Haar. Ja, das wäre schön!"

„Das wäre schön!", plapperte ihr Friedelinde als lebendes Echo nach.

Die freundliche, rothaarige Diane lächelte Alix derweil still an. Sie war eine der wenigen, die sehr nett zu ihnen war.

„Maskiert würde mir gefallen", schob Christina nachdenklich ein. „Wir könnten uns alle verkleiden", und da ihre Worte sofort begeisterte Antwort fanden, ergänzte Sigurnis: „Das wäre die beste Idee! Ihr steht dort auf dem runden Platz, Christina, und ich als Siegesgöttin überreiche Euch einen Lorbeerkranz. Wäre das nicht schön? Der ganze Hof kann sich auf die Reste des alten Steinforums setzen und von den verschieden hohen Rängen hinunterschauen!"

„Aber ein Pferd ist zu langweilig, Sigurnis. Wie wäre es, wenn du auf dem Minotaurus reiten würdest?" Charis klimperte unschuldig mit den Augen. Christina unterdrückte ein Lachen.

„Ich weiß nicht genau", meinte Sigurnis zweifelnd, aber die anderen waren nun begeistert. „Sigurnis! Du als Göttin auf dem Rücken eines Stiers! Das käme gut an am Hof!"

„Ich soll auf einem Stier reiten? Das ist mir doch etwas zu wild!"

„Wir könnten einen älteren, zahmen besorgen", schlug ihre Freundin Celeste vor. Friedelinde drückte beleidigt ihren Mund zu einem schmalen Strich zusammen.

„Warum nur Sigurnis? Der Stier ist auch das Wappen unseres Hauses! Wir sollten mindestens noch einen für mich finden, ich möchte nicht, dass nur Sigurnis den ganzen Beifall bekommt!"

„Das schaffen wir schon", wiegelte Christina ab. „Aber weiter: Lasst uns dem Hof ein Schauspiel bieten. Wir führen ihnen eine kleine Geschichte vor. Das gefiele mir gut!"

„Ich könnte als Elfe gehen", schlug Diane lächelnd vor und alle lachten.

„Dann wärst du aber eine sehr tollpatschige Elfe, Diane", neckte Christina. „Du hast zwei linke Füße. Aber wenn du möchtest – lasst uns etwas ausdenken, womit wir die Männer unterhalten können!"

„Das ist ganz einfach, meine Liebste", begann Charis mit einem Grinsen. „Wir beschränken unsere Kostüme auf das Nötigste – dann ist es auch egal, was wir so von uns geben. Aufmerksamkeit – garantiert!"

„Charis!", tadelte Christina, allerdings freundlich.

„Ich werde die Röcke meines Kleides anfeuchten!", nahm eine hübsche zierliche Brünette namens Aimée die Idee dankbar auf. „Sie liegen dann ganz eng am Körper. Das ist aber meine Idee!"

„Keiner wird sie dir wegnehmen", meinte Christina überrascht.

Friedelinde sah sehr nachdenklich aus.

„Wir könnten tatsächlich so tun, als wären wir eine Gruppe von Elfen, die sich am Abend auf einer Waldlichtung trifft, dort feiert und tanzt", sagte Charis.

„Charis, es gibt keine Elfen und sie treffen sich auch nicht zum Tanzen", lachte Christina.

Alix folgte dem Gespräch auf einmal sehr aufmerksam.

„Aber die Idee ist gut: Ich bin die Königin der Elfen und ihr mein Gefolge. Die Kleider könnten wir uns so schneidern und das ganze drumherum..."

„Kleider in den Farben der Blumen und Becher, die geformt sind wie Blütenkelche", murmelte Alix leise und sah auf. Alle schauten sie an.

Sigurnis meinte überheblich: „Da hast du aber wohl recht einfältige Vorstellungen von Elfen. Elfen sind rank und schlank und sehr schön. Nur wenige von uns könnten eine Elfe spielen. Einige sind … viel zu bäuerlich dazu!" Da ihr Blick an Alix hängen blieb, ballte diese leicht die Fäuste.

So eine arrogante Schlange!

„Sei es, wie es sei, lasst uns etwas planen! Ich weihe Henry darin ein, dass wir ein Fest in den Überresten des alten Theaters drüben beim Wald geben werden. Sicherlich hat er auch noch einige gute Ideen!"

„Sicherlich mischt er das Fest gehörig auf", flüsterte Diane neben Alix Ohr.

Alix lag im Bett und konnte nicht schlafen. Sie tat schon alles, um die Gruppe der Herzogtochter zu ermuntern, durch den Park zu gehen. Momentan wollte Christina nicht einmal ausreiten. Alix wandte sich in ihrem Bett auf die andere Seite. Isabella und sie würden morgen hinunter in die Stadt gehen, um nach schönen Stoffen Ausschau zu halten. Ein leichter Wind strich durch das Fenster bis zu ihr. Es roch nach Erde, Gras und zarten Wiesenblumen. Alix atmete tief ein. Sie dachte an Esteron.
„Alix?"
Erschrocken fuhr sie hoch und starrte auf den Schatten, der in dem offenen Fenster saß. „Esteron!", murmelte sie und stieg hastig aus dem Bett, um zu ihm hinüberzukommen. „Kommst du ... wegen des Gürtels?"
„Nein, wegen dir", sagte er leise, sprang gewandt hinunter auf den Boden und griff ihre Hand.
„Ich habe keine andere getroffen, Alix. Für mich gibt es nur dich, glaube mir!"
Sein Gesicht war diesmal rasiert, seine samtbraunen Augen im Licht des Vollmondes zu sehen.
„Warum kommst du erst jetzt?", fragte sie atemlos.
Er lächelte. „Ich wollte dich eine Weile deiner Langeweile hier überlassen. Du taugst nicht für den Hof. Lass uns Abenteuer erleben, Alix! Denk einmal an unser Treffen damals in der alten Ruine. Schattennebel steht bereit – wir können von hier wegreiten, wenn du möchtest!"
„Aber Esteron. Ich habe noch meine Schwester hier", sagte sie fast bedauernd. „Und ich habe geschworen, dass ich den Ruf meines Vaters wieder reinwasche.

Wenn ich mitten in der Nacht davonlaufe, tue ich das wohl nicht, oder?"
„Du denkst zu viel nach, das ist schlecht. Wie willst du den Ruf deines Vaters wieder reinwaschen? Man sagt, er hätte dem Heer damals bei der Schlacht von Dargent sofortigen Einsatzbefehl gegeben. Es war die falsche Entscheidung. Eine Falle von dem Herzog des Nachbarlandes..."
„Mein Vater hätte das niemals getan. Und wenn, dazu gestanden. Nein, man gab ihm die Schuld dafür, Esteron. Die Entscheidung aber traf ein ganz anderer, dessen bin ich mir sicher! Kyrin, soviel ich weiß! Mein Vater war an diesem Tag noch viele Meilen entfernt von dem Heer. Seine Truppe hatte zu spät die Nachricht vom Herzog bekommen. Es ist keine Entschuldigung, aber doch ein Beweis dafür, dass ein anderer damals dem Heer die Befehle gab. Aber darüber schweigt man, da ein Schuldiger für die verlorene Schlacht fehlte. Als mein Vater zu spät eintraf, war man sich wohl einig, wem man die Schuld geben konnte. Dabei ist er sofort losgeritten, als die Botschaft kam. Vielleicht hat Kyrin ihm die Nachricht vom Herzog auch bewusst zu spät weitersenden lassen – jedenfalls schob Kyrin die Schuld auf meinen Vater. Ich war damals noch ein kleines Kind – aber sein Gesicht, als er zu uns zurückkam, vergesse ich nie. Ich wünsche mir von ganzem Herzen, dass er von seiner Schuld reingewaschen wird!"
„Dafür müsste man den ganzen Hofstaat hier in den Abgrund reißen. Sie glauben es alle. Oder wollen es glauben. Viele Menschen wollen einfach nicht sehen, auch wenn es zu erkennen wäre. Sie bleiben dumpf bei ihren eigenen Gedanken darüber. Keiner strengt sich gern an, Alix. Wenn dein Vater der Feind ist – warum

sollte man dies ändern? Es ist doch so bequem. Kyrin verteilt ab und zu Geschenke an wichtige Personen am Hof. Er besticht sie, lässt seine eigene Macht spielen und bringt so Leute nach oben, die ihm dumpf folgen. Das ist menschlich, Alix. Hadere nicht damit!"
Esteron strich ihr sanft über das Haar.
„Du bedeutest mir etwas, Alix", meinte er leise. „Vielleicht ist es dumm, aber ich werde dir einen Wunsch erfüllen, wenn du möchtest. Warum benutzt du den Spiegel nicht mehr?"
Sie zuckte mit den Schultern und wurde leicht rot, da sie an Oswin dachte. Rasch schob sie den Gedanken an ihn weit von sich.
„Du … bedeutest mir auch etwas, Esteron", flüsterte sie.
Er kam näher zu ihr, beugte sich herunter und küsste sie zögernd auf den Mund. Da Alix seinen Kuss erwiderte, zog er sie enger an sich heran. Die beiden vergaßen, dass sie in einem Zimmer des Schlosses vom Herzog standen und küssten sich zart.
„Alix!", sagte er leise.
„Hilfe!", brüllte Isabella laut und erschrocken ließen sich die beiden los. Alix Atem ging stoßweise, als wäre sie gerannt. Esteron war ebenso aufgebracht.
Isabella zog die Decke ihres Bettes nach oben und schrie so laut sie konnte:
„HILFE! Ein Mann ist in unserem Gemach! Zu Hülfe!"
„Na toll", stöhnte Esteron, drückte Alix etwas in die Hand und schwang sich danach gekonnt hinauf auf das Fensterbrett. Er schlang seinen braunen Umhang enger um sich.
„Wah!", kreischte Isabella laut.
„Isabella, hör auf!", befahl Alix.

Esterons dunkle Gestalt verschwand, als wäre er hinuntergesprungen. Isabella schrie noch lauter, worauf eine Wache in den Raum stürmte.
„Was ist passiert?", fragte der ältere, kräftige Mann ruhig und ließ seinen Blick über Alix wandern, die erst jetzt registrierte, dass sie nur ein dünnes helles Hemd trug und ihre Haare offen waren.
„Alles ist gut!", beruhigte Alix ihn, schloss die Hand fest um Esterons Medaillon und ging rasch zurück zum Bett. „Meine Schwester hatte einen bösen Traum, Ihr könnt gehen. Vielen Dank! Der Wind hat uns geweckt."
Die Wache nickte, verbeugte sich leicht, warf nochmals einen Blick auf Alix und verließ mit stapfenden Schritten endlich den Raum.

13. Kapitel

Am späten Vormittag gelang es Isabella und Alix, hinunter in die Stadt zu gehen. Begeistert hakten sie sich ein und verließen die gutbewachte Burg. Die Stadt war quirlig, aufregend und abwechslungsreich. Die kleinen Gassen, durch die sie gingen, zunächst sehr schön angelegt. Die Schneidergasse. Einige der dunklen, bedruckten Schilder an den Vorsprüngen der Häuser quietschten im Wind. Nadel und Faden oder Garn und Stoffe darauf. Die Gasse der Goldschmiede, der Händler, wobei es auch hier standesmäßige Unterschiede gab. Wer konnte, bot seine Waren in einer der besseren, höhergelegenen Gassen an. Der Marktplatz bildete die Ausnahme. Auch hier standen noch prächtige Häuser. Heute hatten viele fahrende Händler und Bauern ihre

Stände dort aufgebaut. Isabellas Augen leuchteten vor Freude.
„Schau dir das an, Alix", sie stand verzückt vor dem Stand eines Silberschmiedes. Fein gearbeiteter, filigraner Schmuck und Ringe, aber auch in Silber gefasste Waffen, silbern verzierte Hüllen für Dolche oder Schwerter. Alix seufzte und zog sie weiter.
„Zu teuer", murmelte sie, entdeckte schöne Stoffe und Bänder und hakte ihre Schwester unter, um sie dorthin zu ziehen. Isabella strich sanft über einen der fast durchsichtigen Stoffe. Der Händler warb sofort für die Qualität seiner Waren. Jemand trat hinter Alix und sie sah erstaunt auf, als der Schwarzgekleidete mit dem ebenso dunklen Tuch vor Nase und Mund auf einen golddurchwirkten Stoff deutete.
„Darin würdet Ihr mir gut gefallen", sagte Henry, denn Alix erkannte seine blauen Augen sofort. Sie atmetet tief ein und beschloss, ihm seinen Spaß zu lassen. Das Verkleiden lag scheinbar in dem Blut der Sprösslinge des Herzogs.
„Ich kaufe Euch vier Ellen davon. Messt es aus, Händler!"
„Das dürfen wir nicht annehmen!", meinte Isabella erschüttert und der Dunkelgekleidete sagte streng: „Es ist für Eure Schwester. Für niemanden sonst!"
„Dann dürfen wir es noch viel weniger annehmen!", Isabella stemmte herausfordernd die Hände in die Hüften.
„Lass, Bella", meinte Alix leise und versuchte stattdessen Henry zuzulächeln. „Vielen Dank!"
„Lasst es einpacken. Kommt, ich zeige Euch den Markt!" Herrisch hakte er Alix unter und zog sie einfach mit sich.

Isabella protestierte laut und lief hinter den beiden her. Henry winkte zwei ebenso dunkel Gekleidete heran und wies auf Isabella. Alix war nicht wohl dabei.
Die beiden rahmten Isabella links und rechts ein, worauf diese etwas verschüchtert verstummte.
Alix war jetzt nur noch genervt.
„Wir wollen Kleiderstoffe kaufen. Es tut mir leid, aber wir gehen allein weiter", sagte sie fest.
Henry lachte. „Ich entscheide. Niemand sonst!"
Zunächst war es nur ein schwaches Lüftchen, welches sie streifte. Aber rasch wurde es stärker. Ein Wind kam auf, wirbelte alles durcheinander, so dass die Frauen auf dem Marktplatz ihre weiten Röcke hielten und die Händler besorgt begannen, ihre Waren gegen den immer heftig werdenden Wind zu schützen. Alix Umhang wehte zurück und einzelne Haare lösten sich aus der Hochsteckfrisur. Dann nahm der Wind plötzlich Sturmstärke an. Henry ließ sie los, um sich die Kapuze seines Umhanges oben zu halten, während ihm gleichzeitig sein dunkler Umhang ins Gesicht wehte. Seine beiden Begleiter stemmten sich tapfer gegen den Wind. Ein Kreischen an den Ständen und der anderen Marktbesucher, da alles durcheinanderflog. Hektisch rafften einige der Händler ihre Waren zusammen.
Henry wurde von seinem Umhang förmlich eingewickelt, er fluchte laut und ging schließlich zu Boden, da der Wind ihn einfach umwarf. Alix hatte das Gefühl, dass der Wind sie in eine Richtung an den Rand des Marktes schob. Einer der beiden dunklen Begleiter des Herzogsohnes wurde von einer heftigen Böe erfasst und hochgewirbelt.
„Nicht schon wieder", schrie er laut, während der Sturm ihn auf einen mit einer Stoffplane überbauten

Marktstand warf. Der Stoff krachte mit einem lauten Reißen und der Mann knallte mitten auf den Angebotstisch des Gemüsehändlers.
Alix unterdrückte mit aller Macht ein Lachen. Der Wind drängte sie nun immer weiter von dem Marktplatz fort, und sie folgte einfach. Isabella war schon zu Beginn des Ganzen laut schreiend zurück in Richtung Burg gerannt. Es war zu hoffen, dass sie dort auch gut ankam. Bei einem Blick zurück entdeckte Alix, dass die Eier einer alten Frau nun mit Schwung in Richtung des Herzogsohnes geblasen wurden. Es folgten ein paar Gurken, so wie es aussah.
„Oswin", lachte Alix los, während der Wind sie mit einem Schwung beinahe in die Luft hob und in eine Nebengasse schob.
„Oh, nein", lachte Alix und hielt sich den Bauch. Um die Ecke kam ein großgewachsener Mann, gekleidet in einen grünen Umhang. Sie hatte gewusst, dass er es sein musste. Oswin nahm seine Kapuze nicht zurück und wies in eine Richtung.
„Gehen wir ein Stück zusammen. Zieh deine Kapuze über, Alessandra. Es muss nicht jeder sehen, wer du bist!"
Sie folgte seinen Anweisungen augenblicklich und ging neben ihm los.
„Woher wusstest du?", fragte sie und er lächelte sie mit einem seitlichen Blick an. „Wo du bist, da gibt es immer etwas zu tun, Sturmmädchen."
Bei dieser Bezeichnung wurde sie leicht rot, sagte aber trotzdem leise: „Alix, Oswin. Es ist mir klar, dass du viele – LEUTE kennst. Aber mein Name ist Alix. Und es ist einfach höflich, wenn du ihn auch benutzt. Du verstehst?"

Er lächelte.

„Warum gehst du in die Stadt hinunter. Und wo sind deine Begleiterinnen, eine Wache?"

„Wir wollten nur zu einem Stoffhändler. Mehr nicht", bemerkte Alix entschuldigend.

„Man hat deiner Schwester ihre Börse geklaut. Schon vor einer ganzen Weile", meinte er amüsiert.

„Was?" Sie hielt entsetzt an, aber er zog sie weiter.

„Warum hast du da nichts gemacht? Unser schönes Geld! Wie sollen wir denn so Stoffe kaufen?"

„Du brauchst den Tand nicht, Alix. Glaub mir!"

„Aber Isabella…"

Er hielt an und betrachtete sie aufmerksam.

„Komm", meinte er schließlich und reichte ihr seinen Arm. „Wir gehen zusammen dorthin. Ich suche dir etwas aus, wenn du mir versprichst, den Stoff des Herzogsohnes weiterzuverschenken und nicht zu tragen. Tust du das?"

Alix lachte leise und hakte sich gleichzeitig bei ihm ein.

„Ja. Meinst du, er ist ihm nicht weggeweht worden? Oswin, der arme Mann, sag, war es der gleiche wie damals bei dem Gasthof?"

„Ja, durchaus", kommentierte er knapp. „Ich hoffe, er lernt irgendwann daraus. Sonst wird es für ihn noch böse enden!"

Alix lachte und schüttelte den Kopf.

Oswin begann loszulaufen und zog sie mit sich. Lachend und schwer atmend kamen die beiden in einer der unteren Gassen, deren Boden nur aus festgestampfter Erde bestand, zu einem schmalen Fachwerkhaus. Oswin klopfte an.

„Kundschaft. Macht auf!"

Eine dunkelhaarige Frau in mittleren Jahren öffnete die Tür. Sie hatte ein dünnes Gesicht und sah auch sonst auffallend schlank aus.
„Oswin. Ihr seid es. Kommt herein!"

Alix konnte es immer noch nicht glauben. Im Untergeschoss des Hauses lagen in einer kleinen Kammer die schönsten Stoffe aufgewickelt. Die Frau holte weitere Stoffe aus einer Art gezimmertem Regal hervor und Oswin schüttelte immer wieder den Kopf.
„Weiß", entschied er. Die Dunkelhaarige holte schließlich einen schneeweißen hervor.
„Gefällt er dir?", forschte Oswin nach und Alix nickte begeistert. „Gut, der ist es. Such noch etwas für deine Schwester, Alix!", befahl er.
Da die Frau in den Nebenraum verschwand, ging diese rasch zu ihm hinüber. Sie stellte sich auf die Zehenspitzen und flüsterte in sein Ohr: „Oswin. Das können wir niemals bezahlen."
„Wir können, Prinzessin. Wir können."
Alix Herz begann zu klopfen, da er ihr so nah war und seine schönen grünen Augen sie forschend ansahen.
Oswin legte seinen Daumen unter ihr Kinn und hob es leicht an.
Seine Augen musterten sie aufmerksam.
„Schlägst du mich wieder?"
„Nein", murmelte sie leise, während ihre Stimme ihr zu versagen drohte. Oswin zwinkerte ihr zu, beugte sich dann hinunter und küsste sie sanft.
Alix schloss die Augen und erwiderte seinen Kuss.
Oswin riss sie an sich und küsste sie richtig. Er beugte sich über sie und Alix lehnte sich in seinen Armen zurück. Der Geruch von Tannen und Moos, des Waldes

und der Natur- es war viel stürmischer als die Küsse von Esteron jemals gewesen waren. Sie klammerte sich an ihm fest und ließ sich davonreißen. Oswin wischte die Stoffe mit einer Bewegung vom Tisch und hob sie stattdessen darauf. Es bewahrte sie davor, dass ihre Beine unter ihr nachgaben. Wieder zog er sie an sich heran und küsste sie erneut. Alix fühlte sich wie Wachs unter seinen Händen. Sanft strichen seine Hände über ihr Gesicht, ihre Arme und ihren Rücken. Alix stöhnte leise und streichelte über seine Arme.
„... hätte hier noch ein paar Stoffe, die besonders schön sind." Die lächelnde Dunkelhaarige kam herein und sah überrascht auf Alix, die schwer atmend auf dem Tisch saß. Oswin stützte sich mit einer Hand an der Wand gegenüber ab. Auch er atmete tief ein und aus. Alix schämte sich zutiefst und sprang mit hochrotem Kopf von dem Tisch herunter. Es war anständig von ihm, dass er schnell hinübergegangen war. In der Situation eben wäre es höchst peinlich gewesen.
„Ich – bin etwas zu weit gelaufen heute. Verzeiht. Mir war schwindelig. Daher habe ich mich auf den Tisch gesetzt. Verzeiht dies!", murmelte Alix und sah, dass Oswin sich ein Lachen verkniff.
Die dunkelhaarige Frau dagegen war sofort voll des Mitleides und bot Alix an, sich drüben auf einen der Stühle zu setzen.
„Nein, es geht schon wieder", meinte Alix freundlich, während sie sich nicht ganz sicher war, ob es tatsächlich so war. Die Frau zeigte ihr ein paar gewickelte Stoffrollen und sie deutete rasch auf eine eisblaue. „Das ist hübsch."
„Lass es in die Burg hochbringen, für die Schwestern vom Auenwald!", sagte Oswin der Frau, griff Alix Hand

und zog sie mit sich. „Meine Frau und ich müssen noch etwas anderes besorgen."

Alix färbte sich dunkelrot und sie ließ sich mit klopfendem Herzen von ihm zurück auf die Gasse ziehen. Draußen atmete sie tief ein.

„Oswin!", befahl sie dann. „Lass das. Bitte!", schob sie noch rasch hinterher und strich ihr Kleid glatt. Sie bemühte sich, mit seinen langen Schritten mitzuhalten. „Wo willst du jetzt hin?"

„Frag mich etwas Leichteres. Am besten ganz weit von dir weg. Da ich das nicht kann, gehen wir halt zusammen. Ich werde dir etwas Schönes kaufen, Alix. Ein Andenken – sozusagen."

Alix kam wieder zu sich und sie erinnerte sich an seine Worte im Schlosspark.

„Das ist ja ganz reizend von dir. Vielleicht sollte ich dir auch ein Andenken hinterlassen?"

„Du meinst, wie den blauen Fleck vom letzten Mal?" Er lächelte vor sich hin. „Lieber nicht."

„Oswin", sagte sie nachdenklich. „Liegt es daran, dass ich dein Haar noch bei mir trage? Soll ich es besser fortwerfen?"

„Versuch es", er zuckte mit den Schultern. „Ich bezweifele nur, dass es etwas bringt."

Und dann bedachte er sie mit einem seitlichen Blick.

„Wenn ich könnte, dann würde ich dich jetzt mitnehmen und so schnell nicht wieder loslassen!"

Sie wurde wieder rot und spürte ihr Herz heftig klopfen.

„Warum tust du es nicht?", fragte sie vorsichtig. „Bei dem fliegenden Mann warst du nicht so zaghaft!"

Mit einem Schritt war er bei ihr, warf seinen Mantel um sie herum und zog sie fest an sich. Alix hielt sich erschrocken, aber auch aufgeregt, an ihm fest.

Als er sie losließ, sah sie sich erstaunt um.
Eine grüne, blühende Wiese, ringsherum hohe, dichte Wälder und ein runder, weißer Turm dort hinten im Wald. Die Sonne schien, Schmetterlinge flatterten über die Wiese.
Er betrachtete sie spöttisch, kam dann zu ihr und nahm sie in den Arm. Sie sah sein Lächeln, als er sich erneut etwas herabbeugte und sie küsste.
„Mhm", machte Alix und legte ihre Arme zart um ihn. Es war so wunderschön, dass es niemals enden sollte. Wieder strichen seine Hände über ihren Körper, Oswin küsste sie stärker und Alix hatte das Gefühl abzustürzen in Empfindungen, die sie nicht mehr beherrschen konnte. Er zog seinen Umhang eng um sie herum.
Als er zurücktrat, standen sie wieder in dieser einsamen Gasse der Stadt. Alix hielt sich den Kopf und bemühte sich, aufrecht stehen zu bleiben. Es hatte nicht an dem Blütennektar gelegen. Dessen war sie sich nun sicher.
„Darum tue ich es nicht", sagte er leise und wies in die Gasse. „Lass uns weitergehen, Alix. Ich möchte dir nicht das Herz brechen!"
Wie schaffte er das nur immer? Sofort war sie wieder völlig klar da.
„Das ist ja so lieb von dir, Oswin. Nur wie kommst du darauf, dass ich es an dich verlieren könnte?" Sie ging neben ihm los und starrte zornig nach vorne.
„Alix", er griff ihren Arm und drehte sie zu sich um. Sie konnte ihm nur in seine schönen Augen sehen und schluckte schwer. In ihrem Innersten ging ihr allmählich auf, dass er wohl nicht ganz unrecht hatte. Irgendwie – war sie gerade dabei, es tatsächlich an ihn zu verlieren. Hastig sah sie fort, streifte seinen Arm von sich ab und ging ärgerlich weiter.

„Dein Bruder ist auch nicht schlecht", sagte sie wütend, weil sie ihn verletzten wollte.
„Nicht schlecht – aber ich bin besser. Das wissen wir beide!"
„Du bist arrogant, Oswin!"
„Und genau das gefällt dir, oder?"
„Du bist auch brutal!"
„Hast du mich geschlagen oder ich dich?", forschte er schon wieder amüsiert nach und sie gab es auf.
„Also: Wohin wollen wir noch, Oswin? Und gleich vorneweg: Ich gehe nirgendwo mehr mit dir hin, wo wir allein sind, hörst du?"
„Ich könnte dich auch vor Zuschauern küssen und keiner würde es sehen, wetten?"
Sie ignorierte seine Worte und versuchte, sich betont gerade zu halten.
„Wohin?"
„Wir könnten zusammen in einer der Spelunken hier etwas trinken", schlug er vor und sie schüttelte ärgerlich den Kopf. „Bestimmt nicht!"
„Ich wusste, dass du wählerisch bist, Blütenkelchtrinkerin. Also muss ich dir wohl etwas Besseres bieten!"
Sie gingen durch die Gassen der Stadt und Alix sah sich nach den Häusern dort um. An einem blieb sie stehen und las die eingeschnitzte Inschrift in dem Holz des Fachwerkbaus. Sie schüttelte den Kopf und lief mit ihm weiter. Einige Stadtbewohner kamen ihnen entgegen, beachteten sie aber kaum, da sie selbst viel zu geschäftig waren. Oswin griff wieder ihre Hand und zog sie mit sich. Sie liefen in eine der kleinen Nebengassen, in der die Häuser ziemlich eng standen. Alix hatte schon lange die Orientierung verloren, wo sie eigentlich waren. Zum

Schloss ging es den Berg wieder hinauf, sie würde es nachher kaum verpassen können. Es war aber auch so völlig nebensächlich. Sie war einzig davon gefangen, Oswins Hand zu halten und mit ihm zusammen zu sein. Es hätte auch am Ende der Welt sein können.
Er steuerte den Eingang eines winzigen Hauses an. Es war – anders als die umstehenden – lediglich ein rundes Untergeschoss mit rotem Dach darüber. Oswin klopfte an und horchte gespannt. „Gut. Es ist jemand da."
Ein kleiner Mann mit einem kahlen Kopf und dafür einem langen, weißen Bart öffnete ihnen.
„Oswin. Kommt herein. Was suchst du Schönes?"
„Etwas für sie", Oswin zog sie liebevoll an seine Seite.
„Ah ja, ich sehe schon. Kommt und setzt euch an den Tisch", er wies zu einem winzigen, kreisrunden Tisch. Oswin führte Alix hinüber und zog ihr einen der niedrigen Hocker heran.
„Setz dich, Schatz!", meinte er und sie biss sich selbst auf die Zunge, um nichts darauf zu erwidern. Wenn Oswin dachte, sie ließe sich abfertigen wie seine sicherlich zahlreichen anderen Bekanntschaften, war er falsch gewickelt. Trotzdem musste Alix sich eingestehen, dass seine Worte sie in eine Unruhe versetzten, die sie nicht kannte. Der kleine Mann kam zurück und brachte ihnen zwei gelbe Becher, die sie an eine umgestülpte Osterglocke erinnerten. Überrascht starrte sie darauf. Oswin stieß leicht gegen ihren Becher und trank dann einen Schluck. Sie schloss sich an. Es schmeckte prickelnd und frisch. Alix genoss das unbekannte Getränk mit geschlossenen Augen. Als sie die Augen wieder öffnete, bemerkte sie, dass Oswin sie aufmerksam ansah.

Der Weißbärtige kam wieder herein. Er öffnete eine hölzerne Schatulle, die mit rotem Samt ausgelegt war und legte ein paar funkelnde und glitzernde Ringe, Armbänder und Kettenanhänger auf den Tisch. Sie waren so fein gearbeitet, dass Alix mit großen Augen darauf sah.
„Der hier ist der Richtige!", Oswin zog einen funkelnden Ring aus dem Kästchen.
„Gib mir deine Hand, Alix!"
Er schob ihr den zarten Ring über ihren Finger und dieser passte wie angegossen.
„Ventum et tempestatem sequor", murmelte Oswin beschwörend, hielt ihre Hand und blickte einen Moment eindringlich auf den Silberring. Die Stelle, an der der Ring an ihrem Finger saß, kribbelte leicht. Alix runzelte die Stirn. Oswin schaute auf und ihre Augen trafen sich. Alix spürte die Röte förmlich, die ihr unter seinem Blick ins Gesicht stieg.
„Ich habe auch noch anderes Geschmeide", der kleine Mann ging zu einer Leiterstiege und kletterte die knarrenden Balken erstaunlich flink hinauf.
„Oswin", flüsterte Alix mit hochroten Wangen, da er immer noch ihre Hand hielt.
„Das kannst du mir nicht schenken! Oder schenkst du deinen Freundinnen immer sündhaft teure Ringe?"
Der kleine Mann kam wieder die Stiege herunter und Oswin entging so einer Antwort. Er breitete irgendwelche Spangen und Broschen vor ihnen aus und Alix nutzte die Zeit, Oswin von der Seite zu betrachten. Er hatte eine etwas größere Nase und einen schön geschwungenen Mund. Da seine grünen Augen sie ansahen und er dabei seine dunklen Augenbrauen

fragend hob, schaute sie rasch wieder hinunter auf den Tisch.

„Wofür genau soll es sein?", fragte der Weißbärtige und Oswin sagte, sie weiter ansehend: „Für meine Herzkönigin. Ich glaube, der Ring ist das Richtige, danke, Bartholomäus."

Alix schaute überrascht den kleinen Mann an. Der Name war wie auf ihn zurechtgeschnitten, da sein Bart tatsächlich bis auf den Boden schleifte.

„Habt Ihr keine Angst, dass wir Euch etwas gestohlen haben?", fragte Alix nachdenklich, als er seine Schätze nun wieder langsam in die Schatulle räumte.

„Nicht doch!", erwiderte dieser knurrig, „was hast du für mich, Oswin?"

„Hier." Er gab dem Weißbärtigen einen grünen Edelstein. „Mach was draus! Ein frohes Wirken, Barto!" Er zog Alix an der Hand mit sich.

„Vielen Dank!", sagte diese hastig und der kleine Mann versicherte sofort:

„Ihr seid immer willkommen, Alessandra."

Während Oswin sie schnell aus dem Gebäude zog, dachte Alix stirnrunzelnd darüber nach, wann sie ihm ihren Namen gesagt hatte.

„Es ist Zeit für dich zurückzugehen, Silberringlein!", meinte Oswin und sie atmete tief ein. „Oswin! Bitte sieh mich an!"

Und da er das tat, schluckte sie schwer, zwang sich, seine schönen Augen zu ignorieren und brachte schwach heraus: „Bitte nenn mich Alix. Oder gib mir irgendeinen anderen Namen. Mir schwirrt der Kopf, wenn ich eine Weile mit dir zusammen war."

„Meinst du nicht, dass das an etwas anderem liegt, Alix?", fragte er leise und sah sie nur an. Es reichte, um sie vollkommen durcheinander zu bringen. Rasch schaute sie weg. In ihrem Bauch flatterten mindestens tausend Schmetterlinge.

„Bilde dir nur nichts ein. Ich gebe dir dein Geld zurück, glaube mir!"

Oswin strich ihr sanft über die Wange und Alix atmete tief ein. Noch länger mit ihm und sie würde sich in einen völlig hilflosen Grashalm im Wind verwandeln.

Daher ging sie los und meinte: „Kommst du noch ein Stück mit?"

„Aber nur ein kleines. Henry ist nicht gut auf mich zu sprechen, wenn er dich mit mir zusammen sieht."

Er schlenderte neben ihr her und sie bemühte sich, so zu tun, als würde sie nur die Häuser um sie herum betrachten. Ein paar Kinder rannten auf sie zu, stießen versehentlich gegen Alix und liefen rasch weiter. Oswin schnappte den einen am Kragen. „Den Ring, Kleiner!"

Alix sah schockiert auf ihre Hand. Sie hatte es gar nicht gespürt, dass er ihn genommen hatte. Schüchtern streckte der Junge Oswin den Ring wieder hin.

Dann beeilte er sich, hinter den anderen rasch zu verschwinden.

„Alles, was glitzert, wird hier sehr schnell einen neuen Besitzer finden, Blumenfee. Daher pass gut auf ihn auf!"

Er streifte ihr den Ring wieder über den Finger.

„Danke, Oswin", murmelte sie, während ihr auffiel, dass sie gerade gestern seinen Bruder geküsst hatte. Alix hatte plötzlich ein ganz mieses Gefühl. „Oswin", sagte sie leise. „Ich habe gestern Esteron geküsst!"

„Ich weiß", meinte er und sie bildete sich ein, ein amüsiertes, unterdrücktes Grinsen in seinem Gesicht zu sehen. „Jetzt hast du den direkten Vergleich. Und, wer küsst besser, Alix?"

„Es erscheint mir nicht richtig, was ich tue!", sagte sie und wurde rot. Oswin legte ihr seinen Arm um die Schultern. „Irgendwann musst du schon eine Entscheidung treffen. Und ich freue mich, wenn du Esteron endlich aus deinen Gedanken verdrängst."

„Und du bist in dem Auftrag unterwegs, dass ich das tue?"

„Natürlich", er zuckte mit den Schultern, „warum sonst? Mein kleiner Bruder wird keine Dummheiten wegen einer Frau machen. Wir möchten das alle nicht!"

„Einen Moment!" Alix streifte seine Hand von ihrer Schulter. „Sag bitte nicht, dass deine Brüder wissen, was du heute getan hast?"

„Aber natürlich. Ich habe gestern extra den Abend mit Norwin und Sothus verbracht, weil wir ein Konzept ausgearbeitet haben, das Ganze so schnell wie möglich zu beenden. Alix, wir haben noch anderes zu tun!"

Es war ihr unklar, warum seine Worte ihr immer so weh taten. Eigentlich hatte er ihr damals schon im Park ganz klar seine Prinzipien genannt. Wie hatte sie heute nur schon wieder auf ihn reinfallen können?

Wütend schaute sie ihn an. „Weißt du was? Du kannst deinen Ring wieder zurück haben, Oswin, ich mag ihn nicht!"

„Doch, du magst ihn. Lass ihn dort, Alix. Alix!"

Sie drehte sich um und beeilte sich, von ihm fortzukommen.

Er lachte. „Alix, das ist die falsche Richtung. Komm her!"

„Das werde ich garantiert nicht, Oswin, glaub mir!" Wütend stapfte sie weiter. Im nächsten Moment war er neben ihr. „Spar dir den Weg!" Er zog sie an sich und hüllte sie in seinen langen, weiten grünen Umhang ein.

Sie standen wieder auf der blühenden, zauberhaften Wiese. Oswin hauchte einen Kuss auf ihre Lippen.
„Ich will sofort zurück in die Stadt!", sagte Alix ärgerlich und schob ihn mit aller Kraft von sich fort.
„Bitte: Geh los! Es wird ein langer Weg sein!" Er lachte leise und sie sah sich wütend um.
Rund um sie lagen dichte, grüne Tannenwälder.
„Ich brauche dich nicht!", fauchte sie ihn an und er lachte nur noch mehr.
„Sag mir das in drei Tagen nochmal, wenn du bis zum Hals in einem der tiefen Sumpflöcher dort hinten steckst!"
„Ich habe keine Angst, Oswin!" Sie war so wütend auf ihn, dass sie ihn einfach stehen ließ und losging.
„Vorsicht vor den Irrlichtern", rief er ihr noch nach. „Und vor den Wölfen!"
Ich mag dich nicht, Oswin!", erwiderte sie böse und wieder lachte er.
„Denk nochmal in Ruhe darüber nach, kleiner Drache. Ruf mich, wenn du deine Meinung änderst. Ach ja, bevor ich es vergesse: Esteron hört dich hier nicht. Gerne höre ich mir deine Entschuldigung an, Alix."
Er zog sich seinen Umhang um und ein Windstoß fegte sie herum, so dass sie auf die Wiese fiel. Als sie wieder aufstand, war er nicht mehr da.
„Oswin!", schrie Alix aufgebracht und stampfte mit dem Fuß, „DAS nehme ich dir wirklich übel! Komm sofort hierher!"
Ein sanfter Wind strich über ihre Wange.
„Hör sofort auf!", schimpfte sie und lief wütend los in Richtung des Waldes. Sicher war das Schloss des Herzogs nicht allzu weit entfernt. Wenn sie nur die richtige Richtung nahm, sollte es kein Problem sein.

Kurz darauf bahnte sich Alix einen Weg durch den dichten Tannenwald. Sie entdeckte so etwas wie einen schmalen, ausgetretenen Pfad und folgte ihm, vorbei an dichten Tannen, durch die sanft der Wind strich.
Alix war nun schon seit ihr endlos vorkommenden Stunden unterwegs. Die Landschaft war wunderschön. Dichter Tannenwald, der sich ab und zu auftat und einen versteckten, glitzernden See zum Besten gab, einmal war sie über eine üppig blühende Wiese mit hohem Gras und leuchtendem Klatschmohn gegangen. Tiefblaue Kornblumen und Margeriten überall, Alix widerstand dem Wunsch, einige von ihnen zu pflücken. Dann kam sie an einem klappernden, kleinen Mühlrad vorbei, was ihr Hoffnung gab, dass nicht weit von ihr Menschen lebten. Wiederum ein schmaler, dunkler Waldpfad, das Schweigen des Waldes rund um sie herum, bis sie an einem plätschernden, klaren Fluss entlangging. Sie beugte sich herunter und wusch sich die Hände darin. Das Wasser schien die zarten Sonnenstrahlen, die durch die Bäume bis hier fielen, widerzuspiegeln. Es war mehr eine Idee, dass sie sanft durch das Wasser strich und leise: „Spieglein, Spieglein, zeig mir Norwin", sagte. Dieser war bis jetzt immer an Esterons Seite gewesen.
Tatsächlich begann das Wasser zu verschwimmen und sich kurz darauf wieder zu klären.
„Alessandra?" Der blonde, kräftige Mann, der sich irgendwo zwischen gletscherblauen Eisbergen befand, sah sie überrascht im Wasser an. „Was willst DU von mir?"
„Norwin? Ich weiß nicht, wo ich hier bin. Oswin hat mich irgendwo im Wald abgesetzt. Kannst du Esteron Bescheid sagen? Ich möchte hier weg!"

„Im Wald sagst du?", Norwin lächelte. „Oswin hat seine Sache diesmal gut gemacht. Da wird Esteron dich niemals finden. Wo ist das Problem?"
„Ich will zurück!", meinte sie entsetzt.
„Das musst du mit Oswin klären. Ich bin sicher, dass er dich bei entsprechendem Entgegenkommen wieder gehen lässt. Es ist nur zu Eurem Besten, Alix. Wir wollen Esteron vor einem Fehler bewahren. Er hat gestern Nacht groß verkündet, dass du die Liebe seines Lebens bist und er dich zur Frau nehmen möchte. Das galt es zu verhindern. Wie ich sehe, war Oswin schon recht erfolgreich."
„Das ist nicht dein Ernst, oder?", keuchte sie.
„Alix. Ich habe schon die ganze Zeit bemerkt, dass du nicht sonderlich beständig bist. Sothus hat mir das bestätigt. Mach es dir nett mit Oswin, dann bringt er dich sicher zurück zur Burg deiner Eltern. Ich wünsche Euch viel Spaß miteinander!"
Das Wasser begann sich zu bewegen und sein amüsiertes Gesicht verschwand.
Alix erhob sich entsetzt. Das konnte nicht wahr sein! Sie war auf Oswin hereingefallen. Wieder mal. Tränen traten ihr in die Augen. Sie war wütend auf sich selbst. Schließlich hatte er ihr ganz klar gesagt, dass er kein Interesse an ihr hatte. Er spielte nur mit ihr. Und sie befand sich hier irgendwo in der totalen Walachei. Rasch folgte sie wieder dem Weg, bevor der Mut sie völlig verließ. Da ihre Augen feucht wurden, ging sie noch schneller. Sie würde nicht noch heulen, das nahm sie sich fest vor. Esteron – hatte sie heiraten wollen. Und sie küsste sich mit seinem herzlosen Bruder irgendwo in der Stadt herum, nur weil er so schöne Augen hatte. Alix ballte ärgerlich die Faust.

„Das wirst du bereuen, Oswin!", schimpfte sie. „Ich pfeife auf den Wind!"
Eine leichte Böe fuhr in ihre Röcke und wirbelte sie durcheinander. Alix ignorierte es einfach.
Irgendwann begann die Landschaft sich etwas zu ändern. Es fing an, allmählich zu dämmern. Entsetzt dachte Alix daran, was man sich im Schloss des Herzogs erzählen würde, wenn sie auch noch die Nacht wegblieb. Eigentlich hatte sie den Ruf ihres Vaters retten wollen. Das war aber eher das Gegenteil von retten. Sogar der Anblick von Sigurnis wäre ihr nun sympathisch gewesen. Und Isabella – sie war bestimmt außer sich vor Sorge.
Alix kämpfte sich durch das hohe Farnkraut und entdeckte neben einem Bächlein erneut einen Weg. Er stieg leicht an und sie hoffte, dass dies ein positives Zeichen war. Weiße Wasserlilien blühten in dem klaren, fließenden Gewässer und andere, ihr völlig unbekannte bunte Blumen an den Seiten des Baches. Es sah aus, als hätte jemand den Weg geschmückt mit Blüten. Ein kleines Licht schwebte ein Stück oberhalb des Weges vorbei und sie erschrak. Ein Irrlicht?
Rasch ging sie weiter, hob ihren hellen Rock etwas an und warf ihren ebenso hellen Umhang zurück.
Sie war ein ganzes Stück weit gegangen, als sie von irgendwoher leise Stimmen und Lachen hörte. Hoffnungsvoll folgte sie deren Klang und bog von dem schmalen Pfad ab, um quer durch den Wald zu gehen. Ein Flüstern im Wald. Moos, das sich an den kräftigen, alten Baumstämmen heraufzog und dichtes, hohes Farnkraut. Teilweise waren die Farne so hoch wie ein ausgewachsener Mann. Alix kämpfte sich weiter voran und versuchte, den leisen Stimmen zu folgen. Sie

schienen die Richtung gewechselt zu haben. Alix runzelte die Stirn und wechselte ebenfalls die Richtung, hob ihre langen Röcke und stieg über einen umgestürzten Baum.

Sie erreichte eine freie Fläche und fand sich auf einer Lichtung wieder. Ein Flüstern in den Bäumen, ein leises Lachen. Unruhig sah Alix sich um. Wo um Himmels Willen war sie hier bloß?

Eine zarte, durchsichtige Gestalt lief dort leichtfüßig über die Wiese, es sah aus wie eine Frau in einem veilchenblauen Kleid.

„Halt", rief Alix und lief schnell in die Richtung.

Die Gestalt schien sich in Nebel aufzulösen. Dafür blieben Alix Füße einfach hängen. Entsetzt sah sie hinunter und entdeckte, dass etwas ihre Füße nach unten zog. Es gab ein schmatzendes Geräusch, als sie sich bewegen wollte. Sie ruderte wild mit den Armen, um nicht umzufallen. Jemand griff sie um die Taille herum und zog sie aus dem Sumpf. Alix lehnte sich an Oswin, der tadelnd sagte: „Der erste Sumpf und du tappst mitten hinein? Komm, Alix, das kannst du besser!" Er hüllte sie in seinen Umhang und sie hielt sich erschöpft an ihm fest.

Einen kurzen Moment später öffnete er wieder seinen Umhang und sah sie an. Seine Mundwinkel waren eindeutig belustigt nach oben gezogen. Sofort meldete sich ihr Widerstand erneut. Sie schob sich von ihm weg.

„Och, komm schon, kleine Sumpfhexe", lachte er. „Gib auf. Du hast ohnehin keine Chance. Es wird bald richtig dunkel. Ich könnte dich in ein schönes kleines Schloss mitnehmen – ganz gemütlich. Nur wir beide. Na, wie wäre das?"

„Vergiss es, Oswin!"

„Ich sehe, du brauchst noch einen Moment für dich. Lauf noch ein bisschen herum. Du kannst mir nicht entkommen. Je eher du es einsiehst, um so besser für dich."

Da sein Lächeln fast etwas sadistisch war, meinte sie wütend: „Du bist gemein, Oswin, weißt du das?"

„Ich kann noch viel gemeiner sein. Provozier mich nicht! Genieß die Landschaft, Alix, es ist sehr schön hier."

Er warf ihr eine Kusshand zu und verschwand dann zwischen den Bäumen.

Alix sah sich um. Sie atmete tief aus. Ihre Orientierung war gleich null. So wie es aussah, hatte er sie an eine andere Stelle des Waldes gebracht. Mit schwindendem Mut machte sie sich erneut daran, einen Weg zu finden.

Sie war schon eine ganze Weile gegangen und es begann jetzt deutlich dunkler zu werden. Von irgendwoher erklang das Zirpen von Grillen und – noch etwas anderes. Eine zarte Melodie. Sie dachte an ihr Erlebnis mit dem Moor und folgte dennoch dem Geräusch.

Zu ihrer Überraschung entdeckte Alix auf einer kleinen, verwunschenen Waldlichtung eine junge braunhaarige Frau, die auf der von weißen Blumen überzogenen Wiese saß und ein Instrument spielte, das Ähnlichkeit mit einer winzigen Harfe hatte. Weiße Blüten zierten ihr Haar. Die junge, hübsche Frau trug ein weißes, mit silbernen Blumen übersätes Kleid und Alix entschied, dass sie diese seltsame Frau ansprechen musste, selbst wenn sie wieder in einen Sumpf tappte. Es gab keine andere Möglichkeit.

„Huppsa", eine von den zarten Saiten des Instrumentes riss. „Kugelblitz, leuchte einmal." Ein kleines ballförmiges Licht kam herangeschwebt und hielt über

dem Instrument an. „Schon wieder gerissen. Ich kann es einfach nicht!" Die schöne junge Frau begann zu weinen. „Ich bin viel zu ungeschickt!"
„Kann ich dir helfen?", fragte Alix und die hübsche Braunhaarige schreckte auf. Sie betrachtete Alix sehr genau und sagte dann: „Ich kenne dich gar nicht. Kommst du von den Waldelfen auf der anderen Seite des Berges?"
„Äh – vielleicht – ich weiß es nicht!", brachte Alix verwirrt heraus. Schnell ergänzte sie: „Wie heißt du?"
„Silberblüte und du?"
Allmählich schwante Alix, woher Oswin seine seltsamen Namen hatte.
„Alix – ich meine – Rosenblüte."
Das Mädchen lachte. „Du hast gar keine Rosen an dir!" Und dann schlug sie erschreckt die Hände vor den Mund und flüsterte kaum hörbar: „Hat ER dir die Rosen vom Kleid geblasen?"
Alix war nun deutlich irritiert. Sie stand im Wald mit einem eindeutig etwas verwirrten Mädchen, das dringend Hilfe brauchte. Da diese sie weiter fragend ansah, meinte Alix kühl: „Ja!"
„Und die Flügel hat er dir auch abgerissen? Du Arme, komm mit mir, du kannst bei uns Unterschlupf finden. Nicht, dass der Ostwind dich noch schnappt! Du bist ja völlig wehrlos!"
Sie kam zu Alix herüber und sah sich rasch um.
„Komm mit! Leuchte uns, Kugelblitz!"
Die beiden folgten der kleinen, leuchtenden Kugel. Alix war vollkommen durcheinander. Dieses Mädchen vor ihr war hoffentlich nicht das, was sie annahm.
„Du, warte mal!", meinte sie dann. „Ich muss weg hier. Aber ich weiß nicht, wie ich hier wegkommen kann!"

Die hübsche Braunhaarige nickte. Alix erkannte, dass ihr Haar tatsächlich so kurz und sanft gewellt war. Es ging ihr lediglich bis auf die Schultern. Und hatte eine eigentümliche Farbe. Ein sattes, dunkles Nussbraun. Die Blüten in ihrem Haar waren klein und weiß. Es sah sehr schön aus auf dem dunkleren Haar.
„Wo willst du hin?"
„Zum Schloss des Herzogs von Bellevallescue!"
Das Mädchen riss erschrocken die Augen auf.
„Das ist aber weit. Pass auf. Hier hast du einen Beutel mit Elfenstaub, damit kannst du ein Stück in die Richtung fliegen. „Komm, ich zeige es dir!" Sie hob plötzlich sanft ab, und Alix entdeckte zarte, durchscheinende Flügel auf ihrem Rücken. „Komm schon, bevor ER uns entdeckt!"
Alix stand unentschlossen mit dem winzigen silbernen Beutel da, den sie in der Hand hielt. „Was soll ich tun?"
„Du bist gar keine Elfe, oder?", die Braunhaarige landete wieder. „Du bist – ein Mensch!"
„Ist das jetzt ein Problem?"
„Nun, wir reden nicht mit Menschen und halten uns von ihnen fern!"
„Aber du redest doch mit mir! Bitte hilf mir Silberblüte! Du bekommst dafür von mir, was du möchtest!"
„Ehrlich?", fragte die zierliche Frau. „Dann möchte ich eine kleine menschliche Harfe – geht das?"
„Ja, klar. Ich besorge dir eine, wenn du möchtest!"
„Gut! Komm, ich helfe dir!" Die hübsche Elfe dachte noch einen Moment nach, griff dann ihren silbernen Beutel und streute etwas über sie. Es kitzelte und kribbelte leicht. Alix musste kichern.
„Gib mir deine Hand!", sagte die Braunhaarige und Alix tat dies augenblicklich. Die Elfe zog sie mit sich in die

Luft. Alix war zunächst ängstlich, allerdings gab sich das bald. Es war wunderschön. Sie flogen über dichten, dunklen Wald. „Wie lange kann ich das?", fragte Alix und Silberblüte mahnte: „Leise. Der Wald ist so still. Ich habe Angst, dass ER uns entdeckt."
Alix fragte sich, ob Oswin nicht schon längst wusste, dass sie hier gerade ganz knapp über den Baumwipfeln hinwegsegelte. Sie zog ihre rechte Hand heran und sah auf den Ring, den sie dort trug. Vielleicht war auch er in der Lage, ihr zu helfen.
Sie waren schon eine ganze Zeit so still über moosgrünes Dunkel hinweggesegelt, als sich ein Rauschen in den Bäumen unter ihnen meldete. Der Wind streifte sie kurz darauf.
„Runter!", meinte die zarte Elfe plötzlich und zog sie im Steilflug mit sich in Richtung des Bodens. Das Rauschen in den Bäumen nahm immer mehr zu und sie entgingen ihm nur deshalb, weil sie nun zwischen den Bäumen abtauchten. Rasch nahm der Sturm zu.
„Oh nein", flüsterte die Braunhaarige entsetzt und zog Alix mit sich auf den Boden herunter. Ängstlich abwartend standen die beiden dort.
Dann fiel Alix etwas ein.
„Esteron!", schrie sie so laut sie konnte in den Wind.
„Pst!", machte die Elfe und zog sie mit sich hinüber zu einem der mannshohen Farnkräuter. Wilde Windböen fuhren durch die Bäume und ließen sie sich unter lautem Rauschen fast schieflegen. Der Sturm fuhr über den Boden und Silberblüte duckte sich tiefer.
„Leise! Das ist ER!"
Alix starrte gebannt durch die Farnwedel.
Kurz darauf stand eine hochgewachsene, grün gekleidete Gestalt nur wenige Meter von ihnen entfernt.

„Kommt einfach heraus da. Beide", sagte Oswin mit einer Stimme, die Alix Böses ahnen ließ. Plötzlich war ihr richtig kalt.
Die braunhaarige Elfe tat dies augenblicklich. Der Wind erfasste sie und warf sie zu Boden. Alix kam rasch auch heraus.
„Oswin, lass das!", sagte sie böse.
„Es ist mir völlig neu, dass Elfen und Menschen gemeinsame Sachen machen. Und ich beende das hier und jetzt auch gleich wieder!" Da er die Elfe bösartig ansah, die verschreckt auf dem Boden kauerte, meinte Alix: „Oswin! Ich habe dich so vermisst! Bitte lass sie, ich bin nur ein Stück bei ihr mitgeflogen!"
Da er sie misstrauisch ansah, versuchte Alix ein Lächeln und lief zu ihm hinüber. Kurz vor ihm hielt sie an.
„Oswin – ich – ich liebe dich!"
„Ja, Alix, toller Versuch, aber leider mhm…"
Sie nahm Anlauf, streckte sich und küsste ihn, während sie ihre Arme um seinen Hals schlang. Gleichzeitig gab sie der Braunhaarigen mit einem Wink zu verstehen, dass sie verschwinden sollte. Diese tat das augenblicklich. Rasch huschte sie zwischen die Bäume und verschwand. Eine kleine, leuchtende Kugel folgte ihr eilig.
Oswin nahm Alix fest in die Arme und küsste sie ebenfalls. Sie verlor allmählich die Kontrolle darüber. Es war so schön, ihn zu küssen. „Alix", murmelte er leise und küsste sie noch stürmischer. Er strich ihr die Haare zurück und hielt sie so im Arm, dass sie sich etwas zurücklehnen musste. Alix vergaß ihren Ärger auf ihn. Sie wollte ihn nur noch küssen – und mit ihm zusammen sein. Den heftigen Wind nahm sie nur am Rande wahr.

„Friss sie nicht gleich auf, Oswin!", sagte Esteron angewidert und dieser ließ Alix erschrocken los, so dass sie mit einem kleinen Schrei auf den Boden fiel. Zum Glück war er moosig und weich.
„ESTERON!", meinte Oswin sichtlich geschockt. „Ich habe gar nicht gemerkt, dass du kommst!"
„Was machst du hier mit meiner Verlobten, Oswin?
Ich hoffe, ihr habt beide eine gute Entschuldigung. Das sah HEFTIG aus, wenn ich es so sagen darf!"
„Esteron!", rief Alix begeistert, rappelte sich schnell auf und lief zu ihm hinüber. Im nächsten Moment warf sie sich in seine Arme und meinte glücklich: „Du hast mich gerettet! Ich liebe dich!"
Oswin war für einen Moment völlig sprachlos. Dann begann er zu lachen. „Hast du das Gleiche nicht gerade zu mir gesagt? Vorsicht, sie ist geschickt, Bruder! Lass dich nicht von ihr einwickeln!"
„Er hat mich hierhergebracht. Ich hatte solche Angst!" Alix schmiegte sich in Esterons Arme und streckte Oswin unauffällig die Zunge heraus. Der war jetzt sichtlich wütend. „Glaub ihr kein Wort! Sie lügt, dass sich die Bäume biegen! Sie wollte mit mir hier sein. Sie trägt..."
„Esteron!", Alix legte ihm wie ungewollt die Hände auf die Ohren und hauchte einen zarten Kuss auf seinen Mund. „Bitte bring mich hier weg. Und schütze mich vor IHM!"
„Du hörst es, Bruder!", bemerkte Esteron zornig und fuhr Oswin wütend an: „Du schuldest mir eine Erklärung hierfür! Komm, Alix, ich bringe dich weg von hier!" Sie wollte sich unauffällig den Ring von dem Finger streifen, aber es ging nicht. Oswin begann zu lachen.

„Sag ihm, mit wem du dich wirklich verlobt hast, mein schönes Irrlicht!"
Esteron sah sie nun sehr misstrauisch an. „Alix? Beantworte seine Frage bitte!"
„Ach, Esteron", Alix zögerte und sah, dass Oswin überheblich zu grinsen anfing. „Sie haben mich gezwungen, dass ich Norwin heiraten soll!"
„WAS?", schrien Esteron und Oswin fast zeitgleich. Oswin begann augenblicklich wieder zu lachen. „Du bist mir über, Abendstern. Bring sie zurück, Esteron. Ich wollte es auch gerade machen."
„Stimmt das mit Norwin?", fragte Esteron böse und Oswin schüttelte nur amüsiert den Kopf. „Von ihm kommt die Idee. Wir wollten dir helfen, Esteron, glaub mir!"
„Ich kann auf eure Hilfe mühelos verzichten, wirklich! Los, Alix, wir verschwinden!" Und zu seinem Bruder meinte er wütend: „Wenn ich dich auch nur einmal noch in ihrer Nähe sehe, dann gibt es Ärger. GROßEN Ärger, Oswin! Einen schönen Abend noch! Sicher hast du noch ein paar Elfen, mit denen du Spaß haben kannst!"
„JA – Richtig. Eben war noch eine hier. Ich werde sie suchen." Er sah Alix gehässig an.
„Oswin?"
„Ja?"
Sie küsste zärtlich den Ring an ihrer Hand und sah ihn dabei eindringlich an.
„Es fragt sich, wer hier gemein ist, Alix. Glaubst du, dass ich jetzt noch ruhig schlafen kann?"
„Ich hoffe nicht!", sie lächelte ihn an und er lächelte zurück.

Esteron zog sie ärgerlich an sich heran und schwang seinen Umhang um sie herum.
„Abstand, Bruder!", warnte er kühl.

Alix saß in einer schönen Tragewanne und genoss das warme Wasser auf ihrer Haut. Das Haar hatte sie sich gründlich ausgespült und neben der Seife auch ein Duftöl verwendet, damit der Geruch nach Moos, Wald und frischer Luft endlich verschwand. Esteron hatte sie direkt zurück in das Gemach des Schlosses vom Herzog gebracht. Isabella schimpfte kurz darauf sehr mit ihr, als sie hereinkam und ihre jüngere Schwester entdeckte. Da die Herzogtochter angab, dass sie Alix zu ihrer Schneiderin hinunter in die Stadt geschickt hatte, war man wohl dem Gerede und Klatsch erstmal entkommen. Aber Isabella selbst ließ sich nichts vormachen. Sie hielt Alix eine lange Rede, gerade, da man verschiedene Stoffe für sie abgegeben hatte. Da Alix ihr schweigend einen eisblauen Stoff reichte, verstummte Isabella augenblicklich, und ihre Augen begannen zu leuchten. Ihr Ton wurde freundlicher und sie versprach, Alix etwas von dem Essen im Großen Saal heraufzubringen. So war Alix auch dem Essen unten entgangen, sie war viel zu müde, um dort bei den vielen Leuten zu sitzen.
Stattdessen hatte man ihr auf ihren Wunsch eine Wanne und Wasser heraufgebracht. Das kochende Wasser aus einem großen Kessel wärmte das kühlere auf. Es tat unheimlich gut. Alix fühlte sich zwar müde, aber schon viel besser als vorhin.
Sie stieg aus der Wanne und wickelte sich in ein großes Tuch, welches man ihr bereitgelegt hatte. Mit einem weiteren begann sie, ihr langes Haar zu trocknen. Eine

sehr aufmerksame Magd hatte das Feuer im Kamin entzündet. Obwohl es bereits Sommer war, war die Wärme sehr angenehm. Alix kämmte ihr Haar, löste ärgerlich ein paar Nester, die der Wind hineingeblasen hatte.

Eine wohlige Müdigkeit überkam sie, als sie sich auf den gepolsterten Sessel kuschelte. Dennoch zwang sie sich, nochmals aufzustehen und den eingewickelten Spiegel vom Frisiertisch zu holen. Gemütlich ließ sie sich wieder auf dem Sessel nieder.

„Spieglein, Spieglein", murmelte Alix und rieb sanft über dessen Oberfläche. „Zeig mir: Oswin!"

Die Spiegelfläche begann zu verschwimmen. Kurz darauf wurde das Bild wieder klar. Ein gewölbter, dunkler Saal. Lediglich ein paar Kerzen spendeten Licht, das sich allerdings im Raum widerzuspiegeln schien. Kleine Feuerfunken schwebten durch die Dunkelheit.

„Oswin?", fragte Alix vorsichtig, da ihr Herz heftig klopfte. Wo war er?

„Alix! Warte einen Moment!" Sie hörte nur seine Stimme, dann verschwand das Bild. Der Spiegel zeigte wieder nur ihr eigenes Gesicht. Rasch strich sie sich eine lange Haarsträhne zurück, die ihr über die Stirn fiel. Ihre Haut hatte eine zarte Farbe angenommen, die Wangen waren gerötet. Die graublauen Augen wirkten etwas müde, glänzten aber dennoch. Alix betrachtete sich nachdenklich. Das Bild begann wieder zu verschwimmen und sie erschrak heftig, obwohl sie damit gerechnet hatte. Oswin erschien klar und deutlich, als würde er direkt vor ihr stehen.

„Oswin!", brachte sie erstickt heraus und versuchte, ihn nicht noch anzulächeln. Er war nicht nett gewesen und eigentlich wusste sie gar nicht, warum sie überhaupt schon wieder Kontakt mit ihm aufnahm. Theoretisch war das völlig falsch.

„Hallo ... Alix!", sagte er gedehnt und schien ihren Anblick beinahe in sich aufzusaugen. „Wie kommt es, dass ich dich in immer leichterer Kleidung vor mir sehe – sag, was hast du da an?"

Sie sah irritiert an sich herunter und hielt den Spiegel etwas höher.

„Das ist nur ein Tuch, ich habe gerade gebadet!"

„Ah – ja. Warum bekomme ich diese Information von dir? Willst du mir damit irgendetwas sagen?" Seine Stimme war dunkel und lockend.

Sie wurde tiefrot.

„Nein. Es war nur gerade eine gute Zeit, nochmal mit dir zu sprechen. Wenn es dich stört, hätte ich selbstverständlich etwas angezogen!"

Er atmete tief aus.

„Ganz ehrlich, blonde Nixe: Du provozierst mich. Ständig. Und dann tust du so, als wärst du erstaunt darüber, dass ich reagiere. Sag mir: Mit wie vielen anderen Männern sprichst du halbnackt mit offenem Haar in deinem Schlafgemach?"

„Lenk nicht vom Thema ab! Ich wollte dir eigentlich nur noch sagen, dass ich es gemein von dir finde, was du getan hast. Und dass du dir deinen Ring gerne wieder bei mir abholen kannst. Ich möchte ihn nicht tragen. Wenn ich ganz ehrlich bin, würde ich mich über einen ganz normalen netten Mann mehr freuen als über ein paar seltsam schräge Typen, die mein ganzes Leben in Unordnung bringen. Ich werde nicht mehr auf dich reinfallen, Oswin, nur dass das klar ist!"

„Sonnenklar, meine lebende Unordnung, Sonnenklar!"

„Oswin!"

Er grinste.

„Wann soll ich mir den Ring abholen? Jetzt sofort oder gleich?"

„Ich glaube, Esteron hat dir ganz klar etwas gesagt!", meinte sie streng, und er seufzte.

„Alix. Wenn die Dinge anders gelaufen wären, wären wir nun beide hier. Du würdest in meinen Armen liegen und ich könnte dich von diesem störenden Tuch befreien. Aber gut! Zu dem Ring: Wenn du ihn nach links drehst und die innen eingravierten alten Worte: `Ventum et tempestatem sequor´ sagst, wirst du eine Überraschung erleben. Versuch es einfach mal, wenn du Zeit dazu hast. Soll ich bei dir jetzt vorbeikommen?", fragte er schmeichelnd.

Sie wurde noch röter. „Garantiert nicht. Und auf dich falle ich nicht mehr rein! Das Geheimnis deines Ringes interessiert mich nicht! Und in deinen Armen möchte ich auch nicht liegen. Also: Einen schönen Abend noch, Oswin!"

„Wir werden sehen", lächelte er. „Auf bald, meine zauberhafte Waldelfe."

Sie atmete erleichtert auf, als sein Bild verschwand. Dieser Mann brachte sie völlig durcheinander. Sie rieb sich die Arme, da diese leicht prickelten. Hastig wischte sie den Gedanken an SEINE Arme zurück. Alix legte den Spiegel ab und starrte auf den Ring. Seine Worte hatten ihre Neugier geweckt. Es war ein schmaler, sehr schöner Ring. Wenn er nicht von Oswin wäre, hätte sie seine Wirkung sofort ausprobiert. Aber so…

Sie zog ihn ab und entdeckte, dass wirklich diese Worte auf die Innenseite eingraviert waren. Oswin hatte vorhin gar keine Zeit gehabt, auf den Ring zu schauen.

Vielleicht hatte er eine ähnliche Kraft wie Esterons Gürtel?

Alix zog den Ring wieder über den Finger. Wenn sie es einfach versuchte?

Einen Moment widerstand sie noch, dann drehte sie ihn sanft nach links und murmelte leise: „Ventum..." Erschrocken hielt Alix inne, da die Tür plötzlich aufgegangen war und ihre Schwester Isabella hereinkam.

„Alessandra, es ist Zeit, schlafen zu gehen. Was machst du da?", fragte sie.

„Nichts, Bella, nichts. Ich spiele mit dem Wind!"

„Aber klar, Alix. Geh schlafen! Wir sprechen morgen weiter!"

14. Kapitel

Isabella verbrachte jede freie Sekunde damit, an einem neuen Kleid zu nähen. Alix ließ es langsamer angehen. Es gab viel zu viel Ablenkung. Christina ließ sich einige Male von ihr begleiten, wenn sie hinaus in den Park ging oder einen Ausritt plante. Das war eine Ehre, denn ausschließlich die dunkelhaarige Charis war sonst immer an ihrer Seite zu finden. Sigurnis und Friedelinde sahen es mit Argwohn. Isabella berichtete ihr, dass die beiden keinen Moment auslassen würden, um über sie zu lästern oder Unwahrheiten zu verbreiten. Am meisten hatte es den beiden ihre Kleidung angetan. Alix hatte den Rosengürtel seit dem ersten Abend nicht mehr benutzt. Ihre Kleider waren im Vergleich zu denen der anderen Frauen schlicht und beinahe altmodisch.

Einmal sprach sie noch mit Esteron, der sich sichtlich von ihr entfernt hatte. Abends, in dem kleinen Spiegel. Oswin mied sie dagegen. Auch hatte es Alix noch nicht gewagt, den Ring auszuprobieren. Sie witterte eine Bösartigkeit, hatte sie doch das Problem, dass er sich sehr schlecht ausziehen ließ, obwohl er nicht zu eng war. Sie hatte es nicht über das Herz gebracht, sein Haar wegzuwerfen und es mit einem bangen Gefühl zurück in den Tiegel gelegt. Da war auch noch der kleine rote Stofffetzen, welchen sie von Sothus Umhang besaß. Einzig von Norwin besaß sie nichts. Es tat ihr nicht sonderlich leid, gerade auch, da die Herzogtochter mit diesem irgendwie sehr stark in Kontakt stand. Christina hatte für morgen einen Ausritt geplant.

Das Wetter änderte sich völlig, es waren angenehm warme Sommertage angebrochen. Die jüngeren Frauen saßen zusammen in dem kleinen Musikzimmer und Christina klimperte uninspiriert auf der Harfe, während eine der Hofdamen sie auf einer Laute begleitete und Sigurnis schief auf einer Flöte piepste. Alix vermied, sich die Ohren zuzuhalten, obwohl Charis durchaus ganz hübsch dazu sang. Ihr war das Versprechen eingefallen, welches sie der braunhaarigen Elfe gegeben hatte. Ein livrierter Diener trat ein, um Gäste anzukündigen.

„Der Graf von Eisendfels möchte Lady Christina besuchen", meinte er und Christina nickte sofort sehr eifrig: „Lass ihn hereinkommen, Gilbert!"

Sie setzte sich gekonnt in Pose.

Norwin trat ein, begleitet von seinen Brüdern Sothus und Oswin. Letzterer vermied, Alix anzusehen, die sich sofort dunkelrot färbte und zu ihrem Ärger bemerkte, dass ihr Herz heftig und aufgeregt zu klopfen begann.

„Graf", schnurrte Christina und stand auf, um sich von Norwin die Hand küssen zu lassen.

„Sir Ostwig", seufzte Sigurnis und kam schnell hoch, um in Richtung Oswins zu trappeln. Alix konnte nicht anders. Ihr Fuß rutschte leicht vor und Sigurnis stolperte darüber und segelte mit einem spitzen Schrei Oswin entgegen. Er fing sie sofort auf und Sigurnis nutzte die Gelegenheit, sich schamlos an ihn zu drücken.

„Oh. Vielen Dank! Ihr seid ein wahrer Edelmann!"

Alix sah genervt zur Decke und schüttelte den Kopf. Sigurnis Kopf hatte sich rot gefärbt, als Oswin sie jetzt vehement aber höflich von sich schob. Sie klimperte mit den Wimpern und Alix unterdrückte ein Lachen.

„Keine Ursache", knurrte er und warf nun doch einen wütenden Blick in Richtung Alix.

Sothus kam mit einem freundlichen Lächeln zu ihr hinüber.

„Ihr gestattet, dass ich mich zu Euch setze, Lady Alessandra?", fragte er formvollendet und Isabella wollte sich rasch erheben, um ihm Platz zu machen.

„Nicht doch", lächelte Sothus charmant. „Ich freue mich, gleich beide Töchter des Ritters vom Auenwald neben mir sitzen zu haben. Wartet, ich hole mir einen Stuhl!"

Isabellas Wangen färbten sich leicht rot und sie tat Alix leid.

Gawain hatte wohl einmal versucht, Isabella im dunklen Gang zu küssen, dafür eine feste Ohrfeige von ihr eingefangen, wie Isabella ihr unter Tränen gestanden hatte, und hielt nun betont Abstand. Da sie nicht sonderlich reich waren, hielt sich das Interesse an den beiden Töchtern eines fast mittellosen Ritters stark in Grenzen.

Von daher war es Balsam für Isabellas Seele, dass ein gut aussehender, augenscheinlich reicher Mann so freundlich mit ihr sprach. Alix überlegte amüsiert, ob sie ihrer Schwester später das kleine Stück von Sothus rotem kostbarem Umhang schenken sollte. Er setzte sich nun auf den Stuhl, den er zwischen sie gezogen hatte, wechselte ein paar Worte mit der sichtlich entzückten Isabella und wandte sich dann Alix zu. Dies ging völlig unbeobachtet, da der Pulk der anderen begeistert um Oswin herumstand, der ein edel verziertes Lederbuch herausgezogen hatte und es Christina reichte, die fasziniert aufschrie: „Vielen Dank, Ritter Ostwig."

Alix stöhnte leise und schüttelte den Kopf, während Christina das Buch lächelnd an sich drückte und Norwin sich neben sie setzte. Die Frauen übertrafen sich in Begeisterungsausrufen und wollten das schöne Buch in die Hand nehmen. Dabei stießen sie höchst unauffällig zart gegen Oswin, lächelten ihn an oder ganz unverschämt wie Charis: Zwinkerten ihm sogar zu. Alix sog tief die Luft ein.

„Na, Alix, was macht ESTERON?", fragte Sothus leise und sie kam wieder zu sich und wendete den Blick von dem scheinbar mit allen flirtenden Oswin ab. DAS brauchte sie sich wirklich nicht anzutun!

Sothus Blick war vorwurfsvoll.

„Wir haben vor ein paar Tagen miteinander gesprochen", meinte sie und versuchte ein zartes Lächeln. „Sothus, mir ist etwas ganz Wichtiges eingefallen, ich brauche ganz dringend Eure Hilfe dazu!"

Verwundert sah er sie an. „Was könnte dies sein?"

„Ich brauche eine kleine Harfe. Sie ist für eine Elfe mit dem Namen *Silberblüte*.

Selbstverständlich gebe ich Euch das Geld dazu oder kaufe auch so eine, wenn ich auf dem Markt eine entdecke. Oder irgendwo in der Stadt. Aber ich weiß nicht, wie ich sie ihr bringen kann!"
„Willst du, dass ich dich zu dieser Elfe bringe?", fragte er überrascht und sie nickte: „Das wäre ganz toll!"
„Warum fragst du nicht ESTERON?"
„Weil sie irgendwo dort ist, wo Oswin unterwegs ist und nicht Esteron. Ich glaube nicht, dass Esteron etwas davon erfahren sollte, oder?"
„Da hast du wohl recht!", sagte er nachdenklich und unterbrach laut das aufgebrachte Geplapper der jungen Frauen, die Norwin, Christina und Oswin dort einrahmten.
„Sagt, Lady Christina. Wir brauchen eine Harfe…"
„Eine kleine!", mischte sich Alix ein.
„Eine kleine Harfe also. Könnt Ihr sagen, wo wir eine solche finden können?"
Christina nickte sofort.
„Aber natürlich Sir Sothus! Wir haben einen ganz genialen Harfenbauer in der Stadt. Wer braucht die Harfe?"
„Ich", sagte Alix und wurde dunkelrot, da alle sie ansahen.
„Ich wusste gar nicht, dass du Harfe spielen kannst", Sigurnis Gesichtsausdruck war nur als verschlagen zu interpretieren.
„Ich auch nicht!", ergänzte Christina und Oswin, der Alix eben zum ersten Mal angesehen hatte, meinte ruhig: „Dort steht eine Harfe, Mylady. Wenn Ihr möchtet, könnt Ihr uns etwas vorspielen. Wir hören gerne zu!"
Wieder sahen sie alle an.

„Ja, nun", begann Alix und verfluchte es, Sothus angesprochen zu haben. „Die Harfe ist recht groß!"
Sigurnis begann zu kichern und stieß ihre Freundin an, die sofort mitkicherte.
„Ihr könnt nur auf einer KLEINEN Harfe spielen?", hakte Oswin nach und sie sah das Lachen, welches in seinen Augen aufblitzte.
„Nein, meine Hofdamen können alles, oder, Alessandra? Kommt, zeigt es uns!" Christina nickte ihr aufmunternd zu.
Alix bekam es mit der Angst zu tun. Isabella war im Harfenspiel gut. Sie höchstens mäßig.
„Isabella ist besser", würgte sie heraus, aber die Kyrin - Tochter hatte wohl schon erkannt, dass sie auf keinen Fall spielen wollte.
„Alessandra – kann es jedenfalls nicht. Oder ist einfach zu feige!" Sigurnis strich sich durch ihr geflochtenes blondes Haar. „Vielleicht sollte ich…"
„Ich bin nicht feige!" Alix spürte den Zorn in sich aufsteigen. Wütend stand sie auf und ging hinüber zu Christinas wunderschöner, nussbaumfarbener Harfe. Sie setzte sich dahinter, legte ihre Finger auf die Saiten und machte den Fehler, Oswin anzusehen. Seine grünen Augen folgten ihr aufmerksam und ein deutliches Lächeln umspielte seine Lippen.
Sigurnis kicherte erneut, da sie dort nur einfach saß und Oswin anschaute.
Rasch zwang sie sich von ihm wegzusehen.
Norwin beobachtete sie mit deutlicher Faszination wie irgendein seltenes Insekt.
Alix verkniff sich ein tiefes Seufzen und ließ stattdessen ihre Finger sanft über die Harfe streichen. Es hörte sich leicht schräg an und erneut begann Sigurnis zu kichern.

Alix war nun deutlich wütend. Wieder begann sie, sanft die Saiten zu streichen und stellte überrascht fest, dass es nun wunderschön klang. Entgeistert riss sie die Augen auf, da sie gar nicht gewusst hatte, so gut spielen zu können. Dann bemerkte sie die zarte Luft, die ihre Finger zu lenken schien. Oswin!
Sie vermied einen Blick auf ihn und färbte sich stattdessen tiefrot, während sie ihre Finger einfach dem Wind überließ, der jetzt deutlich ihre Hände und Finger lenkte.
Sigurnis klappte der Unterkiefer herunter und auch unter den anderen erhob sich anerkennendes Gemurmel.
Als eine kräftige Böe sie förmlich zwang, aufzuhören, war sie selbst überrascht. Das war Meisterklasse gewesen!
Da alle klatschten und Christina begeistert sagte: „Das wusste ich gar nicht, Alix, dass du so gut spielen kannst! Du bist ja besser als ich, spiel noch etwas!", kam sie rasch hoch und winkte ab. „Nein, spielt Ihr, Christina, ich glaube, der Besuch ist Euch zu Ehren vorbeigekommen. Und ich habe mir – das Handgelenk verstaucht!", sie lächelte entschuldigend und drückte sich rasch in Richtung ihres Sitzplatzes.
„Ja, Christina, spiel du etwas!", meinte Charis begeistert und Celeste ergänzte: „Und Sigurnis soll dazu die Flöte spielen, sie macht das meisterlich!"
Alix vermied es, Oswin anzusehen, murmelte aber trotzdem leise: „Danke!"
Da er sich auf seinem Stuhl zurücklehnte und einen seiner gepflegten braunen Stiefel lässig über sein anderes Bein legte, wusste sie nicht, ob er ihre Worte gehört hatte.

Christina begann nun sehr schön zu spielen, Sigurnis flötete in den allerhöchsten Tönen dazu und mindestens zwei der Hofdamen Christinas kamen rasch hinzu, um die beiden gesanglich zu begleiten.

„Wenn ich morgen hinunter in die Stadt gehe und bei besagtem Harfenbauer etwas finde – vielleicht eine Leier, das ist ja fast eine kleine Harfe – könnt Ihr mich dann zu der Elfe bringen?", forschte sie bei Sothus nach, der sich bis jetzt leise mit Isabella unterhalten hatte.

„Warum fragt Ihr mich, und nicht Oswin, Alessandra, nur dass ich es verstehe", erkundigte sich Sothus und seine wachsamen, dunklen Augen musterten sie fest.

„Weil – es nicht geht. Wenn Ihr es nicht tut, muss ich Norwin fragen. Und das mache ich sehr ungern. Es war nicht nett, Esteron gegen mich aufzubringen!"

„Aber angebracht. Ist der Ring da eigentlich von Oswin? Ein Medaillon von Esteron, ein Ring von Oswin – wer von uns kommt als nächstes dran, Alessandra? Bist du von irgendjemandem gesandt worden, den Wind zu zähmen oder verfolgst du einen Plan? Ich weiß es bei dir noch nicht so genau!"

„Lest Ihr eigentlich gern, Sothus?", wechselte Alix mit einem unschuldigen Blick das Thema.

„Äh – Ja!" Er runzelte nachdenklich die Stirn. „Wie kommst du jetzt darauf?"

„Nur so", wiegelte Alix rasch ab.

Er musterte sie misstrauisch. „Du hast etwas vor, das spüre ich! Was ist es, Alessandra?

Och nein, nicht der!", fügte er leise hinzu.

Christinas Bruder Henry trat in Begleitung von drei seiner Ritter ein und grüßte höflich, aber knapp Norwin, lauschte dann kurz dem Gesang der Frauen und kam schließlich zu Alix hinüber.

Er warf einen wütenden Blick auf Sothus und sagte betont laut zu ihr:
„Lady Alix. Wir wollen ausreiten. Es ist ein wunderschöner Tag. Habt Ihr nicht Lust uns zu begleiten, anstatt hier drin zu sitzen? Diane hat versprochen, mitzukommen. Wir reiten zu den Kristallseen im Wald. Kommt Ihr?"
Er beugte sich hinunter und griff ihre Hand, um diese zu küssen, stolperte aber aus einem unerfindlichen Grund und verfehlte ihre Hand. „Was?", meinte Henry wütend und Alix unterdrückte ein Lächeln.
„Kommt!", er bot ihr seinen Arm und sah sie auffordernd an. Alix saß fürchterlich in der Zwickmühle. Wenn sie nicht mitging, würde sie den Herzogsohn tief beleidigen. Wenn sie mitging, wäre Oswin wahrscheinlich wütend. Sie strich letzteres. Was interessierte es Oswin?
„Meine Schwester und ich müssen noch unser Kleider für das Fest nähen, Sir Henry", fiel Isabella rasch ein, der Alix innerer Kampf nicht entgangen war.
„Ach was, sie kann sie nähen lassen. Ich dulde kein Nein!" Er streckte ihr auffordernd den Arm hin und Alix erhob sich zögernd.
„Henry, wir müssen noch etwas proben", warf Christina lächelnd ein und brach ihr Harfespiel ab.
„Wer bestimmt hier?", fauchte der Herzogsohn wütend und strich sich sein Haar zurück. Er trug ein elegantes, dunkelgraues Obergewand mit einer passenden Hose dazu. Der Gürtel auf seiner Hüfte war golddurchflochten.
„Wir – kommen einfach alle mit. Es ist ja so schönes Wetter!", meinte Christina rasch. „Wollt Ihr uns nicht auch begleiten, Graf?"

„Wie könnte ich der Einladung einer so hübschen Dame widerstehen", sagte Norwin charmant und erhob sich. „Mir war sowieso gerade nach einem Ausritt!"
Alix lächelte erleichtert. Da Henry ihr weiter den Arm hinstreckte, stand sie auf, legte ihre Hand zart auf seinen Arm und ließ sich von ihm aus dem Raum führen. Ein Haufen aufgeregter Frauen folgte, die von Umhängen über passender Reitkleidung alles vermissten.
„Wir reiten schon vor, ihr könnt alle nachkommen", beschied Christina und reichte Norwin lächelnd ihren Arm. „Ich bin schon fertig", sagte Charis rasch und Sigurnis schloss sich mit einem Blick auf Oswin an. „Ich auch! Ist es nicht zauberhaft, in hohen Schuhen und einem engen Kleid zu reiten! Ich glaube, nur wenige können so etwas, und ich bin eine davon."
Sie brabbelte noch weiter etwas, aber Alix war einfach glücklich, sie alle dabei zu haben. Ihr war nicht nach einem Ausflug mit dem Herzogsohn, selbst wenn Diane sie nun begleitete. Auf dem Hof unten gab Henry rasch Anweisungen an ein paar Pagen und Pferdeknechte, die eilig losflitzten, um die Pferde zu satteln und fertig zu machen.
„… reite ich für mein Leben gern, Sir Ostwig! Ich bin eine sehr gute Reiterin, wie in allem anderen eigentlich auch, aber…" Sigurnis plapperte weiter und Alix warf einen unauffälligen Blick auf Oswin, der links von ihr bei seinem ältesten Bruder Norwin stand. Sigurnis ließ sich nicht vertreiben. Oswin sah genervt aus. Alix konnte sich ein Lächeln nicht verkneifen.
Vier von Henrys Rittern saßen bereits auf ihren Pferden und kamen nun herangeritten, die der übrigen vier mitführend.

„Was soll der Narrentrupp, Henry", meinte der eine, ein breitschultriger Blonder mit einer leichten Knollennase. „Lass sie, Edvard", erwiderte dieser kühl. „Sollen sie alle mitreiten. Christina und die Frauen können die Gäste beschäftigen. Was interessieren sie mich!"
Vento wurde als erstes aus dem Stall geführt und zu Alix gebracht. Ein Knappe half ihr beim Aufsteigen. Ein weiterer half der rothaarigen Diane.
„Wir reiten schon voraus!", verkündete Henry, machte Alix eine einladende Geste und wies in Richtung Tor. „Nach Euch, Alessandra!"
Diese gab Vento die Zügel frei und trabte los.
„Unsere Pferde", fauchte Oswin hinter ihnen und Sothus eilte in Richtung des Stalles. Ein paar der Frauen saßen nun auch auf, aber Alix achtete nur auf Vento. Henry ließ sie mit Diane vorreiten und folgte mit einigen seiner Leute sofort.
Es konnte ja sein, dass Henry sie auszeichnen wollte vor all den anderen, indem er sie begleitete und nicht auf die anderen wartete. Allerdings legte sie keinerlei Wert darauf. In der Stadt zügelte sie ihren Fuchs sehr und bedauerte, nicht auf Esterons Pferd zu reiten. Auf seinem Grauen wäre es kein Problem, sämtliche Reiter abzuhängen. Sie warf einen knappen Blick zurück und entdeckte Sigurnis, die sich trotz ihrer hohen Schuhe auf einem schönen Apfelschimmel platziert hatte und dicht bei ihnen ritt. Alix ließ Vento noch etwas auf der Stelle tänzeln und wartete trotz Henrys verärgertem: „Schlaft nicht ein, Lady Alix", bis sie sah, dass auch Christina und die anderen folgten. Norwin, Oswin und Sothus ebenfalls. Sie ließ Vento weitergehen, Henry ritt mir einem vorwurfsvollen Blick an ihr vorbei und übernahm nun die Führung. Die Menschen auf der

Straße machten ihnen rasch Platz, verbeugten sich ehrfurchtsvoll vor Henry und sahen ihnen dann interessiert hinterher. Die Wachen am Stadttor ließen sie sofort passieren.

Henry winkte Alix auf dem breiten Weg zu sich heran und Gawain, der bisher neben ihm geritten war, ließ sich zu Diane zurückfallen, als Alix Vento neben Henry lenkte.

Der Herzogsohn lächelte sie kühl an, zog etwas aus seiner Tasche und streckte ihr es hin. Alix erstarrte. Das kleine Portrait von ihr.

„Wie wäre es mit einem Wettrennen, Alessandra? Wenn du gewinnst, bekommst du dein Bild von mir zurück. Wenn ich gewinne, bekomme ich einen Kuss. Einverstanden?"

Sie sah auf das Bild in seiner Hand und sagte leise: „Gut. Einverstanden!"

„Dort bis zu dem Waldstück." Sie nickte und folgte seiner Handbewegung mit den Augen.

Er hob die Hand und senkte sie dann schnell, während er sein Pferd auch schon anspornte. Alix ließ Vento gleichzeitig loslaufen.

„Henry, warte!", rief Christina und Alix hörte, dass sich sämtliche Pferde hinter ihnen nun auch in Bewegung setzten.

„Lauf, Vento", flüsterte sie und ihr Hengst gab alles und galoppierte so schnell er konnte. Leider war das Pferd Henrys besser, wie sie schnell erkannte. Sie entschloss sich, Vento vom breiten Weg abzubringen, lenkte ihn rasch auf die Wiese rechts neben ihnen und ließ ihn dann laufen. Sie sparte auf dieser Strecke ein paar Meter. Mit einem knappen Seitenblick erkannte sie, dass Henry trotzdem schneller sein würde.

Alix spornte Vento noch mehr an. Ein leichter Wind von hinten trieb ihn nun förmlich voran.
Bei einem erneuten Seitenblick sah Alix, dass Henry sein Pferd zügelte, da ihm mit aller Macht sein dunkler Umhang ins Gesicht wehte. Seine Begleiter schienen ebenfalls gegen den Wind ankämpfen zu müssen. Alix unterdrückte ein Lachen, nahm Vento wieder etwas von seinem Schwung und zügelte ihn. Henry hielt laut schimpfend auf dem Weg an, da sein Umhang ihn im Sturm nun völlig umwickelte. Er sah gar nichts mehr. Als einer seiner Begleiter von dem Wind aus dem Sattel gerissen und hochgewirbelt wurde, konnte sie nicht mehr.
„Oswin!", lachte sie und ließ die Reiter hinter sich näher herankommen. Oswin war kurz darauf neben ihr, Norwin folgte und zu ihrer Überraschung auch Christina neben ihm.
„Was machen die Männer da, Norwin?", fragte diese interessiert, und er brach in ein lautes Lachen aus.
„Kunststücke, meine Liebe. Dein Bruder möchte bei Eurer Aufführung die Nummer eins sein!"
Christina schüttelte den Kopf und kicherte.
„Sir Ostwig, wartet!", rief Sigurnis irgendwo hinter ihnen und Oswin gab ein entnervtes Stöhnen von sich.
„Komm schon, Alix, etwas schneller!", forderte er sie gehetzt auf und Alix folgte mit klopfendem Herzen Oswin, Norwin und Christina, die den Wald jetzt erreichten und rasch hineinritten. Neben ihnen landete mit einem Schrei der von dem Windwirbel erfasste Mann Henrys in einem hohen Gebüsch. Alix verkniff sich ein Auflachen, genoss den leichten Wind und die Sonne hier draußen und folgte den anderen dreien rasch den breiten Waldweg entlang. Das galoppierende

Geräusch der Pferdehufe hinter ihnen wurde leiser. Ein ganzes Stück ritten sie den Weg entlang.
Irgendwann drosselten sie ihr Tempo und wechselten auf einen schmaleren Pfad in den dichteren Wald hinein.
Alix duckte sich ein paarmal unter tiefer hängenden grünen Ästen hindurch. Sie erreichten eine Wegkreuzung und Norwin hielt an.
„Christina und ich reiten an den kristallblauen See. Bis nachher, Oswin!"
„Bis nachher!", erwiderte dieser knapp.
„Halt, das geht doch nicht!", meinte Alix leise zu ihm, und er wies in eine Richtung des breiten Weges.
„Wir reiten ein Stück, Harfenmeisterin."
Er spornte sein Pferd wieder an.
„Danke, Oswin", sagte Alix, als sie Vento neben sein rotbraunes Pferd gelenkt hatte. *Fuchs* war der falsche Begriff für seine Farbe.
Eine Weile ritten sie schweigend nebeneinander, dann fragte sie: „Was ist mit Sothus?"
„Er muss einen ganzen Haufen Frauen unterhalten. Ich weiß nicht genau, ob er ihnen gewachsen ist, aber Henry ist ja auch bald wieder dabei. Dann kann Sothus sich auf die hübschesten beschränken und dem Herzoglümmel den Rest überlassen. Vielleicht überreicht er jeder der Auserwählten eine Rose. Sothus ist gern charmant.

Danke für die Blonde vorhin, Alix. Eine Feindin von dir?"
„Sigurnis von Kyrin."
„Ich verstehe. Was sollte die Einlage mit der Harfe? Ich habe es nicht ganz verstanden. Warum sagst du nicht einfach nein, wenn du etwas nicht möchtest? Gilt

übrigens auch für den Herzogsohn. Wie wäre es mit einer klaren Ansage? Er denkt wahrscheinlich, du fändest ihn ganz toll. Warum ein Wettrennen mit ihm? Worum habt ihr gewettet?"
Seine schönen Augen streiften sie leicht.
„Um ein Bild, das ich gerne wiederhaben möchte."
„Was für ein Bild?", hakte er nach.
„Eine kleine Zeichnung von mir. Ein Maler hat sie ihm – geschenkt. Ich möchte nicht, dass Henry sie hat!"
„Ich habe dich und er nur dein Bild. Das ist, denke ich, eine gerechte Verteilung!"
„Oswin!", tadelte sie und wurde schon wieder etwas rot.
„Das Bild oder einen Kuss", schob Alix leise nach.
Er musterte sie nun von unten bis oben.
„Und da willigst du ernsthaft ein? Ich habe den Eindruck, du küsst recht oft und jeden, der dich darum bittet. Würde ich nie tun!"
„Eigentlich wollte ich gewinnen. Ich hatte nicht vor, Henry zu küssen!", fügte sie eilig hinzu.
Er nickte nur. „Und die kleine Harfe?"
„Ich habe sie der braunhaarigen Elfe versprochen, die mir vor einer Weile geholfen hat, als ein grünäugiger Mann mich einfach weggeblasen hat. Nebenbei: Der Mann eben in dem Gebüsch?"
Oswin lächelte. „Er lernt nicht dazu. Warum auch immer!"
„Wie erkennst du ihn immer so schnell?"
„An seinem dummen Gesicht und den blauen Flecken."
Alix lächelte ihn an.
„Es ist ein wunderschöner Tag heute. Wo reiten wir hin?"
„Mit mir ist es immer schön. Wohin du willst? Ich würde aber einen lauschigen Platz vorschlagen auf

einer schönen sonnigen Lichtung. Wir könnten uns – unterhalten?"
„Vergiss es! Mit dir allein reite ich an keinen einsamen Ort, Oswin. Ich habe mit Esteron gesprochen!"
„Ah. Warum erzählst du mir das jetzt?"
„Nur damit du Bescheid weißt!"
„Gut, dann weiß ich das jetzt. Hättest du Lust, den Ring auszuprobieren? Ich dachte eigentlich, dass du das gleich machst. Anscheinend kennst du sein Geheimnis noch gar nicht, oder?"
Sie schüttelte nur den Kopf und er wies nach rechts auf einen schmalen Pfad. „Da lang."
Sie trieb Vento hinter ihm her.
Ein Stück ritten sie durch den dichten Wald, dann tauchte nach einer Weile ein kristallklarer Waldsee vor ihnen auf, als der Wald sich zu lichten begann.
Libellen kreisten darüber.
Oswin half Alix beim Absteigen und ihre Beine wurden etwas weich, als er sie auffing und ansah. Rasch befreite sie sich aus seinem Griff und führte Vento hinüber zu einem niedrigen Baum.
„Bind ihn nicht an", sagte Oswin und sie zögerte.
„Aber sonst läuft er davon!"
„Ach was. Bei seinem Temperament kommt er nicht weit. Lass ihn ein bisschen grasen! Feuergeist passt schon auf ihn auf!"
„Passender Name!", lächelte Alix und ließ Vento dort einfach stehen.
„Was kann er, das Esterons Pferd nicht kann?"
„Schattennebel kann nicht durchs Feuer gehen. Sagt eigentlich auch schon der Name, oder?"
„Ja, natürlich, Oswin. Du, was sage ich nachher den anderen, dass ich nicht dabei war?"

„Dass du Christina begleitet hast? Das musst du schon tun!"
Langsam kam sie zu ihm hinüber.
„Dann lass uns reden, Oswin! Worüber möchtest du gerne sprechen?" Sie vermied es, ihn anzusehen und ging stattdessen hinüber zum Wasser.
„Über uns?"
„Oswin, da ist Esteron. Vielleicht sieht er uns gerade zu?"
„Nein. Esteron haben wir beschäftigt." Oswin unterdrückte ein Grinsen. „Außerdem sind wir nicht so interessant. Wir stehen hier ja nur rum. Lust auf ein kleines Bad, Alix?" Er sah sie herausfordernd an und ihr Herz klopfte noch heftiger, wenn dies überhaupt möglich war.
„Denkst du wirklich, ich ziehe mich vor dir aus?"
„Ja. Oder willst du in deinem Kleid schwimmen?"
„Aber klar, Oswin! Ich dachte an nichts anderes, als IN meinem Kleid mit dir im See zu plantschen. Du gibst wohl nie auf, oder?", sie lachte und griff nach einem Kieselstein.
Alix warf ihn soweit sie konnte. Er versank mit einem leisen Platschen mitten im See.
„Nicht schlecht!" Oswin bückte sich nun auch. Er reichte ihr noch einen Stein.
„Der Gewinner entscheidet, was wir machen. Du liebst Spielchen, Alix. Wenn du gewinnst, werde ich tun, was du willst – andernfalls ..." Er lächelte anzüglich und sie wurde leicht rot. Was machte sie auch nur schon wieder hier mit ihm.
„Hast du Angst?", fragte er und sie schüttelte augenblicklich den Kopf. „Vor dir bestimmt nicht. Du machst wirklich, was ich will?"

„Wenn du gewinnst." Er zuckte mit den Schultern.
„Gut, Oswin. Dich verspeise ich zum Frühstück!"
„Das hast du schon einmal angekündigt, Funkelsteinchen. Leider wurde daraus nichts. Dann zeig mal, was du kannst!"
„Ich heiße Alix, Oswin!"
„Wie oft willst du mir das noch sagen?"
Er lächelte sie charmant an und Alix wurde klar, dass er wieder mit ihr spielte. Sie würde ihn nicht gewinnen lassen, nahm sie sich fest vor.
Alix holte aus und warf ihren Stein soweit sie konnte. Wieder verschwand er mit einem leisen Platschen ungefähr in der Mitte des Sees.
„Und? Ostwig?"
Er hatte gerade werfen wollen und sah sie nun böse an.
„Hörst du auf?"
„Wie heiße ich?"
„Verliererin?", schlug er grinsend vor, stellte sich auf und holte aus, um den Stein zu werfen.
„Oswin, sieh mal, da kommt Esteron!", rief Alix aufgeregt, als er ausholte.
„Wo?" fragte dieser geschockt und der Kieselstein verschwand mit einem lauten `Plopp´ dicht bei ihnen im Teich.
„Oh, ich habe mich wohl vertan", lachte Alix. Er stemmte die Hände in die Hüften und meinte böse: „Na warte!"
Oswin hob einen Stein auf, wischte einen Moment an ihm herum, holte aus und warf ihn. Der Stein flog immer höher über den ganzen See. Alix sah ihm irritiert nach, als er weit über den See abhob und irgendwo dort hinten über dem Wald weiterflog.
„Na, wer hat gewonnen?"

Sie sah verblüfft, wie der kleine Punkt des Steines am Horizont verschwand.
„Ich", murmelte sie, aber er winkte ab.
„Glaubst du ja selbst nicht. Hör meinen Wunsch, Alix: Ich möchte einen Kuss von dir. Mehr nicht!"
„Du arbeitest mit unfairen Methoden! Ich will eine Revanche, hörst du?"
„Was hättest du denn gern? Ich könnte noch ein Blätter-Wettschwimmen anbieten!"
Alix sah ihn überrascht an, aber Oswins Gesichtsausdruck war nicht zu deuten.
„Komm." Er griff ihre Hand und zog sie an eine etwas matschigere Stelle direkt am See. Oswin bückte sich und pflückte zwei Seerosenblätter ab, um sie ihr hinzuhalten.
„Such dir eines aus und lege etwas von dir darauf, so dass man es gut sehen kann!"
„Egal was?"
„Egal was!"
Alix zögerte einen Moment, nahm dann ein zartes Spitzentuch heraus und legte es auf eines der Blätter, das er ihr hinhielt. Oswins Augen funkelten vor Lachen.
„Gut, also nimmst du den Wettbewerb an. Halt einmal, ich lege auch etwas darauf!"
Oswin zog eine kleine, leuchtende Kugel aus seiner Tasche heraus, die im Lichtschein richtiggehend zu strahlen anfing.
„Was ist das?", fragte Alix überrascht.
„Ein Windlicht. Ich habe zur Sicherheit immer ein paar dabei, man kann sie jederzeit gut gebrauchen!"
Alix verschränkte die Arme vor dem Körper.
„Irgendwie habe ich das Gefühl, dass du wieder mit unfairen Mitteln arbeitest!"

„Na komm schon!", er grinste sie an, nahm ihr das Seerosenblatt aus der Hand und setzte beide ins Wasser.
„Segelboot contra Windlichtantrieb. Du kannst sogar pusten, damit deines schneller schwimmt!"
„Sehr lustig, Oswin! Ich sollte wohl eher dich darum bitten!"
„Möchtest du, dass ich das tue? Kostet aber etwas, meine misstrauische Blattfee! Sagen wir: Einen Kuss. Einen Kuss von dir, und ich sorge für mehr Wellenbewegungen für dein Boot!" Er kam wieder hoch und sah sie an.
„Ach, Oswin!", meinte Alix gepresst, denn seine Nähe verursachte bei ihr heftiges Herzklopfen. Seine grünen Augen blickten sie belustigt an. Er machte eine Kopfbewegung in Richtung des Wassers, wo das Windlicht auf dem Blatt mit einem leisen Brummen an dem anderen, auf den sanften Wellen schaukelnden Blatt vorbeischwamm. Alix starrte darauf. Es sah fast so aus, als würde das kleine leuchtende Etwas das Blatt lenken. Zielstrebig steuerte sein Seerosenblatt in Richtung des anderen Ufers.
„Noch kannst du gewinnen!", sagte er und sein Gesichtsausdruck veränderte sich, als sie ihn wieder ansah. Sie sah das gleiche darin, was sie auch spürte.
Alix Knie wurden weich und sie atmete tief ein.
Dann stellte sie sich auf die Zehenspitzen, hielt sich an seinem Arm fest und küsste ihn zart auf seine Wange.
„Einen richtigen, Alix!"
Erneut stellte sie sich auf die Zehenspitzen. Sanft hauchte sie einen Kuss auf seine Lippen und schloss die Augen, da der Geruch von Moos, Bäumen, und einer unglaublichen Frische sie umfing.

Oswin hob ihr Kinn leicht, während er begann, sie ebenfalls zu küssen. Wild, fordernd und heftig.
Alix versank in einem Strudel der Gefühle und küsste ihn genauso zurück. Seine Arme zogen sie nun fester an sich heran und sie spürte seine Körperwärme unter seinem Obergewand, so eng hielt er sie an sich gepresst. Ihre Gefühle wurden zu einem heftigen Verlangen, das sie nun völlig mitriss. Es war wie die Gewalt eines Sturmes, den man zurückgehalten hatte und der nun mit zerstörerischer Kraft alle mühevoll aufgebauten Mauern um sie herum zum Einstürzen brachte und niederfegte.
„Oswin", versuchte sie es noch einmal verzweifelt, gab es dann aber auf, da sie sich einzig darauf konzentrierte, ihn zurückzuküssen. Sie umarmte und küsste ihn mit einer Leidenschaft, die sie selbst erschreckte.
Eine ganze Weile standen sie dort und küssten sich immer wilder, dann zog Oswin sie mit sich zu Boden. Es war jetzt nicht mehr so schwer, ihn zurückzuküssen, da beide dort saßen. Der Boden um sie herum war weich und matschig, sie dachte kurz an ihr helles Kleid und verdrängte das dann sofort. Irgendwo zwitscherte ein Vogel, aber Alix hatte nur noch eines im Kopf. Ihn zu küssen und sich küssen zu lassen. Oswins Hände begannen, sie heranzuziehen und zu streicheln. „Alix!", flüsterte er leise.
„Oswin!", hauchte sie atemlos und stützte sich auf ihre beiden Hände in den Matsch. Er strich durch ihre Haare und brachte diese völlig durcheinander. Es fiel ihr gleich darauf offen über die Schultern, aber sie beachtete es nicht weiter, da sie sich mit ihren vermatschten Fingern an seinen Armen hielt. Wieder küssten sie sich leidenschaftlich.

„Oh, Alix", meinte er, während sie sich immer wilder küssten. „Komm, zieh das Kleid aus", sagte er leise und ihr Herz klopfte, als er mit seinen Fingern hinter ihrem Rücken die Verschlüsse zu öffnen versuchte.
„Esteron!", schrie Alix entsetzt und Oswin lachte leise.
„Zum Glück nicht, meine Rosenblüte."
Alix versuchte, sich aus seinem Griff zu befreien.
„Sht, Alix. Alles ist gut. Was hast du?"
„Esteron", hauchte sie.
Alix versuchte, seine Unterarme festzuhalten, sah ihn warnend an und dann an ihm vorbei.
Oswin runzelte seine schönen dunklen Brauen, folgte dann ihrem Blick und drehte sich um.
„ESTERON! Sieh an! Du - hier? Alix und ich – wollten schwimmen gehen! Ihr Kleid hakt etwas. Aber wir schaffen das!" Er wich leicht von Alix zurück und schlang seinen Umhang enger um sich, bevor er hastig aufsprang.
„Esteron. Bruder! Du hier! Wie SCHÖN!", begrüßte er diesen.
Derweil schritt sein jüngerer Bruder jetzt auf die Lichtung. Sein Gesicht war vollkommen ausdruckslos, Alix konnte darin keine Regung entdecken. Seine fröhlichen braunen Augen waren nur eins: kalt.
Sie senkte rasch den Blick und schämte sich entsetzlich. Immer noch schnappte sie nach Luft, da Oswin sie so heftig geküsst hatte. Ihr Kleid war hinten geöffnet und sie versuchte es zu schließen. Es ging nicht. Erst jetzt wurde ihr richtig bewusst, dass sie mitten im Matsch saß.
„Es ist nicht so, wie es aussieht", meinte Oswin rasch und fuhr sich durch sein hellbraunes Haar.

„Das ist gut", Esterons Stimme hörte sich an wie von einem Fremden. „Es sieht nämlich so aus, als wenn du dich mit meiner Verlobten im Schlamm wälzt. Was wäre passiert, wenn ich nicht gekommen wäre?"
„Das möchtest du wohl gerne wissen, was?", lachte Oswin und besann sich dann. Er wuschelte sich irritiert durchs Haar. „Es ist nicht ihre Schuld. Ich konnte nicht anders, Esteron. Es war so heiß und wir wollten uns ein wenig abkühlen. Sie ist so – süß!"
„Und deshalb musst du sie gleich anspringen? Alix!" Sie hob rasch den Blick, da Esteron sie prüfend ansah. „Erkläre mir das, wenn du kannst!"
Er kam zu ihr und hockte sich ein Stück entfernt vor ihr hin.
„Wir sind ein Stück geritten", begann Alix und wollte eigentlich nur heulen wie ein kleines Kind. Es war so – beschämend. Alix atmete tief ein.
„Esteron. Ich wollte das nicht. Aber wenn ich Oswin küsse, dann habe ich das Gefühl, mich selbst zu verlieren. Es ist wie in einem wilden Strudel, aus dem ich nicht wegkann. Es ist nur meine Schuld. Ich weiß nicht, was über mich gekommen ist!"
„Hm. Der Ostwind?", meinte Esteron gereizt.
Oswin lächelte schon wieder selbstgefällig.
„Was ist, wenn du mich küsst?", fragte Esteron schließlich noch und hob seine Finger nachdenklich an den Mund, während er die Stirn runzelte.
Alix runzelte nun ebenfalls die Stirn.
„Eigentlich ist es ganz ähnlich. Wie ein Sturm, der mich fortreißt und mir jegliches Nachdenken nimmt. Bei Oswin ist es noch eine Spur schlimmer. Wie ein Wirbelwind, der mich einfach überrollt!"

„Hm.", machte er wieder. „Wahrscheinlich eine höhere Windgeschwindigkeit. Welche verwendest du, Oswin?" Er sah sich zu seinem Bruder um.

„Eine höhere als du", antwortete dieser betroffen und senkte den Blick.

„Sehr nett von dir. Du willst den Krieg, Oswin?" Langsam kam er hoch.

„Ich wollte nur, dass du sie nicht heiratest", sagte dieser und sah Esteron nun wieder fest an. „Sie ist nichts für dich, Bruder!"

„Weil du sie haben willst? Hast du ihr auch erzählt, wie schnell dein Interesse wieder vergeht, wenn du hast, was du willst?"

„Wirf nicht mit Steinen, wenn du selbst in einem Wald aus Glas sitzt, Bruder. Warst du das nicht mit der süßen Brünetten? Du hast Alix einmal gesehen! Erzähl mir nicht, dass du sie jetzt unbedingt brauchst! Sie ist nur ein kleines, unbedeutendes Mädchen!"

„Darf ich kurz unterbrechen?", warf Alix nun wütend ein und kam rasch hoch. „Also, wenn ich das richtig verstehe, benutzt ihr beide eure seltsamen Kräfte und irgendwelche noch seltsameren Gegenstände, um eine Frau zu beeindrucken. Oswin: Ich bin nicht unbedeutend! Und ich bereue das von eben!"

„Komm schon, Alix. Das jetzt aber nicht, oder? Es war doch schön! Dir hat es auch gefallen!", meinte er mit seiner schönen tiefen Stimme schmeichelnd.

„Esteron", sie beachtete Oswin nicht weiter. „Du scheinst sehr schnell von der Bewunderung von einer Frau zu einer anderen zu wechseln. Da bin ich dann die Falsche. Und ich werde die Ehre meines Hauses nicht mit Füßen treten!" Sie hob bedeutend ihr Kinn. Die beiden Männer sahen sich an. „Gibt es irgendeine Ehre

in dieser kleinen Burg, von der ich nichts weiß?", fragte Esteron belustigt und Oswin schüttelte amüsiert den Kopf. „Ihre Familie ist am Hof des Herzogs völlig unbedeutend und nur wegen Norwins Bitte an Christina überhaupt dort vertreten. Keiner der Ritter würde dich mit einer Kneifzange anfassen, Ehrenwunderung!"
Alix riss geschockt die Augen auf und kam dann wieder zu sich.
„Danke, das habe ich wirklich gebraucht! Auf Wiedersehen, ihr zwei! Auf NIMMERWIEDERSEHEN sollte ich wohl sagen! Schönen Tag noch!" Sie wandte sich ab und ging rasch in die Richtung Ventos.
„Wer bekommt sie jetzt?", fragte Esteron angriffslustig seinen Bruder und dieser meinte: „Lass uns das klären! Warte, Alix!", rief er ihr bestimmend nach, aber sie lief noch viel schneller hinüber zu Vento. Tränen traten ihr in die Augen und sie war unendlich enttäuscht.
„Alix!", befahl Oswin, aber sie hörte nicht mehr auf ihn.
„Ich kann auch anders!", schimpfte er, aber Esteron unterbrach ihn: „Lass uns das erst einmal klären!"
Alix wartete nicht auf ihre Entscheidung, zog sich auf Vento hoch und ließ ihm die Zügel frei.
„Alix!", sagte Oswin leiser. Es klang fast etwas enttäuscht. Sie achtetet nicht mehr darauf und spornte Vento mit einem Zungenschnalzen an. Als sie einen breiteren Weg erreichte, ließ sie ihn galoppieren. Ein paar Tränen rannen über ihre Wangen und Alix wischte sie rasch weg. Sie sah an sich herunter. Ihr Kleid war mit Matsch verschmiert und die Bänder am Rücken geöffnet. Ihr langes Haar fiel ihr offen über die Schultern. So würde sie nicht zurückreiten können. Wütend zügelte sie Vento und sprang hinunter.

Sie versuchte, die Bänder ihres Kleides zu schließen, aber es misslang. Wenn sie so unter die Augen der Hofgesellschaft trat, dann konnten sie es endgültig vergessen. Wütend sah sie in Richtung Himmel und ballte die Fäuste.
Alix atmete tief ein, griff erneut an ihren Rücken und erwischte die beiden Bänder. Aufatmend schloss sie das Kleid.
„Also", überlegte sie laut. „Ich bin vom Pferd gefallen. In den Matsch. Das ist gut, das werde ich ihnen erzählen!" Sie bückte sich rasch und riss mit einem leichten Bedauern einen Streifen ihres Unterkleides ab. Dann begann sie, ihr Haar so gut es ging zu flechten und mit dem leicht verschmutzten Stoffstreifen zu befestigen.
Rasch stieg sie wieder aufs Pferd und ließ Vento laufen.
Ein ganzes Stück trabte Vento friedlich vor sich hin, und Alix versuchte zu vergessen, was eben passiert war. Und vor allem, was Oswin UND Esteron gesagt hatten. So wie es aussah, hatte man sie und ihre Schwester ganz bewusst an den Hof geholt. Und Christina stand unter Norwins Einfluss. Sollte sie nach Christina suchen? Alix entschloss sich, eher nach den anderen zu suchen. Als sie die nächste Wegkreuzung erreichte, lenkte sie Vento auf einen schmalen Waldweg, den sie vorhin wohl genommen hatten. WARUM fiel sie auch immer wieder auf den gleichen Mann herein? Sie dachte an Oswins moosgrüne Augen und ärgerte sich über sich selbst.
An der nächsten Gabelung erreichte sie einen breiten Waldweg. Sie wendete Vento nach links und gab ihm Druck mit den Schenkeln. Fröhlich trabte er wieder los.
Nach einer Weile fand sie die Gruppe der Ausflügler wieder. Das war nicht schwer, da lautes Kichern und Lachen seitlich von ihr ertönte und sie durch die Bäume

auf der Wiese in der Sonne bunte Kleider hindurchschimmern sah. Einen Moment zögerte sie noch und sah an sich hinab. Ein dunkel gekleideter Mann trat zwischen den Bäumen hervor, um zu den Pferden zu gehen, die ein Stück weiter deutlich sichtbar angebunden standen. Er entdeckte sie und hielt inne.
„Sir Gawain", meinte Alix schnell, biss sich auf die Lippen und erkannte, dass seine Kleidung ebenfalls vom Schlamm verdreckt war. Entgeistert starrte sie darauf.
„Der Wind hat die Pferde scheuen lassen", brachte er peinlich betreten heraus und blickte dann auf ihr weißes Kleid und die verschlammten Röcke.
„Vento hat gescheut und ich bin hinuntergefallen", sagte sie leise und Gawain trat zu ihr und hielt ihr Pferd. „Das tut mir leid!", meinte er und half ihr beim Absteigen.
„Kommt, nehmt meinen Umhang, Lady Alix. Dann sieht man es nicht so!" Galant streifte er die Befestigung seines langen dunklen Umhanges ab und reichte ihn ihr. Sie lächelte dankbar und hauchte ein: „Dankeschön."
Selten war sie tatsächlich so dankbar gewesen. Gawain brachte Vento hinüber zu den anderen Pferden und begleitete sie danach hinüber zu der Gruppe auf der sonnigen Wiese. Erstaunt sah man ihnen entgegen.
„Wo ist Christina?", fragte Charis besorgt, die eben noch an Sothus Seite gesessen hatte und mit ihm gelacht hatte. Sothus Augen wandten sich beschwörend an Alix.
„Lady Christina kommt gleich hinterher. Ihr Pferd hat sich einen Stein in den Huf eingetreten und Graf Eisendfels war so freundlich, sich darum zu kümmern. Wir hatten einen Unfall im Wald, nichts Schlimmes. Vento hat gescheut – wegen einem Fuchs oder so. Ich bin hinuntergefallen. Graf Eisendfels und Ritter Ostwig geleiten Christina sicher zurück!"

Sie lächelte, während Sigurnis ihre Augen über sie gleiten ließ, Friedelinde etwas ins Ohr murmelte und dann mit dieser zusammen kicherte. Alix glaubte, so etwas wie `Sumpfmonster´ zu hören, beachtete die beiden aber nicht weiter und ging hinüber zu Isabella, die etwas abseits auf einem umgestürzten Baum saß. Die übrigen Frauen hatten sich eng um Sothus gedrängt, Henry und seine Leute standen schlecht gelaunt zusammen und sahen auf die Frauen hinunter, die nun wieder gickelnd begannen, mit Sothus zu scherzen. Dieser war Hahn im Korb und genoss es sichtlich. Er erzählte irgendwelche Geschichten von seinen Reisen durch die Welt, und die Frauen hingen gebannt an seinen Lippen.
„Ein dummer Ausritt, Bella", sagte Alix tonlos und ließ sich auf dem warmen Stamm neben ihrer Schwester nieder. Ihre Finger fuhren über das raue Holz des Stammes.
„Ja, du hast recht", erwiderte diese beklommen und Wut stieg in Alix auf. Sie dachte an das, was Oswin und Esteron gesagt hatten und nahm sich fest vor, es den beiden noch zu zeigen. Ein Blick hinüber zu Henry, der finster in die Gegend starrte. Mit dem Herzogsohn hatte sie zumindest jemanden, der wohl ähnlich schlecht zu sprechen war auf Norwins Leute wie sie auch.
Henry schlug irgendwann mit finsterer Miene vor zurückzureiten. Der fröhlichen Frauengruppe, die wie ein bunter Strauß Blumen in ihren weiten Röcken auf der Wiese saß, gefiel das gar nicht.
Henry wies seine Leute an, dass man nach Christina suchen solle.
In diesem Moment kam die Herzogtochter in Begleitung Norwins und Oswins über die Wiese auf sie zu. Ihre

Wangen waren leicht gerötet und ihre Augen glänzten, sie sah beschwingt und glücklich aus.

„Entschuldigt!", rief sie schon von weitem. „Mein Pferd hatte sich einen Stein eingetreten und der ehrwürdige Graf von Eisendfels und sein treuer Ritter haben sich der Sache angenommen. Ich schickte schon Alessandra – sie hat es euch wohl berichtet!"

Alix sah sie überrascht an. WOHER kannte die Herzogtochter IHRE Ausrede? Oswin versuchte, ihren Blick einzufangen, aber sie ignorierte ihn. Als die Gruppe eine Weile später zurückritt, hielt sich Alix dicht an Isabella und auch in der Nähe von Henrys Leuten. Oswin schien sie sowieso vergessen zu haben, er flirtete schamlos mit der hübschen Charis. Alix spürte ihre eigene Wut und nahm sich dann zusammen. Mit Oswin war sie fertig. Endgültig.

15. Kapitel

Die nächsten Tage waren regnerisch, dicke Tropfen hingen an den Fenstern und Alix nähte mit Isabella und einer Magd, die sich noch am Abend des Ausflugs bei ihnen vorgestellt hatte, fleißig an ihren neuen Kleidern. Norwin war noch am gleichen Nachmittag wieder mit seinen Begleitern abgereist. Alix mied den Spiegel und trug Esterons Medaillon nur deshalb weiter um den Hals, da sie Angst hatte, es könnte sonst gestohlen werde.

Die schlanke Magd mit dem silberblonden Haar war ihnen wohl aus Dankbarkeit von Christina geschickt worden, da Alix sie nicht verraten hatte. Sie nähte wundervoll und erstaunlich schnell.

Außerdem sorgte sie dafür, dass die beiden Töchter vom Auenwald ihr Wasser für ein Bad oder die leichte Wäsche ihrer Kleidung nicht mehr selbst holen mussten. Eifrige Diener brachten nun Wasser und Alix hatte zum wiederholten Mal gestern ein schönes Wannenbad genommen. Sie wollte den Geruch abstreifen, den sie irgendwie nicht mehr loswurde. Diesen Geruch nach Tannennadeln, Moos und Wald.
Immer wieder, wenn sie gerade hoffte, ihn vergessen zu können, musste Alix an Oswin denken. Er tauchte in ihren Träumen auf und ließ sie am Tage nicht los. Sie war wütend auf sich selbst, aber Oswins Bild blieb in ihren Gedanken. Mehrmals musste Alix sich zwingen, nicht zum Spiegel zu gehen – Esterons Spiegel – und mit Oswin Kontakt aufzunehmen. Sie schaffte es, war aber dennoch unglücklich darüber.
Isabella versuchte in den kurzen freien Zeiten ab und zu ein Buch zu lesen. Aber meist musste sie es sofort wieder abbrechen, da die beiden Schwestern von morgens bis abends im Kreis von Christinas Hofdamen verbringen sollten. Alix hatte Isabella den kleinen roten Fetzen von Sothus Umhang gereicht.
„Benutz es als Lesezeichen. Es bringt Glück!", nickte sie ihrer Schwester aufmunternd zu, da diese sie fragend ansah.
„Danke, Alix." Isabella wandte den Stofffetzen hin und her. „Ich habe noch nie so ein fein gearbeitetes Stück Stoff gesehen", sie strich sanft mit dem roten Stoff über ihr Gesicht und lächelte. „So etwas Weiches! In meiner Lieblingsfarbe!" Rasch schob sie es in ihr angefangenes Buch hinein.
Die Hofdamen um Christina waren damit beschäftigt, Pläne für eine Sommernachtsaufführung zu schmieden.

Vor ein paar Tagen war ein dicker, alter Stier über den Hof geführt worden. Ihm folgte Sigurnis in Reitkleidung. Alix sah sich die Proben im Schlosspark nicht an. Aber so, wie es Diane erzählte, war Sigurnis oben geblieben.

Friedelinde vermied die Proben. Sie sah sich nur den Stier an und nickte. Er schien auch ihr keine Angst zu machen.

Die anderen Frauen tuschelten viel, probierten Kleider an und zeigten den übrigen eine neue Frisur, die sie ausprobierten. Sigurnis war erneut eine sagenhafte Idee gekommen. Sie malte sich einen dunklen Punkt auf die Oberlippe und sagte den anderen: „Ein Schönheitsfleck!" Seitdem waren solche dunklen Punkte absolut angesagt bei den jüngeren Frauen und es gab wohl keine, die nicht auch einen solchen Schönheitsfleck im Gesicht haben wollte. Alix hatte zunächst amüsiert den Kopf geschüttelt, als Isabella aber am nächsten Morgen ebenfalls mit einem solchen Fleck im Gesicht erschien, nur noch den Kopf geschüttelt.

„Bella, das ist doch grottendoof! Nur weil alle es momentan toll finden, musst du das nicht auch haben! Wenn alle es haben, ist es doch langweilig! Außerdem ist jeder Mensch gerade durch seine Eigenheiten etwas Besonderes. Wenn du nur andere imitierst, verlierst du deinen eigenen Charme! Komm, Bella, mach was Eigenes! Bloß nichts von den Kyrins!"

Ihre Schwester entfernte den dunklen Fleck sofort reuig. Andere Frauen übertrieben es allerdings völlig, worauf Sigurnis sich immer wieder an wechselnder Stelle einen kleinen Flecken im Gesicht aufmalte, um ihre Führungsrolle bei diesem genialen Einfall zu zeigen. Alix kam es bei ihr so vor wie ein wandernder Punkt.

Sie hatte die nächste Zeit den Eindruck, dass lauter schwarze Flecken um sie herumtanzten, dann ebbte die Mode wieder ab und ausgerechnet Charis fand etwas Neues. Dumm war es für Friedelinde gelaufen, die sich (aus Ärger, dass es nicht ihre Idee gewesen war, sondern die ihrer Freundin) gleich zwei schwarze Flecken am Kinn und über dem Mund hatte eingravieren lassen. Die anderen Frauen wuschen die störende schwarze Farbe ab, Friedelinde lief von nun an dauerhaft so herum.
„Du könntest es vergrößern lassen und braun färben, dann sieht es aus wie eine Warze!", schlug Celeste beim Zusammensitzen Friedelinde vor. Aber dieser gefiel es weiterhin und - da es von Friedelindes ausladender Brust ablenkte, da jedermann jetzt nur auf ihre Oberlippe und ihr Kinn starrte - war es vielleicht doch nicht so schlecht dort.
Als an diesem Tag eine kurze Regenpause einsetzte, schnappte Alix rasch ihren Umhang und sagte ihrer Schwester, dass sie hinunter in die Stadt gehen wolle. Isabella wollte sie zuerst überreden, das nicht zu tun, war ihnen doch beim letzten Mal ihr ganzes Geld gestohlen worden. Da sie den Dickkopf ihrer jüngeren Schwester kannte, beschränkte sie sich auf einen vorwurfsvollen Blick und gab ihr etwas Geld mit.
Alix hoffte, dass es für eine Harfe reichen würde.
Der breite Hof des Schlosses war noch voller Pfützen und der blaue, leicht bewölkte Himmel spiegelte sich darin. Alix zog frohgemut die Kapuze ihres Umhanges über das Haar und ging rasch aus dem gut bewachten Burgtor hinaus hinunter in die Stadt. Wenige, geschäftig umhereilende Menschen waren in den Gassen unterwegs.
Alix verbarg Oswins Ring unter ihrem Umhang.

Sie kämpfte sich an ein paar schwatzenden Weibern mit vollgefüllten Wäschekörben vorbei und sah auf die Schilder dieser Gasse. Ein Brot und eine Kornähre. Die Bäckergasse. Alix schnupperte. Das hätte sie sich eigentlich schon denken können. Sie sprach eine Frau in einem schlichten, grauen Umhang an, wo ein Harfenbauer zu finden sei und diese schüttelte bedauernd den Kopf.
„Vielleicht im unteren Teil der Stadt. Schaut dort nach!" Hastig eilte sie weiter.
Also wechselte Alix die Richtung, schlenderte über den schönen Marktplatz und bestaunte ehrfurchtsvoll die hohen, prächtigen Fachwerkbauten. Einer davon in dem armseligen Dorf bei der Thurensburg wäre schon eine Sensation.
Sie fragte einen älteren, mürrischen Mann, der nur in eine andere Richtung wies. Alix wechselte von der Hauptstraße in eine kleinere Seitengasse. Wahrscheinlich wäre es doch besser gewesen, Christina nochmals zu fragen. Die Stadt war größer als gedacht. Sie ging noch ein ganzes Stück weiter und erreichte schließlich hohe, eng zusammenstehende Häuser, aus denen das laute Weinen eines Kindes oder lautes Schimpfen ertönte. Eine ungepflegte Frau schüttete eine Schale Wasser direkt vor ihr aus, wandte ihr keine weitere Beachtung zu und verschwand wieder im Inneren des Hauses. Alix war erschrocken zurückgezuckt. Hier würde sie wohl kaum den Harfenbauer finden. Von irgendwoher hörte Alix lautes Johlen und Gelächter. Sie runzelte die Stirn. Es hörte sich nicht angenehm an, trotzdem wollte sie wissen, woher der Lärm kam. Alix zog ihren Umhang noch etwas dichter um sich und folgte eilig der Gasse. Als sie

um die Ecke bog, kam sie auf einen Platz, auf dem ein mittelhoher Bau aus Holz stand. Darauf stand eine hölzerner Pfahl, ein Pranger, denn eine Frau mit langem, offenem Haar, gekleidet nur in ein schmutziges, graues, langes Gewand war daran festgebunden. Sie war unglaublich schmutzig, was auch daran lag, dass ein paar dunkelgekleidete Männer sie gerade mit faulen Eiern, Kohl und sonstigem Unrat beschmissen. Sie hatten einen riesigen Spaß dabei und Alix erkannte zu ihrem Entsetzen den Herzogsohn und seine Begleiter. Jedes Mal, wenn einer die Frau mit dem verzottelten Haar traf, begannen die anderen zu johlen oder anzufeuern. Ein paar Stadtbewohner standen dabei und nickten anerkennend, schmutzige Kinder brachten lächelnd jede Menge Wurfmaterial, worauf sie von den Männern ein paar Münzen bekamen. Der Platz stank etwas nach Unrat und auf dem festgestampften Boden aus Erde standen noch ein paar Schlammpfützen in den Vertiefungen.

Alix wich ein Stück zurück, um nicht sofort entdeckt zu werden.

„He", sprach sie eine Frau in einem braunen abgetragenen Kleid an. „Was hat die Frau getan?"

„Aufruhr gegen den Herzog. Der Herzog duldet keine anderen Ansichten. Das Mädchen sagt seine Meinung allzu laut und frech. Eine Schande ist das!" Die Frau schüttelte empört den Kopf und ging rasch weiter.

„Ah ja!", sagte Alix, schluckte und drehte unruhig an ihrem Ring. „Oswin, ich könnte dich jetzt eigentlich gut gebrauchen", murmelte sie dann und entschloss sich, selbst etwas zu tun. Das konnte so nicht weitergehen. Kurz zögerte Alix noch, dann holte sie tief Luft und trat aus dem Hausschatten hervor, um festen Schrittes in

Richtung der dunkelgekleideten – augenscheinlich jungen Ritter und Begleiter Henrys – zu gehen.

„Henry!", rief sie laut und der Herzogsohn, der gerade mit einem Ei ausholen wollte, brach blitzschnell seinen Wurf ab und reichte das Ei an einen kleinen Jungen weiter.

„Alessandra?" Er gab seinen Leuten ein Zeichen und sofort brachen diese ihr Eierwerfen ab und schauten gespannt auf Alix.

Sie entschloss sich so zu tun, als hätte sie gar nichts davon gesehen.

„Henry, ich brauche Eure Hilfe!", rief sie und lief in seine Richtung.

„Ist etwas passiert?", fragte er. „Sagt es mir, Alessandra!"

„Man hat mir meine Börse gestohlen. Ein Mann in einem grauen Umhang. Mittelgroß. Ich war auf dem Weg zum Harfenbauer", sie tat so, als würde sie ein Schluchzen unterdrücken und hielt sich die Hand vor den Mund. Auch Henrys Begleiter schienen sich rasch ihrer eigentlichen Rolle zu besinnen.

„Lady Alix, wir werden uns der Sache annehmen", versprach der gut aussehende Gawain, der eben noch besonders vehement die arme Frau mit altem Kohl beworfen hatte. Sie unterdrückte ein nervöses Lachen, da die Situation ihr völlig abwegig erschien. Sie bat ein paar Sadisten um Hilfe. Es war schon seltsam.

„Wir fassen ihn, Alessandra!", versprach Henry und nickte seinen Leuten zu.

„Wo ist es passiert?"

„Zwei Gassen weiter, dort hinten um die Ecke herum! Ich danke Euch!" Sie probierte wieder den von Isabella übernommenen Blick mit dem Augenklimpern aus und anscheinend wurde sie immer besser damit.

Henry zwinkerte zurück und befahl dann großspurig:
„Los, kommt, den schnappen wir. Dan, du begleitest Alix zurück!" Er nickte ihr zu und lief sogleich mit seinen Leuten los.
„Ich komme allein zurück!", sagte Alix dem dunkelgekleideten Mann, der jetzt an ihre Seite trat. Sie hatte ihn auch schon des öfteren bei Henry gesehen.
„Ich soll Euch begleiten – ich begleite Euch. Kommt, Fräulein Alix! Mein Name ist Dan Tainrad."
„Habt Ihr da einen blauen Fleck an der Wange?", fragte sie interessiert und er zog rasch sein Tuch etwas höher.
„Kann sein. Warum fragt Ihr?"
„Seid Ihr derjenige, der vor kurzem in das Gebüsch geflogen ist?"
Eine deutliche Röte zog sich über sein langes Gesicht, das ansonsten etwas dümmlich wirkte. Seine Augen waren von einem blassen Blau, seine Nase breit und leicht geknickt. Er war groß und breitschultrig und Alix fragte sich mit einem Mal, wie Oswin ihn hatte hochwirbeln lassen können.
„Ich möchte allein weitergehen", versuchte sie es nochmals, aber er antwortete streng: „Und ich habe meine Anweisung. Dort ist der Weg!" Er wies mit dem Finger auf die andere Seite des Platzes und Alix setzte sich zögernd in Bewegung. Sie stieg über eine matschige Pfütze hinweg und warf nochmals einen unauffälligen Seitenblick auf die junge Frau, die man dort an den Pranger gebunden hatte. Tiefes Mitleid überkam sie, aber sie wusste nicht, wie man ihr helfen konnte. Für Henrys Verhalten und das seiner `Ritter´ empfand sie allerdings nur Abscheu. Ihr Vater hätte sich sicherlich für die arme Frau eingesetzt. Hoffte sie zumindest. Aufbegehren gegen den Herzog oder seine Familie galt

als schweres Vergehen. Alix starrte stur geradeaus, als sie neben dem kräftigen Dunkelgekleideten einherging. Die Menschen, die ihnen entgegenkamen, wichen ihnen sofort aus. An Henrys Leute traute sich niemand heran. Sie seufzte leise und fragte dann betont freundlich: „Kann ich wenigstens noch bei dem Harfenbauer vorbeigehen?"
„Meint Ihr: `Haferbauer´? Da kenne ich einen. Er liefert an den Hof. Kuhnwig ist sein Name, soviel ich weiß. Nein, Lady Alix, bis dahin können wir jetzt nicht gehen." Sie schüttelte nur den Kopf.
Der Mann tappte schweigend neben ihr her. So wie es aussah, war ihre Suche nach dem Harfenbauer für heute erledigt. Sie bogen um die Ecke. Ein grüngekleideter Mann kam ihnen entgegen und Alix Herz begann sofort heftig zu klopfen. Der federnde Schritt, sie schloss kurz die Augen und lächelte glücklich, als frische Waldluft sie streifte. Der Schwertgurt ihres Begleiters rutschte plötzlich nach unten und er beeilte sich rasch, ihn wieder hochzuziehen. Es ging nicht. Stattdessen warf ihn ein Windstoß im nächsten Moment um, mitten in die einzige und augenscheinlich tiefe Matschpfütze auf dem unbefestigten Boden.
„Alix", Oswin streckte ihr seine Hand hin und sie lief rasch zu ihm, während er ihre Hand griff und sie dann mit einer raschen Wendung mit zurückriss. Er zog sie in eine der Nebengassen, da der Schwarzgekleidete immer noch am Boden kämpfte, wieder hochzukommen. Als sie um die Ecke gebogen waren, rannten die beiden los. Alix beeilte sich lachend, mit Oswin mitzuhalten. Sie musste jetzt so lachen, dass ihr das Laufen kaum noch möglich war.

„Oswin! Ich habe gerade an dich gedacht!", sagte sie und bereute es sofort.
Er lächelte überheblich und meinte mit einem Seitenblick: „Warum überrascht mich das nicht?"
Sie verlangsamten ihr Tempo und gingen ruhiger weiter. Oswin ließ ihre Hand los.
„Es war nur so, dass ich dich gerade unbedingt gebrauchen konnte", stellte sie richtig und er lächelte noch mehr.
„Sieh an. Du brauchst mich. Das ist die schönste Liebeserklärung, die du mir bisher gemacht hast, Gebrauchsdenkerin. Ich brauche dich auch!", erklärte er dann freundlich auf ihren vorwurfsvollen Blick.
Alix färbte sich wieder rot und ihr fiel ein, dass sie mit ihm gar nicht mehr sprechen sollte. Sie hatte es für einen Moment völlig vergessen.
Trotzdem freute sie sich, dass er da war.
„Ich brauche eine Harfe, Oswin. Eine sehr kleine. Aber ich habe den Harfenbauer nicht gefunden!"
Er lachte und schüttelte den Kopf.
„Die kleine Harfe wieder. Sag mir, wofür du sie brauchst, dann besorge ich dir eine. Willst du üben, damit ich deine Finger in Zukunft nicht mehr führen muss? Für dich tue ich das gern!" Ein charmanter Seitenblick.
„Ich brauche sie für jemandem, dem ich eine Harfe versprochen habe!"
Eigentlich war ihr die Harfe gar nicht mehr so wichtig. Es war so schön, dass er neben ihr ging und da war. Alix warf einen unauffälligen Blick auf seine hochgewachsene Gestalt. Dann fielen ihr wieder seine Worte ein und sie sah rasch auf die Häuser, an denen sie vorbeigingen.

„Komm mit, wir unternehmen noch etwas", entschied er plötzlich und zog sie mit sich in eine andere Seitengasse.

„Oswin, kannst du eigentlich der Frau helfen, die sie dort an den Pfahl gebunden haben?", fragte Alix und sah ihn bittend an.

Seine grünen Augen musterten sie nachdenklich.

„Alix. Ich habe eigentlich andere Aufgaben als das, was ich seit einer Weile hier wegen dir alles mache. Es ist Sommer. Zuerst habe ich auf Esteron geschimpft, jetzt weht auch der Ostwind nur noch wie eine sanfte Brise über das ganze Land. Ein Mädchen – zwingt zwei Winde in die Knie. Das ist schon was!" Er begann wieder zu lachen. „Sothus hat richtiggehend Angst vor dir, dass du das mit ihm auch machen könntest. Ich habe ihn beruhigt, dass ich es nicht zulassen werde. Wir haben mit Esteron ein paar Abstimmungsprobleme. Zum Glück haben wir jetzt eine Lösung gefunden!"

„Und die wäre?", fragte sie aufmerksam nach, aber er schüttelte nur den Kopf und lenkte ab:

„Mir fehlt dringend ein Sturm, der alles zerstört und niederreißt. Ich erkenne mich selbst kaum wieder, wenn es so weitergeht. Stattdessen rette ich mit dir – Frauen von einem Pfahl." Er seufzte gespielt, griff ihre Hand und zog sie mit sich zurück.

„Komm, meine sanfte Helferin. Wir tun etwas Gutes. Mal wieder!"

Oswin lachte leise und Alix erkannte entsetzt, dass sie sich an seiner Seite richtig gut fühlte. Obwohl er nichts für sie war. Genau wie Esteron.

Als sie den Platz mit dem Pfahl auf einem Umweg wieder erreichten, um weder Henry noch seinen Leuten zu begegnen, hielten sie an der Wand eines Hauses kurz.

Oswin sah sich das Ganze an. Ein paar Jugendliche waren inzwischen dabei, das höchstens achtzehnjährige Mädchen an den Haaren zu ziehen.
„Hm.", machte Oswin und Alix drückte seine Hand. „Kannst du sie nicht alle aus der Stadt wehen?"
Er schüttelte den Kopf.
„Wenn wir Pech haben, sieht es aus wie eine Hexe, die irgendwelche Zaubertricks anwendet. Dann kann sie gleich einpacken. Man würde sie töten. Am besten wäre es, wir würden warten, bis die Zeit ihrer Strafe vorbei ist. Komm, lass uns gehen, Alix!"
„Oswin, bitte!" Sie sah ihn mit großen Augen an und wagte ein leichtes Augenklimpern. Er strich sich sein helles, braunes Haar zurück.
„Ich mache das für dich. Aber du schuldest mir etwas, Zauberhexe, ja?"
Da er eine Antwort erwartete, meinte sie leise: „Ja!"
„Gut. Wo ist mein Freund von vorhin? Ich hätte gute Lust auf ihn! Wahrscheinlich vermisst er mich schon! Nun, dann nehmen wir diese Jungs hoch. Ich glaube, ich habe eine Idee! Siehst du diesen großen hässlichen mit den stechenden Augen?"
Sie folgte seinem Blick und entdeckte einen ungepflegten Braunhaarigen, der scheinbar der Anführer dieser Truppe war. Er nahm gerade mit einem widerlichen Grinsen irgendein altes Gewächs in die Hand, und schlug es dem Mädchen in das Gesicht, während sein Freund ihr den Kopf an den Haaren zurückriss. Wieder holte er unter dem Lachen seiner Begleiter aus, traf aber diesmal nicht das Gesicht des Mädchens, sondern den Pfahl. Sein Blick war einfach nur dämlich. Und wurde immer noch dümmer, da er nun mit der Salatpflanze, die dies wohl war, immer

wieder auf den Pfahl einschlug. Es wurde noch schlimmer. Er ließ den Salat fallen, näherte sich wie geschoben noch mehr dem Pfahl und begann, abwechselnd mit der rechten und der linken Faust dagegenzuschlagen.

Alix hielt sich die Hand vor den Mund, es war herrlich. Besonders, da der grobe Bursche bei jedem Boxen auch noch ein lautes: „Au, Au", von sich gab.

Seine Freunde schienen es für einen großen Spaß zu halten, denn sie lachten wie die Wilden, schlugen sich auf die Schenkel, und feuerten ihn an. Ein plötzlicher Windstoß sorgte dafür, dass sich die Eier im Korb einer Frau wie zufällig selbstständig machten und gegen zwei der jungen Burschen flogen.

„Ei der daus!", fluchte der Eine und die ältere Frau entschuldigte sich sofort und versuchte, ihn abzuklopfen. Sie machte es aber noch schlimmer, da sie die Eier noch mehr auf ihm verschmierte. Eine Mistkarre, die gerade vorbeirumpelte, verlor auch etwas von ihrem Inhalt bei dem starken Wind. Zwei weitere der jungen Männer bekamen den Mist mitten ins Gesicht geklatscht. Sie stolperten wie hineingeschoben in zwei matschige Pfützen, bevor sie sich den Mist abwischen konnten.

Alix lachte. Sie versuchte, dies leise zu tun, aber die ganze Szene war klasse.

Sie hielt sich den Bauch vor Lachen, da der kräftige Pfahlschläger nun stolperte und mit dem Kopf gegen den Pfahl knallte. Mit einem leisen Knacken brach der Pfahl und fiel um. Das Mädchen war sofort aus seiner Erstarrung erwacht und fiel mit dem Pfahl sanft um. Da sich die Seile wohl gelockert hatten, befreite sie sich nun hastig von den Seilen, sprang taumelnd von dem

Holzbau und beeilte sich, davonzulaufen. Die Zuschauer auf dem Platz waren in aufgeregtes Gemurmel ausgebrochen.

„Ey, du hast den Pfahl umgehauen!", rief einer der jungen, eierbeworfenen Kerle dem Braunhaarigen zu, der sich den Kopf hielt und wieder hochkam. „Hey, fasst den Kerl!", brüllte einer der Stadtbewohner und deutete auf ihn. Die jungen Männer beeilten sich nun, hastig zu entkommen. Die Wut der Leute, dass man ihren schönen Pfahl gefällt hatte, kannte keine Grenzen. Ein wütender Mob jagte die Jugendlichen, unter ständigem Bewerfen von faulen Eiern, alten Abfällen und wütendem Schimpfen über den Platz. Oswin griff wieder Alix Hand und zog sie mit sich in eine der Gassen hinein. Dann ließ er sie rasch los und ging nur noch neben ihr. Sie versuchte immer noch, wieder zu Atem zu kommen nach dem Lachen eben.

„Oswin, du bist klasse!" Sie strahlte ihn an. Er drückte sanft ihre Hand und schob sie dann ein Stück von sich. „Ich möchte nicht, dass du jemals an so einen Pfahl kommst!", meinte er leise und sie lächelte: „Warum sollte ich?"

„Alix. Hier können wir uns nicht treffen. Du kannst mit mir nicht durch diese Stadt gehen. Nur in Begleitung, und die haben wir nicht." Oswin zog sie hinter die vorspringende Ecke eines der Häuser und strich ihr sanft über das Gesicht. „Über Christina können wir es vielleicht noch versuchen. Warum kommst du nicht mit mir aus dieser verdammten Stadt?"

„Ach, Oswin", sagte Alix nun bekümmert.

Er hielt seine Hand für einen Moment an ihre Wange.

„Denk darüber nach." Seine Augen waren ernst und fast etwas traurig.

Dann zog er sie rasch zurück auf die Gasse und brachte sie wortlos in Richtung der Burg.

Alix war diesen Abend sehr nachdenklich. Noch vor dem Essen im Großen Saal mit den vielen Leuten dort hatte Henry sie aufgesucht und ihr gesagt, dass sie den Mann geschnappt hatten. Zweimal gleich und beide hätten inzwischen gestanden, ihre Börse genommen zu haben. Man werde beide sogleich bestrafen. Alix war richtiggehend schlecht. Da hatte sie – oder vielmehr Oswin – einem Mädchen geholfen und dafür wurden zwei Unschuldige bestraft. Sie erklärte Henry, dass sie ihren Geldbeutel wiedergefunden hätte, er wäre ihr lediglich heruntergefallen, und er solle bitte die beiden Gefangenen wieder freilassen. Henry versicherte es ihr, aber an seinem Gesichtsausdruck sah sie, dass er es nicht unbedingt tun würde. Leider besaß der Sohn des Herzogs wenig Ehre in seinem Leib und verbrauchte seine Kraft lediglich dazu, Schwächere zu quälen. Sie hatte keine Ahnung, wie er jemals diese Stadt und ihr ganzes Land regieren sollte. Alix hoffte von ganzem Herzen, dass er sich bessern würde. Die Dinge, die ihr Vater sie gelehrt hatte, waren anscheinend nur noch Träume: von Vernunft, Ehre und Großmut.
Alix ging früher hinauf aus dem Großen Saal, da sie einen Moment für sich haben wollte. Diesmal lief sie hinüber zu dem Spiegel, wickelte ihn aus dem Tuch und wischte leicht darüber.
„Spieglein: Zeig mir: Esteron!", murmelte sie und die Spiegelfläche verschwamm.
Sie setzte sich auf das Bett und wartete, bis der Spiegel sich wieder klärte.
Esterons Gesicht erschien diesmal sofort.

„Alix?" Seine schönen braunen Augen sahen sie fragend an. „Es ist eine ganze Weile her, dass du mich sehen wolltest. Was ist?"
„Esteron. Ich denke, dass ich dir dein Medaillon, den Spiegel und den Gürtel zurückgeben sollte."
„Oswin?", fragte er knapp und sie sah unglücklich auf sein braunes, gewelltes Haar, das sich auch in ihrem Medaillon befand.
„Es wird weder mit dem einen noch mit dem anderen etwas werden", sagte sie traurig, und er wirkte jetzt aufmerksamer.
„Warum nicht? Wir könnten uns treffen, Alix. Soll ich vorbeikommen?"
„Nein, bitte nicht", sagte sie nur und schwieg einen Moment betroffen.
„Wenn ich für euch unbedeutend bin, so seid ihr das auch für mich!"
„Ach Alix. Das war doch nur so dahergesagt. Lass uns miteinander sprechen. Heute Abend. Ich hole dich ab, und bringe dich an einen Ort, den ich ganz besonders schön finde. Möchtest du?"
„Nur, wenn du dir keine Hoffnungen machst und wir tatsächlich nur SPRECHEN. Versprichst du mir das?"
„Wenn ich muss, dann verspreche ich es dir. Ich komme wenn deine Schwester schläft. Zieh dir etwas Hübsches an. Den Gürtel, meine ich! Bis später, Alix!"
„Bis dann, Esteron!"
Das Bild begann zu verschwimmen und Alix senkte nachdenklich den Spiegel. Eigentlich hatte sie ihm sagen wollen, dass sie ihn nicht mehr treffen wollte. Aber scheinbar war es gründlich schiefgegangen. Wie alles andere irgendwie auch. Bisher hatte sie nicht viel getan, um den Namen ihrer Familie in ein besseres Licht

zu rücken. Sie würde mit Isabella sprechen, wenn diese hochkam.

Nachdenklich saß Alix auf dem Bettrand in der Dunkelheit und dachte nach. Bella schlief schon seit einer ganzen Weile. Sie hatte über ihre Vorstellungen gelacht.
„Wenn du etwas für Vaters Ruf tun willst, mach dich entweder bei Christina unentbehrlich oder heirate einen von Henrys Rittern. Dann bist du wer, Alix. Ansonsten bleiben wir weiter die Außenseiter hier am Hof, zu denen wenige freundlich sind. Friedelinde hat heute Abend einen saftigen Scherz auf unsere Kosten gemacht. Alle haben gelacht."
„Was hat sie gesagt?"
„Sie hat uns als die beiden Bettelschwestern bezeichnet."
„Friedelinde hat einen eigentümlichen Sinn für Humor. Aber wenn den Leuten ihre Schenkelklopfer gefallen, dann soll sie damit weitermachen."
„Sie hat noch mehr gesagt, Alix. Unter anderem, dass sie sich mit einigen Personen gar nicht abgibt und weder mich noch dich kennen möchte."
„Ihre Arroganz schadet ihr selbst. Warte es nur ab. Überheblichkeit zahlt sich selten aus!"
„Du bist wie Vater!", hatte Isabella gelächelt. „Er glaubt auch immer an das Gute, die Wahrheit und Gerechtigkeit. Die gibt es nicht auf der Welt. Erfolg hat der, der den Mund am weitesten aufreißt und die besten Ellenbogen besitzt.
Christina hat heute gefragt, wer für sie eine Aufgabe erfüllen kann. Sie haben sich alle förmlich selbst zur Seite geboxt. Als die Herzogtochter auch noch ankündigte, dass es dafür ein golden besticktes Band

von ihr als Belohnung gäbe, kannte die Gier keine Grenzen mehr. Selbst Sigurnis gab Friedelinde einen heftigen Nasenstüber, als diese sich gerade herunterbückte. Sigurnis hat den Zuschlag bekommen, weil sie am lautesten schrie und Friedelinde sich ihre blutende Nase halten musste. Für Gold verkaufen manche ihre Seele und ihr Gewissen. Es ist unglaublich!" Und dann fügte sie noch mit einem Zögern hinzu:

„Du, Alix – ich weiß nicht, woran es liegt, aber mein Buch ist viel schöner geworden. Der Ledereinband hat seltsamerweise die rote Farbe und die weiche Form des kleinen Stück Stoffes angenommen, das du mir als Lesezeichen gegeben hast. Und der Inhalt – eigentlich dachte ich, er wäre dramatisch – er ist jetzt aber ... viel fröhlicher geworden!"

„Ja, ja", unterbrach Alix, die kaum noch zugehört hatte. Sie war sehr nervös, weil sie sich endlich für Esteron fertig machen wollte. „Gute Nacht, träum etwas Schönes!", sagte Alix und stieg rasch in das breite Bett.

Später hatte sie darauf gewartet, dass Isabella endlich einschlief. Als sie deren ruhigen, tiefen Atem hörte, schob sie rasch die Decke zur Seite und schlich hinüber zu der Kleidertruhe, um sich wieder anzuziehen. Zuletzt zog sie Esterons Gürtel an. Selbst in der Dunkelheit sah sie, wie sich die Ranken langsam begannen, auf ihrem Kleid auszubreiten. Ihre Schuhe versteckte Alix bewusst unter dem langen Kleid. Sie waren schon etwas abgetragen, aber das sah man unter ihren weiten Röcken zum Glück nicht.

Nicht lange und ein kräftiger Wind strömte durch das offene Fenster herein. Kurz darauf saß eine dunkle Gestalt auf dem Fensterbrett. Alix kam sofort hoch und lief schnell zu ihm hinüber, da er in den Raum sprang und seinen Umhang ausbreitete.

Alix bemerkte ihren Fehler, als er sie an sich heranzog und den Umhang um sie herum schloss.

„Oswin!", keuchte Alix und versuchte, sich von seinem festen Griff zu befreien, aber eine Art Sog hatte sie bereits erfasst und trug sie mit ihm davon. Als er den Umhang wieder zurücknahm und sie endlich losließ, sprang Alix schnell weg von ihm. „OSWIN!", schimpfte sie und stemmte ärgerlich die Hände in die Hüften.

Er lachte nur. „Wen hast du erwartet, Alessia?"

„Alix, und das weißt du auch! Lenk nicht wieder ab! Ich bin mit deinem Bruder verabredet. Bring mich sofort zurück!"

„Esteron? Den gibt es immer noch? Ich dachte, du hättest dich inzwischen völlig frei gemacht von ihm! Tja, da war ich wohl schneller. Pech für Esteron! Nebenbei: Du siehst wirklich bezaubernd aus, meine Rosenranke. Ich freue mich, dass du dir solche Mühe für mich gibst! Wir sollten einen passenden Platz für unser Rendezvous wählen. Ich habe dir etwas mitgebracht", er zog eine zarte, kleine Harfe aus seinem Umhang hervor und hielt sie ihr hin.

„Lust auf einen Besuch bei den Elfen und die Möglichkeit, die Harfe zu verschenken?" Er lächelte in dem zarten Licht des Mondes.

„Würdest du das tun, Oswin?" Alix schlug glücklich die Hände zusammen und betrachtete mit leuchtenden Augen die kleine Harfe, die er ihr gab. Sanft strichen ihre Finger darüber. Sie hatte einen sehr guten Klang.

„Was schulde ich dir dafür?", fragte sie verlegen und schämte sich für ihre Unfreundlichkeit von eben.

„Einen schönen Abend. Mehr nicht. Schaffst du das?"

„Ich versuche es. Danke, Oswin!"
Sie ging wieder zu ihm hinüber und er nahm sie sanft in den Arm und schloss danach seinen Umhang über ihr. Kurz darauf standen sie auf einer leicht von tanzenden goldenen Punkten erhellten Lichtung.
Die kleinen Irrlichter tanzten in der zarten Brise um den reich gedeckten Tisch herum, an dem viele wunderschön gekleidete Personen beisammen saßen. *Elfen*, schloss Alix sofort. Sie sahen so anders aus, als was man sich über die Elfen erzählte.
„Sind das *normale* Elfen?", fragte Alix leise und Oswin flüsterte neben ihrem Ohr: „Völlig normal, Elfenkennerin. Fast schon stinknormal. Ich weiß nicht, was du erwartest, aber das sind Blumenelfen. Schau dir mal ihre Kleider an, dann siehst du es."
„Aber Oswin – die zwei dort sind ja ziemlich – rundlich – wie können sie denn da fliegen?"
„Gibt es keine – rundlichen – Menschen bei euch? Wie können sie denn da laufen?"
Er lächelte und sie lächelte zurück.
„Das sollte keine Beleidigung sein. Ich dachte nur, alle Elfen wären zart und fast durchscheinend."
„Es gibt immer die Theorie und die Praxis. Ich bevorzuge zweiteres. Besonders beim Küssen!"
„Danke, Oswin, für den Themenwechsel. Schau mal, das da hinten ist sie! Die mit dem nussbraunen Haar!
Darf ich ihr die Harfe geben?"
„Mach, was du für richtig hältst!"
Sie strahlte ihn glücklich an und lief los. Die größere Gruppe der – Blumenelfen – hielt überrascht in ihrem Gekicher und Geplapper inne, als Alix an ihnen vorbei hinüber zu der zierlichen Braunhaarigen lief.
„Silberblüte, das ist für dich!"

Die Elfe starrte sie überrascht an, bevor in einem plötzlichen Wiedererkennen ein Lächeln über ihr Gesicht glitt.
„Schau, Kugelblitz, sie hat tatsächlich ihr Wort gehalten!" Eines der Irrlichter, das ein wenig heller als die anderen strahlte, senkte sich neben sie und beleuchtete die kleine Harfe. Silberblütes Finger glitten sanft darüber. Viele der umstehenden Elfen umringten sie jetzt, betrachteten ehrfurchtsvoll das kleine Instrument und starrten Alix an. Eine schöne blondhaarige Frau, die von einem blauhaarigen hübschen jüngeren Mann begleitet wurde, reichte Alix freundlich die Hand. Alix stutzte. Er hatte tatsächlich BLAUES Haar. Seine Augen leuchteten in der gleichen Farbe. Sie bemühte sich, ihn nicht anzustarren.
„Willkommen bei unserer kleinen Feier. Ich bin die Königin der Blumenelfen. Und das ist mein Sohn: Astorius. Seid unsere Gäste, Ihr und Euer Begleiter..."
Leises Gemurmel unter den Elfen, als Oswin zu ihnen hinüberkam.
„Vielen Dank, Astralia. Bist du dir sicher, dass diese Einladung für uns beide gilt?"
„Momentan hast du dich deutlich gebessert, Ostwind. Ich höre viel weniger Beschwerden über dich. Wenn es an deiner hübschen Rosenblüte als Begleitung liegt, so ist sie uns gleich doppelt willkommen. Wie ist dein Name, Rosenelfe?"
„Das ist keine Elfe, Astralia", unterbrach Oswin sie sofort. „Das ist ein Menschenmädchen. Alix ist ihr Name!"
Wieder überraschtes Gemurmel bei den Elfen.
Die Elfenkönigin sah erst Oswin erstaunt an und dann Alix.

„Aber sie benutzt einen Elfenzauber." Noch einmal musterte sie Alix von oben bis unten. Schließlich lächelte sie freundlich:
„Willkommen, Alix. Iss, tanze und feiere mit uns."
Sie wies auf den Tisch und Oswin verbeugte sich knapp vor der Elfenkönigin. Sofort setzten wieder das leise Gemurmel und die Gespräche ein. Silberblüte kam mit Alix hinüber zu der reich gedeckten Tafel und strahlte immer noch.
Ein fröhliches Fest begann augenblicklich. Es gab Getränke in Blütenbechern und exotisches Essen, das Alix an bunte Pflanzen erinnerte.
Sie betrachtete unauffällig die wunderschönen, farbigen Kleider der Gäste dieser Feier. Einige von ihnen trugen Blüten im Haar. Ein paar der Elfen begannen, auf seltsamen Instrumenten zu spielen und Silberblüte ging rasch zu ihnen hinüber und spielte mit einem strahlenden Gesicht mit. Ein Lachen und die zarte Musik lagen in der Luft und Alix fühlte sich berauscht von der lauen Luft, der bezaubernden Umgebung und der guten Stimmung.
„Was ist der Unterschied zu einer Harfe von den Elfen?", fragte sie Oswin, der heute erstaunlich zurückhaltend war.
„Die Elfenharfen haben Saiten aus Morgentau oder Spinnweben gespannt. Sie reißen leicht, wenn man nicht sanft mit ihnen umgeht. Die menschliche Harfe oder viel eher Leier ist auch für gröbere Finger geeignet. Gefällt es dir, Alix?" Er blickte sie jetzt das erste Mal richtig an.
Bei seinem Blick bekam Alix augenblicklich weiche Knie und freute sich, dass sie saß. Ohne es zu wollen, starrte

sie auf seinen Mund und wünschte, Oswin möge sie küssen.

„Hier nicht", sagte er, grinste und wandte sich ab.

Sie wurde dunkelrot und zwang sich, an etwas anderes zu denken.

Oswin griff unter dem Tisch ihre Hand. Er streichelte sanft mit dem Finger darüber.

Alix holte tief Luft.

„Es ist wunderschön", bekannte sie ehrlich.

„Wollen wir tanzen, Alix?"

Er zog sie mit sich hoch, ohne auf ihre Antwort zu warten. Alix bemühte sich, einen klaren Gedanken fassen zu können. Auf der weichen, grünen Wiese hielt Oswin ihre Hand und begann, sie zu der Musik zu führen. Alix warf alles beiseite, was sie bisher an Tanzschritten gelernt hatte, das hier war völlig anders. Zauberhaft anders. Sie sah nur noch Oswins grüne Augen und sein schönes Gesicht, sein Lächeln und irgendwelche Lichter und Farben um sie herum. Ihre Füße bewegten sich wie von selbst und sie ließ sich von ihm drehen oder sanft herumwirbeln. Kaum berührten ihre Füße den Boden, was dem Ganzen eine ungeahnte Leichtigkeit gab.

Als Oswin sie näher an sich heranzog und ihr tief in die Augen sah, hatte Alix schon längst die Elfen und das ganze Fest vergessen. Sicherlich hätte er sie im nächsten Moment geküsst, wäre nicht ein heftiger Wind in die ganze Feier hineingefahren und hätte sie buchstäblich auf den Boden zurückgeholt. Oswin hielt sie fest, sonst wäre Alix von einer heftigen Böe auf die Wiese geworfen worden.

„Esteron", knurrte Oswin, während die Elfen ihre Instrumente rasch niederlegten und sich schleunigst in

Sicherheit brachten. Becher und Blätter in Tellergröße flogen umher und in weniger als einem Wimpernschlag war der ganze Festplatz leergefegt. Ein verspätetes Irrlicht beeilte sich mit einem leichten Brummen, von der Wiese zu verschwinden.

Stattdessen tauchte eine dunkle Gestalt direkt neben ihnen auf, die rasch den Umhang vor dem wütenden Gesicht wegnahm.

Mit einem heftigen Herzklopfen fiel Alix auf, dass sie eigentlich mit IHM verabredet gewesen war. Wieder schämte sie sich für ihre Unbeständigkeit. Sie hatte Esteron an Oswins Seite tatsächlich vergessen.

„Ich wusste nicht, dass du mit unfairen Mitteln arbeitest. Aber so wie es aussieht, sind alle Mittel erlaubt.", in Richtung seines Bruders. „Alix? Du warst mit mir verabredet?"

Esterons schöne braune Augen sahen sie streng in der Dunkelheit an. Oswin, der sie schon vor einer Weile losgelassen hatte, sah sie ebenfalls fragend an. Es wirkte aber eher belustigt.

„Sie hat dich bei meinem Anblick wohl einfach vergessen, Bruderherz!", bemerkte er zu allem Übel auch noch provozierend. Alix war wütend auf ihn. Nicht nur, weil er irgendwie damit Recht hatte.

„Ich habe auf dich gewartet, Esteron. Und ich hielt ihn zuerst für dich!"

„Oh weh", meinte Oswin. „Das macht mir zu schaffen. Du solltest schon den Unterschied zwischen ihm und mir hinbekommen, schöne Verwechslerin."

„Warum hast du nicht gewartet?", fragte Esteron, ohne seinen Bruder überhaupt noch zu beachten.

„Ich dachte, du kämst. Aber es war Oswin, wie ich kurz darauf merkte."

„Und da hast du dich entschlossen, dass dir ein Abend mit ihm lieber ist?"

„Was genau hätte ich tun sollen, Esteron? Ihn mit Steinen bewerfen, wie damals in der Ruine?"

„Auch da habe ich schon deine Hand geführt, oh du zauberhafte Steinschleuder. Nur wusstest du das nicht", mischte sich Oswin uneingeladen ein.

„Oswin: Halt einfach den Mund, ja?", sagte Esteron grantig und dieser zuckte nur mit den Schultern.

„Ich habe das Gefühl, dass ich dich verliere, Alix!", gestand Esteron und sah sie fest an. „Und leider an den Falschen. Oswin, wir haben gesagt, der Bessere soll gewinnen – aber wenn du dich nicht an die Regeln hältst, tue ich es auch nicht!"

„Ich bekomme Angst, Esteron!"

„Das solltest du, Bruder! Ich komme nicht allein!"

„Persönliche Schwäche kann man überdecken, indem man sich einer Sache nie allein stellt. Du weißt einfach, dass du sonst keine Chance hast?"

„Du bist nicht stärker als ich, Oswin. Du tust nur gern so. Ich möchte einfach vermeiden, dass der Ostwind als das dasteht, was er eigentlich nur ist: Ein Aufschneider und ein Sack voll Wind!"

„Danke, Bruder", Oswin lachte. „Was du von dir gibst, ist dafür nur etwas heiße Luft. Lass mich raten: Du hast Sothus für dich gewonnen?"

„Woher weißt du das?", fragte eine andere Stimme aus der Dunkelheit. Ein Dunkelhaariger in einem langen roten Umhang trat hinzu. „Ich habe ein Herz für wahre Liebe, Oswin!"

„Hallo!", unterbrach Alix die drei, „ich würde jetzt gern wieder zu meiner Schwester zurückkehren. Ihr könnt das, glaube ich, ohne mich lösen?"

„Es geht um dich, Herzlöserin. Aber wenn es dich nicht interessiert, wie zwei Männer sich um dich duellieren - ."
„Esteron und Oswin lieben es zu streiten und zu ringen. Dass es diesmal um dich geht, ist zweitrangig", entschied Sothus kühl.
„Ah – Ja." Alix sah unentschlossen aus.
„Also, was hast du vor, Bruder?", fragte Oswin Esteron kühl.
„Du setzt dich mit Sothus da rüber und ihr könnt euch ein wenig austauschen. Ich setze mich mit Alix dort drüben auf den Baumstumpf und wir reden ein bisschen. In Ordnung?"
„Alix?"
„Wenn ihr mich so nett bittet, kann ich wohl nicht anders!"
„Braves Mädchen!", Oswin lächelte ihr charmant zu und folgte dann Sothus hinüber zu dem Tisch.
Alix ging mit Esteron und setzte sich neben ihn auf den Stamm einer alten Tanne. Sie sah, dass Sothus nach einem kurzen Disput mit Oswin die Elfen irgendwie wieder herbeischaffte. Zögernd kamen sie zurück auf die Lichtung und sie hörte die mahnende Stimme der Elfenkönigin, man solle sie bitte aus einem Wettstreit der Winde heraushalten. Da Sothus ihr dies versicherte, kamen die Blumenelfen zurück aus ihren Verstecken. Die Stimmung war allerdings eher vorsichtig gespannt als ausgelassen.
„Alix!" Esteron lächelte sie an und ihr Herz klopfte erneut schneller. „Wenn du möchtest, bringe ich dich auf ein viel schöneres Fest als dies hier heute Abend. Oswins schlichte Elfen sind fast langweilig dagegen. Wir können das Fest eines Königs oder Kaisers

besuchen. Oder etwas viel Märchenhafteres, wenn du möchtest!"
„Esteron. Wir kennen uns viel zu wenig!"
„Aber doch schon gut genug, dass du mich küsst und mit mir kommen wolltest. Lass uns einen Ausflug durch die Nacht machen und ich zeige dir Gegenden, die du noch nie gesehen hast!"
„Zum Beispiel?", fragte sie gespannt, und er sprang von dem Stamm hinunter und reichte ihr die Hand.
„Gib mir eine Chance, Alix, ja?"
„Gut!", nickte sie und er zog sie ein Stück zu sich und hüllte Alix mit in seinen braunen Umhang.
„Nein!", schrie Oswin zornig, aber sie hörte es nur noch von weit her, da sie mit Esteron diesen Ort verließ.

„Wo sind wir jetzt?", fragte Alix atemlos und sie sah von der Brücke, die knapp über den sanften Wellen des Meeres zwischen einer Halbinsel und dem Festland spannte.
Sie waren auf hohen Bergen gewesen, an deren oberen Hängen noch Schnee lag. Täler, in denen kleine Hütten in der Nacht lagen und Wälder, Wiesen, Schlösser und Dörfer. Es war atemberaubend gewesen und Alix gespannt auf jeden Ort, den sie als nächstes sehen würde. Die Nacht war schon weit fortgeschritten und sie augenscheinlich nun wieder am Meer. Eine Küste mit weichem, weißem Sand war ihr voriges Ziel gewesen. Alix war barfuß durch den weichen Sand gelaufen und hatte lachend mit Esteron am Strand gesessen, die sanften Wellen des Meeres, dessen Rauschen ihr fast unwirklich erschien.
Sie hatten sich lange unterhalten. Über die Orte, an denen er am liebsten war, wie er es liebte, auf

Schattennebel zu reiten und wie wenig er enge Burgen und steife Gesellschaften mochte. Alix erzählte ihm von der Thurensburg, von ihrer Schwester Isabella und von Jeanne, die sie lange nicht gesehen hatte.
Von Christina und der Kyrin Tochter und ihrer Freundin, von ihren Bosheiten und Sigurnis Vater, den sie momentan zum Glück nicht sah.
Sie fühlte sich wohl in seiner Gegenwart und es war schön, mit ihm zusammen zu sein. Esteron wirkte auf sie ein wenig ernsthafter als Oswin.
Jetzt stellte er sich neben sie und sah von der Brücke aus hinunter auf das Meer.
„Ich wollte mit dir hier sein, wenn der Tag anbricht", sagte Esteron sanft. „Es ist wunderschön. Wir sind nicht mehr weit von der Burg des Herzogs entfernt. Diese Brücke haben sie neu gebaut. Sie halten sie für eine Meisterleistung der Baukunst. Aber die Brücke hat Schwächen. Der Mittelpfeiler ist die tragende Kraft. Wenn er bricht, dann stürzt die ganze Brücke!"
„Wie haben sie die Brücke überhaupt bauen können?", forschte Alix nach und Esteron erwiderte: „Unter gewaltigem Einsatz. Der Herzog möchte seinen Gegnern klar machen, dass er ihnen überlegen ist. Diese Brücke ist die Krone seiner Schöpfung. Vier Winde, und sie bricht! Die Bucht ist zu offen, der Wind fällt von allen Seiten ein. Sie ist ein Gebilde aus Menschenhand. Und die Menschen neigen zu Eitelkeit und Selbstüberschätzung. Ab und zu brauchen sie ein warnendes Beispiel, das ihnen zeigt, wie klein und unbedeutend sie sind. Gerne geben wir ihnen dies dann und wann!" Da sich seine Stimme kalt und fremd anhörte, wurde Alix erschreckend kühl zumute.
„Und was bist du, Esteron?", fragte sie leise.

„Was denkst du?", entgegnete er und seine braunen Augen sahen sie eindringlich an. Sie dachte wieder an Felder und Wiesen, Wälder, Berge und Täler und schluckte.

„Ich bin auch nur ein Mensch, Esteron!", meinte Alix und er lächelte: „Und auch noch jemand, der sich selbst überschätzt, sei es, drei Bewaffnete mit Steinen zu bewerfen oder gleich mit zwei Männern gleichzeitig etwas anzufangen. Hüte dich vor Oswin, Alix. Der Ostwind kann erschreckend kalt sein."

„Und der Westwind nicht?"

„Schau, die Sonne geht auf!" Er wies in östliche Richtung, wo zunächst nur ein paar helle Strahlen zu sehen waren. Kurz darauf tauchte eine leuchtend helle Kugel von dort auf. Esteron hatte sich hinter sie gestellt und umarmte sie.

Alix lehnte sich glücklich an ihn. Es war sehr schön mit ihm gewesen. Sie wünschte, mit Esteron öfter zusammen zu sein. Mit ihm zu reden. Oder einfach so wie jetzt still bei ihm zu stehen. Sie legte ihren Kopf zart gegen seine Schulter zurück.

„Esteron!", fiel es Alix dann siedendheiß ein, „ich muss zurück! Wenn Isabella aufwacht-." Sie sah an sich hinunter. Ihr ganzes Kleid war eine reine Blütenpracht. Die Ranken verschwanden im Hintergrund, dafür waren die Blüten jetzt alle am Aufblühen.

„Ich bringe dich zurück!"

Esteron legte den Arm um ihre Taille und zog den Umhang um sie beide herum.

Als er ihn wieder öffnete, saßen sie auf dem breiten Fenster und Esteron half ihr, in das Zimmer zu springen.

„Auf Wiedersehen, Alix!"

„Auf Wiedersehen, Esteron!"
Sie lächelten sich beide an, dann zog er seinen braunen Umhang wieder vor sich und verschwand von einem Moment auf den anderen. Alix lief zurück zum Fenster und sah hinunter. Dann seufzte sie leise, schloss das Fenster und zog rasch ihren Gürtel aus und versteckte ihn gut. Sie bekam die Bänder ihres Kleides zu fassen und öffnete diese. Kurz darauf schlüpfte sie in das Bett neben die schlafende Isabella und kuschelte sich ganz klein zusammen. Sie lächelte. Es war erstaunlich schön mit Esteron gewesen. Alix verdrängte ihr schlechtes Gewissen wegen Oswin und schlief glücklich ein. Sie würde das Problem mit den beiden lösen. Aber nicht jetzt.

16. Kapitel

„Alessandra?" Sigurnis, Friedelinde und Celeste kicherten, während Alix rasch ein: „Was ist?", von sich gab. Christina und die anderen sahen sie strafend an. War sie jetzt wirklich eingeschlafen? Während Charis irgendwelche Gedichte rezitierte und Christina an ihrer Spindel saß, wobei Isabella ihr diesmal assistieren durfte, war Alix mit einem glücklichen Lächeln einfach auf ihrem Stuhl eingenickt. Sie fühlte sich wie eine Prinzessin, dass zwei Männer gleichzeitig um sie warben. Alix verdrängte dabei absichtlich, dass sie auch gleichzeitig befürchtete, Esteron und Oswin könnten es nur aus einer Laune heraus tun. Oder es als Wettbewerb untereinander verstehen.
Immer noch hatte sie keine klare Entscheidung treffen können. Sie mochte Esteron – und befürchtete, dass sie

sich in Oswin ernsthaft verliebt hatte. Aber Alix hatte keineswegs vergessen, was er ihr immer wieder sagte. Oder Esterons Worte an dem See. Esteron kam ihr trotzdem aufrichtiger vor als sein Bruder.
Friedelinde warf ihr einen überheblichen Blick zu und Alix lächelte.
Dann stutzte sie. Hatte sie eben tatsächlich Sigurnis unsympathische Freundin angelächelt? Friedelinde sah genauso geschockt darüber aus, wie sie wohl selbst auch.
„Wo bist du in Gedanken, Alessandra?", fragte Christina amüsiert nach und Alix antwortete ehrlich: „Auf den höchsten Bergen und in den tiefsten Wäldern. Am Meer und dem weiten, weißen Strand. Im Sturm und in der Windstille – weit weg und doch da, mit dem Herzen!"
Jetzt starrten sie alle an.
„Wow", sagte Charis beeindruckt und fragte dann listig nach: „Wer ist es, Alix?"
Aufgeregtes Gekicher und Getuschel um sie herum. Isabella sah sie mit großen Augen an.
„Nein, nein", winkte Alix lächelnd ab. „Ich habe nur einen Schluck von dem verdünnten Wein vorhin zum leichten Mahl getrunken. Er war unglaublich süß und gut!"
Charis nickte nur und Sigurnis befahl ihrer Magd, die sich brav in ihrer Nähe aufhielt, leise: „Besorg mir einen Becher davon!"
„Gawain!", lachte Charis und stand auf. „Das ist ein Hinweis auf ihn, oder? Du bist so guter Laune, dass man dich bloß ansehen muss und ganz ehrlich: Ich bin ein wenig neidisch auf dich. Gawain ist ein toller Mann!"
„Dann habe ich eine gute Nachricht für dich, Charis", lächelte Alix, die sich sonst eher zurückhielt. „Gawain ist

es nicht. Er steht dir weiter frei, wenn du möchtest!"
„Alix!", tadelte Isabella still, aber Charis lachte nur: „Ich bin beruhigt. Sag, was möchtest du bei unserem Fest vorführen, Alix? Und ich habe dich noch gar nicht gefragt, wie du dich fertigmachen willst!"
Zu Alix Überraschung kam Charis nun zu ihr hinüber, rückte sich einen Stuhl an ihre Seite und unterhielt sich mit ihr. Sie lachten gemeinsam, und als auch noch die rothaarige Diane und die hübsche Gabrielle sich zu ihnen setzten, rutschten die Gesichter von Kyrins Tochter und ihrer besten Freundin immer weiter ab. Friedelinde warf ihr später einen so hasserfüllten Blick zu, dass Alix mit dem Schlimmsten rechnete.
Da würde noch etwas nachkommen, dessen war sie sich sicher.
Auch am Abend in dem Großen Saal war Alix plötzlich umschwärmt. Rudolf von Fleckenstein neben ihr war selbst überrascht, dass er seinen Platz mit Charis räumen musste. Sie brachte gleich völlig andere Leute an Alix Seite und die von Isabella. Zum Kummer letzterer auch wieder Gawain, ansonsten ein paar der einflussreichen Söhne und Töchter wichtiger Leute des Hofes. Sie lachten und scherzten zusammen, auch wenn es Alix bei Gawain zumindest schwer fiel, das Erlebnis auf dem Platz mit dem Mädchen zu vergessen. Ihre Achtung für Henrys Ritter war deutlich gesunken, auch wenn ihr Isabella an dem Abend damals eindringlich erklärt hatte, dass eine junge Frau, die gegen den Herzog schlecht redete oder aufbegehrte, eine harte Strafe verdient hatte. Dass selbst ihre Schwester dies glaubte und erzählte, ließ Alix den Kopf schütteln. Sie hätte Isabella für klüger gehalten. Eine eigene Meinung war in ihren Augen etwas Positives.

Alix war an diesem Abend unglaublich müde, wartete aber trotzdem, bis Isabella schlief. Dann raffte sie sich nochmals auf, lief zu dem kleinen Spiegel und rieb sanft darüber. „Spieglein: Zeig mir: Esteron!"
Eine Weile dauerte es, dann klärte sich das verschwommene Bild und Esterons Gesicht tauchte darin auf.
„Alix!"
„Esteron! Habe ich dir eigentlich gesagt, dass es letzte Nacht sehr schön war? Danke nochmal dafür!"
„Lust auf einen weiteren Ausflug?"
Sie zögerte kurz. Alix war unglaublich müde gewesen, ihre Aufregung nun ließ sie wieder wacher werden.
„Hast du denn Zeit?"
„Für dich immer, Alix!"
„Wann bist du da, Esteron?"
Sie lächelten sich beide an.

„Ich wusste nicht, dass es hier oben so viel mehr Sterne gibt!" Alix schlang sich Isabellas roten Umhang noch enger um sich herum und sah Esteron an, der in der lauen Sommernacht neben ihr saß.
Der Wald umrahmte sie, die blühende Wiese lag irgendwo in einem höheren Gebirge. Wieder waren sie an verschiedenen Orten gewesen, hatten sich auf das Fest von feiernden Dorfbewohnern in einem größeren Ort gestohlen und kurz dort verweilt. Dann waren sie wieder weitergereist, an das Meer, wo Alix begeistert nach Muscheln im Mondschein suchte und stattdessen von Esteron einen hellen, braunen Stein gereicht bekam. „Bernstein" sagte er und sie steckte ihn wie einige der Muscheln in die Tasche des Umhangs. Absichtlich hatte sie den dunkleren von Isabella

gewählt, da ihr heller zu sehr in der Dunkelheit leuchtete. Sie wollte vermeiden, dass man sie sah.
Esteron brachte sie zu einem kleinen Fischerdorf, wo einige Boote wie Nussschalen auf dem Meer angebunden sanft schaukelten im leichten Wind. Der Mond spiegelte sich rund und voll auf den sanften Wellen des Meeres. Esteron hatte ihr angeboten, sie auf einer Muschel über das Meer zu fahren, er hätte Übung darin. Aber Alix winkte lachend ab.
„Aber klar, Esteron. Dieser Vorschlag könnte von deinem Bruder sein. Bei Oswin käme aber noch ´ohne Kleidung´ hinzu! Wirklich! Wer macht denn sowas?"
Esteron murmelte irgendetwas Unverständliches und Alix schüttelte lachend den Kopf, da sie etwas wie: „Ist doch ein übliches Fortbewegungsmittel" verstand.
Danach brachte er sie in eine Schenke eines Wirtshauses und trank gut gelaunt mit ihr einen Krug Bier. Wegen der Sperrstunde dort mussten sie das Ganze aber bald beenden und waren schließlich auf dieser ruhigen Hochweide angelangt.
Esteron legte sich auf die Wiese zurück und sie tat dies auch, ihren Kopf an seine Schulter gelehnt. Esteron strich ihr sanft durch das Haar. Alix war glücklich und unendlich müde.
„Soll ich dich zurückbringen oder möchtest du mit mir kommen?", fragte Esteron leise und sie murmelte verschlafen: „Zurückbringen, Esteron!"
Kurz darauf ließ er sie vorsichtig in das Zimmer in der Burg des Herzogs hinunter und Alix schloss lächelnd das Fenster hinter ihm. Dann war sie allerdings so müde, dass sie nicht einmal den Umhang auszog, sondern in Richtung Bett stolperte, nur den Gürtel abnahm und augenblicklich einschlief.

17. Kapitel

„Alessandra?"
Rasch fuhr Alix hoch und strich sich müde über die Augen. Schon Isabella hatte am Morgen ernsthaft mit ihr geschimpft, wo sie sich herumtreiben würde. Sie drohte sogar damit, einen Brief an ihre Mutter und ihren Vater zu schreiben, wenn ihre jüngere Schwester so weitermachen würde.
Alix hatte Besserung versprochen, war aber dennoch – so wie es aussah – wieder im Frauengemach eingenickt. Sie hatte versucht, sich aufs Nähen zu konzentrieren – anscheinend erfolglos. Dabei hatte sie sich eigens an den Rand gesetzt.
„Wir sollten dir nachts einmal folgen, wohin du tanzen gehst. Deine Schuhe sehen fast durchgetanzt aus!", neckte sie Charis und war sofort wieder an ihrer Seite.
„Wo war sie, Isabella?"
„In ihrem Bett", half ihr diese sofort.
„Ach was, das glaube ich nicht!", Charis Augen funkelten vor Belustigung. „Ich werde es schon noch herausbekommen, wer es ist!"
„Graf von Chrubin", schlug Diane mit einem Lächeln vor und alle lachten. Der Graf war schon fast neunzig, aber immer noch am Hof erstaunlich rüstig unterwegs.
„Glaube ich weniger", meinte Charis und warf Alix nochmals einen Blick zu.
„Vielleicht sollten wir wieder einmal ausreiten?", schlug Christina vor und bekam sofort Zustimmung von den meisten. Die letzten Tage waren sehr langweilig für sie gewesen, da Henry in Begleitung einer Truppe der jüngeren Ritter zu einem Einsatz geschickt worden war.

Der Herzog schien ihn beschäftigen zu wollen. Die Hofdamen um Christina verwandelten sich augenblicklich von einer Gruppe quirliger, spritziger und lebensgewandter Frauen in blutleere Gestalten, die wenig Antrieb und Energie besaßen.
Alix selbst war heute nicht wild auf einen Ausflug. Hervard bewegte Vento regelmäßig und sie wünschte sich nur für eine Weile allein in ihr Bett, um ein wenig Schlaf nachzuholen. Aber Christina hatte sich wieder etwas in den Kopf gesetzt, und so war ein Ausritt kurz danach beschlossene Sache.
Auf dem breiten Vorplatz hatte Isabella mit großen Augen die Muscheln und den schönen durchscheinenden Stein aus der Tasche ihres Umhanges gezogen, da sie ein Tuch suchte. Alix nahm ihr alles rasch aus der Hand, lächelte entschuldigend und versteckte es eilig in der Tasche ihres eigenen Umhangs. Dadurch entdeckte sie erst jetzt, dass Friedelinde sich von der Seite Ventos mit einem unschuldigen Lächeln hinwegstahl.
Alix sah ihr überrascht hinterher, ging selbst zu Vento und klopfte seinen Hals.
„Na, sie hat dir hoffentlich nichts getan, mein Guter!"
Hervard half ihr beim Aufsteigen und Vento begann nervös zu tänzeln und zu schnauben.
„Sht. Es ist gut!", beruhigte Alix ihn, aber er schüttelte unruhig den Kopf und schnaubte nochmals aufgebracht. Alix blieb keine Zeit, weiter darüber nachzudenken, da Christina und die anderen ihre Pferde antrieben, und die Burg kurz darauf in einem schnellen Trab verließen. Die Hufe der Pferde klapperten über die gepflasterte Hauptstraße. Christina ließ nochmals das Tempo erhöhen.

Alix konnte Vento kaum zügeln. Er warf den Kopf zurück, schlug einmal mit den Hinterhufen aus und tänzelte wild. Sie entschloss sich, ihn draußen vor dem Stadttor auf der Wiese kurz anzuhalten. So kannte sie Vento nicht. Nur hier in der Stadt war der Betrieb zu groß. Ein Karren rumpelte an ihnen vorbei und wieder brach Vento zur Seite aus und ließ sich kaum noch zügeln. Sie erreichten endlich das Stadttor und die Wachen ließen Christina und ihre Begleiterinnen sofort durch und machten ihnen den Weg mit leichter Gewalt frei.
Draußen galoppierten alle sofort los.
„Wer zuerst beim Wald ist", lachte Christina und alle steigerten ihr Tempo nochmals. Auch Vento. Er ließ sich nicht mehr von Alix zügeln.
Erschrocken stellte sie fest, dass ihr Hengst durchging. Sie versuchte, ihn wieder in den Griff zu bekommen.
Es klappte nicht. Anders als die andern Pferde, die in Richtung des Waldes abbogen, jagte Vento mit ihr über die Wiese gegenüber und steigerte sein Tempo nochmals. Dann bockte er wie wild, nur um doch in Richtung der anderen Pferde in Richtung Wald hinterherzugaloppieren. Alix wollte ihn auf der freien Wiese halten, aber Vento legte die Ohren an und jagte wild dahin. Isabella hatte von ihrem Dilemma nichts mitbekommen, da sie weiter vorne mitritt. Nochmals versuchte Alix ihr Pferd zu zügeln. Aber es klappte nicht. Sie jagte in den Wald hinein und spürte etwas Angst. So hatte Alix Vento noch nie erlebt.
Als Alix im hohen Bogen über seinen Hals flog, war ihr klar, dass der Aufprall hart werden würde. Sie versuchte, sich möglichst klein zu machen.

„Immer zu eilig, Pferdefliegerin!", meinte Oswin sanft und hielt sie weiterhin fest.

Alix Beine zitterten wie verrückt. Sie starrte auf die zwei abgeknickten Bäume.

Die gezackten Spitzen ragten mit dem hellen Holz auf halber Höhe in den Himmel.

Die Oberteile der Bäume lagen wie davongeschleudert ein Stück weiter. Wüsste sie nicht, dass er es gewesen war, hätte sie gedacht, sie selbst hätte die beiden Bäume durchschlagen. Alix war unglaublich zart auf dem Boden gelandet. Oswin stand mit ihr etwas versteckt im Wald.

„Alix!", hörte sie Isabellas aufgeregte Stimme.

„Oswin, die Bäume", sagte sie und legte ihre Wange an seine Schulter.

„Wir haben jetzt zwei Möglichkeiten", meinte er ruhig. „Entweder, ich nehme dich mit, oder die glauben, dass du zwei Bäume gefällt hast. Letzteres wäre schlecht!"

„Alix!" Isabella sprang auf dem Weg vom Pferd und kam angerannt.

Alix sah in Oswins besorgte Augen und schüttelte den Kopf. „Ich muss bleiben, Oswin. Dankeschön!"

„Alix!", schrie Isabella hysterisch.

Diese sank auf den Boden hinunter. Oswin war weg.

Dafür war Isabella kurz darauf an ihrer Seite.

„Alix, Alix, geht es dir gut?", sie rüttelte ihre jüngere Schwester an den Schultern. „Du lebst! Dem Himmel sei Dank!" Dann sah sie auf die beiden Bäume.

„Oh nein", murmelte Isabella, schüttelte den Kopf und wich leicht vor ihr zurück.

„Was ist das, Alessandra?" Und dann zögerte sie und sagte: „Warte, ich hole Hilfe!"

Isabella lief wieder davon.

„Das ist nicht gut", Oswin war wieder da, hob sie rasch hoch und bedeckte Alix mit seinem Umhang. „Sie dürfen dich hier nicht finden!"
Sie hielt sich an ihm fest, darauf vertrauend, dass Oswin das Richtige entscheiden würde. Alix wusste, dass er ihr das Leben gerettet hatte.

Allmählich kehrte ihr Denken wieder zurück.
Alix saß auf einem bequemen, gepolsterten Möbelstück, eine Decke über sich gebreitet. Oswin hatte ihr irgendein Getränk in die Hand gedrückt und sie dazu genötigt, ein paar Schlucke davon zu trinken. Es schmeckte scharf nach Alkohol, half ihr nach einem Moment aber tatsächlich. Ganz langsam wurde es besser.
Oswin hatte sie für einen Moment allein gelassen, sobald er sah, dass es ihr besser ging. Sie schaute sich vorsichtig in dem hellen, sonnigen Raum um. Eine Art Arbeitszimmer. Die Decke und die Wände holzgetäfelt, ein großer, klarer Spiegel an der einen Seite. Ein Arbeitstisch, auf dem Feder, Tinte und Papier lagen. Der Tisch mit verzierten Kanten und einem ebenfalls so aufwändig gearbeiteten hellen Stuhl dahinter. Ein breiter, in Stein gefasster Kamin.
Die Sonne schickte ihre Strahlen in den kleinen, gemütlichen Raum und funkelte golden auf dem Holzboden. Ein Schrank mit breiten Schubladen darin. Alix atmete tief ein, während ihr immer mehr dämmerte, was eben passiert war.
„Oswin?" Sie schob die Decke weg und kam rasch hoch.
Alix huschte zur prachtvoll geschnitzten Tür und schlüpfte in den Gang hinaus. Ein kleines Stück weiter in dem hellen Gang sah sie Oswin mit einem anderen

Mann sprechen. Norwin. Er sah sie jetzt und wies seinen Bruder darauf hin.

„Alix, komm hierher!", befahl Oswin und sie tat es augenblicklich. Er nahm sie sofort in seinen Arm. Alix schlang ihre Arme um ihn und hielt sich an ihm fest.

„Es ist gut!", tröstete er und streichelte ihr zärtlich durchs Haar. Oswin hauchte einen Kuss darauf und wandte sich dann wieder Norwin zu.

„Was machen wir jetzt?"

Alix hatte ihn noch nie so unsicher erlebt.

„Du hast eine Entscheidung getroffen, Oswin. Ob sie falsch war oder nicht, wird sich noch zeigen. Aber die Karten haben sich neu gemischt. Es ist nicht mehr Esteron, auf den wir acht geben müssen. Ich wusste nicht, wie nah dir das Ganze geht!"

„Dann weißt du es jetzt!", sagte dieser kühl. „Es war mir sofort klar, was ich tun würde. Und ich habe keine Sturmsekunde geschwankt oder gezögert. Es wäre auch eine Sturmsekunde zuviel gewesen."

Norwin atmete tief ein und aus.

„Ich hätte nie gedacht, was aus dem Ganzen wird. Aber gut, lass uns überlegen. Zwei Bäume sind abgebrochen, und ihr Pferd hat gescheut und ist davongaloppiert. Wie wäre es damit?"

„Das Pferd ist an den anderen vorbeigaloppiert. Ohne Reiterin. Wo ist sie?" meinte Oswin launig.

„Es hat sie abgeworfen und Alix ist vor Schreck davongerannt."

„Ihre Schwester hat sie im Wald gefunden!"

„Ach, verflixt, Oswin, wir können sie nicht mehr zurücklassen!"

„Du hast Recht."

„Das hört sich nicht besonders bedauernd an!"

„Ist es auch nicht. Wirklich nicht! Es reicht. Ich möchte nicht, dass Alix zurückgeht. Sie bleibt bei mir!"
„Du hast kein Recht dazu! Und du bringst die Ordnung völlig durcheinander! Der Ostwind hat sich in ein Menschenmädchen verliebt." Norwin lachte humorlos und schlug sich mit der flachen Hand gegen die Stirn.
„Du solltest sie verführen und ihr Esteron austreiben. Ich kenne dich. Seit wann schlägt ein weiches Herz in deinem Leib? Oswin, es geht nicht. Alix muss zurück!"
„Dann denk du dir etwas Gutes aus. Mir fällt dazu nur ein, dass sie bei mir sicherer ist als bei den Gestalten dort!"
Norwin stöhnte. Alix sah ihn mit großen Augen an.
„Also. Ich mache mich jetzt auf den Weg zu Christina. Und sehe, was ich tun kann. Vielleicht hat der Graf von Eisendfels sie gefunden? Ich versuche, einen Ausweg zu finden. Sorg du inzwischen dafür, dass sie wiederhergestellt ist, wenn ich euch rufe oder sie abholen komme!"
„Ja, klar!"
„Oswin?"
„Hm?"
„Keinen Unsinn machen, ja?" Er sagte es so unsicher, dass Alix leise lachen musste.
„Alles ist gut, ich passe auf ihn auf!", versprach sie und Norwin bemerkte ärgerlich: „So etwas befürchte ich." Nochmal sah er die beiden an.
„Ungern lasse ich euch beide allein. Ich schicke – Sothus!"
„Mach, was du willst. Aber sag ihm, er soll sich Zeit lassen. Wir kommen auch ohne ihn klar. Benachrichtige lieber Esteron, dass wir einen Notfall haben. Er tut mir fast leid, dass er jetzt raus ist!"

„Keinen Unsinn, Bruder!", warnte Norwin nochmals zornig.
„Abflug, Bruder!", meinte Oswin kühl.
Als Norwin sich endlich umwandte und davonstapfte, schaute Oswin ihm einen Moment noch nach. Dann sah er Alix an und diese erschrak zutiefst. In seinen moosgrünen Augen entdeckte sie das, was sie selbst empfand. Eine tiefe, unendliche Zuneigung. Ihr Herz klopfte augenblicklich los.
„Komm, Unsinnmacherin. Was stellen wir noch an, bevor Sothus unser Kindermädchen spielt?"

Sothus fühlte sich deutlich unwohl in seiner Rolle als Aufpasser. Er saß betont fest auf seinem Stuhl, räusperte sich ab und zu oder rieb sich nervös die Hände an seinen Beinkleidern am Oberschenkel.
Alix und Oswin saßen getrennt voneinander, fast den halben Raum und seinen Schreibtisch Abstand voneinander. Das war aber ziemlich gleichgültig.
Immer wieder lächelten sie sich heimlich an oder Alix spürte, dass etwas sanft ihre Lippen streifte. Sie schloss die Augen und lächelte glücklich.
„Verdammt!", erschrocken riss sie die Augen wieder auf, da Sothus wütend aufgestanden war und kurz auf und ab ging. Dann setzte er sich wieder hin und musterte sie beide mit finsteren Blicken. „Lass das, Oswin!"
Dieser setzte ein unschuldiges Gesicht auf. „Du erklärst mir sicher, was du meinst!"
„Und du möchtest mir sicher erklären, was ich Norwin sage. Du weißt schon, bei meiner Ankunft, als ihr beide gerade dabei ward, euch so zu küssen und zu herzen, dass ihr mich gar nicht wahrgenommen habt!"

„Ich sage nur: Estella. Du weißt schon, die hübsche Tochter des Grafen von Dellesponte, die Norwin so gut gefiel. Du solltest ein gutes Wort für ihn einlegen? Und ich kam gerade, als du das wohl tun wolltest?"

„Erinnere mich nicht daran, ich war jung!", meinte Sothus verlegen.

„Nein, nein. Eine Hand wäscht die andere, Sothus, oder?"

„Das nennt sich Erpressung!"

„Und das hier ist meine Burg. Du bist angekommen, ohne zu klopfen. Höchst unhöflich, muss ich sagen!"

„Normalerweise brauche ich bei dir nicht zu klopfen. Du weißt es, wenn ich komme. Jetzt weißt du nicht mal mehr deinen Namen. Es gibt mir zu denken, Oswin!"

Alix lächelte ihn an.

„Lieb, dass du da bist, Sothus. Wir freuen uns sehr!"

Er sah sie misstrauisch an.

„Und noch mehr würden wir uns freuen, wenn du nochmal abziehen würdest", ergänzte Oswin ruhig.

„Wollt ihr auch noch synchron denken?", fuhr Sothus sie gereizt an und rieb sich die Hände nochmals an seinem Oberschenkel ab.

„Wo bleibt bloß Norwin?"

Alix lächelte Oswin an und dieser stützte auf seinem Schreibtisch die Ellenbogen auf, legte das Kinn auf die Hand und betrachtete Alix mit einem schmachtenden Blick. „Ob er kommt oder nicht, ist ziemlich nebensächlich. Sie bleibt bei mir. Ich lasse Alix nicht mehr gehen!", sagte er dann leise.

Sothus sprang nochmals gereizt auf.

„Verdammt, Bruder! Was ist mit dir los? Das ist lediglich eine Frau!"

„Aber eine sehr hübsche, oder Sothus?"

„Ja, vielleicht. Aber es gibt hübschere."
„Danke Sothus, für die Blumen", meinte Alix ruhig.
„Das sollte keine Beleidigung sein. Ich versuche nur, sein Denken wieder einzuschalten."
„Tut mir leid, vergiss es, Bruder. Totalausfall. Wenn du eine Weile gehst, kann Alix mir eventuell wieder helfen, das zu ändern. Aber leider sitzt du hier bei uns wie eine Spinne in ihrem Netz. Möchtest du etwas trinken?"
Sothus sah ihn misstrauisch an.
„Wieder etwas von deinem komischen Blütennektar? Ich hatte fast eine Woche Kopfschmerzen, als du mich das letzte Mal dazu überredet hast!"
Er saß eine Weile da und starrte vor sich hin.
Wieder lächelten sich die beiden anderen zärtlich an und Sothus seufzte.
„Hol mir etwas von dem Zeug. Einen doppelten. Möchtest du auch davon, Alessandra? Vielleicht eine größere Portion? Dann schläfst du eine Weile und vergisst alles?"
„Hüte dich, Sothus!", sagte Oswin scharf, stand aber trotzdem auf und verließ den Raum mit einem warnenden Blick auf seinen Bruder. Alix blieb mit Sothus zurück.

„Spinnennektar", Oswin drückte Sothus einen Rosenbecher in die Hand. Dieser rümpfte die Nase und roch daran. Oswin setzte sich zu Alix und reichte ihr ebenfalls einen Becher.
„Komm, kleine Fliege, wir trinken beide daraus! Dann wird die Spinne möglicherweise schöner!"
Alix lachte leise und nahm einen Schluck aus dem weichen Becher aus Blütenblättern. Oswin nahm ihn ihr danach ab und trank ebenfalls einen Schluck. Sein

Blick verursachte neben heftigem Herzklopfen auch ein aufgeregtes Gefühl in ihrem Bauch. Dass er so dicht neben ihr saß, machte es noch schlimmer.
„Er kann nicht ewig bleiben", sagte Oswin entschuldigend und fasste Alix Hände. „Ich zeige dir nachher alles. Es gibt einen wunderschönen Garten und viele kleine Zimmer und versteckte Winkel hier. Es wird dir gefallen, Alix!"
Sothus hustete vernehmlich, aber Oswin beachtete ihn gar nicht. Er strich Alix liebevoll eine Strähne zurück und ließ seine Hand dann auf ihrer Wange ruhen.
„So, da bin ich wieder!" Ein eiskalter Hauch und Norwin waren in den Raum gefahren. Er sah höchst zufrieden aus. „Verabschiede dich von deinem hübschen Gast, wir haben eine Lösung, Christina sei Dank! Folgende Geschichte: Ein Trupp Räuber hat sie überfallen, als sie als letzte hinter den anderen in den Wald ritt. Eigentlich waren sie hinter der Tochter des Herzogs her und hatten die zwei Bäume schon vorbereitetet und angesägt. Als die Bäume fielen, scheute Alessandras Pferd und die Räuber schleppten sie in den Wald. Dort fand sie ihre Schwester, die Räuber versteckten sich so lange hinter den Bäumen. Dann kamen sie rasch wieder heraus und wollten mit Alessandra durch den Wald fliehen. Und an dieser Stelle komme ich. Der Graf von Eisendfels hat alle Räuber niedergestreckt und niedergemetzelt. Na?"
Alle drei waren ihm mit aufmerksamen Gesichtern gefolgt.
„Wer glaubt denn sowas?", fragte Sothus belustigt. „Wo hast du denn die Geschichte her?"
„Die Bäume sahen nicht aus wie angesägt, Norwin. Jeder, der auch nur etwas davon versteht, hat das gesehen!", sagte Oswin.

„Ich habe sie nachbearbeitet!", antwortete sein blonder Bruder kühl.

„Wie viele Räuber waren es, die Ihr verjagt und niedergemetzelt habt, Norwin? Nur, dass ich es weiß, schließlich haben sie mich ja verschleppen wollen!", fragte Alix unschuldig.

„Dreizehn", nuschelte Norwin leise und Oswin begann sofort laut zu lachen.

„Mann, du Aufschneider!"

„DREIZEHN Räuber haben mich entführt? Ach du lieber Schreck!", sagte Alix. „Und Ihr habt sie ganz allein besiegt?"

Norwin kratzte sich verlegen am Kopf.

„Und wo sind die Leichen der toten Räuber?", bohrte Sothus ebenfalls nach.

„Ich habe sie ins Moor geschmissen."

Kurzes Schweigen, dann lachte Oswin wieder lautstark los.

„Da gibt es kein Moor, Norwin!"

„Noch nicht, Mann, da müsst ihr halt mal richtig ran. Lasst mich jetzt nicht hängen, die Frauen fanden meine Geschichte alle toll. Sie hingen mir gebannt an den Lippen. Wie stehe ich denn sonst da?"

Oswin lachte leise und schüttelte nur den Kopf. Dann wurde er wieder ernst.

„Danke für deinen Einsatz, aber Alix bleibt hier! Das nächste Mal bin ich sonst vielleicht nicht schnell genug!"

„Ach was, es hat doch keiner etwas gegen Alessandra, du machst dir da was vor, Oswin. Nur eine kleine Frage an dich, Alessandra: Wer hat deinem Pferd die Disteln unter den Sattel geschoben? Das muss ihm ganz schön wehgetan haben!"

Oswin war sofort aufmerksam geworden. „Was? Wiederhole das bitte!"
„Disteln", sagte Norwin kühl und hielt den Blick seines Bruders.
„Wer war an deinem Pferd, Alix?", fragte Oswin aufmerksam und sie schüttelte den Kopf. „Nur Hervard. Er hat ihn mir gesattelt und auf den Hof geführt. Hervard würde mir niemals etwas Schlechtes tun!"
„Du glaubst gar nicht, wie schlecht Menschen sein können, Gutdenkerin. Vielleicht hat man ihm Geld dafür angeboten, dass er dich ausschaltet? Für Geld ist so mancher bereit, das Schlechteste zu tun."
Alix fiel jetzt etwas anderes ein. „Friedelinde", sagte sie leise. „Friedelinde war dort. Sie stand kurz neben ihm, als Hervard Isabella beim Aufsteigen auf Valmere half." Alix starrte ungläubig vor sich hin.
„Das ist etwas. Bringen wir sie zurück, Norwin. Ich habe da eine Rechnung offen. Du erzähltest mir von dem Sommernachtsfest, Bruder? Wir werden dabei sein und für unsere Aufführung ein wenig proben. Ist es nur Friedelinde, Alix?"
„Ihre Freundin ist nicht besser, aber ich sah nur Friedelinde. Eigentlich kommen immer alle Ideen und Anweisungen von Sigurnis. Sie wollen übrigens auf einem Ochsen reiten. Beide. Er soll einen Minotaurus darstellen, der sie entführt!"
Oswin sah seine beiden Brüder an und sagte fest: „Das ist ja eine ganz tolle Idee. Ich freue mich schon auf den Minotaurus und werde sichergehen, dass er diese beiden schrecklichen Gestalten auch tatsächlich mitnimmt. Sothus, meinst du, wir können ihn von dieser kleinen Insel einmal ausleihen? Ariadne braucht ihn momentan nicht!"

Der schüttelte sofort den Kopf.
„Nein das geht auf keinen Fall. Aber wir können improvisieren. Ich habe genug Personal. Wenn ihr auch noch ein paar Elfen, Gnome, Kobolde oder Ähnliches beisteuert?"
„Wir haben nicht mehr viel Zeit für die Vorbereitung", überlegte Norwin. „Denkt daran, dass wir auch noch den Sumpf ausrichten lassen müssen!"
„Dann seid ihr nicht allein. Zu viert sind wir unbesiegbar!", sagte Esteron, der im Raum aus dem Nichts aufgetaucht war. Er begrüßte knapp seine Brüder, wie ein paar Fremde, die er selten sehen würde. Dann küsste er Alix die Hand, zog sie schließlich an sich und küsste sie auf die Stirn. Oswin protestierte heftig. Da die beiden sofort wieder zu streiten begannen, befahl Norwin streng, dass es Zeit war, aufzubrechen. Sie mussten die vor den dreizehn Räubern errettete Alix dringend zurückbringen.
Oswin nahm sie mit sich mit, brachte sie zunächst an eine ganz andere Stelle irgendwo in einem zauberhaften Nadelwald, und küsste sie sanft auf den Mund.
Dann besannen sich die beiden wieder und folgten rasch den anderen.

Im ganzen Schloss sprach man von nichts anderem als den tapferen Taten des Grafen Eisendfels. Christinas Hofdamen schwärmten für ihn, während Henry mit seinen zurückgekommenen Rittern völlig verärgert war.
„Es gibt dort keine Räuber. Und schon gar keine Sümpfe", meinte er angewidert und kam am Nachmittag desselben Tages erstaunt zurück, weil sie einen großen, matschigen Sumpf gefunden hatten, der laut blubberte und ab und zu eine dicke, faulige Blase an

die Oberfläche schickte. Mitgebracht hatte Henry mindestens ein Dutzend alte, abgenutzte Stiefel, die am Rande des matschigen Tümpels lagen.
„Hat er ihnen allen die Schuhe ausgezogen, bevor er sie da reinwarf, oder was?", fragte Henry übellaunig, aber die anderen werteten die vielen alten Stiefel als Beweis für die Taten des Grafen. „Was für ein Mann", schwärmte Charis, „ein echter Held!", und Christina fuhr sie an: „Aber nicht für dich. Der Graf freit um meine Hand!"
Nur Friedelinde schwieg. Ihr Blick hatte etwas sehr Heimtückisches und Alix wich ihr betont aus. Isabella schien sehr beruhigt über die dreizehn Räuber zu sein.
„Ich habe im ersten Moment wirklich gedacht, du hättest die Bäume gesprengt, Alix, entschuldige! Ich bin total erleichtert, dass meine Schwester keine Hexe ist. Wenn ich daran denke, dass die alle auf mich gelauert haben, als ich bei dir war, läuft es mir immer noch kalt den Rücken hinunter. Ich bin so froh, dass sie nur dich mitgenommen haben!"
Alix schüttelte nur den Kopf. Sie selbst hatte jetzt eine klare Entscheidung getroffen. Es war nicht mehr Esterons Medaillon, welches Alix am Hals trug. Sie hatten es auf der Lichtung getauscht. Es war nun Oswins Medaillon.

18. Kapitel

„Ich bin ja schon so aufgeregt!" Sigurnis schlug die Hände zusammen und wackelte nervös hin und her.
Sie trug heute ein schönes Kleid mit einer langen Schleppe und einer Art zusammengerafften

Stoffpuschel über dem Po. Sigurnis war der Ansicht, dass sie so die Blicke der anderen auf ihren – wie sie meinte – formvollendeten Hintern lenken konnte. Jetzt platzierte sie ihn auf einem Kissen. Gestern schon waren ihr Vater, der Ritter von Kyrin, und ihr Bruder, Ronald, angekommen. Das machte die blonde Kyrin-Tochter noch selbstsicherer. Ronald hatte Alix beim Essen am Abend immer wieder von gegenüber aus angestarrt, und sie ignorierte ihn völlig. Der Sohn ähnelte seiner Schwester, kräftiger gebaut als Sigurnis, aber ebenso blond, mit einer etwas krummen Nase wie seine Schwester. Auch vom Charakter her schienen Ähnlichkeiten zu bestehen. Was Alix bisher gesehen hatte, war die gleiche Überheblichkeit und Arroganz wie die von Sigurnis. Ronald kam sich eindeutig sehr wichtig und bedeutend vor.

Der Herzogsohn hielt vorsichtigen Abstand zu Alix. Warum, erfuhr sie ebenfalls gestern am Abend von Oswin, den sie in ihrem Zimmer in der Burg mit dem Spiegel herbeiwünschte.

„Er ist mir in einer kleinen Ortschaft über den Weg geritten mit seinen Leuten. Sei mir nicht böse, meine Blumenranke, aber ich konnte nicht anders. Sie wollten das Haus eines einfachen Bauern anzünden, weil dieser nicht genug Pacht bezahlt. Ich habe das Feuer ein wenig umgeleitet und der gute Mann, den ich aus Henrys Truppe besonders schätze, durfte das Ganze alles von einem hohen Baum aus betrachten, durch dessen Krone er kurz davor gefallen war. Es war – Spaß. Schade, dass du nicht dabei warst, es hätte dir gefallen!"

„Oswin!", tadelte Alix lachend. „Der arme Dan! Ich glaube, er ist doch nur ein Mitläufer, der sich auch noch

etwas Ruhm und Geld erhofft, wenn er mit den anderen mitzieht. Sei nicht zu hart mit ihm!"
„Ob Mitläufer oder nicht, wer Mist baut, sollte dafür auch gerade stehen!", sagte Oswin. Er schaute sie an. „Ich vermisse dich, Alessandra!"
„Ich dich auch, Oswin! Wann sehen wir uns wieder?"
„Auf dem Fest morgen Abend. Ich habe eine Überraschung für dich. Warte es ab, es wird dir gefallen! Wir haben extra dafür geprobt! Bis dann, Herzensläuferin!"
„Bis dann."
Als sein Bild verschwamm, senkte sie den Spiegel langsam ab.
Für sie gab es nur noch Oswin. Eigentlich hatte sie das schon seit einer ganzen Weile gewusst.
Alix kam wieder aus ihren Erinnerungen zurück und versuchte, nicht zu lachen. Celeste hatte sich für den Abend etwas Besonderes ausgedacht. Sie zeigte den anderen jetzt schon ihre Frisur. Die Haare waren auf dem Kopf aufgetürmt und gewunden, so dass sie wie zwei Henkel vom Kopf abstanden. Dieser Abend versprach, lustig zu werden. Henry, das hatte Christina schon verraten, würde mit seinen Freunden auch noch etwas Besonderes vorführen. Alix war ernsthaft gespannt darauf. Christina selbst hielt sich mit Charis und einer weiteren Vertrauten zurück mit dem Erzählen, was sie planten.
Am späten Nachmittag begannen Isabella und Alix, sich umzuziehen und fertigzumachen. Auf Christinas Bitten hatte sich Isabella bereit erklärt, ein Gedicht ihres liebsten Minnesängers zu rezitieren, man werde sie dabei nicht allein lassen, versprach Christina.

Alix wollte nichts vorführen. Sie würde sich mit Diane in einen der steinernen Ränge des alten Theaters setzen und das Ganze von dort aus verfolgen. Der ganze Hof ähnelte schon den ganzen Tag einem Bienenkorb. Überall geschäftiges Treiben. Die ersten Reiter brachen bereits auf, um bei dem steinernen Bau Vorbereitungen zu treffen. Alix band Isabellas schönes eisblaues Kleid hinten zusammen und half ihr mit der fleißigen Magd, in ihr blondes Haar ein paar Bänder einzuflechten. Danach bat Alix sie, schon zu den anderen hinüberzugehen, da sie selbst noch eine Überraschung plante. Sobald sie allein war, zog Alix sich selbst um.
„Schau dir nur ihr Kleid an!" Alix hörte das Raunen, als sie auf den Hof des Schlosses hinaustrat. Die meisten von Christinas Hofdamen standen bereits hier beisammen. Alix war selbst begeistert von ihrer Kleidung. Das schneeweiße Kleid war über und über mit kleinen, roten, blühenden Rosen bedeckt. Lediglich die Blüten, die grünen Ranken waren nicht mehr zu sehen. Rote Blüten und ein grünes Blatt oder die Stielansätze sah man noch. Es sah aus, als hätte eine sehr fähige Stickerin das schöne, zarte Kleid mit den kleinen roten Blüten übersät.
Ihr offenes, gewelltes Haar wurde nur von einem schmalen Band gehalten, das ebenfalls mit den roten, kleinen Blüten besetzt war. Die erstaunlichste Änderung war bei Oswins Ring verlaufen. Er sah aus wie grüne, filigrane Ranken mit winzigen, roten Rosen darin. Alix hatte bereits einen Kuss darauf gehaucht. Sie vermisste Oswin schmerzlich und hoffte, dass er an diesem Abend tatsächlich kommen würde.
Bevor sie an der Seite von Isabella, Diane, deren Begleiter und Hervard losritt, hatte Alix heute selbst

den Sattel nochmals kontrolliert. Vento verhielt sich normal, als wäre das Ganze nicht passiert, dennoch bemerkte Alix bei sich eine neue Unsicherheit beim Reiten. Sie war schon früher ein paarmal aus dem Sattel gefallen, es war aber nie etwas Ernstes gewesen. Das letzte Erlebnis war erschreckend intensiver ausgefallen. Sie ritten einen gemütlichen Trab und Alix entspannte sich nach einer Weile etwas. Diane lachte und scherzte und dennoch waren sie alle ziemlich aufgeregt auf das Ereignis.
Als sie bei dem steinernen alten Theater ankamen und abstiegen, stieß Alix Isabella aufmunternd an.
„Jetzt bekommst du doch noch deine Kerzen, Bella!", sagte sie und bestaunte selbst das Lichtermeer aus dutzenden von kleinen, brennenden Kerzen auf den höheren Rängen des Bauwerkes, die sich auch über die verschiedenen Ränge nach unten zogen. In der Mitte des Bauwerkes war eine Art steinerne Bühne, ein paar alte Säulen hinter ihnen. Auch dort alles mit dutzenden von Kerzen erhellt.
Das alte Amphitheater lag direkt am Wald, zu den Zuschauerrängen hin war es erhöht, hinein ging man durch ein offenes Portal auf die steinerne, halbrunde Bühne. Der alte, weiße Stein war an manchen Stellen schon ein wenig abgeplatzt und brüchig, was dem Ganzen einen noch stimmungsvolleren Charakter gab.
Diener und Pagen eilten umher, um Kissen auf die steinernen Plätze zu legen und diese damit für ihre Herrschaften freizuhalten. Die besten Sitzplätze waren schon belegt. Diane zog sie mit hinüber zu einer etwas schattigeren Seite. Christina hatte schon vorab dafür gesorgt, dass ihre zuschauenden Hofdamen einen guten Platz bekommen würden. Einige der angeseheneren

Leuten vom Hof würden erst im letzten Augenblick kommen, um die Garantie zu haben, von möglichst vielen wahrgenommen zu werden. Die anderen beeilten sich, jetzt noch gute Plätze zu bekommen. Allmählich füllten sich die Ränge immer mehr. Isabella verabschiedete sich von ihnen und lief hinaus zu den anderen, die an diesem Abend etwas vorführen wollten. Alix wartete auf Oswin. Es war in den Rängen allerdings zu dunkel, um die Menschen alle genauer zu erkennen. Das meiste Licht lag auf der Bühne, in den Mauerresten an der Seite oder auf den niedrigeren Säulen, auf denen überall Kerzen standen. Alix wurde etwas an die steinerne Ruine des alten Klosters erinnert. Ihr Herz klopfte aufgeregt.
Dennoch mussten sie noch eine ganze Weile warten, bis das alte Theater völlig gefüllt war. Dann trat der Hofmarschall, gekleidet in ein Gewand, das wohl an eine Elfe erinnern sollte, auf die Bühne.
Alix hielt sich die Hand vor den Mund, da auch Diane neben ihr erstickt zu lachen begann. Das Kostüm erinnerte mit den transparenten, herunterhängenden Flügeln mehr an eine Hummel oder dicke Biene als an eine Elfe. Zu allem Übel war sein Obergewand auch noch gelb gestreift, die Hose unten zackenförmig abgeschnitten, so dass seine kräftigen Unterschenkel hervorschauten. Es gab ein allgemeines Gemurmel auf den Rängen. Auf seinem Kopf thronte eine Art schwarzes Konstrukt, das wiederum eher an ein paar schwarze Fühler erinnerte. Diane rutschte gegen Alix, weil sie so lachen musste.
„Still!", beschied eine ältere Dame streng, die das Ganze wohl für eine besondere Form der Kunst hielt.

„... kommen wir zu unserer ersten Darbietung des Abends: Die Musik der Elfen! Ich bitte um Ruhe!"
Das Gemurmel verstummte wieder, die Hofmeister - Hummel schwirrte von der Bühne und stattdessen trugen eifrige Diener nun Stühle und Instrumente herein. Gleich darauf erschienen unter einem lauten `Oh´ der Zuschauer die `Elfen´.
„Liebe Güte, was hat Friedelinde mit ihrem Kleid gemacht", hauchte Alix, aber Diane war vor ersticktem Lachen kaum noch ansprechbar. Sie zog sich ein Tuch heraus und hielt es vors Gesicht, um ihr Lachen als Husten zu tarnen. Missbilligende Blicke von der umsitzenden Hofgesellschaft. Wieder starrte Alix auf Friedelindes Kleid. Es klebte förmlich an ihren Beinen und da es im Freilichttheater nun ruhig war, hörte man leicht quutschende Laute bei jedem ihrer Schritte.
Es erinnerte stark an den Auftritt eines Froschkönigs, da das Kleid in einem Frosch - Grün gehalten war, bestickt mit goldenen Kugeln und Kronen darauf. Eine Art goldene Vorhangquaste diente als Gürtel. Das Kleid war extrem tief ausgeschnitten und die beiden vergrößerten goldenen Kugeln auf Brusthöhe einfach nur unvorteilhaft. Eine weitere Ähnlichkeit mit einer Walküre ließ sich nicht von der Hand weisen.
„Sie hat die Unterröcke komplett nass machen lassen, damit das Kleid eng an ihren Beinen liegt!", folgerte Alix leise und sah auf die hübsche brünette Hofdame Aimée, die Friedelinde keines Blickes würdigte. Auch ihr Kleid lag eng an, war aber in den Röcken nur befeuchtet worden. Friedelindes Kleid musste direkt aus dem Waschtrog kommen. Drei weitere seltsam gekleidete Hofdamen sprangen hinzu, die Gesichter maskiert, die

Röcke weit, sowie sehr durchsichtig, und mit eigentümlichen Figuren bestickt.
Auffällig war, dass die Kleider aller fünf Frauen auf der Bühne mehr zeigten, als dass sie verbargen.
Die Frauen hatten ein ganz besonderes Musikstück einstudiert, das sie wohl am ehesten für Elfenmusik hielten. Sie trällerten, klimperten und stümperten auf ihren Instrumenten, dass Alix kurz davor war, sich die Ohren zuzuhalten. Dies war das genaue Gegenteil von der sanften Elfenmusik, die sie selbst gehört hatte. Die Frauen versuchten, vor allem laut zu spielen und ihre selbst ausgedachte Komposition war einfach schlecht. Dennoch klatschten die Besucher eifrig, als die fünf jungen Frauen die Bühne wieder verließen. Alix stellte fest, dass sie den Vorschlag mit dem `möglichst wenig anhaben´, so gut es ging, umgesetzt hatten. Zwei der Damen trugen wohl gar keine Unterröcke darunter. Die Kleider waren alle extrem tief ausgeschnitten. Friedelinde hinterließ kleine Seen, als sie von der Bühne stapfte.
Der Haushofmeister, getarnt als Hummel, erschien wieder. Er kündigte die nächste Sensation an, den Elfentanz.
Alix war auf das Schlimmste gefasst, erkannte aber unter der Maske einer der Tänzerinnen schönes, braunes Haar und war sich bewusst, dass die hübsche, zart gekleidete Tänzerin dort mit dem strahlenden Lächeln unter ihrer bestickten Maske niemand anderes als die Herzogtochter selbst war. Die anderen beiden Mädchen waren wohl Charis und Gabrielle. Drei Tänzer, in ebenso aufwändigen Kostümen, traten jetzt hinter ihnen auf die Bühne. Sie trugen alle eine Maske und als die wunderschöne zarte Musik einsetzte, die den

Zuschauern ein lautes `Ahhh´, entlockte, begannen die Frauen und Männer zu tanzen. Zunächst getrennt voneinander, dann jeweils mit einem Partner. Alix stutzte.

„Die Elfen wirken viel echter", meinte Diane anerkennend und Alix starrte auf den blau gekleideten mit dem blauen Haar. Sie hätte ihr Kleid verwettet, dass dies der Sohn der Elfenkönigin war! Und die anderen beiden Männer – so tanzte niemand! Es war ein einzigartig schöner Tanz, dem die Menge atemlos folgte. Ein leichtfüßiges Drehen, Schweben und Springen. Als sie endeten, sprangen die Menschen von ihren Sitzen auf und klatschten laut. Eine Zugabe wurde gefordert und die Tänzer gaben diese. Als sie von der Bühne liefen, wollte der Jubel kein Ende finden.

Der Haushofmeister kündigte die nächsten an, ein Frauenchor von einigen Damen des Hofes. Es war schön und die Leute wiederum begeistert. Danach folgte eine Art Schauspiel, das allerdings sehr langweilig war. Nun ging es dafür aber viel interessanter zu.

Ein Zug von Pagen, seltsam zurechtgemacht in einfache, lange weißen Togen, führte den ersten Bullen auf den Festplatz. Ein lautes `OH´ ertönte von den Zuschauern. Auf dem Bullen saß eine strahlende Sigurnis, hoch aufgerichtet, in einem römischen Gewand, den Kopf mit einem Lorbeerkranz verziert. Goldene Spangen hielten ihr Kleid auf den Schultern. Ihr langes, blondes Haar lag in glänzenden Locken über ihrem Rücken. Die erste Runde einmal um den steinernen Theaterplatz herum klappte einwandfrei. Dann wurde ein zweiter Bulle mit Friedelinde darauf hineingeführt. Friedelindes römisches Gewand war kitschig mit Goldborten, Purpur und Quasten verziert, ihr Haar zu wilden Locken hochaufgetürmt. Dicker Goldschmuck baumelte um ihren Hals herum. Ihr Bulle schnaubte ärgerlich, als er den anderen Bullen witterte, dennoch ließ er sich an seinem Nasenring hinter Sigurnis über die Bühne ziehen. Einer der Pagen half Sigurnis nun, mit Hilfe einer Treppe von dem Bullen abzusteigen. Sie tat dies höchst effektvoll, Friedelindes Bulle wackelte mit ihr weiter in die Runde. Alix sah hinüber zu den Rängen ganz unten, wo deren Väter und Sigurnis Bruder mit wichtigtuerischen Gesichtern thronten.

Der Haushofmeister trat hinzu, hämmerte mit seinem Stab auf den Boden und verkündete: „Sie sehen: Den Raub der schönen Ariadne durch den Minotaurus!"

Dann trat er wieder ab, da der Minotaurus auftrat. Alix hatte stirnrunzelnd überlegt, wer von den beiden Frauen denn Ariadne sein sollte, aber der Minotaurus lenkte sie davon ab. Ein lautes `OH´ unter den Zuschauern, auch Alix schauderte leicht. Ein großgewachsener, sehr muskulöser Mann mit einem freien Oberkörper, der einen schwarzen Stierkopf als Maske über seinem Kopf trug. Der Stierkopf sah erschreckend lebendig aus, fast bewegten sich die schwarzen Augen darin. Aus seinen Nüstern kam Rauch und Sigurnis, die eben noch theatralisch auf dem Platz gestanden hatte, schien beinahe in sich selbst zu erstarren. Ihr Blick war ehrlich entsetzt. Dann brüllte sie laut: „Hilfe! Zu Hilfe!" hob ihre Röcke und rannte los.

„Oh", machten die Zuschauer und Diane sagte leise: „Ich wusste gar nicht, dass sie so gut schauspielern kann! Erstaunlich echt!"

Die Zuschauer fanden das wohl auch alle, und als der Minotaurus die kreischende Sigurnis viel zu schnell erwischte, hochhob wie eine Feder und sich über die

Schulter warf, um sie aus dem offenen Theater hinauszutragen, kannte die Begeisterung keine Grenzen mehr. Die Zuschauer sprangen auf und klatschten und jubelten, forderten eine Zugabe.

Alix klatschte mit und betrachtete die schwarzen Stierbeine und den langen, dunklen Schwanz, den dieser perfekt gekleidete Schauspieler trug.

Friedelinde klatschte auch, mit einer Hand gegen ihren Oberschenkel, sie war so ergriffen von der Darbietung, dass ihr Tränen über die Wangen liefen. „Toll machst du das, Sigurnis!", rief sie ihrer besten Freundin hinterher, die von dem Minotaurus weggetragen wurde. Sigurnis Vater und ihr Bruder waren aufgestanden, um der Darbietung ihren Tribut zu zollen. Sie klatschten stolz in der ersten Reihe.

„Zu Hülfe", schrie Sigurnis panisch und erneut brandete Beifall auf.

Friedelindes Stier selbst war sehr unruhig durch den Auftritt des seltsam gekleideten Mannes geworden. Er ließ sich jetzt von den eifrigen Pagen nicht mehr festhalten und begann zu buckeln und zu bocken. „Weg!", schrie einer und wiederum klatschte das Publikum eifrig, da Friedelinde eine exzellente Bullenreiterin war. Sie klammerte sich mit einem seltsamen Gesichtsausdruck an dem Sattel fest. Das Publikum tobte wie der Stier selbst. Er schnaubte und brüllte, endlich gelang es ihm, Friedelinde, die nur noch mit einem Arm sich festgehalten hatte und den anderen professionell in der Luft herumrudernd geschwenkt hatte, aus dem Sattel zu bekommen. Sie segelte mit einem Schrei in Richtung der alten Säulen hinter sich. Ein kurzes Luftanhalten bei der Menge, dann schienen die steinernen, hohen Säulen sich zu teilen und hüpften

förmlich in die Höhe, um Friedelinde zwischen der Mittelsäule hindurchfliegen zu lassen. Mit einem steinernen, schabenden Geräusch fiel der schwere Stein dann wieder auf sein Unterteil zurück. Diesmal tobte das ganze Freilufttheater.
„Zugabe!", forderten die Menschen, sprangen auf und schrien vor Begeisterung.
Alix saß wie versteinert da.
„Was für ein Effekt! Wow!", sagte Diane leise und schüttelte fasziniert den Kopf. „Wie sie das wohl hinbekommen haben?"
„Der Minotaurus – er raubt auch noch Friedelinde", schrie der Haufhofmeister begeistert, der in das Theater gelaufen kam. Einige der Gäste liefen rasch hinaus, um zu bestaunen, was dort vor sich ging.
„Er hat sie beide fortgeschleppt!", berichtete einer von ihnen enthusiastisch, als er wieder das Theater betrat.
Ein leichtes Raunen und bewunderndes Klatschen, auch wenn die meisten die Szene nicht gesehen hatten. Der Ritter von Kyrin stand nochmals auf, nickte beifallsheischend in die Menge und bekam einen Sonderapplaus.
Alix starrte derweil auf die steinernen Säulen, sie wirkten nun erschreckend – wackelig. Ein Riss war an der Stelle, wo die schweren Steinsäulen in die Luft gesprungen waren.
Diese Vorstellung – hatte einen ganz eigentümlichen Charakter angenommen.
Getränke wurden ausgeschenkt und Alix trank durstig aus dem weichen Becher, der eine erstaunliche Ähnlichkeit mit einem Blütenkelch hatte.
In dem nächsten Auftritt setzte sich das seltsame Schauspiel fort.

Ein paar bunt gekleidete Männer kamen herein. Sie alle trugen Masken und sprangen förmlich auf die steinerne Bühne. Ihre Kostüme waren teilweise genau wie manche Masken mit Federn besetzt und der Haushofmeister kündigte verspätet an: „Der Kampf der Vögel!"
„Ah", machte das Publikum, denn Henry hatte bereits jeder erkannt.
„Warum sind es zwölf?", fragte Diane nachdenklich und Alix sah nun auch genauer hin. Normalerweise waren immer nur sieben Ritter an Henrys Seite.

Ihre Gewänder glitzerten durch die eingewebten Gold- und Silberfäden. Von jeder Farbe gab es jeweils drei bunte Vögel. Noch bevor sie eine frische, kühle Luft streifte und der Geruch von Wald und Tannennadeln an sie herandrang, hatte sie Oswin schon erkannt. Er trug eine Vogelmaske und war einer der drei grünen Vögel, deren Obergewand aussah wie mit goldenen und schwarzen Schuppen besetzt. Norwin ragte aus der Gruppe heraus. Wie der Herzogsohn und ein weiterer Mann war er in blau- silbern gekleidet. Alix erkannte Esterons dunkelbraunen gewellten Schopf und den schwarzen von Sothus, der in ein edles Rot gekleidet war. Eine Art Landschaft wurde nun hereingetragen. Loses Gebüsch, ein schwerer Baumstamm. Ein paar Diener, die Äste hielten mit dichtem Laub, tauchten ebenfalls im Hintergrund auf. Brav hielten sie die Äste und stellten sich dann auf. Drei Diener spielten jeweils ein Gebüsch.
Die Männer begannen, eine Art Szene mit Text zu spielen. Es ging um den König der Vögel (dargestellt von Henry), der sich in ein Vogelmädchen verliebt hatte (dargestellt von Charis, die jetzt ebenfalls hereinkam).

Der König der Vögel wollte das Vogelmädchen freien, aber ein dunkler Rabe entführte sie. Darauf versuchte der König der Vögel, sie zurückzuerobern.
Henry: „Seht meine treuen Vögel, dort hinten ist der böse Rabenkönig!"
Gawain: „Voraus nur, wir folgen dir! Lass uns ihn stellen!"
Norwin: „Au ja, Leute, gleich gibt es eine schöne Schlägerei!"
(Lachen der Zuschauer, ein missmutiger Blick von Henry).
Henry: „Fliegen wir los!" Und gleich darauf, als er unter einem lauten `Oh´ der Zuschauer tatsächlich abhob: „Ich will hier runteeeer!"
(Klatschen, Henry flog zum Theater hinaus, Charis sah ihm überrascht hinterher).
Gawain stand wie erstarrt da, während alle Vögel - Darsteller so aussahen, als würden sie in einen starken Wind kommen und dabei mit den beflügelten Armen ruderten. Nacheinander hoben sie nun unterschiedlich elegant ab.
Lautes Geschrei der Vogeldarsteller, das Publikum stand begeistert auf und jubelte.
Charis starrte entsetzt den zwölf Männern hinterher, die einer nach dem anderen aus dem Theater flogen.
Sie gab dem Publikum ein Zeichen zu schweigen und meinte ehrfurchtsvoll:
„Da fliegen sie dahin! So muss ich wohl auch aufbrechen und meine Brüder suchen!"
Unter dem Klatschen der Zuschauer ging sie hinaus.
Die Stimmung in dem Theater war auf dem Siedepunkt. Gerade, da einer von Henrys Männern nochmal schreiend und wild mit seinen Flügeln flatternd über

die Schaufläche flog, um dann wie ein abgeschossener Pfeil in die Luft zu schnarren.
Alix schüttelte nur noch den Kopf. Sie wettete, dass dies niemand anderes als Dan Tainrad gewesen war.
„Der gute Dan", murmelte Diane, „er wollte immer hoch hinaus. Jetzt hat er es geschafft!"
Einige Mägde aus dem Schloss gingen nun mit umgehängten Tabletts herum und verteilten nochmals Getränke.
Alix bekam eines von einer zierlichen Blonden gereicht.
In die Arena hineingelaufen kam nun ausgerechnet Isabella, eine Maske vor dem Gesicht. Alix erstarrte förmlich. Vielleicht hatte sie etwas getrunken, so selbstsicher und locker kannte sie ihre Schwester noch nicht.
Sie stellte sich vor das Publikum, streckte sich erstaunlich selbstbewusst und begann, ein Liebesgedicht zu rezitieren. Untermalt wurde es von zarter Musik, dann kam ein rotgekleideter Mann herein. Sothus. Alix verschluckte sich an ihrem Getränk. Gemeinsam mit Isabella rezitierte er nun abwechselnd die Verse, es war sehr romantisch und Alix starrte ergriffen auf das Paar. Zuletzt kniete Sothus vor ihr nieder, streckte Isabella eine Rose hin und diese nahm sie mit den Worten:
„So soll mein Herz, auf ewig dein,
nun nimmer auf der Suche sein!"
Dann schnupperte sie an der Rose, stach sich wohl daran, Sothus küsste ihr formvollendet die Hand und das Publikum beklatschte das schöne Paar, das sich an der Hand nahm und dann verschwand.
Alix trank ihren Becher in einem Zug aus. Auf die Bühne traten jetzt irgendwelche Komödianten, die Scherze und

Kunststücke vorführten. Sie war auf einmal sehr müde und konnte kaum mehr dem Ganzen folgen. Diane neben ihr kippte plötzlich an ihre Schulter. Alix sah nichtverstehend zu ihr, während die ganze Hofgesellschaft jetzt einzuschlafen schien wie in einem Traum. Alix kämpfte noch dagegen an, dann schlief auch sie ein.

„Auf Wiedersehen, Alix." Jemand hauchte einen Kuss auf ihren Mund.
„Komm Bruder!"
Ein sanfter Wind, der sie zu streicheln schien. Dann zog sich der Wind zurück.

19. *Kapitel*

Ein Vogel zwitscherte eine zarte Melodie, als Alix verschlafen die Augen aufschlug. Sie blinzelte mit den Augen und versuchte die Müdigkeit zu vertreiben. Es war schon hellichter Tag. Neben ihr in dem breiten Bett lag Isabella, die Augen geschlossen und die Mundwinkel zu einem Lächeln verzogen. Alix hielt sich den Kopf. Was war gestern um Himmels Willen passiert? Sie sah sich um. Der Raum im Palast des Herzogs, das Fenster leicht geöffnet. Hatte sie das alles nur geträumt?
Alix schlug die Bettdecke zurück und sah, dass sie ihr helles, schlichtes Nachtgewand trug. Leise stieg sie aus dem Bett und ging hinüber zu dem hohen Spiegel. Ihre Wangen waren leicht gerötet, ein paar Strähnen aus dem geflochtenen Zopf herausgerutscht. Mit einem Schock erkannte sie, dass das Medaillon nicht mehr da

war. Oswins Medaillon. Oder war es das von Esteron gewesen?
Sie ging eilig hinüber zu dem Frisiertisch, stieß dabei ein Duftwasser von Isabella um und fing es auf, bevor es zu Boden fallen konnte. Als sie es mit zitternden Fingern wieder dorthin stellte, sah sie, dass der eingewickelte Spiegel nicht mehr da war. Ebenfalls fehlte ihr Gürtel, sie ging hinüber zu der Truhe und suchte darin. Erfolglos. Alix dachte hektisch nach, was gestern Abend bloß passiert war. WER hatte sie umgezogen und den Gürtel weggenommen?
Es klopfte leise und eine Magd trat ein. Alix hatte sie noch nie zuvor gesehen. Eine ältere, etwas mürrisch wirkende Frau.
„Ihr seid schon wach?", fragte sie nach und Alix sagte rasch: „Habt Ihr mich gestern umgezogen?"
Die Magd nickte sofort.
„Die ganze Hofgesellschaft war so betrunken von ihrem Ausflug, dass das zurückgebliebene Personal alle bedienen musste. Ich habe mich ihrer und ihrer Schwester angenommen, da Sie über keine Magd verfügen!" Fordernd streckte sie die Hand aus und Alix ging rasch hinüber zu einem kleinen Säckchen, in dem sie ein paar Münzen aufbewahrte.
Sie gab der Magd eine und fragte noch schnell: „Wo ist unsere Magd? Eine schlanke Frau mit silberblondem Haar?"
Die Frau zuckte nur mit den Schultern, verstärkte ihren mürrischen Gesichtsausdruck und sagte: „Eines der Mädchen wird Frühstück heraufbringen für Sie!" Dann knickste sie und ging wieder.
Als Isabella mit einem leisen Stöhnen erwachte, hatte Alix bereits aufgeregt nach ihren Kleidern gesucht.

Weder das eisblaue ihrer Schwester noch das weiße von ihr waren noch da.

Die Hofdamen von Christina kamen an diesem Tag alle verspätet an. Allen brummte der Kopf, und Christina schickte sie sofort wieder weg, da es ihr selbst nicht gut ging. Einzig Alix wurde zu ihr hineingebeten.
Die aufgeregte Christina bat sie, Platz zu nehmen.
„Was genau ist gestern vorgefallen, Alix?", fragte Christina, rückte sich einen Stuhl ihr gegenüber und sah sie bittend an.
Diese runzelte die Stirn.
„Ehrlich gesagt: Ich weiß es nicht so genau. Es ist alles wie in einem verlorenen Traum: Ich weiß nicht, ob ich es nur geträumt habe oder es tatsächlich passiert ist! Was ist mit Sigurnis und Friedelinde?"
„Man hat mir gesagt, sie wären beide mit einem Mann durchgebrannt. Ich erinnere mich nicht mehr. Aber ich glaube, es stimmt. Wir haben wohl zu viel getrunken! Ich weiß nur noch, dass die Diener uns Getränke reichten, weil wir so aufgeregt waren."
„Was ist mit Norwin?", fragte Alix direkt und Christina runzelte die Stirn.
„Mit wem?"
„Ähm. Norwin. Der Graf von Eisendfels?"
Christina schüttelte nur den Kopf und sah sie an, als würde sie es nicht verstehen.
„Ich kenne niemandem mit so einem Namen.
Es kommt mir so vor, als hätte ich etwas Wichtiges verloren. Das macht mich sehr traurig. Aber ich weiß wirklich nicht mehr, was es war! Aus irgendeinem Grund dachte ich, du wüsstest es. So wie es aussieht, ist das nicht der Fall!

Lass uns noch eine Weile ausruhen, ich nehme an, dass Henry dafür verantwortlich ist. Vielleicht fällt mir es nachher wieder ein!"

An diesem Tag war die ganze Hofgesellschaft müde, es zeigte sich kaum einer im Schloss. Einzig der schon über neunzigjährige Chrubin stiefelte munter durch die Gänge und wunderte sich, dass nicht mal der Herzogsohn da war.

Die nächsten Tage wurden durchweg ärgerlich. Alix hatte das Gefühl, dass ihr nach und nach eine Erinnerung schwand, die sie nicht festhalten konnte. Der Herzog und die Herzogin zogen die Zügel in der Burg straffer an. Henry und seine Freunde mussten verstärkt trainieren und für die Herzogtochter wurde eine baldige Hochzeit beschlossen. Christina lief mit einem immer traurigeren Gesicht herum und ihre Hofdamen gaben sich alle Mühe, sie aufzuheitern. Es klappte nicht. Im ganzen Land sprach sich herum, dass die Herzogtochter das Lachen verlernt hatte und da sie sehr schön war, kamen von überall her Ritter oder sogar Fürsten und ein Prinz, um sie wieder zum Lachen zu bringen. Es gelang ihnen nicht. Da der Herzog darüber ziemlich verzweifelt war, versprach er Christina dem Mann zur Frau zu geben, der sie zum Lachen bringen konnte.

Alix und Isabella aber wurden von ihren Eltern nach Hause beordert, da die Herzogtochter auch an ihren Hofdamen kein Interesse mehr hatte. Das Ritterpaar der Thurensburg wiederum hatte schlimme Dinge vom Hof gehört und wollte ihre Töchter lieber wieder zu Hause haben.

Nach einem kurzen Abschied von ihren Bekannten am Hof rollte die Kutsche mit Isabella und Alix nur eine

Woche später zum Stadttor hinaus übers Land zurück. Wieder wurden sie begleitet von der Freifrau von Sommerau, die sie mit irgendwelchen Hofgeschichten unterhielt.

Alix aber konnte kaum zuhören, sie antwortete ein paar Mal höflich, sah aber ansonsten aus dem Fenster und ließ Isabella reden.

Sie machten irgendwann eine Pause an einer gefassten Quelle. Als Alix etwas Wasser trank, strich sanfter Wind durch ihr Kleid und ihr Haar. Das leise Flüstern des Windes. Eine kurze Erinnerung streifte sie, um sofort wieder zu verblassen.

Dann fuhren sie auch schon weiter. Sie machten diesmal Station in einem kleinen Ort und übernachteten bei einem reichen Bauernpaar.

Am nächsten Morgen ging die Reise weiter.

Alix war unglaublich müde, da sie die ganze Nacht auf dem Bett aus Stroh kaum ein Auge zugemacht hatte und nur wilde, zusammenhangslose Dinge träumte.

Einmal fuhr sie schwer atmend mit einem leisen Schrei hoch.

Durch das unverglaste Fenster strömte sanft der Wind, und die Sterne leuchteten draußen am Himmel.

Sie hatte geträumt, dass sie durch die Stadt gelaufen war, durch ein Gewirr von Gassen und Wegen, gleichzeitig auf der Flucht und auf der Suche nach etwas. Gerade, als sie glaubte, an der richtigen Tür angekommen zu sein und schon ihre Hand nach dem dunklen Türgriff ausstreckte, hatte die Wirtin sie geweckt und gesagt, dass sie sich rasch fertigmachen und zum Essen hinunterkommen solle.

Mit der Bauernfamilie aßen sie eine deftige Mahlzeit mit Ei und Speck, geröstetem, frischem Brot und frischer

Milch. Die Kinder beobachteten die Gäste alle heimlich und als es endlich weiterging, ließ Alix wiederum ihre Schwester reden.

Gegen Abend erreichten sie endlich die Zufahrt zu der Burg ihrer Eltern, und als die kleine, golden leuchtende Burg in Sichtweite kam, nachdem sie den blauen Schatten des Waldes verließen, klopfte Alix Herz das erste Mal wieder erfreut. Sowohl sie wie auch ihre Schwester waren froh, wieder hier zu sein. Wenn auch vollkommen erfolglos.

In den nächsten Tagen halfen beide Töchter ihrer Mutter, so gut sie konnten. Es war richtig befreiend, nach der Enge und den Zwängen im Schloss wieder unbeobachteter zu sein und etwas arbeiten zu können. Es gab jede Menge in der Burg und dem kleinen, verwunschenen Garten zu tun, und sie packten mit an, wodurch es beiden bald etwas besser ging.

Eine Woche später las Isabella wieder glücklich ein Buch und Alix entschloss sich auszureiten.

Risvert sattelte ihr Pferd und der alte Sven winkte ihr zu, als Alix zum Tor hinausritt.

Eine ganze Weile trabte Vento so dahin. Nicht mehr so schnell wie früher, etwas machte ihr Angst, wenn sie ihr Pferd nicht gut unter Kontrolle hatte. Eine feste Stimme in ihrem Inneren lenkte sie fast zwanghaft zu der alten Ruine.

Sie hatte Vento bei den niedrigen Büschen unterhalb der kleinen Anhöhe angebunden. Mit eiligen Schritten folgte sie jetzt dem ausgetreten Pfad über die Wiese hinauf.

Alix genoss die frische Luft hier und sah hoch zu den rasch ziehenden Wolken. Vielleicht würde es einen

Sturm geben. Wieder stieg etwas in ihr auf, und sie runzelte die Stirn und schüttelte ärgerlich den Kopf.
Dann atmete sie tief ein und ging durch das offene Tor hinein in das verfallene Gebäude.
Die Mauern der alten Ruine waren überrankt von Efeu und Moosen. Alix betrachtete die weißen Mauern des ehemaligen Klosters, die völlig unverändert aussahen.
Sie stieg über die Reste einer zerstörten Säule und blieb schließlich im Zentrum des eingefallenen Gebäudes stehen.
Wieder blitzte der Gedanke in ihr auf, Alix bekam leichte Kopfschmerzen und sie setzte sich auf eine Säule. Dann kamen Bruchstücke von Gedanken in ihrem Kopf hoch. Ein Kampf – sie ging hinüber zu einer Stelle, wo sie ganz sicher war, einen Kampf gesehen zu haben. Dort lagen Steine, etwas glänzte im Gras und sie beugte sich hinunter auf den steinernen Boden. Zwischen den Ritzen der Steine lag etwas. Alix wusste plötzlich, dass es wichtig war. Sie versuchte, es dort herauszuholen und verletzte sich leicht daran. Ein kleines, glänzendes Stück einer Schwertklinge. Schwerter waren solide, sie splitterten höchst selten. Sie kroch über den Boden mit klopfendem Herzen und entdeckte weitere Schwertsplitter. Alix legte diese vor sich auf den Boden und dann war es so, als würde der Sturm alle Türen auffegen, die vorher geschlossen gewesen waren.
Ein Kampf und sie ängstlich versteckt hinter dem Brunnen. Drei Leute des Herzogs und ein weiterer Mann. Ein rätselhafter Mann. Und dann schloss sie die Augen und dachte nur an ein paar moosgrüne Augen. Alix atmete tief ein und ihr Herz klopfte wie verrückt. Die grünen Augen, sein Lachen, seine Hand auf der ihren, Alix schaute erschrocken auf ihren Ringfinger

und entdeckte, dass das Wesentliche daran fehlte. Ein Ring. Ein schlichter, glänzender Ring. Plötzlich war alles wieder da. Ein Kuss, wie ER sie gerettet hatte, als Vento durchging. Ein Schloss und seine Brüder – und die seltsame Aufführung in einem alten Amphitheater, die ihr doch mehr wie ein Traum erschien. Alix kam rasch hoch, lief hinüber zu einer der Säulen und stieg hinauf. Sie sah in den Himmel, auf die schnell ziehenden Wolken und rief so laut sie konnte: „Oswin!"
Das Echo kam dumpf von den Wänden zurück. Alix wartete und sah sich aufgeregt um, aber es passierte - gar nichts. Die Wolken zogen unpersönlich über sie hinüber, der Wind war halt Wind.
„Oswin?", fragte Alix nochmal leise und spürte, dass sie gleich heulen würde. Bevor sie es noch tat, sprang sie hinunter von der Säule, atmete tief ein und lief schnell zu dem Tor hinaus. Sie rechnete mit Reitern oder hoffte, dass sich bei Vento eine Nachricht von ihm befinden würde. Aber nichts dergleichen geschah.
Als sie aufsaß, Vento wendete und davonritt, war ihr Herz so schwer wie niemals zuvor. Sie trieb Vento an, weil alles so nebensächlich war, auch ihre Angst, und konnte doch nicht verhindern, dass sie zu weinen begann.
Als sie endlich aus dem Auenwald wieder hinausritt und die Burg ihrer Eltern auftauchte, hatte Alix sich wieder im Griff.
Die nächsten Tage hoffte sie noch, er könne wiederkommen. Sie erfüllte jede Arbeit, die man nur tun konnte, um sich abzulenken. Jede Nacht hoffte sie, er könne zurückkommen und sie ging nochmals hinüber zum Fenster, wenn Isabella schon schlief, um es zu öffnen.

Er erschien nicht. Stattdessen ebbte der Sturm wieder ab, und es begann zu regnen. Kyrins Sohn kam vorbeigeritten mit einem Brief seines Vaters, in welchem er vorschlug, man solle seinen Sohn mit einer der Töchter Thurensburgs verheiraten, um die ewigen Grenzstreitigkeiten aufzugeben.
Ronald von Kyrin wurde höflichkeitshalber zum Essen gebeten, auch wenn ihre Eltern sehr kühl zu ihm waren. Er versuchte es mit einer Art tumben Konversation und schaute Alix mehr als einmal an. Sie sah nur auf den Tisch oder stocherte lustlos im Essen. Ronald gab sich genauso selbstsicher und überheblich wie seine Schwester Sigurnis. Als ihr Vater Isabella und Alix abends verkündete, Ronald würde der letzte sein, dem er eine von ihnen zur Frau geben würde, atmeten beide erleichtert auf.
An diesem Abend griff Isabella sich eines ihrer Bücher und begann glücklich zu lesen, Alix schlich hinauf in den kleinen Raum, in welchem das Spinnrad stand.
Mit einem Knarren öffnete sich die Tür zu der Kammer. Der Boden war staubig, und dort stand immer noch das alte Spinnrad in der Ecke. Hier hatte sie gesessen mit dem Spiegel. Ein Spiegel kam ihr wie ein Geistesblitz. Rasch lief sie nochmal hinunter und holte einen kleinen aus dem Gemach ihrer Mutter. Sie wollte jetzt nicht bei Isabella hineinplatzen. Dann lief sie mit ihm wieder die Stufen hinauf in den kaum genutzten kleinen Raum. Alix setzte sich mit klopfendem Herzen in den Schneidersitz und strich schließlich mit dem Finger über die Spiegelfläche.
„Zeig mir: Oswin, Spiegelchen!" Fest sah sie auf ihr eigenes Gesicht. Nicht passierte. Alix versuchte es noch einige Male, dann atmete sie tief ein und aus. Er hatte

ihr die Erinnerung an ihn nehmen wollen. Sein Ring und auch sein Medaillon waren weg. Eigentlich war es klar, was Oswin ihr damit sagen wollte. Wahrscheinlich war er längst bei einem anderen Mädchen, jünger, hübscher oder intelligenter als sie. Eine Weile quälte sie sich mit Selbstvorwürfen, dann ballte Alix wütend die Faust.
„Ich werde nicht so enden wie Christina, das schwöre ich!", sagte sie leise. Dann erhob sie sich und lief hastig die Treppenstufen hinunter.

20. Kapitel

Einmal noch hatte sie die Qual der Gedanken an ihn schlimm erwischt. Sie war auf den Turm hinaufgestiegen, als der alte Sven austreten ging. Oben auf dem Plateau hatte sie hinuntergesehen auf den Steinboden unten. Alix hatte tief ein und ausgeatmet, dann war sie wieder zurückgetreten von dem Abgrund. Auch wenn ihr Herz zu brechen schien, würde sie das Ganze aushalten. Der Ostwind hatte das Interesse an ihr verloren. Wie es Esteron vorausgesagt hatte, wahrscheinlich, weil sie ihm ihr Herz schenkte. Er hatte angekündigt, es ihr zu brechen. Und sie selbst hatte es immer wieder ignoriert.
Als Sven hinaufkam, fragte sie ihn nach dem Wetter, erkundigte sich nach seiner Gesundheit und lief dann rasch hinunter auf den Hof.
Sie ging hinüber zum Stall und bat Risvert, Vento zu satteln. Kurz darauf ritt sie aus der Burg.
Alix war zu weit geritten, denn als der Regen kam, der rasch immer stärker wurde, war es noch ein ganzes

Stück zurück zu ihrer Burg. Sie hielt Vento unter den Bäumen am Wegesrand und stieg selbst ab. Die Kapuze des einfachen, grauen Umhanges, den Risvert ihr gegeben hatte, zog Alix tief ins Gesicht. Der Regen tropfte von den Blättern der Baumkronen herab, und Alix zog sich noch ein kleines Stück weiter unter die dichten Bäume zurück. Da es ein nicht enden wollender Landregen war, band sie Ventos Zügel schließlich an einem Baum fest. Sie hockte sich auf den Boden und wartete ab. Ein Rascheln neben ihr in den Bäumen ließ sie herumfahren.
„Ist da jemand?", fragte Alix leise und musste an Kobolde denken, von denen man erzählte, sie würden ihr Unwesen treiben. Wieder ein Rascheln, die tiefen Zweige einer Tanne ganz in ihrer Nähe bewegten sich leicht.
„Wer ist da?", fragte sie nochmals leise. Da Vento ruhig blieb, ging sie vorsichtig hinüber zu den Zweigen. Sie hob den untersten Ast an und entdeckte etwas ganz Eigentümliches. Eine zierliche Harfe, sehr zart gearbeitet. Darauf lag ein kleines, mit hellen Buchstaben beschriebenes grünes Buchenblatt:
„Von Silberblüte für Alix!"
Sie schlug gerührt die Hand vor den Mund.
„Silberblüte?", fragte sie leise, bekam aber keine Antwort. Als der Regen etwas nachließ, band Alix Vento los und zog sich in den Sattel hinauf. Die kleine Harfe verbarg sie wie einen Schatz unter ihrem weiten Umhang.
Die Harfe hatte einen ganz anderen Klang als jedes Instrument, welches Alix jemals gehört hatte. Hell und klar, immer perfekt gestimmt und unglaublich zart.

Alix versteckte sie in dem Raum mit dem Spinnrad und übte zaghaft, darauf zu spielen. Es ersetzte ihr nicht Oswin, war aber eine große Freude. Einfach, weil es eine Erinnerung war an IHN.
Am nächsten Tag arbeiteten alle in dem verwunschenen Garten. Seltsamerweise waren die Rosen – wohl auf Grund der Witterung – erneut am Aufblühen. Zu ihrer Überraschung kam eine ganze Truppe Reiter angeritten.
Der Herzog persönlich hatte sich auf den Weg gemacht und blieb sogar für eine Nacht, da er mit ihrem Vater Gespräche führen wollte. Er nickte Alix und Isabella am Abend freundlich zu, da die beiden Getränke ausschenken halfen. Als die Truppe am darauffolgenden Tag weiterritt, bestellte ihr Vater Alix in sein Zimmer.
„Alix", begann er und sie nickte, nur, um gleich darauf die Augen weit aufzureißen, als er weitersprach. „Der Herzog möchte, dass ich einen Frieden mit Kyrin schließe. Er ist bereit, uns wieder in den Kreis seines Hofes aufzunehmen." Und da sie begeistert ausrief: „Das ist ja klasse, Vater!", ergänzte er noch schnell: „Unter einer Bedingung: Eine von euch beiden muss Kyrins Sohn Ronald heiraten. Ich habe gesagt, dass ich es nicht will. Aber der Herzog hat es befohlen. Ich werde keine von euch zwingen, Alix!"
Sie hatte nur entsetzt genickt. Als er sie wieder entließ, war Alix Herz um einiges schwerer. Weder sie noch Isabella wollten diesen groben Klotz heiraten. Und auf keinen Fall in die Burg der Kyrins ziehen. So wie es aussah, war das aber die einzige Möglichkeit, den Ruf ihres Vaters wiederherzustellen.
An diesem Abend lag sie lange wach, stand schließlich nochmals auf und hüllte sich in ihren Umhang. Dann

verließ sie leise das Gemach und stieg hinunter zu der Tür in den kleinen, verwunschenen Garten. Es war etwas windig und ein zarter Nieselregen fiel vom Himmel. Alix war es völlig egal, ob er sie hörte oder nicht. Sie nahm den Umhang zurück und rief so laut sie konnte in die Dunkelheit und den Wind:
„ICH HASSE DICH, OSWIN!"
Da wieder Tränen in ihre Augen stiegen, wandte sie sich um und ging wieder hinauf in ihr Gemach.

Am nächsten Morgen schon kam Ronald wieder in Begleitung zweier Wachen angeritten. Er ging mit ihrem Vater in die Burg herein. Alix, die sich im Stall versteckt hatte, als Sven die Reiter meldete, hatte durch die schäbige Lattentür des Stalles hervorgelinst. Sie lief hinüber zu Vento und bürstete sein Fell gründlich.
Es dauerte nicht lang, dann hörte man erneut die Stimmen Ronalds und auch ihres Vaters auf dem Hof. Erleichtert sah Alix durch den Spalt zwischen den Holzlatten, dass Ronald mit seinen Leuten davonritt. Ihr fiel ein Stein von Herzen. Dass ihr Vater sie allerdings zu sich rufen ließ, sobald sie wieder in das Hauptgebäude der Burg kam, verursachte ein unangenehmes Gefühl in ihrem Magen.
Ihr Vater bat sie, Platz zu nehmen, ging selbst unruhig in seinem Arbeitszimmer auf und ab und sah Alix schließlich streng an.
„Gemeinsam mit deiner Mutter hatten wir uns eigentlich entschlossen, dass Isabella als erste heiraten soll. Demgemäß stünde sie als Braut für Kyrins Sohn fest. Aber er will dich, Alix. Und er hat ein kleines Bild von dir bei sich, von dem er behauptet, der Herzogsohn

persönlich habe es Ronald zur Verlobung mit dir zukommen lassen."

Alix war wie vor den Kopf geschlagen. Das Bild hatte sie völlig vergessen. Ihr Vater hatte sie eine Weile gemustert, dann genickt und leise gesagt:

„So ist es an dir, Alix. Wenn du unserem Namen Ehre machen willst, so musst du leider in den sauren Apfel beißen und Ronald zum Manne nehmen. Er drängt auf einen schnellen Termin schon in zwei Wochen. Wirst du dies tun?"

Alix Hals war plötzlich wie ausgetrocknet. Kyrins Sohn war der letzte, den sie heiraten wollte.

„Muss ich das tun, Vater?", fragte Alix unglücklich.

„Du wolltest immer für die Ehre unserer Familie kämpfen, mein Kind. Dies wäre eine Möglichkeit dazu!"

Ihr wurde es auf einmal ganz schlecht. Sie hatte dabei mehr von einem ruhmreichen Kampf als Ritter geträumt. Ihren Feind zu heiraten war – irgendwie so ekelhaft. Nochmal schluckte sie, und da ihr Vater sie mit einem `Alix´ drängte, nickte sie schließlich unglücklich und murmelte: „Das werde ich, Vater!"

„Ich bin stolz auf dich, Alessandra!", sagte er, aber sie bemühte sich rasch zu gehen.

Alix rannte draußen auf dem schmalen Gang hin zu der steinernen Wendeltreppe hinauf in das Dachgeschoss. Sie schlug die Tür ihres geheimen Rückzugortes hinter sich zu und lehnte sich schwer atmend dagegen.

Alles, bloß das nicht!

Der Sohn Kyrins roch nach Pferd und Schweiß, das Gegenteil von Oswin. Alix fand ihn einfach grässlich. Sie versuchte nicht daran zu denken, dass sie ihn würde küssen müssen. Und nicht nur das.

„Oh weh!"

Der ganze Tag war auf einmal schrecklich, dabei herrschte heute angenehm warmes Spätsommerwetter, und die Sonne schien. Sie musste – hier erst einmal raus. Alix verließ den Raum wieder, lief die Treppen hinab und beeilte sich, über den Hof zum Stall zu kommen. Risvert half ihr, das Pferd zu satteln und Alix saß auf und ritt zügig zum Tor hinaus, obwohl ihre Mutter noch das Fenster aufriss und ihr ein lautes: „Alix, du kannst jetzt nicht ausreiten, wir haben zu tun!", hinterherrief.
Sie ließ Vento schnell davongaloppieren.
Die schöne Herbstsonne ließ ihre warmen Strahlen durch das dichte Laub der Bäume auf den dunklen Waldboden fallen. Es war hier im Wald kühler und sehr frisch, da die letzte Nacht schon deutlich kälter gewesen war. Die leisen Geräusche des Waldes um sie herum, ein Knacken und Wispern allerorten.
Vento schnaubte, als Alix ihn zügelte.
Sie sprang aus dem Sattel und horchte aufmerksam. Hier an dieser Stelle ungefähr hatte sie die kleine Harfe von Silberblüte bekommen. Oder von wem auch immer. Da sie nicht annahm, dass Oswin sich nochmals zeigen würde, setzte sie sich einfach auf den Boden, auf das weiche Moos und zog ihren hellen Umhang enger um sich. Oswin hatte sich das Bild nicht geholt. Ronald besaß es nun. Sie schimpfte im Stillen auf sich selbst. Alix begann, eine sanfte Melodie zu summen, die sie glaubte, damals bei dem Fest der Elfen gehört zu haben. Ein Rascheln in den Tannen dicht in ihrer Nähe.
„Silberblüte?", fragte Alix leise.
Eigentlich rechnete sie mit keiner Antwort. Als jedoch eine kleine, strahlende Kugel aus der Tanne geschwebt kam und gleich danach ein:

„Kugelblitz, bleib hier!", ertönte, klopfte ihr Herz augenblicklich heftig.
Das zerzauste nussfarbene Haar der Elfe wurde sichtbar, dann ihr helles Gewand.
Unsicher kam sie aus dem Schutz der Tanne heraus.
„ER weiß nicht, dass ich hier bin. Du hast dich an dein Wort gehalten und mir die Harfe gebracht. Da wollte ich dir auch eine Freude machen, Alix. Ich bin weit geflogen, um hierher zu gelangen. Und ich werde bald zurückfliegen, die kleinen grünen Kobolde ärgern mich gar zu sehr. Sie sind furchtbar frech!
Alix ignorierte ihre Worte und fragte leise:
„Wie geht es – Oswin?"
Das Gesicht der Elfe wurde unsicher.
„Gut. Er regiert wieder das Land, rauscht durch das Röhricht des beschilften Flusses, fährt in die Blätter und Nadeln des Waldes und lässt die Schiffe auf den Flüssen und Meeren ihre Segel mit Wind füllen."
Alix meinte resigniert:
„Dann freue ich mich für ihn."
Da Silberblüte sie bedauernd ansah, versuchte Alix zu lächeln und ergänzte leise:
„Bitte sag ihm nicht, dass ich dich das gefragt habe!"
Sie zögerte kurz und fügte dann hinzu:
„Ich werde bald heiraten, Silberblüte. Meine Eltern wollen es. In weniger als vierzehn Tagen. Bitte lass ihn nicht wissen, dass mein Herz so schwer ist und mein Unglück so groß."
Die Elfe schüttelte den Kopf. „Das werde ich nicht!"
Sie rieb sich über ihre zierliche Nase, dachte einen Moment nach und erhob sich dann.
„Ich muss wieder los!"
„Ich wünsche dir alles Gute, Elfenmädchen!"

Silberblüte zögerte nochmals. Schließlich sagte sie leise: „Er hat es uns bei Strafe verboten, davon zu sprechen. Aber dem Ostwind geht es nicht gut. Er ist gereizt und unberechenbar, fährt in unsere Feste und Feiern hinein und wütet wie ein Wilder. Er ist ungerecht und unbarmherzig, schüttelt auch uns hin und her und bringt Kummer und Elend über die Menschen. Gemeinsam mit dem Nordwind hat er vor kurzem an den Klippen der sturmumtosten Meeresküste ein Schiff auf Grund gehen lassen, ein weiteres gegen die Klippen geschleudert. Gerade, dass die Besatzung entkommen konnte, den Nixen sei Dank!

Die Schiffer fürchten ihn und man sagt, die Winde würden sehr früh dieses Jahr zusammentreffen. Ich habe Angst davor, sie könnten alle gemeinsame Sache machen und den Menschen ein Ereignis liefern, das verheerend für sie wäre.

Aber es ist besser, wenn du den Ostwind nicht mehr triffst. Er ist kalt und grausam zur Zeit und würde dich eher vernichten, als auch nur ein Wort von dir anzuhören!"

Alix riss überrascht die Augen auf.

„Aber ich muss ihn sprechen, Silberblüte. Ein einziges Mal nur noch! Bitte hilf mir!"

„Das kann ich nicht!", sagte die Elfe erschrocken.

Sie zögerte einen Moment, griff dann einen winzigen silbernen Beutel und reichte ihn hastig Alix.

„Darin ist Elfenstaub. Wenn du ihn auf eine spiegelnde Fläche streust, so kannst du ihn sehen. Verwende ihn sparsam, er ist sehr kostbar! Und nun muss ich los, wir haben einen langen Weg! Komm, Kugelblitz!"

Die kleine, golden leuchtende Kugel, die bisher knapp über ihren Köpfen herumgebrummt war, wurde sofort

schneller und verschwand mit der Elfe innerhalb eines Wimpernschlages hinter den Zweigen einer Tanne.
„Hab Dank von ganzem Herzen!", rief sie der Elfe nach und beeilte sich mit klopfendem Herzen, zurückzureiten.
Wieder in der Burg kam Alix zunächst zu gar nichts. Ihre Mutter erwischte sie schon beim Hereinkommen, schimpfte sehr und hatte den restlichen Tag jede Menge Aufgaben, die sie noch erfüllen musste. Ein Hochzeitsgewand sollte genäht werden, ein Schleier gesäumt und bestickt. Isabella, wahrscheinlich sehr froh darüber, dass der Kelch an ihr vorbeigegangen war, stickte und nähte bereits seit Stunden ohne Unterlass. Anna saß dabei, Alix wurde nochmals ausgemessen. Am Abend taten Alix die Finger weh, da der helle Stoff sehr grob war und das Durchführen der Nadel schwierig und sperrig.
Da auch ihre Schwester sich rasch zurückzog, um ein Buch zu lesen, klaute sich Alix den mittelgroßen Spiegel auf ihrem Frisiertisch und schleppte ihn hinaus. Isabella sah ihr nach, sagte aber nichts.
Schwerfällig schleppte Alix ihn die Stufen hinauf in das versteckte Dachzimmer.
Sie hatte sich vorher noch das Haar gemacht und aufmerksam betrachtet. Dunkle Schatten unter ihren Augen zeigten sehr deutlich, dass sie wenig geschlafen hatte. Aber es musste so gehen. Sie wollte nur noch einmal mit ihm sprechen. Und wenigstens wissen, WARUM er so von ihr gegangen war. Alix hatte sich fest eingebildet, Oswin würde auch etwas für sie empfinden.
Aber vielleicht waren die Gefühle der Winde noch unbeständiger als die der Männer. Isabellas Dichter von

ewiger Liebe und Beständigkeit glaubte Alix jedenfalls kein Wort mehr.

Sie räusperte sich aufgeregt, wischte sich nochmals eine Strähne zurück und schob sie unter eines der Bänder in ihrem Haar. Dann atmete sie tief ein, öffnete den silbernen Beutel und nahm eine winzige Menge von dem duftigen, funkelnden Staub hinaus. Reichte das? Die Elfe hatte sie gemahnt, sparsam zu sein. Aber wenn es gar nichts bewirkte? Warum war hier keine Anleitung dabei, wie viel sie davon brauchte? Egal!

Alix streute den zarten, glänzenden Staub auf die Oberfläche des Spiegels, der darauf kurz funkelte.

„Zeig mir: Oswin!", erklärte sie betont fest, während ihr Herz so laut klopfte, dass wahrscheinlich ihr Vater es in seinem Arbeitszimmer mitbekam.

Sie strich über die Oberfläche und hielt förmlich die Luft an.

Die klare Spiegelfläche begann zu verschwimmen, dann wurde das Bild langsam deutlicher. Ein prächtiger Saal aus Eis, das in Blau- und Grüntönen schimmerte. Möbel wie aus blankem, geschliffenen Eis. Helles Licht, das sich darin spiegelte. Das Lachen von Männern. Es hörte sich nicht nur unfreundlich, sondern richtiggehend bösartig an.

War es richtig gewesen, IHN zu suchen?

In einem Kristallkelch, den sie plötzlich sah, schienen sich zwei grüne Augen zu spiegeln. Der Ausdruck in seinem Gesicht war aber kalt und grausam. Alix prallte fast zurück. So hatte sie ihn noch nie gesehen.

„ALIX?", fragte Oswin schockiert und starrte sie wie durch golden perlenden Wein an.

Sie sah rasch zur Tür, ob jemand kam. Draußen blieb es ruhig.

„Oswin!", meinte Alix und rückte näher an den Spiegel. „Ich wollte dir eigentlich nur noch sagen, dass ich dich nie wieder sehen möchte! So, und jetzt kannst du mich mal!"

Sein Gesichtsausdruck machte währenddessen eine völlige Wandlung durch. Von kalt und bösartig über verblüfft, dann aufmerksam und nun belustigt.

„Du willst mir nur noch sagen, dass DU mich nicht mehr sehen willst, Kristallrose? Ist das alles?"

„Es war mir wichtig, dass ich mich von dir getrennt habe und nicht umgekehrt", stellte Alix richtig. Sie bekam die Worte kaum hinaus, weil sein Anblick bei ihr augenblicklich wieder alle Gefühle auslöste, die sie eigentlich glaubte, überwunden zu haben. Begeisterung. Herzklopfen. Sehnsucht und noch etwas anderes, das sie sich weigerte zu benennen.

„Dort ist ein Spiegel", knurrte die unfreundliche Stimme Norwins im Hintergrund und Oswin sagte: „Warte einen Moment!" Er strich über das Kristallglas, durch das sie ihn wohl sah, und das Bild verschwand.

Alix Herz klopfte aufgeregt. Sie war sich unsicher, ob er tatsächlich nochmals auf dem Spiegel erscheinen würde. Als der Spiegel sanft zu leuchten begann und Wellen darüber glitten, warf Alix ihn fast um, da sie mit dem Fuß dagegen stieß, weil sie ihn besser platzieren wollte.

Oswins Gesicht erschien im Spiegel. Klar und deutlich, als würde er direkt vor ihr stehen. Alix zwang sich, ernst zu schauen und ihre Mundwinkel daran zu hindern, ihn anzustrahlen. Sie bemühte sich um einen strafenden Blick.

„Alessandra, mein kleiner Drache, mach nicht so ein Gesicht! Für einen Moment dachte ich, deine

Großmutter wäre wiederauferstanden, so sehr ähneltest du ihr!"
Jetzt fiel es ihr nicht mehr schwer, ihn böse anzusehen.
„Sehr charmant, wirklich! Wie geht es dir, Oswin?", fragte sie noch und biss sich wütend fast auf die Zunge, da das wirklich das Letzte war, was sie ihn fragen wollte.
„Ohne dich ist jeder Tag ein verlorener Tag, mein glitzernder Morgentau. Die Nacht ist dunkel und kalt, die Sterne nur von halber Leuchtkraft. Die Vögel schweigen in den Bäumen und die Flüsse hören auf zu plätschern. Wolltest du das hören?"
Alix war deutlich irritiert.
„Ja und nein, Oswin. Wenn ich ganz ehrlich bin, wollte ich dich nur einmal noch sehen. Und dich um eine ehrliche Antwort bitten. WARUM, Oswin? War das Spiel vorbei, als ich Esteron nicht mehr sehen wollte? Sag mir, war es nur eine Wette unter euch? Ich will es wissen, weil mein Leben danach einfacher sein wird! Nichts ist schlimmer, als mit der Ungewissheit zu leben! Darum bitte ich dich, ehrlich zu mir zu sein!"
„Ach, Alix! Was erwartest du von dem Wind? Ist es nicht so, dass ihr Menschen unter euch sein sollt mit euren närrischen und hinderlichen Gefühlen? Ich hatte nur den Auftrag, dich von Esteron zu entzweien. Und das ist mir gelungen!"
Sie bemühte sich, ihren Gesichtsausdruck am Abrutschen zu hindern. Dennoch taten seine Worte ihr unendlich weh.
„Dann … wäre es richtig gewesen, Esteron zu wählen?"
Er lächelte.
„Es wäre … anders gewesen, Esteron zu wählen. Aber ein Wind kann keinen Menschen heiraten, Alix. Das

geht nicht!" Er sagte dies sanft wie zu einem kleinen Kind. Es half ihr, ihre tiefe Enttäuschung mit Wut zu überwältigen.
„So werde ich den Sturm heiraten, Oswin!"
Augenblicklich begann er zu lachen.
„Welch eine Ankündigung, Sturmbraut! Ich nehme dich beim Wort! So soll es sein! Vergiss nur nicht, dass du den Sturm einfangen musst und nicht er dich! Und du kannst kaum erwarten, dass der Sturm dir eine Menschenhochzeit bietet. Also überlege es dir gut! Ich werde nachfragen, ob du das wirklich willst!
Bis dahin – nähe ein Kleid. Du wirst den Stoff dafür bekommen! Ich werde es dir schmücken, sobald es fertig ist. Mache dich daran, wenn es wirklich dein Plan ist, Alix! Nähe ein Kleid und hänge es in den Ostwind. Wenn du wirklich dazu entschlossen bist, so soll es geschehen. Aber denke gut darüber nach! Und nun wünsche ich dir eine gute Nacht, meine Festentschlossene. Es war ein Versuch, dich zu schützen. Aber so du keinen Schutz willst, wähle dein Schicksal selbst!"
Er strich über den Spiegel und sein Bild verschwand.
Alix war nun völlig durcheinander. Sie verstand gar nichts mehr. Wollte er sie heiraten – oder töten - oder einfach nur narren? Die Worte der Elfe kamen ihr in den Sinn und sie fröstelte etwas. Der Sturm warf Bäume um, zerstörte Brücken und Häuser und warf Schiffe auf den Grund oder zerschmetterte sie an den felsigen Klippen, wenn es ihm danach war. Selbstverständlich konnte man den Sturm nicht heiraten. Sie hatte jedenfalls noch nie von so etwas gehört. Alix beschloss, sicherheitshalber bei Isabella nachzufragen. Vielleicht hatte die in ihren Büchern ein paar Ratschläge dazu entdeckt.

Nachdenklich kam Alix hoch, steckte den silbernen Beutel mit Elfenstaub sicher ein und machte sich dann daran, den Spiegel wieder hinunterzutragen.

21. Kapitel

Denn wütender wurde der Winde Spiel,
Und jetzt, als ob Feuer vom Himmel fiel`,
Erglüht es in niederschießender Pracht
Überm Wasser unten... Und wieder ist Nacht.
(Theodor Fontane)

„Alix, du stickst Tag und Nacht daran. So kann es nicht weitergehen!", sagte Isabella müde und wiederholte bittend: „Mach die Kerze aus!"
Eine stürmische Böe hatte vor zwei Tagen das Tischtuch, das Anna zum Trocknen hinaus über den Ast eines Baumes gelegt hatte, zu ihnen hoch ins Zimmer geblasen. Alix hatte absichtlich das Fenster offen gelassen und mit klopfendem Herzen gewartet, ob etwas passieren würde. Jederzeit rechnete sie mit Oswin oder einem seiner Brüder. Als sie an dem Morgen sich zu dem einfachen, langen, weißen Tischtuch hinunterbeugte, war sie schlichtweg enttäuscht. Sie hatte mit zarter Seide, feinster Spitze oder einem edlen Stoff gerechnet, gekommen war – das Tischtuch.
Dennoch nahm Alix es sofort als Zeichen und erkämpfte sich das Tuch gegen ihre Mutter und die aufgeregte Anna, die darauf verwiesen, dass sie bereits an ihrem Hochzeitskleid nähten und kein TISCHTUCH dazu bräuchten.

„Wie sollen wir denn sonst abends essen? Gib es zurück, Alessandra!", schimpfte ihre Mutter. „Du kannst nicht im Tischtuch gehen! Was sagen denn die Gäste dazu?"
„Das soll mein Hochzeitskleid werden. Ich bestehe darauf!"
Ihre Mutter seufzte nur und ließ es dabei bewenden.
Alix beschäftigte sich mit nichts anderem mehr und ließ keinen an das Tuch heran.
Ihr Rücken tat ihr weh und die Finger schmerzten noch mehr, mehrmals stach sie sich in den Finger und ein Tropfen Blut fiel auf das Tuch hinunter. Er ließ sich nicht auswaschen. Alix war enttäuscht.
Nach einer Weile entstand aus dem Tischtuch ein Kleid, die Ärmel waren zu weit geschnitten, das Gewand an einigen Stellen unsauber und schief genäht oder einfach schlecht abgemessen.
Als es endlich fertig war nach zehn Tagen, zog es Alix über den Kopf und betrachtete sich mit klopfendem Herzen im Spiegel. Sie war ernsthaft enttäuscht. Es war ein Gemisch aus einer Art Kutte und einem Büßergewand, vielleicht hätte man auch ein Gespenst vermuten können. Dennoch hing sie es mit klopfendem Herzen diese Nacht aus ihrem Zimmer hinaus an einem langen Stock, den sie mühevoll im Auenwald gesucht hatte.
Eine ganze Weile kämpfte Alix mit dem Stock am Fenster herum und hoffte, ihre Schwester nicht zu wecken. Es war schwer gewesen, ihn dort zu befestigen. Vor allem würde das Kleid daran wahrscheinlich in der Nacht auf den Boden hinabschweben und morgen noch erbärmlicher aussehen. Obwohl sie sehr aufgeregt war, sich immer wieder aufrichtete und zum Fenster hinübersah, schlief sie irgendwann ein.

Als sie am nächsten Tag aufgeregt aufstand, war das Kleid an dem langen Stock verschwunden. Alix sah hinunter in den Hof, aber dort war es nicht zu sehen. Mit klopfendem Herzen zog sie sich rasch an, ignorierte Isabellas müdes Murmeln, der Tag wäre doch kaum erst angebrochen und lief mitsamt dem Stock hinunter in den Hof.
Risvert sattelte Vento für sie und Alix überging das Schimpfen ihrer Mutter, die noch mit ihrer Nachthaube auf dem Kopf das Fenster aufriss:
„Alix! Halt an! Wir müssen noch viel vorbereiten und du sollst das Hochzeitskleid anprobieren! Ronald hat dir einen Brief geschrieben, er kam heute früh mit einer Brieftaube! Willst du ihn nicht wenigstens lesen? Alessandra! Komm SOFORT zurück!"
Sobald sie das Burgtor passiert hatte, ließ Alix Vento scharf galoppieren, den Waldweg entlang durch den Auenwald, dessen Erwachen das erste Zwitschern der Vögel und ein paar Rehe am Waldrand anzeigten.
Sie ignorierte alles.
Als Alix nach einem schnellen Ritt den Auenwald verließ, einen breiteren Weg nahm und dann erneut in den Wald einritt, klopfte ihr Herz heftig. Sie band Vento bei den niedrigeren Bäumen am Waldrand fest und stolperte fast über ihre Füße, so eilig hatte sie es, zu der alten Ruine zu gelangen.
Alix hoffte von ganzem Herzen, dass sie Recht haben würde mit dem untrüglichen Gefühl, welches sie spürte. Ein sanfter Wind wehte, als sie durch den offenen Torbogen in das halbverfallene Gebäude ging.
Und auf einer der niedrigen Säulen lag es tatsächlich. Sie raffte ihre langen Röcke und lief dorthin.
Das war nimmermehr ihr Kleid!

Alix stand völlig ergriffen davor. Ein weißes, langes Kleid mit seidigen, weiten Röcken aus feinsten Stoffen gewebt. Der transparente Überrock und die schmalen, zarten Ärmel aber waren über und über mit kleinen Rosenblüten bestickt, roten, blühenden Rosen, mit einem roten Saum am Rockende. Das Oberteil war aus einem tiefen Rosenrot.
Auf dem Kleid lag ein schmaler Ring, den Alix nur allzugut kannte.
Oswins Ring, den er ihr in der Stadt des Herzogs geschenkt hatte.
Sie zog ihn über ihren Finger und augenblicklich kam Sturm auf, wehte durch ihre Röcke, so dass sie das wunderschöne Kleid fest an sich presste, damit es ihr nicht weggeweht wurden. Eine Böe fuhr ihr ins Haar, wirbelte dann um sie herum und es war, als würde etwas sanft über ihren Mund streichen. Alix schloss die Augen tief und genoss die frische Waldluft, die sie umgab.
„Oswin!", murmelte sie und die Böe verschwand, so schnell, wie sie gekommen war. Der Sturm zog sich zurück.
Ihre Beine zitterten etwas. Der Wind hatte ihre Entscheidung mitbekommen. Sobald sie wieder etwas ruhiger wurde, ritt Alix rasch zurück. Das Kleid aber versteckte sie unter ihrem weiten, hellen Umhang.

„Es tut mir sehr leid für dich, dass du ihn heiraten musst, Alix, wirklich!" Isabella saß ihr nachdenklich gegenüber, in ihrem inzwischen leicht dämmrigen Zimmer. Unten auf dem Hof unterhielten sich noch leise zwei der Wachen, ansonsten hörte man nur das leise Gezwitscher eines Vogels.

„Alles wird gut, hoffe ich zumindest", meinte Alix. „Ich gehe nochmal kurz hinaus. Lies ruhig etwas, ich komme schon alleine klar!"
„Ich glaube, ich wäre aufgeregter als du!"
„Ich bin aufgeregter, als du denkst. Bis gleich, Bella!"
„Du kannst immer mit mir reden, wenn du möchtest!"
Alix verließ rasch das Zimmer und sie eilte hinauf in den kleinen Raum oben.
Zu ihrem Schrecken stand das Fenster offen. Hier in diesem Raum hatte sie ihr Kleid in dem dunklen Weidenkorb unter dem Flachs versteckt. Mit einem Herzklopfen hob sie den Flachs an und atmete erleichtert aus. Das Kleid war noch da. Sanft strich Alix über den weichen Stoff. Dann entdeckte sie ein zartes Licht im hinteren Teil des Raumes unter der Dachschrägen. Zögernd richtete sie sich wieder auf und ging dorthin. Ein schmutziges Tuch, in welches etwas eingewickelt war.
Als sie den Stoff wegnahm, lag dort ein kleiner, ihr sehr bekannter Spiegel.
„Ich freue mich so, dich wiederzuhaben", flüsterte Alix und küsste den Spiegel. Sofort begann die Oberfläche zu verschwimmen. Eine Art Arbeitszimmer aus hellem Holz. Das hatte sie schon einmal gesehen!
„Oswin?", fragte Alix vorsichtig.
„Meine Windsbraut?", hörte sie seine Stimme und sah ihn kurz darauf vor sich. Er blickte wohl selbst in einen Spiegel.
„Hallo", meinte Alix schüchtern.
„Hallo."
Er lächelte und sie betrachtete fasziniert sein Gesicht.
„Du hast mir den Ring zurückgebracht!", begann sie zaghaft.

„Und du hast ihn angenommen. Möchtest du nicht schauen, was dort eingraviert ist?"

„Du sagtest es mir damals schon!", lächelte sie zurück.

„Es ist langsam Zeit, dass du ihn ausprobierst, Alessandra. Silberblüte hat mir gestanden, dass sie das Ganze angeleiert hat!"

„Das war nicht ihre Schuld. Es tut mir leid, wenn du mit ihr zornig bist!"

„Das bin ich nicht. Und ich habe mir gestern etwas geholt. Schau mal!"

Er zog ein kleines Bildnis heraus, das sie selbst zeigte. Alix wurde rot.

„Wo hast du es her? Ich dachte, Ronald hätte es!"

„Und ich dachte nicht, dass du ihn tatsächlich heiraten wolltest. Wo ist dein Widerspruchsgeist, Ringlein?"

„Ich will ihn nicht heiraten, Oswin."

„Genau deshalb haben wir umdisponiert. Nur musst du die weiteren Wege ebnen, mir sind die Hände gebunden. So lange, bis du endlich deiner Neugierde nachgibst und den Ring benutzt. Wie kann eine Frau nur so lange widerstehen, wenn ich dir etwas Magisches ankündige? Traust du mir nicht?"

Sie wurde rot.

„Probier es aus, Alix, es ist Zeit dazu. Sonst kann ich morgen nur ein laues Lüftchen schicken, das deinen Freier nicht einmal kitzeln wird."

„Was hat es mit den Zeichen auf dem Medaillon eigentlich auf sich?", fragte Alix.

„Den Wind gibt es schon seit Anbeginn der Zeit. Wir verwenden gerne Hieroglyphen oder eine alte Schrift, um miteinander zu kommunizieren oder etwas vor anderen zu verbergen. Je älter die Schrift, desto weniger Menschen beherrschen diese. Wir bewegen uns oft unter den Menschen, Alix. Nur bemerken es die meisten nicht! Hättest du eigentlich etwas dagegen, wenn ich ein paar Gäste einlade?"

„Nein, Oswin. Nichts dagegen. Was immer du auch vorhast."

„Oh ja. Ich habe viel vor. Warte es einfach ab. Wenn du morgen aufstehst, zieh dein Rosenkleid an. Und nun: Benutze den Ring. Dann erst geht es los! Bis bald, meine Vorhaberin. Ich freue mich, dich schnell wiederzusehen!"

Er warf ihr noch einen nicht zu deutenden Blick und ein Augenzwinkern zu, dann verschwamm das Bild, da er mit dem Finger darüberfuhr.

Alix nahm rasch den Ring herunter und las nochmals die geschwungenen, eingravierten Buchstaben darin.

`*Ventum et tempestatem sequor*´

Sie zog den Ring wieder auf ihren Finger, drehte den schmalen Reif dann sanft nach links und murmelte leise:

„*Ventum et tempestatem sequor*"

Es passierte – nichts.

„Das ist nicht lustig, Oswin!", sagte Alix indigniert und schüttelte ärgerlich den Kopf.

Sie verstaute den kleinen Spiegel ebenfalls unter dem Flachs in dem Weidenkorb. Dann klopfte sie ihre Röcke aus und ging hinunter.

Alix war zu aufgeregt, um gleich schlafen zu gehen. Als erstes ging sie nochmals hinaus in den Hof.

Würde Oswin jetzt kommen? Es wehte höchstens ein laues Lüftchen.

Der alte Sven kam leicht gebeugt an ihr vorbei aus seinem Turm herunter.

„Ich gehe lieber noch einmal austreten, Fräulein Alix. Diese Nacht wird stürmisch werden. Da kommt etwas heran. Geht nicht mehr hinauf auf den Turm, und schließt die Fenster heute Nacht. Ich spüre es diesmal nicht nur im Rücken, sondern sehe auch die Wolken dort hinten. Sie sind gewellt. Habt ihr schon einmal gewellte Wolken gesehen? Aber macht Euch keine Sorgen. Das ist der erste Herbststurm, etwas früh dieses Jahr. Eure Hochzeit morgen wird stürmisch werden, schlaft trotzdem wohl!" Er nickte ihr zu und ging dann mit gesenktem Blick rasch weiter. Sie wusste, was Sven von Ronald hielt. Nichts. Genau wie sie.
Trotz seiner Worte lief Alix rasch zu dem höchsten Turm und beeilte sich, die Stufen hinaufzukommen.
Als sie oben auf das Plateau trat, sah sie es.
„Ach du liebe Zeit!"
Was dort herankam, sah schlimm aus. Schwere, dunkle Wolken, aus denen ab und zu ein Blitz zu zucken schien. Die Wolkenfront näherte sich sehr schnell und tatsächlich sahen einige der niedrigeren Wolken so aus, als wären sie gewellt.
„Willst du mir helfen oder die Thurensburg dem Erdboden gleichmachen, Oswin?", murmelte Alix leise und dachte an die Begegnung damals auf diesem Turm hier oben. Rasch wich sie einen Schritt zurück in das Innere des Turmes.
Keine Frage, ein heftiger Sturm zog auf. Sie hatte ein bisschen Angst. Alix hob rasch ihr Kleid an und lief die Stufen hinunter.
Sehr bald zog die dunkle Wetterfront heran und tauchte alles in eine völlige Finsternis. Der leichte Wind wurde immer heftiger, fegte um die Burg herum und drückte gegen die geschlossenen Fenster. Alix wusste nicht

genau, was sie machen sollte. Sie hatte vorhin noch eine Weile mit Isabella gesprochen, dann zogen die beiden sich um und machten sich fertig. Sollte sie ihr Kleid besser anbehalten? Das laute Pfeifen des Windes, das sich zu einem Brüllen und Toben des Sturmes ausweitete. Der Wind peitschte gegen die Fenster. Irgendwann stand sie auf, dachte mit Schrecken an Sven und hoffte, dass er dort oben nicht mehr stand.
Sie warf sich ihren Umhang über und verließ rasch das Zimmer. Im Gang war es so finster, dass sie einmal gegen die Wand stieß und sich rasch weiter in Richtung der Treppe tastete. Langsam stieg sie die Stufen hinunter. Unten zögerte Alix nochmals. Es war nicht sehr verlockend, dort hinauszugehen.
Trotzdem überwand sie sich, drehte den Schlüssel und fand sich dem heftigen Sturm gegenüber.
Es regnete in Strömen, der Regen kam seitlich, da der Wind so stark war. Ab und zu gab es auch ein lautes Donnern oder ein Blitz zuckte vom Himmel. „Oswin?", rief Alix und die Tür schlug zu, als hätte sie ein Eigenleben. In wenigen Augenblicken waren ihr Umhang und ihr Nachtkleid durchnässt und sie fror. Es begann zu hageln. Hatte sie zunächst Angst gehabt, wurde sie plötzlich ganz ruhig. Alix dachte an Norwins Worte von damals:

„Wer mit dem Wind reitet, braucht den Sturm nicht zu fürchten!"

Sie atmete tief ein und streckte sich dann.
„Hört auf, damit!", befahl Alix, trat mitten in den Hagel und hielt sich ihren Umhang, weil der Wind daran riss.
„Norwin! Bitte!"
Landschaften tauchten vor ihr auf, die so hell und klar wirkten, dass sie erschüttert war.

Wilde Wellen mit hohen Schaumkronen, die gegen die Felsen schlugen und Wind, der über kahles, karges Land donnerte. Hohe Berge und tiefe, stille Täler und der Sturm, der alles durcheinanderwirbelte. Sand und Wüste und Inseln im Meer, über die der rote Sand hinwegwirbelte. Wälder, die sich unter dem Wind bogen und ächzten unter der Last des Sturmes. Ihr nasses Haar flog um sie herum, und sie sah für einen Moment gar nichts. Als sie ihr Haar zurückstrich, stand eine dunkle Gestalt nicht weit von ihr in dem verwunschenen Burggarten.

Der Sturm um sie herum nahm etwas ab. Rundherum brauste er weiter um die Mauern, sie hörte den Wind in den Baumkronen des Auenwaldes.

Sie erkannte Norwins hochgewachsene, kräftige Gestalt, als er näher zu ihr kam. Der Geruch von Meer und salziger Gischt umfing ihn.

Nicht nur die Kälte ihres nassen Kleides und Haares ließen Alix zittern.

„Ein einfaches Menschenmädchen. Es gibt schönere und bessere. Brauchst du sie wirklich, Bruder?", fragte Norwin so laut, dass sie es trotz des Sturmes hörte.

Leichter Schnee begann Alix ins Gesicht zu wehen. Ihr war unendlich kalt.

„Sie ist unbeständig und küsst sowohl den einen wie auch den anderen. Ich sage dir, dass sie nur mit dir spielt, Bruder!", setzte Norwin laut seine Anklage in den Sturm fort.

Aus der Dunkelheit trat jetzt eine zweite Gestalt zu ihr.

„Norwin spricht die Wahrheit. Sag uns, Alessandra: Was hast du, das unser Bruder nicht hat?", meinte Sothus bestimmend in der gleichen Lautstärke. Der Schneefall verschwand, dafür setzte unnatürlich warme Luft ein, die ihr Sand in die Augen, ins Gesicht und an den Körper unter dem dünnen Hemd blies. Es tat nicht minder weh als der Hagel vorhin.

„Was soll das?", fragte Alix zornig und wischte sich den Sand aus dem Gesicht. Ihre Haare und ihr Kleid waren jetzt nicht nur nass, sondern auch noch eingesandet. Ihre Furcht wurde wieder von ihrem Zorn überlagert.

Da er es wohl nicht auf ihre körperliche Gestalt bezog, erwiderte sie rasch:

„Ein Herz, Sothus! Und das ist weitaus mächtiger als vier seelenlose Winde, die mit den Menschen nur spielen und ihren Unsinn treiben! "

„Erstaunlich gute Antwort", sagte er kühl, während Esteron nun aus der Nacht hervortrat.

Ein Wind von oben fuhr auf sie herunter und warf sie mit aller Macht ins Gras. Sie roch die feuchte Erde und das Gras und stützte sich rasch wieder auf.

„Mach das noch einmal, und du wirst es bereuen!", fauchte Alix ihn an und war sofort auf den Beinen.

Sie duckte sich leicht, um dem Wind weniger Angriffsfläche zu bieten.

„Wir sind seelen- und gefühllos, Alix. Geworden. Der Wind darf keine Schwäche haben. Du aber bist flatterhaft und unstet. So eine Frau möchte ich nicht für meinen Bruder. Wir haben dafür gesorgt, dass man euch trennt. Nenne mir einen Grund, warum du morgen meinen Bruder heiraten solltest!"

„Da muss ich aber nachdenken, Esteron, wirklich", meinte sie sarkastisch und stellte fest, dass der Sturm zwar noch um sie herumtobte, sie aber alle vier inmitten eines Zentrums zu stehen schienen, in dem es vollkommen windstill war. Wenn Esteron nicht wieder

seine Tricks anwenden würde. Jederzeit rechnete sie damit.
„Muss ich dir das sagen? Es geht dich eigentlich nichts an!"
Eine Art Fallwind erwischte sie wieder und warf Alix erneut zu Boden.
„Hörst du auf?", rief sie wütend. „Das ist mein bestes Kleid!"
„Hörst DU auf?", fragte er erschreckend bösartig.
„Weil ich ihn LIEBE? Weil ich nur ihn und wirklich ihn liebe, weil es mir egal ist, ob die Welt morgen untergeht oder mein Pferd mich abwirft, und ich nur eins will: Mit deinem Bruder zusammen zu sein? Weil es mir völlig gleich ist, ob er mich heiratet oder nicht – es ist mir alles egal. Auch wenn er es weder verdient noch es anscheinend will! Und so ihr es nicht wisst: Die Liebe von Menschen ist erstaunlich stark. Stärker als Tod und Zerstörung. Sie überdauert alles!"
„Spar dir deinen Atem, das reicht mir schon", sagte Esteron und trat jetzt zur Seite.
Ein Windstoß fegte an ihm vorbei, frische, kühle Luft strömte heran, es roch nach Wäldern, Tannen und Moos. Tief atmete Alix ein und sagte dann leise: „Oswin?"
Heftige Sturmböen brausten um die Burg. Ein Windhauch fuhr ihr direkt ins Haar, wirbelte es zurück, und es fühlte sich an, als würde jemand darüber streichen. Ein sanfter Hauch glitt über ihren Mund und Alix schloss lächelnd die Lippen.
„Oswin!"
Der Geruch von Moosen, Wald und frischer Natur wie nach einem Regen war rund um sie herum und umfing sie. Dann zog er sich mit einem Mal zurück, der Sturm

draußen brauste noch einmal laut auf, während der Wind rund um sie herum abnahm.

„Das Problem ist, dass er dich wirklich möchte", sagte Norwin in der Dunkelheit. „Und das Problem ist auch, dass du ihm etwas bedeutest!" Er lachte leise. „Der OSTWIND hat sein Herz an ein Mädchen verloren! Nun gut!" Alix sah seine blauen Augen jetzt trotz der Nacht.

„Wir wollen deine Liebe zu meinem Bruder gerne testen", erklärte Norwin.

Sothus trat an Norwins Seite und auch Esteron blickte sie aufmerksam an.

Bevor sie etwas sagen konnte, setzte Norwin leise fort: „Du hast mit dem Westwind gespielt und dann mit dem Ostwind. Wir möchten, dass deine Gefühle für den einen ernst und aufrichtig sind. Vielleicht haben wir deshalb diesen Aufwand betrieben!" Er warf einen Blick hinüber zu Sothus, der ihm zunickte.

„Ein Menschenmädchen kann den Wind nicht heiraten. Aber auch wir haben eine menschliche Gestalt. Es sind lediglich andere Kräfte, über die wir verfügen. So deine Liebe zu meinem Bruder wirklich stark ist, wirst auch du dich verwandeln. Wenn du Oswin wirklich liebst – und nur ihn – komm mit uns! Danach wirst du eine Sturmbraut sein – mehr als ein Mensch, aber weniger als ein Wind!"

„Das ist das Vertrauen, von dem ich anfangs sprach", meinte Esteron leise und sie sah nervös von einem zum anderen.

Sothus streckte ihr jetzt eine rote Rose hin.

Sie sah erst auf die rote Blüte und dann in seine dunklen Augen. Alix nahm die Rose aus seiner Hand. Sie stach sich an einer der Dornen und ein kleiner Tropfen Blut lief an ihrem Finger hinunter.

„Selbst die schönste Blume hat Dornen", sagte er bedauernd. „Komm mit uns, Alix, wenn du uns vertraust!" Sothus sah sie fest an und Alix überlegte: „Ich sollte alles andere als euch vertrauen! Aber da ich ohne ihn nicht sein kann, bleibt mir nichts anderes übrig, als das zu tun." Ihr war nicht wohl bei der Sache, da alle drei sie fest und wartend ansahen. Sie war nervös.

„Lass dich einfach fallen. Ich fange dich auf."

Der Wind schien ihr die Worte ins Ohr zu flüstern. Der Duft von Tannennadeln und Moosen rund um sie herum. Etwas streifte ihre Lippen sanft. Alix schloss die Augen und atmete tief ein.

„Ich komme mit euch", sagte sie leise.

Norwin nickte und trat zu ihr. Er fasste Alix um die Taille herum und zog sie heran, bevor er sie beide mit seinem Umhang umhüllte.

Es war ein Gefühl wie zu schweben. Alix spürte ein aufgeregtes Kribbeln im Magen. Einen kurzen Augenblick später standen sie wieder fest auf dem Boden. Norwin nahm seinen Umhang weg und ließ sie los. Er trat einen Schritt zurück. Alix schaute sich verwundert um. Norwin nickte ihr zu, warf sich seinen Umhang wieder um und verschwand augenblicklich.

Sie stand mitten in der sanft erhellten Finsternis auf einem schmalen, felsigen Weg. Vor ihr eine Brücke, die sich über eine kleine Schlucht mit dunklen, moosüberwachsenen Felsen wölbte. Ein Wasserfall stürzte tosend in den Abgrund. Leichter Wind strich durch ihr Haar und ihre Kleidung, die Nacht umgab sie.

„Alix!" Sie sah Oswin auf der anderen Seite der Brücke stehen, der die Hand in dem schwachen Licht des Mondes nach ihr ausstreckte.

Alix hob ihre langen Röcke leicht an und ging zögernd auf die Brücke, die ihr plötzlich unendlich hoch erschien. Wind erfasste sie, der rasch in das laute Brausen des Sturms überging. Ihr Haar flog um sie herum, aber sie setzte einen Schritt vor den anderen. Mit jedem Schritt, den sie machte, nahm auch der Wind zu. Trotzdem ging sie weiter, immer weiter. Der Sturm und die Höhe machten ihr Angst, das Wasser unter ihr toste und nachtdunkles Grün umfing sie. Aber alles worauf sie sich nun fixierte, war Oswin, der dort stand und die Hand nach ihr ausstreckte. Das Brausen des Windes steigerte sich, heftige Böen wirbelten um sie herum und raubten ihr fast die Luft zu atmen. Der Wind schien sie nach hinten zu schieben. Sie widerstand dem Gefühl, sich an dem Geländer festhalten zu müssen. Alix zwang erneut die aufsteigende Angst hinunter. Oswin!

Sie überwand sich, weiterzugehen und die letzten Schritte zu ihm zu machen. Alix streckte ihre Hand aus und im nächsten Moment hielt seine warme Hand die ihre fest. Oswin lächelte. Der Sturm ließ nach. Rund um sie herum wurde es völlig windstill.

„Du hast das überwunden, was noch zwischen uns stand", sagte er leise und streichelte über ihr Haar. Er zog sie sanft an sich heran und küsste sie.

Es kam ihr so unwirklich vor. „Ich liebe dich, meine Sturmfängerin", lächelte er und warf ihr einen Blick zu, der ihre Beine weich werden ließ. Drei dunkle Schatten tauchten plötzlich neben ihnen auf, die ihre Umhänge nach hinten warfen. Seine Brüder.

„Love tha nas làidire na na gaoithe. Bu chòir dhuinn a bhith eòlach e!", meinte Norwin nachdenklich und sah sie dann fest an. „So bist du jetzt eine von uns. Wir

gratulieren dir, Bruder! Aber nun musst du sie zurückbringen!", befahl er streng. „Etwas muss noch erledigt werden. Kommt, lasst uns aufbrechen!"
Oswin zog sie liebevoll in seinen Arm und legte seinen Umhang sorgsam um sie herum.
Als er ihn wieder wegnahm, standen sie auf einer Wiese mitten im Wald.
„Ausgetrickst. Anders wäre ich die drei nicht losgeworden!" Er küsste Alix zärtlich, und sie genoss es sehr.
Erneut legte er seinen Umhang um sie herum. Als er ihn wegnahm, standen die beiden wieder in dem verwunschenen Garten ihrer Burg.
„Lauf, Alix", murmelte er leise und ließ sie los.
Sie nickte und ging langsam zurück zu der hölzernen Tür. Als sie sich umdrehte, war er nicht mehr da.
„Oswin?", sagte Alix überrascht und sah sich um.
„Immer an deiner Seite, wenn du mich brauchst, meine Rosenkönigin", wisperte es sanft in ihr Ohr, als sie ein leichter Wind streifte.
„Die Tür ist zu!"
Kurz herrschte Stille, dann kam erneut eine heftige Sturmböe herangeweht.
Die Tür fiel zart wie eine Feder in das Innere der Burg.
„Entschuldigung, ich bin etwas aufgeladen. Bis bald, meine Sturmbraut!"
Ein sanfter Wind streichelte ihr Gesicht, ihr Haar und strich schließlich über ihre Lippen. Dann zog sich der Wind und der Duft des Waldes zurück.
Mit klopfendem Herzen ging Alix langsam wieder in ihr eigenes Gemach.

22. Kapitel

„Tand, Tand
Ist das Gebilde von Menschenhand!"
(Theodor Fontane)

„So werd doch endlich wach, Alix, wach auf!"
Jemand rüttelte an ihrer Schulter und Alix schlug immer noch völlig verschlafen die Augen auf.
„Bella! Wie spät ist es? Habe ich verschlafen?"
Sie lag in dem breiten Bett, eingekuschelt in die wärmende Decke.
Und dann begann ihr Herz heftig zu klopfen, da ihr einfiel, was letzte Nacht passiert war – wenn ihre Fantasie ihr keinen Streich spielte.
Alix strich sich mit dem Finger über die Lippen und schloss die Augen. Ein Lächeln huschte über ihren Mund. Sie war vom Wind geküsst worden. Oswin. Als sie die Augen wieder aufschlug, fühlte sie eine unglaubliche Leichtigkeit und ein beschwingtes Gefühl, als hätte sie zu viel getrunken. Ein sanftes Kribbeln ging durch ihre Arme und ihren ganzen Körper.
„Alix?"
Sie kam rasch zu sich, richtete sich auf und strahlte ihre Schwester an.
Isabella trug bereits ihr rotes Kleid. Ihr Gesichtsausdruck war ein Gemisch aus Begeisterung und Unglauben.
„Bist du endlich wach? Du glaubst es kaum, was ich dir zu erzählen habe!"

„Ach du Schreck! Die Hochzeit mit Ronald Kyrin!", rief Alix entgeistert aus, aber ihre Schwester begann zu lachen.

„Vergiss die Hochzeit! Es ist etwas ganz Seltsames passiert letzte Nacht. Einer der Pächter des Ritters von Kyrin war heute beim ersten Hahnenschrei schon vor dem Tor. Der Sturm hat überall gewütet, nur uns hat er weitgehend verschont.

Bis auf die Rosenbüsche, die haben ganz seltsam darauf reagiert. Vater sagt, dass eine südliche Windströmung wohl nach dem Regen dafür gesorgt hat. Die Rosen blühen, Alix! Aber frag nicht wie! Die ganze Burg ist überrankt von Rosen, fast als wollten sie zu deiner Hochzeit blühen. Die Thurensburg ist ein einziges Blütenmeer. Aber das wollte ich dir gar nicht erzählen: Stell dir vor: Aus deiner Hochzeit wird nichts. Letzte Nacht hat der Sturm die Burg Kyrins und alle der Bewohner davongerissen. Es steht nicht mehr ein Stein dort, sie ist komplett weg!"

Alix riss erschrocken die Augen auf.

„Die Burg ist ... weg?", flüsterte sie überrascht.

Isabella zuckte mit den Schultern.

„Vater hat sich heute früh schon mit Hervard und ein paar anderen auf den Weg gemacht, um danach zu schauen. Ich bin gespannt, was sie erzählen werden!"

Alix konnte nur nicken und stand jetzt schnell auf.

„Könntest du mir helfen, mein Haar zu machen, Bella? Ich werde mich rasch anziehen!"

„Aber natürlich. Komm, setz dich hier vor den Spiegel! Es ist ja ganz durcheinander! Ach, Alix, du bist ja voller Sand! Lauter kleine Sandkörner! Wir lassen dir schnell noch ein Bad machen, ich rufe Anna!"

Alix hatte sich danach hochgeschlichen in den kleinen Raum mit dem Spinnrad darin. Sie nahm das wunderschöne Kleid unter dem Flachs hervor und zog es über das seidige Unterkleid, welches sie extra für die Hochzeit gemacht bekommen hatte.

Das tiefrote Oberteil, die Röcke weiß mit vielen kleinen blühenden Rosenblüten darauf. Der bestickte Überrock war so fein wie aus Spinnweben oder feinstem Morgentau gewoben. Die hauchzarten Ärmel lagen eng an und waren wie der Überrock auch mit den kleinen roten Rosen verziert. Das Kleid war duftig und weich wie ein Rosenblumenblatt. Alix drehte sich einmal, und die weiten Röcke schwebten um sie herum. Sie atmete tief ein, und ihr Herz klopfte heftig.

Das war alles völlig unwirklich. Ihre Füße fühlten sich unglaublich leicht an, als würde sie fast über den Boden schweben. „Oswin", flüsterte sie und versuchte, die Aufregung zu dämpfen, die sie spürte. „Ich vermisse dich!"

Der kleine goldene Spiegel in dem Korb mit dem Flachs begann zu leuchten. Rasch lief sie hinüber und nahm ihn in die Hand.

Alix war fast etwas enttäuscht, als lediglich ihr eigenes Gesicht darin erschien. Ihr goldblondes Haar, das gewunden und locker festgesteckt war. Es schimmerte genau wie ihre zart geröteten Wangen.

„Spieglein, zeig mir: Oswin!", befahl sie nervös, aber der Spiegel leuchtete lediglich. „Warum funktioniert es gerade jetzt nicht?", fragte sie enttäuscht.

Das Licht verschwand. Ihre eigenen graublauen Augen sahen sie abwartend an.

„Es funktioniert ganz prima", meinte der kleine Spiegel und Alix hob überrascht die Augenbrauen.

„Du sprichst wieder?"
Fast ein Seufzen des kleinen Spiegels.
„Du ja auch. Das hatten wir schon mal. Meine Aufgabe war lediglich, IHM dein Bild zu zeigen."
„Oswin?"
„Wem denn sonst!"
„Spieglein: Zeig mir Oswin!"
Wieder ein Seufzen.
„Es geht gerade schlecht. Er ist unterwegs!"
„Wohin ist er unterwegs?", fragte Alix, während sie mit klopfendem Herzen in den Spiegel sah.
„Du stellst Fragen. Na rate mal!"
„Du! Ich kann dich auch aus dem Fenster werfen!"
„Das ist Erpressung! Ich sage dir etwas anderes, wenn du mich höflich ansprichst!"
„Spieglein, Spieglein", zwang sie sich schmeichelnd zu sagen und der kleine Spiegel zeigte wieder ein sanftes Schimmern.
„Du bist sehr hübsch, Alessandra", sagte Oswin liebevoll, dessen grüne Augen und sein eindrucksvolles Gesicht sie nun aus dem Spiegel aufmerksam anschauten.
Ihr stockte förmlich der Atem vor Überraschung.
„Oswin!"
„Geh zu deinen Eltern nach unten. Noch einen Moment, meine Spiegelbeherrscherin, und wir werden bei euch sein."
Er strich mit dem Finger über die spiegelnde Fläche und das ganze Bild verschwamm.
Sie brauchte einen kleinen Augenblick, um sich wieder zu fassen. Allein sein Anblick brachte sie völlig durcheinander. Alix atmete tief ein und versuchte, ihren aufgeregten Puls zu beruhigen.

Schließlich legte sie den Spiegel zurück unter den Flachs, schloss kurz darauf leise die Tür hinter sich und ging hinunter in den kleinen Saal ihrer Burg.

„Alessandra!"
Schon ihre Mutter, die alte Anna und Isabella hatten sie angestarrt wie vom Donner gerührt. Ihrem Vater allerdings klappte förmlich die Kinnlade herunter.
„Du siehst bezaubernd aus, meine Kleine. Da habt ihr euch so viel Arbeit gemacht – und nun wird aus der Hochzeit nichts. Kyrins Burg ist – weg. Einfach weg. Wäre die Erde nicht an den Stellen der Außenmauern und des Gebäudes tief eingedrückt, würde man denken, sie hätte dort nie gestanden. Selbst der Misthaufen auf dem Hof ist davongeweht worden. Nicht ein Staubkörnchen ist noch zu finden."
Der Ritter der Thurensburg schüttelte den Kopf.
„So etwas habe ich noch nie gehört oder erlebt. Die Bauernhäuser ihres Ortes stehen noch ein Stück entfernt. Hier hat nicht eine Feder abgehoben, einzig Kyrins Burg hat es erwischt. Unglaublich!"
Er wandte sich wieder seiner Tochter zu, und seine hellen blauen Augen sahen sie ernst an.
„Aus deiner Hochzeit wird nichts werden, mein Kind!"
„Vater…", begann Alix, als sie die Stimme des alten Svens von draußen lautstark unterbrach: „Reiter! Es kommen Reiter vom Wald!"
„Wer kann das sein?" Alix Vater runzelte seine Augenbrauen. „Lasst uns nachschauen gehen!"
Alle kamen mit hinaus auf den Hof. Alix hielt dort für einen Moment die Luft an. Die Rosen waren überall, rankten bis zu den Türmen der Burg hinauf und blühten. Dicke, rote Rosenblüten überall und ein zarter

Geruch nach frischer, vom Wind gereinigter Luft und blühenden Rosen. Alix atmete tief und genussvoll ein.
Es sah so wunderschön aus!
Eine kleine Gruppe von Reitern ritt nun zur Burg herein. Schon als Alix das große weiße Pferd sah, auf dem ein blaugekleideter Mann saß, dessen Umhang und Kleidung überall mit Silber verziert war, klopfte ihr Herz heftig. Ein zweites Pferd folgte, das sie nur allzu gut kannte.
„Schattennebel", flüsterte Alix und sah hinüber zu Esteron, der seinen Hengst sofort etwas zügelte. Er trug ein braunes Gewand, mit Lederborten verziert, und sein Obergewand schimmerte fast golden.
Die Sonne kam heraus, und Oswins rotes Pferd ritt auf den Hof. Ein grüner Umhang, ein grünes, sanft schimmerndes Obergewand und eine Hose in einer nicht zu benennenden Farbe dazu. Kupfer traf es ebenso wenig wie schimmerndes Gold oder Braun. Sein hellbraunes Haar glänzte in der Sonne, und ihr heftig klopfendes Herz schlug noch ein paar Takte schneller, als er sofort ihren Blick über den Hof suchte und vom Pferd sprang. Sothus folgte, edel in Rot und Beige gekleidet, auf seinem tiefschwarzen Hengst.
Aus den Nüstern des weißen Pferdes kam so etwas wie Rauch.
„Ruhig, Eisdrache", befahl Norwin passenderweise und schwang sich ebenfalls aus dem Sattel.
Oswin wartete, bis jeder seiner drei Brüder abgestiegen war. Dann kam er zu ihnen hinüber.
Selbst der alte Sven hatte sich wie jede der Wachen und Mägde der Burg neugierig hinter der Familie des Ritters aufgestellt.

Norwin ging nun voraus, blieb knapp vor ihnen stehen und verbeugte sich vor dem Ritter der Thurensburg.
Oswin wandte seine schönen moosgrünen Augen nicht einen Moment von Alix ab. Ihr Herz klopfte heftig. Am liebsten wäre sie zu ihm gelaufen, aber ein sanfter Widerstand, fast wie ein Wind, hielt sie zurück.
„Verehrter Ritter", begann Norwin bedeutend und legte sich die Hand auf die Brust.
„Mein Name ist Graf von Eisendfels. Ich habe große Güter im Norden des Landes. Dies hier sind meine Brüder. Der Graf von Grünbergtal", Esteron verneigte sich knapp, „Der Graf von Sonnenmeersand", Sothus verbeugte sich, „Und schließlich: Der Graf vom Moorwaldfels." Oswin verbeugte sich ebenfalls.
„Ich komme zu Euch mit einer großen Bitte: Mein Bruder möchte Eure jüngste Tochter Alessandra zur Frau nehmen. Da der Graf von Kyrin mitsamt seiner Burg umgezogen ist, gilt die Verlobung seines Sohnes mit Eurer Tochter wohl als gelöst. Ich bitte im Namen meines Bruders um Euer Einverständnis!"
Der Ritter der Thurensburg sah Norwin einen Moment sprachlos an.
„Wohin ist er `umgezogen´, verehrter Graf?", rutschte es Alix auch schon hinaus.
Oswin antwortete ihr, ein auffälliges Lachen in den Augen verborgen:
„Er hat sich entschlossen, nicht mehr Euer Nachbar sein zu wollen, Fräulein Alix. Darauf hat der Ritter von Kyrin seine Burg gepackt und ist auf eine freie Parzelle direkt neben der Burg Eures Herzogs umgezogen. Man sagt, die Herzogtochter habe beim Anblick der Burg nebenan und des entsetzten Gesichtes des Ritters von Kyrin, der vor ihrem Vater erschien, einen solchen Lachanfall

bekommen, dass ihr Vater sie dem Umzugsmeister zur Frau versprach. Christina hat diesen Mann, der sie um ihre Hand bat, freundlich akzeptiert!"

„Aber ... aber ich dachte", begann Alix zögerlich und sah hinüber zu Norwin, der sich peinlich berührt äußerte:

„Ich leite vielerlei Projekte. Der Umzug des Ritters von Kyrin erschien mir sinnvoll. Und dass ICH es nun bin, den die Herzogtochter heiratet, ist halt nicht zu ändern!"

Alix lächelte ihn begeistert an.

„Ich freue mich!", meinte sie glücklich.

Norwin wandte sich verlegen etwas ab.

„Eigentlich hatte ich ganz anders geplant", sagte er. „Das ist ein Kollateralschaden! Ich habe viel gehört von der Macht der Liebe ... bei den Menschen. Es erscheint mir wichtig, es zu testen!" Er warf Alix einen versteckten Blick zu.

Alix Vater stützte derweil die Hände in die Hüften.

„Sagt mir: Wie konnte Kyrin MITSAMT seiner Burg umziehen? So etwas ist unmöglich! Das ist Hexerei!"

Norwin war sofort wieder bei der Sache. Er winkte ab.

„Ach was! Das ist einfach gute Planung. Wir haben das Ding auf ein paar Wagen hochgewuchtet, Kyrin hat fleißig mitgeholfen, seine Burg aufzuladen. Er wollte alles mitnehmen, also haben wir es ihm möglich gemacht. Ach ja, ich soll Euch gleich noch etwas ausrichten lassen: Der Herzog erhebt Euch als meinen VERWANDTEN, der ihr nach der Hochzeit meines Bruders mit Eurer Tochter ja seid, zurück in den Stand eines RITTERS SEINES VERTRAUENS. Und schenkt Euch das alte Land Kyrins, als Brautgabe. Was sagt Ihr dazu?"

Alix Vater schwieg nachdenklich. Dann begann er langsam:

„Auch wenn ich das Gefühl habe, dass ich Euch sehr dankbar sein müsste, gibt es doch ein kleines Problem dabei. Ich habe geschworen, erst die ältere Tochter zu verheiraten. Und so müsst Ihr warten mit der Hochzeit, bis Isabella einen Mann gefunden hat!"
Isabella, sonst sehr zurückhaltend, mischte sich jetzt ein:
„Aber Vater! Verlang doch so etwas nicht! Kyrins Sohn hättest du doch auch Alix gegeben!"
Norwin lächelte nun.
„Auch das ist kein Problem. So möchte ich für meinen Bruder vom Sonnenmeersand um die Hand Eurer älterer Tochter bitten. Schlagt ein, Ritter!"
Isabella warf einen vorsichtigen Blick auf Sothus und dieser lächelte ihr charmant zu.
Isabellas Wangen färbten sich tiefrot, aber sie widersprach nicht.
„Ja, nun", stammelte Alix Vater irritiert, aber ihre Mutter war nun Feuer und Flamme von der Aussicht, beide Töchter an augenscheinlich reiche Männer verheiraten zu können.
„Kommen Sie herein, verehrter Graf von Eisendfels! Und ihre Brüder selbstverständlich auch!" Sie schob ihren Mann fort, um sich an Sothus Seite zu drängen, der ihr wohl besonders sympathisch vorkam. Die Rittersfrau strahlte ihn an:
„Selbstverständlich nehmen wir ihre Werbung für unsere beiden Töchter an, nicht wahr, Mann?" Sie stieß ihren Ehemann in die Seite, hakte Sothus dann unter und zog den Überraschten mit sich in die Burg.
Der Ritter von Thurensburg machte eine ratlos einladende Geste mit der Hand und Norwin schloss sich an. Er nickte Alix anerkennend zu und folgte dann

ihrem Vater. Alle drängten in die Burg, nur Oswin hielt Alix zurück. Sie standen kurz darauf allein in dem rosenüberrankten Innenhof.
„Alix", meinte er tonlos, und auch sie schluckte schwer, da Oswin so dicht vor ihr stand und sie eindringlich ansah. Seine schönen grünen Augen, sein ausdrucksvolles Gesicht. Obwohl sie sich nach ihm gesehnt hatte, war alles doch etwas schwierig. Daher begann sie leise:
„Ich hätte nicht gedacht, dass ihr heute so freundlich hierher kommen würdet. Vielen Dank, Oswin! Ich kann dir nicht sagen, wie dankbar ich bin, dass du sogar meinem Vater die Entscheidungsmöglichkeit gibst!"
Er lächelte und strich zärtlich über ihre Wange.
„Das tue ich eigentlich nicht, meine Rosenblüte. Ob er ja oder nein sagt, ist mir unwichtig. Wichtig ist mir dein Ja, und das hast du mir in der Ruine bereits gegeben. Als du meinen Ring annahmst. Außerdem bist du nach unserem Recht bereits meine Frau. Du hast die alte Formel ausgesprochen, den Test bestanden und ich habe darauf ebenfalls einen Schwur geleistet. Den Schwur, dass ich dich zu meiner Frau nehme in windstillen wie in stürmischen Zeiten. Aber da ich weiß, dass es dir etwas bedeutet, sind wir heute alle hier. Und ich werde dich nachher auf meinem Pferd mitnehmen, wie es Brauch bei euch ist! Aber vorher…!"
Er trat einen Schritt näher und legte sanft seinen Umhang um sie herum, zog Alix zu sich heran und hielt sie fest.
Seine Nähe, die Frische, die ihn umgab und der Umstand, keinen Boden unter sich zu spüren, machten ihre Knie noch weicher, als sie sich ohnehin schon anfühlten.

Als er den Umhang wegnahm, standen sie auf einer grünen, blühenden Wiese, rings um sich herum Wald. Und dort mitten im Wald stand eine zauberhafte kleine Burg mit einigen niedrigen Türmen. Kleine Rosenbüsche wuchsen an den Außenmauern.
„Haben wir extra noch gepflanzt, meine Hilfen und ich!", lächelte er, während Alix begeistert auf die kleine Burg hinübersah. Ein paar Elfen kamen hinter der Burg hervor und bemühten sich eilig, die Burg von außen zu schmücken. Sie trugen Kleider in den Farben der Blumen, mal kräftiger, mal zarter und verzierten die ganze Burg mit Blumenranken und Blüten.
Alix schüttelte ungläubig den Kopf.
„Was ist mit dir passiert, Oswin? Du hast dich völlig verändert!", flüsterte sie.
Er lachte leise, zog sein silbernes Medaillon heraus und murmelte ein paar Worte. Der kleine Anhänger schnappte auf. Darin lag eine blonde Locke von ihr.
„Oswin!", sagte Alix gerührt, und er schloss das Medaillon hastig wieder, da sie ihm die Arme um den Hals warf, sich hochreckte und ihn leidenschaftlich küsste.
Er nahm sie fest in die Arme und beide küssten sich liebevoll, schließlich leidenschaftlicher und dann immer stürmischer, dass Oswin sie festhielt, damit sie nicht umfiel. Wind kam auf, wurde stärker und blies um sie herum, wirbelte in Alix Röcke und in ihr Haar, das sich etwas löste. Goldblonde Strähnen wurden um sie herumgeweht.
„HM. Moment!", lachte Oswin, warf wieder den Umhang um sie herum, und Alix fand sich im Innenhof ihrer eigenen Burg wieder, als er sie sanft von sich wegschob.

„Erst noch der offizielle Teil, meine Blütenranke. Ich wollte dir alles bieten, was für die Menschen so wichtig ist. Lass uns einen klaren Kopf behalten!"
Jetzt musste Alix auch lachen. „Wie soll das gehen, Oswin?"
„Indem wir GANZ WEIT Abstand voneinander halten!" Eine Windböe erfasste sie und schob sie wieder in seine Arme.
„Vergiss den letzten Satz", meinte er und küsste sie erneut. Wind kam im Innenhof auf, riss einigen Rosenblüten die Blätter ab und ließ sie um die beiden herumtanzen und wirbeln. Alix war völlig versunken in den Kuss, es war wunderschön, wie in einem Traum. Rosa und rote Rosenblätter wirbelten um sie herum und sie standen dort in der Mitte und vergaßen alles um sich herum.
„Alix!", ertönte von irgendwoher Isabellas Stimme und diese stöhnte genervt.
Sie befreite sich aus Oswins Umarmung und sah in seinen Augen wieder das, was sie ebenfalls spürte. Ein großes Verlangen und diese tiefe Leidenschaft.
„Wir können noch weg", sagte er leise, aber sie schüttelte den Kopf. Sanft griff Alix sein Medaillon und strich über ein etwas erhöhtes Schriftzeichen. Das Medaillon schnappte auf.
„Nein, lass es!", stoppte Oswin sie, als sie ihre Haarlocke dort hinausnehmen wollte.
Er lächelte sie liebevoll an.
„Nimm es nicht zu ernst, Alix. Ich bin immer noch Herr meiner Sinne. An dich fesselt mich etwas anderes, nicht das Haar. Das Medaillon ist es nicht. Es verstärkt es nur. Sie haben versucht, mich von dir zu befreien, aber es

ging nicht. Uns verbindet mehr als das! Du weißt es seit gestern Abend selbst! Und es ist noch viel mehr!"
„Dan Tainrad?", schlug Alix belustigt vor und er nickte.
„Der unter anderem auch. Und Kyrins Tochter und ihre Freundin werden auch zu Norwins Hochzeit wieder in der Burg des Herzogs erscheinen. Der Minotaurus hat uns auf Knien angefleht, diese Frauen von ihm zu nehmen. So grausam kann selbst der Wind nicht sein!"
Isabella erschien auf dem Hof mit roten Wangen.
„Graf? Alessandra? Kommt ihr herein? Wir trinken gerade von einem Wein, den Graf Eisendfels mitgebracht hat!"
„So lass uns hineingehen, dass wir den offiziellen Teil schneller erledigen", entschied Oswin sanft und reichte Alix lächelnd seine Hand.
Sie lächelte glücklich zurück und ergriff seine Hand, die die ihre sofort fest umschloss.
„Und wenn es uns zu lange dauert, gibt es immer noch den Weg, schneller zu verschwinden!", flüsterte er leise neben ihrem Ohr, als sie Isabella jetzt hinein folgten.
„Die Wiese im Wald?", forschte sie genauso leise nach.
„Wohin du möchtest. Aber Hauptsache mit dir zusammen. Komm, meine geliebte Windrose, wir haben noch einen langen Tag vor uns!" Seine moosgrünen Augen leuchteten, als er sie hineinführte.
Auf dem Schlosshof brummten ein paar kleine Irrlichter aufgeregt hin und her, ein sanfter Wind fuhr in die Rosen und ließ ihre Blätter leicht über den Boden schweben und tanzen. Eine zarte Melodie lag in der Luft, wie der Klang einer kleinen Harfe im Wind.
„Kugelblitz", rief eine Stimme leise, als ein besonders helles Irrlicht über den Hof schwirrte. „Komm hier herüber, wir müssen alle noch warten, bis sie wieder

herauskommen! Los, Elfen, sammelt fleißig die Rosenblätter auf, wir wollen sie über die beiden ausstreuen!" Das Irrlicht hielt mitten auf dem Hof an und summte dann zurück in Richtung der Rosenranken über den Mauern.

Die Thurensburg aber leuchtete golden im Sonnenschein und als Alix und Oswin später Hand in Hand als erste eilig aus dem Haupthaus hinauskamen, wirbelten dutzende von Rosenblättern um sie herum.

Alix lächelte glücklich und sah fasziniert in den Blumenregen über ihnen.

„Und das ist erst der Anfang", meinte Oswin sanft.

Nachwort

Das Gedicht: `Die Brück` am Tay´ schrieb Fontane 1879 nach dem Eindruck der bei einem Sturm eingestürzten neuen Brücke über den Fluss Tay in Schottland. Diese war um die Jahreswende 1879 mitsamt des sie überquerenden Zuges in die Tiefe gestürzt.
Ich habe daraus hier die vier Winde der verschiedenen Himmelsrichtungen gemacht. Zunächst mit der Absicht, am Ende auf den Inhalt des Gedichtes zurückzukommen. Allerdings waren mir die Winde in meinem Buch dann zu freundlich geworden, und ich habe darauf verzichtet.

Es gibt viele verschiedene Namen für Winde oder Windarten.
Ein Wind hat nach dem antiken römischen Dichter Ovid sehr wohl geheiratet. Bei ihm ist es der Frühlingsbote und Gott des milden Westwindes, Zephyr, der die Nymphe Chloris entführt und zu seiner Frau macht. Sie verwandelt sich dadurch in Flora, die Göttin der Pflanzen und des Frühlings.
Sandro Botticelli hat in seinen beiden Gemälden `Primavera´ und `La nascita di Venere´ diese mythologische Geschichte mitverarbeitet.
Bei dem Rosengürtel hatte ich an das Märchen Dornröschen gedacht. Auch bei Botticelli trägt die Göttin des Frühlings ein wunderschönes, von Blumen übersätes Kleid – und einen Gürtel aus Blütenranken und Rosen.

Alix war weder als Ebenbild der `Venus´ aus Botticellis Bildern noch als das der schönen Simonetta Vespucci geplant.

Der Minotaurus ist als eine Gestalt der griechischen antiken Sagen bekannt.
Bei Sigurnis und Friedelinde habe ich ihn viel freundlicher dargestellt.

Liebe Leser, ganz herzlich bedanke ich mich für euer Interesse. Über eine Bewertung würde ich mich sehr freuen.

Vielen Dank an Thomas Kaldenbach, der mir wieder eines seiner wunderschönen Bilder und die
`Windrose´ zur Verfügung gestellt hat.
Auch die kleine gold – glitzernde Burg von ihm kommt in meiner Geschichte vor.